Hannah Coates

Berties Weihnachtsfest

GOLDMANN
Lesen erleben

Hannah Coates

Berties Weihnachtsfest

Roman

Aus dem Englischen
von Christina Riemann

GOLDMANN

Die englische Originalausgabe erschien 2016
unter dem Titel »Bertie's Gift« bei Hodder & Stoughton,
an Hachette UK company, London.

MIX
Papier aus verantwortungsvollen Quellen
FSC® C014889
FSC www.fsc.org

Verlagsgruppe Random House FSC® N001967

1. Auflage
Deutsche Erstveröffentlichung Oktober 2017

Umschlaggestaltung: UNO Werbeagentur, München
Umschlagmotiv: Picture Press/Ardea;
FinePic®, München
Redaktion: Christiane Mühlfeld
BH · Herstellung: han
Satz: Uhl + Massopust, Aalen
Druck und Bindung: Friedrich Pustet, Regensburg
Printed in Germany
ISBN: 978-3-442-31469-0
www.goldmann-verlag.de

Für meine Tochter Indigo,
die alle Fellnasen liebt

1

»Niemals verzweifeln – auch wenn es eklige Pampe zum Abendessen gibt.«

»Yippee.« Ich schlittere nun schon zum siebten Mal auf meinem Hinterteil über den nassen Küchenboden. Die Welt um mich herum dreht sich genauso fantastisch wie mein Körper, und meine Ohren heben ab. »Schau mal, Molly, ich fahre Schlittschuh!«

Meine Schwester schüttelt den Kopf über mich. Aber sie muss grinsen, und dabei hängt ihre rosa Zunge heraus. Sie hat die Vorführung amüsiert von ihrem sicheren Beobachtungsposten unter dem Küchentisch aus verfolgt, wo nicht die Gefahr besteht, dass Mr Minton ihr im Vorbeigehen versehentlich auf die Pfote oder den Schwanz tritt. Er ist schon alt, und daher tut das nicht besonders weh, außer wenn er seine schweren Stiefel anstelle der köstlich stinkigen Pantoffeln trägt. Aber Molly weiß, dass ich es nicht gern habe, wenn sie sich in Gefahr begibt. Besonders mit ihrem schlimmen Bein.

An Mollys schlimmem Bein bin ich schuld. Zumindest ich sehe das so. Als wir beide noch Hundebabys waren und mit unseren Geschwistern über einen anderen Küchenfußboden getollt sind, kam einmal ein Bote und brachte ein Paket an die Eingangstür. Die Besitzerin unserer Mutter ließ die Tür offen, als sie das Paket in die Küche trug. Unsere Mutter wusste, dass wir alle noch leichtsinnige

Fellknäuel waren, weswegen sie uns eindringlich davor warnte, das Haus zu verlassen, egal wie grün und verführerisch uns der Rasen im Vorgarten auch erscheinen mochte.

»Außerhalb des Hauses ist es nicht sicher«, ermahnte uns Mommy immer wieder und schleckte uns dabei hinter den Ohren ab, wie sie es jeden Morgen und jeden Abend tat. »Die Straße ist stark befahren. Da sind überall Autos.«

»Was sind Autos?«, fragte ich aufgeregt.

»Große Maschinen, die sich rasend schnell bewegen und euch verletzen können. Geht also nie ohne einen Menschen hinaus. Habt ihr verstanden?«

Große Maschinen, die sich rasend schnell bewegen.

In meinen Ohren klang das großartig. Viel zu großartig, um dem allen fernzubleiben, gleichgültig wie oft Mommy ihre Warnung ausgesprochen hatte, wenn sie mein Fell säuberte.

Es war also klar, was als Nächstes geschehen würde.

In dem Moment, als die Eingangstür offen stand, erkannte ich meine Chance. Ich stieß Molly an – wir beide waren damals schon unzertrennlich – und flüsterte: »Komm schnell, die Eingangstür ist auf. Gehen wir raus und sehen uns mal den Rasen an.«

»Aber Mommy hat gesagt ...«

»Vergiss, was sie gesagt hat. Sie weiß ja schon, wie es draußen ist. Sie darf jeden Tag auf den Rasen, ist doch klar, dass sie nicht neugierig ist. Aber das ist doch unfair, oder?« Ich zog sie am Ohr, und sie sträubte sich nun auch gar nicht mehr, sondern kam bereitwillig mit. Molly und ich konnten es schlecht aushalten, getrennt zu sein, nicht einmal für wenige Minuten. Doch sie war kleiner als ich und nicht so flink – das schmächtigste Tier unseres Wurfes.

»Jetzt komm schon, Schwesterchen, wenn wir uns nicht beeilen, macht jemand die Tür zu. Willst du nicht sehen, was draußen los ist?«

Oh ja, draußen war etwas im Gange. Ein großer Lieferwagen, der rückwärts in unsere Einfahrt fuhr. Und plötzlich waren wir außerhalb des Hauses.

Frei!

Zum ersten Mal in unserem jungen Leben ohne Begleitung.

Ohne mir der Gefahren bewusst zu sein, sprang ich über das wunderbar saftig grüne Gras, über diesen Rasen, der mir mit meinen drei Monaten so groß und weit vorkam wie ein ganzes Feld. Gras! Herrliches Gras! Meine Pfoten liebten das Gefühl dieser seidigen Feuchtigkeit, und meine Nase zitterte vor Wonne, als sie mit dem frischen Duft der vielen grünen Halme in Berührung kam. Über uns der Himmel! Ein derart hohes Gewölbe hatte ich noch nie gesehen. Bis in die Unendlichkeit schien es sich wie ein riesiges blaues Segel auszudehnen. Und das wiederum flößte mir gleichzeitig auch ein wenig Angst ein.

Tief in mir drinnen hatte ich geahnt, was mich da draußen erwarten würde. Die Welt jenseits der trostlosen Begrenzung unseres Hauses war fantastisch und mit nichts zu vergleichen, was ich bisher gesehen hatte. Mein einziger Gedanke war: Was gibt es noch? Was in dieser neuen Welt lässt sich noch bewundern, beschnuppern und befühlen?

Ich erreichte das Ende der Rasenfläche, was mich aber keineswegs aufhielt.

O nein, mein Forschergeist war gerade erst geweckt worden, und so lief ich weiter und weiter, während Molly mir dicht auf den Fersen folgte. Gemeinsam stürmten wir durch die weiche Erde eines Blumenbeets und sprangen dann laut bellend über den harten schwarzen Asphalt der Einfahrt, überwältigt von den Eindrücken um uns herum.

Die Hinterreifen des Lieferwagens, der immer noch rückwärtsfuhr, schrammten haarscharf an mir vorbei.

Molly hingegen hatte nicht so viel Glück.

Als ich hinter mir einen dumpfen Schlag und die quietschenden Bremsen des Lieferwagens vernahm, wusste ich, dass etwas Schreckliches geschehen sein musste.

Dann hörte ich Mollys gellenden Schrei.

Es war die Art Schrei, die man nie vergisst. Manchmal höre ich ihn noch im Schlaf. Schrecke hoch. Zitternd von dem Gefühl der Schuld. Was hatte ich meiner Schwester an jenem Tag nur angetan?

Als Molly nach dem Unfall vom Tierarzt zurückkam, war eins ihrer Hinterbeine straff bandagiert. Sie schlief tagelang auf dem Sofa und raffte sich nur auf, wenn sie Hunger hatte oder ihr Geschäft auf einem Stück Zeitung erledigen musste. Um bei ihr zu sein, lag ich den ganzen Tag mit eingezogenem Kopf vor ihr auf dem Boden und schämte mich. Und jedes Mal, wenn jemand die Eingangstür auch nur einen Spaltbreit öffnete, schauderte ich vor Angst und duckte mich noch tiefer.

Die Welt außerhalb des Hauses war für mich von da an ein schrecklicher, gefährlicher Ort, und ich schwor mir, niemals wieder hinauszugehen.

Mein Vorsatz hielt gerade mal drei Wochen.

Man sollte annehmen, dass mir dieser entsetzliche Unfall eine Lektion erteilt hätte, doch sobald wir Welpen zum Spazierengehen und Spielen nach draußen durften, vergaß ich natürlich meine Angst und tobte mit den anderen über den Rasen, als sei nichts gewesen.

Dass auch ich für Mollys Unfall Verantwortung trug, vergaß ich jedoch nie. Vielleicht wäre die Erinnerung mit der Zeit verblasst, doch die Verletzung, die sie an jenem Tag unter den Rädern des Lieferwagens erlitt, heilte nie ganz aus – und so war es dann auch mit meiner Schuld. Sie verheilte nie. Sogar jetzt hinkt Molly noch immer stark. Oft bittet sie mich auch, ihr Bein an der Stelle, wo die Wunde war, zu lecken, während sie sich ausruht. Ihre Schmerzen werden dann für ein paar Stunden besser.

Dies alles erklärt, warum wir beide so große Angst davor haben, dass der alte Minton auf ihr Bein treten könnte.

Ich selbst mache mich meistens aus dem Staub, wenn er im Anmarsch ist. Seine Augen lassen nach, und da wir als Beagles ja eher klein geraten sind, entdeckt er uns nicht immer gleich zu seinen Füßen. Bei seinen größeren Hunden Jethro, Biscuit und der immer etwas reservierten Tina ist das anders. Doch Molly ist einfach langsamer, und das nicht nur, weil sie kleiner ist, sondern eben wegen ihres schlimmen Beins.

Mir dagegen kann man nicht unterstellen, ich sei langsam.

»Bertie, pass auf.« Ihr Ton wird jetzt etwas strenger, als ich ausgelassen über den Küchenboden rutsche. Ihre Augen weiten sich vor Angst. »Du bist zu schnell, Bertie, viel zu schnell. Du verletzt dich noch, wenn du nicht aufpa…«

Zu spät.

Meistens lande ich beim Eislaufen in dem riesigen weichen Haufen schmutziger Wäsche, doch diesmal stoße ich mit dem metallenen Gehäuse des Ofens zusammen.

Mit einem lauten Schrei lande ich auf dem Boden, alle

Luft weicht aus meiner Lunge. Sekundenlang liege ich still da und starre aus diesem seltsamen Blickwinkel heraus an die Decke. Mein Gehirn fühlt sich an wie Watte.

»Autsch.« Ich richte mich vorsichtig auf und prüfe, ob ich mir etwas gebrochen habe. Glück gehabt, alles scheint so weit in Ordnung zu sein, auch wenn ich mich ansonsten recht wackelig auf den Pfoten fühle. Ich wanke davon, schüttele mich schließlich einmal kräftig, in der Hoffnung, dass mein Gehirn wieder seinen alten Platz einnimmt. »Hm, das war so eigentlich nicht geplant.«

»Ist alles okay?«

»Ich glaube, mein Gehirn befindet sich zum Teil in meinem Ohr«, ich schüttele wieder meinen Kopf. Das Summen lässt langsam nach. »Das war wohl keine gute Idee. Ich brauche mein Oberstübchen schließlich noch.«

Molly hinkt zu mir, um mich unter die Lupe zu nehmen. Ihre Nase schnüffelt über mein Gesicht, und dann leckt sie sicherheitshalber auch noch mein Ohr ab. »Bertie, du musst vorsichtiger sein«, schimpft sie mich mit Sorge in ihren wunderschönen dunklen Augen. »Was würde ich denn ohne dich machen?«

»So schnell wirst du mich nicht los«, erwidere ich, schon wieder ganz vergnügt. »Ich werde immer da sein und dir Ärger bereiten, Schwesterchen, auch wenn du alt bist und kaum mehr laufen kannst.«

Molly lässt sich nieder und wedelt mit dem Schwanz. »Ich kann jetzt schon kaum mehr laufen«, erinnert sie mich nüchtern. Aber ich kann erkennen, dass ich sie aufgeheitert habe.

Jethro kommt durch die leicht geöffnete Küchentür getrottet. Er ist ein großer gelber Labrador, sein Bauch aufgedunsen von dem Überfluss an Leckereien, die er von

Mrs Minton bekam, als sie noch gelebt hat. Er starrt uns beide verdrießlich an. »Was macht ihr denn für einen Lärm? Ihr weckt mit diesem Krawall noch Mr Minton auf. Und warum ist der Boden nass?« Er schnüffelt prüfend herum. »Gepinkelt hast du nicht. Etwa wieder die Wasserschüssel umgeworfen?«

»Willkommen auf meiner Eislaufbahn«, sage ich und richte mich stolz auf.

»Deiner … *was*?«

Biscuit, ein noch größerer gelber Labrador, drückt sich an Jethro vorbei, seine Nase zuckt vor kulinarischer Verzückung. »Was ist los? Hat Minton wieder Leber gekocht? Verdammt, das riecht gut, das riecht sehr gut, das riecht …« Wir warten, ob sich nicht doch eine Perle in seinem Wortschatz versteckt, doch Biscuit ist damit nicht sonderlich gesegnet. »… gut«, beendet er seinen Satz und kratzt sich das juckende Ohr, offensichtlich nicht wirklich unzufrieden mit seiner Wortwahl.

»Keine Leber«, grummelt Jethro. Er ist sichtlich gelangweilt und sucht Streit. »Bertie ist wieder Schlittschuh gelaufen.«

»O nein, o nein, o nein.« Biscuit kratzt sich weiter, seine Pfote rotiert dabei wie verrückt. »Nicht schon wieder der nasse Fußboden. Minton hasst den nassen Fußboden. Er kürzt uns bestimmt wieder das Futter.«

Als wir von oben ein wohlbekanntes und beunruhigendes Geräusch vernehmen, verstummen wir. Es ist Mr Minton, der mit lautem Knarren in seinen schweren Stiefeln die Treppe herunterkommt. Vermutlich um nachzusehen, warum wir so einen Lärm veranstalten.

Ich stupse Molly an. »Stiefel. Nicht Hausschuhe. Schnell zurück unter den Tisch«, flüstere ich, und sie nickt und verzieht sich dann rasch in ihr Versteck, mit gesenktem Kopf und eingezogenem Schwanz.

Biscuit dreht sich heftig um und stößt an den Türrahmen. »Au«, murmelt er benommen und stolpert dann zurück ins Wohnzimmer.

Jethro ist bereits verschwunden. Er ist vielleicht nicht das intelligenteste Tier der Welt, aber er verfügt über gute Schutzinstinkte.

Ich stelle fest, dass Tina nirgends zu sehen ist. Vermutlich hat sie sich heute noch nicht einmal vom Fleck gerührt. Tina ist eine langbeinige Windhündin, die, wann immer möglich, den Vormittag am liebsten in ihrem gemütlich gepolsterten Korb verschläft, wohl wissend, dass ein Spaziergang normalerweise nicht vor dem späteren Nachmittag ansteht. Und das auch nur, wenn Mr Minton nicht vergisst, mit uns hinauszugehen.

Doch Tina geruht ohnehin nicht mit Molly oder mir zu sprechen, wenn es sich vermeiden lässt.

»*Beagles*«, rief sie an dem Tag aus, als wir im Park View Drive 167 ankamen – zwei flauschige, weiß-braune Welpen, die kläffend in ihrem Tragekorb herumzappelten. Ihre spitze Schnauze bebte vor Entrüstung, dann wandte sie sich ab, um sich in ihrem Korb zusammenzurollen. »Wie unsagbar gewöhnlich.«

Als hochgewachsene, elegante Dame fühlt sich Tina uns anderen weit überlegen. Und ich denke oft, dass sie das auch ist. Tina würde sich niemals dazu herablassen, aus reinem Vergnügen über den nassen Küchenboden zu rutschen, so viel ist klar.

Ich flitze zu Molly unter den Tisch, wo wir beide mit zitterndem Hinterteil zusehen, wie Mr Minton in die Küche stürmt.

Mr Minton.

Welche Eigenschaften, die ihn für andere liebenswert machen, könnte ich aufzählen?

Ehrlich gesagt: nicht viele.

Unser Besitzer geht ständig vornübergebeugt, ist griesgrämig und hat in letzter Zeit immer schlechte Laune. Obwohl das im Grunde nicht schwer zu verstehen ist, denn vor nicht ganz drei Monaten starb seine Frau. Ich wäre sicher für den Rest meines Lebens in schrecklicher Stimmung, sollte Molly sterben. Dabei ist sie »nur« meine Schwester und nicht mein Lebenspartner. Und ich kann den Alten sogar verstehen, wenn er über den Zustand des Hauses schimpft und darüber klagt, wie viel Arbeit er nun habe, seit sie nicht mehr da ist. Denn es war die gute alte Mrs Minton, die uns hierhergebracht und sich um uns alle gekümmert hat, die uns mit kleinen Happen vom Tisch versorgte, wenn ihr Mann nicht hinsah (wovon wir allerdings nur etwas abbekamen, wenn Biscuit und Jethro uns nicht aus dem Weg schubsten, bevor wir zuschnappen konnten).

Doch eines Morgens war sie nicht wie sonst nach unten gekommen. Und Mr Minton hatte stundenlang oben in seinem Zimmer gesessen und geweint und mit den Fäusten auf den Boden geschlagen, ehe schließlich mehrere Männer kamen und sie aus dem Haus trugen.

»O nein«, hatte Biscuit bedrückt gesagt, während er alles beobachtete, und sein Schwanz hatte sich kaum merklich hin und her bewegt. »O nein. Vielleicht ist sie nur müde. Ich bin auch oft so müde. Vielleicht kommt sie bald zurück. Morgen. Oder … morgen.«

Doch keiner von uns war so dumm, dass wir nicht verstanden hätten, was ihre plötzliche Abwesenheit zu bedeuten hatte. Es war das Ende all dessen, was wir kannten. Das Ende unseres schönen, bequemen Lebens.

Und der Beginn von Mr Mintons Schreckensherrschaft.

Zu Anfang betraf der Führungswechsel nur unser Essen. Als erste schreckliche Neuerung führte Mr Minton Hundefutter ein, das in wurstförmigen Plastikhüllen daherkam. Bis heute sieht so unser Dinner aus: braune Pampe, die aus einer bunten Verpackung quillt, um mit einem schmatzenden Geräusch im Napf zu landen. Ich bin zu gut erzogen, um anzudeuten, woran mich das erinnert. Irgendwie klar, dass diese Neuerung nicht sonderlich gut aufgenommen wurde, oder?

»Fresst das, ihr undankbaren Köter«, rief er die wenigen Male aus, in denen er in jener ersten Woche überhaupt daran dachte, uns zu füttern. »Glotzt mich nicht so an. Es ist billig. Ihr würdet mir glatt die Haare vom Kopf fressen, wenn ich euch ließe!«

Tina, die schon immer wählerisch gewesen war, wenn es ums Essen ging, rümpfte die Nase und behauptete, in dem Futter wäre Hundefleisch.

Also, das Fleisch *anderer* Hunde.

Molly weigerte sich daraufhin drei Tage lang, überhaupt etwas zu essen. Biscuit fand, das Zeug schmecke ganz okay, und vertilgte neben seiner eigenen Portion auch noch Mollys und einen Großteil von Tinas.

»Nicht schlecht, nicht schlecht«, brachte er zwischen hastigen Bissen hervor.

Ich war auch nicht scharf auf das Essen. Aber ich hatte Hunger. Und wenn man Hunger hat, kann einem sogar Pappe schmackhaft vorkommen, wie Molly bald feststellte, und so konnte ich sie überzeugen, den braunen Brei zu essen. »Ganz ehrlich, Biscuit hat schon recht, wenn man sich einmal daran gewöhnt hat, ist es gar nicht mehr so schlimm«, sagte ich, während ich an einem langen kalten Abend ihr schmerzendes Bein ableckte. »Komm schon, Schwesterchen, du brauchst Kraft für unsere Spaziergänge.«

»Welche Spaziergänge?«, fragte sie ausdruckslos.

»Ich bin sicher, dass er in den nächsten Tagen mit uns hinausgeht«, sagte ich, und nach einem Moment trüben Nachdenkens stimmte sie mir zu und rieb ihre Nase Trost suchend an meiner.

Wir beide glauben immer an das Gute. Das erscheint uns als die beste Möglichkeit, den Prüfungen des Lebens zu begegnen. Alles fällt einem doch gleich leichter, wenn man guter Dinge ist und nicht in Reglosigkeit verfällt. Ist man in Bewegung, kann einen der Ärger auch gar nicht einholen.

Doch es stellte sich heraus, dass Mr Minton kein großer Freund von Spaziergängen war.

In jenem ersten Monat blickten wir jedes Mal hoffnungsvoll auf, wenn er von seiner wöchentlichen Einkaufsrunde zurückkam, unsere Mägen grummelten bereits erwartungsvoll. Aber die schweren Konservendosen, gefüllt mit schmackhaften Futterstückchen in leckerer, cremiger Soße, sahen wir nie wieder. Uns blieb nur die Erinnerung an köstliche Häppchen vom Tisch, an Knochen, die wir abnagen und Schüsseln, die wir ausschlecken durften. Es war sehr schnell klar, dass die so wunderbar gefüllten Dosen nicht wiederkehren würden, sosehr wir auch jaulten und unsere Nasen über die pampigen Wurstpackungen rümpften. Denn mit Mrs Minton waren auch die guten Zeiten aus unserem Leben verschwunden.

Sogar Tina überwindet sich inzwischen, eine halbe

Schüssel jener fragwürdigen Masse zu verspeisen. Ich vermute, sie will nicht noch dünner werden und – sollten wir tatsächlich mal einen Spaziergang machen – am Ende durch ein Abdeckgitter im Boden rutschen.

»Besser als Kacke zu essen«, sagt Jethro häufig freudlos, wenn er neben Biscuit zur Fütterungszeit hereintrottet. Sie sind beide recht anspruchslose Esser.

Manchmal, wenn ich darauf warte, dass der unappetitliche braune Brei in meiner Schüssel landet, bin ich mir nicht so sicher, ob er recht hat. Aber ich bin fest entschlossen, nicht zu verzweifeln.

Molly neben mir unter dem Tisch beginnt zu zittern, als Mr Minton laut über den nassen Boden schimpft und in seinen schweren Stiefeln davontrampelt, um einen Wischmopp zu holen.

»Überall das verfluchte Wasser«, ruft er, während er im Regal unter der Treppe herumpoltert. Eimer, Wischmopp und Besenstiel klappern laut gegeneinander. »Verdammte räudige Köter. Ihr seid eines Tages noch mein Tod, bei meiner armen Frau war es das Gleiche.«

Ich spüre, wie meine Schwester neben mir vor Angst bebt, und stupse sie tröstend an der Schulter. »Das meint er nicht so.«

»Tut er nicht?«

»Unser Leben wird wieder besser werden«, beruhige ich sie flüsternd. »Wirst schon sehen.«

»Das wird es. Auf jeden Fall«, stimmt sie mir schnell zu.

Sie hat recht. Wir haben beide recht.

Seit die alte Dame tot ist, läuft es für uns schlecht. Richtig schlecht. Doch das Leben wird bald wieder zur Normalität zurückkehren. Wenn Mr Minton endlich daran denkt, uns in den Park zu führen, denke ich voller Hoffnung, werden wir all die anderen Hunde mit ihren freundlichen Besitzern sehen und von einer Zukunft ohne Leine träumen, in der wir getätschelt werden und Leckereien bekommen und endlos hinter versabberten Tennisbällen herrennen dürfen.

Eines Tages wird das unsere Zukunft sein, meine und Mollys. Und bis dahin müssen wir fest die Pfötchen gedrückt halten.

Es ist ein wunderbarer Traum. Ein Traum, der den Schwanz sanft wedeln und die Augenlider flattern lässt.

Doch irgendwann wacht jeder einmal auf.

2

Gleich nach dem unglücklichen Eislaufunfall bewölkt sich der Himmel, und es regnet drei Tage ohne Unterlass. Der Regen rinnt an den Fenstern hinab, tröpfelt unaufhörlich von der Veranda und sammelt sich schließlich in großen, spritzenden Pfützen hinter dem Haus. Es regnet sehr stark, sodass es einem das Fell binnen Sekunden durchnässt und nur ein kräftiges Ganzkörperschütteln hilft, um wieder trocken zu werden.

Aus irgendeinem Grund ist Mr Minton nicht besonders scharf auf kräftiges Ganzkörperschütteln, und daher führt er uns nie spazieren, wenn es regnet. Stattdessen lässt er uns fünf Minuten morgens und fünf Minuten abends in den Hof, während er in der Tür steht und uns ärgerlich immer und immer wieder antreibt, unser »Geschäft« zu erledigen. Als ob das Antreiben irgendwie nützlich wäre, wenn man versucht, sich zu konzentrieren und in einer schlammigen Ecke des Hinterhofs tätig zu werden, während einem der Regen unter das Halsband läuft und die Pfoten kalt und nass werden. Doch ihm scheint das Spaß zu machen, sonst würde er nicht ständig die exakt gleichen Worte im exakt gleichen Tonfall wiederholen.

Am vierten Tag hört es auf zu regnen. Ein kleiner Sonnenstrahl wagt sich tapfer durch die eilig dahinziehenden Wolken. Wir alle heben hoffnungsvoll den Kopf, als Mr Minton nach seinen morgendlichen Spiegeleiern mit

Speck einen Blick aus dem Küchenfenster wirft. Wird das heute ein Tag mit Ausgang? Geht es heute endlich raus?

Vor lauter Aufregung pupst Jethro einmal kräftig.

Zum Glück ist der alte Minton inzwischen ziemlich taub, zumindest scheint er nichts zu hören. Doch bald werden alle riechen, was da in der Luft liegt.

Nebenwirkungen der Pampe, denke ich voller Verständnis.

Nachdem er einen Moment lang den Himmel studiert hat, nickt Mr Minton und sagt: »Ich denke, heute gehen wir in den Park.«

Inzwischen hat er gelernt, dass er nicht »Spaziergang« sagen darf, wenn er vermeiden will, dass Biscuit dann vor Begeisterung völlig außer sich gerät.

Doch Jethro hat das Wort »Park« verstanden, und vor lauter Vorfreude beginnt er, mit dem Schwanz heftig auf den Boden zu trommeln.

Biscuit starrt auf den gelben Schwanz des Labradors und lässt dann seinen Kopf im Rhythmus des Trommelns auf und ab nicken. Er öffnet leicht den Mund, Speichel sammelt sich, und er hechelt voll Bedacht, bis sein Gesicht einen Ausdruck annimmt, als habe er eine Eingebung. Seine Augenlider zucken, er stemmt sein schweres Hinterteil nach oben, dreht sich dreimal um die eigene Achse und beginnt dann ebenfalls zu trommeln. In seinem ganz eigenen Rhythmus, überhaupt nicht synchron mit Jethro. Molly und ich protestieren jaulend. Biscuit hegt einfach nicht die gleiche Liebe zur Musik wie wir. Und grundsätzlich lässt sich über Labradore wohl sagen, dass sie nicht besonders künstlerisch veranlagt sind.

»Park?«, wiederholt Biscuit aufgeregt. »Park? Park?«

»Park«, stimmt Jethro zu.

Biscuits Grinsen wird breiter. Weiterer Speichel sammelt sich in seinen Lefzen, und ein langer feuchter Faden wandert langsam Richtung Boden. »Park«, seufzt er laut in offensichtlicher Verzückung, während Jethro zwei weitere Pirouetten dreht. »Park, Park.«

Tina erscheint in der Küchentür. Gähnend vor Langeweile, aber gleichzeitig unendlich graziös streckt sie ihre Vorderbeine. »Was um alles in der Welt geht hier vor? Bei dem Lärm, den ihr veranstaltet, hätte ich erwartet, dass Minton mindestens eine Floh- und Zeckenbehandlung gestartet hat.«

»Park«, klärt Jethro sie auf.

»Oh, das ist alles?«

»Park, Park, Park, Park, Park!«

Biscuit lässt in einem Zustand nahe der Hysterie eine Salve lautstarken Bellens in Richtung Mr Minton los, erntet aber nur einen missbilligenden Blick. Dann stößt er mit Jethro zusammen, der rückwärts in die Metallschale mit Wasser stolpert und sie erneut umkippt.

Wie ein kleiner Bach läuft das kalte Wasser über das Linoleum, und wir springen alle wild durcheinander, um uns in Sicherheit zu bringen.

Mr Minton sagt etwas, das Mrs Minton vor Empörung hätte aufschreien lassen. Jetzt kann er diesen Fluch ganz ungestraft ausstoßen. Laut und jederzeit.

Er erwischt Jethro am Halsband.

Wir anderen entkommen seinem Zorn, indem wir versuchen, uns unter dem kleinen Küchentisch zusammenzuquetschen. Doch es ist nicht genug Platz für alle. In dem Durcheinander tritt Tina auf Mollys schlimmes Bein, und meine Schwester heult auf. Ich knurre die unvorsichtige Windhündin an – normalerweise bin ich sehr höflich, aber wenn es um meine Familie geht, kann ich mich manchmal nicht zurückhalten – und sie beißt mir in den Hintern, was ich für vollkommen unangemessen halte.

In dem darauffolgenden Chaos dreht sich Biscuit voller Begeisterung und mit heraushängender Zunge zu mir um und fragt: »Was bedeutet ›Park‹ noch mal?«

Es dauert beinahe zwei Stunden, bis Mr Minton sich einigermaßen beruhigt hat. Wie immer nach solchen Zwischenfällen halten wir in der Küche Kriegsrat und schicken dann Tina ins Wohnzimmer, damit sie Mr Minton besänftigt.

Es klappt auch diesmal. Genau wie erhofft.

»Auf Tina ist Verlass«, sage ich zu Molly, und sie nickt.

»Beinahe unheimlich.«

»Ja, echt unheimlich.« Ich drehe meinen Kopf, um mein Gesäß zu lecken, denn es schmerzt noch immer von Tinas scharfen Zähnen. »Ich kann mir nicht erklären, wie sie das macht.«

Sie ist eine prima Schauspielerin, das ist ihr Rezept.

Dabei wendet sie am liebsten ihre spezielle Masche an, bei der sie sich an einen Menschen anpirscht, ihm ihren Kopf in den Schoß legt und ihn gefühlvoll ansieht. Sie hat nicht nur die richtige Größe für dieses Manöver, sondern eben auch den richtigen Gesichtsausdruck: große, runde Augen, eine sanfte Schnauze und die von Natur aus tragische Miene. Als ob nichts im Leben sie jemals wieder glücklich machen könnte. Außer vielleicht ein übrig gebliebenes Würstchen im Schlafrock. Ich als Beagle hätte in etwa so viel Chancen, Mr Mintons Schoß im Stehen zu erreichen, wie Biscuit einen Intelligenzwettbewerb für Hunde gewinnen könnte.

Zwanzig Minuten später sind wir im Park.

Es ist kein großartiger Park, eigentlich nur eine kleine Grünanlage mit einem umzäunten Spielplatz in der Mitte. Doch zwischen den ordentlich aufgereihten Bäumen gibt es wunderbare Trampelpfade, die nach Eichhörnchen duften und gespickt sind mit Hinterlassenschaften anderer Hunde, die deren Besitzer großzügig übersehen haben.

Auch Mr Minton denkt nicht immer daran, unsere Häufchen aufzusammeln, doch das liegt vielleicht an der Tatsache, dass sein Gedächtnis in letzter Zeit ein wenig nachgelassen hat.

Ich beobachte oft, wie er mit gerunzelter Stirn seine Taschen nach einem der Beutelchen durchwühlt und dann keines findet.

Er kann natürlich nichts dafür. Alte Hunde werden auch vergesslich.

Doch es würde unser Leben deutlich schöner machen, dächte er gelegentlich daran zu lächeln.

Und Hundecracker zu kaufen.

Sobald wir den kleinen Park erreichen, löst Mr Minton unsere Leinen und sieht hilflos dabei zu, wie wir in alle Richtungen davonstürmen.

»Dummer alter Minty«, lacht Tina und blickt ohne das geringste Schuldbewusstsein zurück, dann entdeckt sie auf einer nahe gelegenen Bank einen großen Mann im Anzug, der gerade ein Sandwich verspeist, und keine zehn Sekunden später sitzt sie neben ihm, den Kopf zur Seite geneigt, und hat ihren gewinnendsten Blick aufgesetzt.

Wir haben alle einen Lieblingsplatz im Park. Jethro und Biscuit lieben die Blumenbeete, die den Park umranden – für Hunde natürlich streng verboten und daher für die beiden unwiderstehlich. Tina zieht menschliche Gesellschaft der ihrer Mithunde vor. Besonders wenn Essen im Spiel ist. Und so lugt sie am liebsten durch den Zaun, um die Kinder auf dem Spielplatz zu beobachten. Ganz sicher hofft sie, mit ihrem dünnen, zitternden Körper und ihren traurigen Augen früher oder später die Aufmerksamkeit auf sich zu ziehen. Und wir alle wissen, dass Aufmerksamkeit bei Tina nichts anderes bedeutet als Leckereien. Kleinkinder halten ihre klebrigen Hände voller Süßigkeiten durch den Zaun, ältere Kinder schieben scharf riechende Chips hinterher und hin und wieder bieten aufmerksame Eltern eine Brotrinde an.

Ich dagegen liebe es, zwischen den Bäumen hin und her zu flitzen, schneller und immer schneller, und mit der Nase am Boden einem faszinierenden Duft zu folgen. Und Molly – nun ja, meine treue Schwester ist immer dort, wo ich bin. Sie ist nur etwas langsamer.

Heute renne ich ein paar Minuten lang im Kreis, schlage wild mit dem Schwanz und bin von so vielen Gerüchen, Düften und Aromen umgeben, dass mir ganz schwindlig wird und ich mich nicht entscheiden kann, welcher Spur ich zuerst folgen soll.

»Großartig!«, rufe ich, und meine Nasenlöcher blähen sich auf, als ich auf dem feuchten Rasen immer wieder umherschnüffle. »Was ist das für ein Geruch? Und dieser hier? Und der da?«

Molly setzt sich in die Mitte meines schwindelerregenden Laufweges und hechelt leise, während sie darauf wartet, dass ich mich entscheide. Dabei guckt sie mit aller Nachsicht aus ihrem kessen braun-weiß gefleckten Gesicht.

Man könnte auch sagen, sie ist an meinen Wankelmut gewöhnt.

Obwohl es sich genau genommen gar nicht um Wankelmut handelt. Ich versuche einfach nur, mich zu *entscheiden!* Ein ziemlich komplizierter und wissenschaftlicher Prozess ist das. Denn dabei gilt es zuerst, die reizlosen Gerüche auszusortieren, um mich dann mit aller Hingabe den verlockendsten zuzuwenden.

Unsere Mitbewohner sind indessen in ganz eigene problematische Entscheidungen verstrickt. Spaziergänge sind immer chaotisch und enden nicht selten in verhedderten Leinen und lautstarkem Tumult, doch heute geht es noch wilder zu als sonst, vermutlich weil wir die letzten Tage im Haus eingesperrt waren und darauf gewartet haben, dass der verfluchte Regen endlich aufhört. Daher dauert es nach dem Lösen der Leinen nur wenige Augenblicke, bis wir alle etwas tun, was wir nicht sollten, jeder an einem anderen Ende des Parks, während Minty herumsteht und uns der Reihe nach anschreit, was bei uns allerdings ohne die geringste Wirkung bleibt.

Jethro fühlt sich als unser Anführer, Biscuit als sein Stellvertreter. Es ist also eine Art Gemeinschaftsprojekt, als sie sich mit heftigem Schwanzwedeln einem arglosen kleinen Jungen nähern, der ein Eis in der Hand hält. Seine Mutter schreit auf und versucht, die beiden mit ihrer Handtasche zu verscheuchen. Biscuit blickt erschrocken und schuldbewusst zugleich, die Spitzen seiner gelben Schlappohren aufgerichtet, den Körper geduckt, als ob das alles ein schreckliches Missverständnis sei. Jethro dagegen, dem es überhaupt nicht gefällt, sich zu ducken, schlägt um ins andere Extrem und bellt den Jungen frech an, der daraufhin – wenig überraschend – das Eis fallen lässt und zu weinen beginnt.

Es wird Zeit, dass Mr Minton einschreitet.

»Ihr ungezogenen Köter!«, schreit er und greift Jethro am Halsband, damit er nicht entkommen kann. »Weg von dem Eis!«

Jethros Augen treten hervor, als er widerstrebend von der am Boden liegenden Eiscreme weggezogen wird.

»Nein«, stöhnt er und versucht, die Zwangsentfernung aufzuhalten, indem er sein dickes Hinterteil in den Boden rammt und die Krallen in die Erde versenkt, was zur Folge hat, dass er eine schöne Labradorspur im Boden hinterlässt.

»Will jetzt niemand mehr das Eis?«, fragt Biscuit scheinheilig. Er wartet natürlich nicht ab, ob jemand antwortet, sondern versenkt seine Nase sofort tief in das weiße Häufchen am Boden. »Lecker, aber kalt, kalt, kalt. Zähne schmerzen.« Dann stößt er auf die Waffel und beißt genüsslich hinein. »Oh, das ist besser. Nicht so … halt.«

Molly sieht ihn an, dann mich, ihr Köpfchen fragend zur Seite geneigt. »Halt?«

»Er meint, nicht so *kalt*.«

Ich spiele mit dem Gedanken, die letzten Reste der Eiscreme selbst zu untersuchen. Ich kann sie von hier aus riechen, es ist bestimmt sehr gut. Doch vermutlich wird Biscuit meine Einmischung nicht besonders schätzen, zudem hat Mr Minton Jethro wieder an die Leine genommen und blickt nun nicht gerade fröhlich drein. Er macht wieder die Sache mit seinen Haaren. Und er hat nun wirklich nicht mehr viele Haare übrig.

»Denkst du … sollten wir zurückgehen?«, fragt Molly vorsichtig und beobachtet dabei den alten Minton, der mit dem widerspenstigen Jethro kämpft.

»Vermutlich.«

Aber ich bewege mich nicht von der Stelle. Die Sache hat einfach zu großen Unterhaltungswert.

Mr Minton greift nun auch nach Biscuits Halsband und wendet sich dann an die Mutter des kleinen Jungen, um sich ausgiebig bei ihr zu entschuldigen. Die junge Frau müht sich gerade damit ab, ihren Sohn in den Buggy zu setzen und stößt allerlei Flüche über die ungezogenen Hunde aus. Ich schnappe das Wort »Polizei« auf und sehe, wie sich Mr Mintons Miene verändert.

»Es tut mir wirklich sehr, sehr leid«, sagt er nun fast schon verzweifelt. »Es wird nie wieder vorkommen.«

Doch die Frau ist bereits gegangen.

»Halt, nur noch einmal schlecken, einmal ...« Biscuit wird nun auch fortgezogen. Mit seiner kummervollen Miene und seinem weißen Bart sieht er aus wie ein Hund im Weihnachtsmannkostüm. Er starrt vergeblich auf die vom Eis aufgeweichte Grasstelle, die er für einen anderen glücklichen Hund zurücklassen muss. »Ach, verdammt.«

Minton, dessen Gesicht inzwischen von einem gefährlichen Rotton überzogen ist, schnauft und bückt sich, um die Leine an Biscuits Halsband zu befestigen. »Du schrecklicher Hund.«

Biscuit streckt die Zunge heraus und schleckt suchend an seiner Schnauze herum, um an den letzten Rest Eis zu kommen, der an seinem Kinn klebt. Doch es gelingt ihm nicht. Sein Gesicht nimmt einen verdutzten Ausdruck an, als ihm klar wird, dass er den milchig-weißen Schatz, der so nah zu sein scheint, nicht lokalisieren kann. »Wo ist es? Wo?«

Unterdessen beschließt Jethro, einfach wild auf das Eis loszustürmen, doch dadurch verheddert sich seine Leine nur noch mehr mit der von Biscuit. »Komm, wir ziehen«, keucht er und zerrt an der Leine. »Ziehen, ziehen, ziehen! Los, Biscuit!«

Mr Minton, dessen Gesicht nun rot wie eine Tomate ist, flucht und müht sich ab, die Leinen zu entwirren, doch die beiden Labradore stehen einfach nicht lange genug still. Vielmehr versuchen die beiden Dummköpfe, so verknotet, wie sie sind, weiterzulaufen, was ihnen nur seitwärts gelingt und aussieht wie ein pelziger gelber Krebs.

Molly und ich sehen staunend dabei zu, wie sich die beiden plötzlich aus Mintons Griff befreien und gemeinsam über das Gras watscheln, die Leinen hinter sich her schleifend, untrennbar am Hinterteil verbunden, wie zwei Hälften eines riesigen torkelnden Monsters mit acht Beinen und zwei Schwänzen. Tina, die ankommt, um dieses sonderbare Geschöpf zu besichtigen, wird mit einem Schrei umgestoßen, als die beiden weiter einem unbekannten Ziel entgegenwanken, während Minton hinter ihnen herhinkt, seine Faust hilflos in die Luft gereckt.

In aller Ruhe pflanze ich mein eigenes Hinterteil nun aufs Gras und genieße die Vorführung. »Was für ein Spaß! Können wir das morgen noch mal machen?«

Molly hingegen – so stelle ich überrascht fest – ist von diesen Mätzchen nicht besonders begeistert. Sie steht neben mir, die Stirn sorgenvoll in Falten.

Ich neige meinen Kopf zur Seite und blicke sie an.

»Schwesterchen, was ist los?«

Molly stößt ein leises Wimmern aus. »Ärger«, sagt sie ein wenig rätselhaft und hebt dann ihren Kopf, um in der Luft zu schnüffeln. »Ich kann ihn schon riechen.«

3

Am nächsten Morgen, als Mr Minton hinter dem Haus zum fünften Mal einen Zaun reparieren muss, weil Biscuit ihn immer wieder umstößt, höre ich Jethro die Treppen heraufpoltern. Ich hatte die Gunst der Stunde genutzt, solange Mr Minton nicht im Haus war und mich verscheuchen konnte, und war auf dem Sofa eingeschlafen, doch beim knarzenden Geträusch von Jethros Krallen auf dem Treppenabsatz schrecke ich mit aufgestellten Ohren hoch.

Molly neben mir auf dem Sofa ist noch immer im Tiefschlaf. Aber Tina schielt ebenfalls zur Decke hoch, die unter Jethros Gewicht bebt.

Sie sieht mich an und schüttelt den Kopf. »Das wird Minton nicht gefallen. Dass einer von uns oben ist.«

Biscuit trottet auf drei Beinen aus der Küche herüber, während er sich mit dem vierten kratzt. Das ist so ein Trick von ihm. »O… o… oben?«

»Jethro«, kläre ich ihn auf.

»Oh, das ist nicht gut. Nicht gut.« Das Kratzen erreicht seinen Höhepunkt, und sein ganzer Körper schüttelt sich. Dann hört er plötzlich auf. »Nicht oben.«

»Er sollte besser runterkommen, ehe Minton ihn dort oben findet«, kommentiert Tina das Geschehen, bevor sie sich elegant in ihrem Körbchen umdreht und sich wieder schlafen legt.

Biscuit, der das Interesse an der Sache verliert, geht in die Küche zurück.

Ich lausche weitere dreißig Sekunden, lege dann mein Kinn auf die Pfoten, schließe die Augen und versuche, ebenfalls wieder einzuschlafen.

Doch ich bin unruhig.

Mr Minton mag es überhaupt nicht, wenn wir in den ersten Stock vordringen. Dort ist menschliches Hoheitsgebiet, das war schon so, als seine Frau noch lebte. Ich war in meinem ganzen Leben nur wenige Male oben, es ist düster und langweilig. Zugegeben, die Toilette riecht immer verführerisch. Doch abgesehen davon kann ich mir nicht vorstellen, wieso Jethro es wagt hinaufzugehen. Außer, dass er sehr eigensinnig ist und gerne Ärger macht. Und das bedeutet natürlich auch Ärger für uns.

Da ist Jethro sehr großzügig.

Ich denke, dass er schon nicht so dumm sein wird, länger oben herumzulungern, und beschließe, mir keine Sorgen mehr zu machen. Es ist so ein schöner warmer Morgen, und außerdem bin ich so müde …

Es vergehen zehn Minuten, und Jethro kommt noch immer nicht herunter.

Ein paar Minuten später schrecke ich wieder hoch, weil es im ersten Stockwerk plötzlich rumpelt, es folgt ein unterdrücktes Knurren, als ob Jethro mit jemandem ein wildes Spiel veranstalten würde. Oder vielmehr mit sich selbst, denn wir anderen sind ja hier unten.

Sogar Molly blickt dieses Mal auf und lässt ihren Blick sorgenvoll zur Decke wandern. »Was *ist* das?«

»Jethro«, antworte ich. »In Mintons Schlafzimmer.«

»Meine Güte. Hat er seit unserem Ausflug gestern nicht schon genug Ärger?«

»Offenbar nicht.«

Sie seufzt, dann streckt sie sich und hüpft vorsichtig

vom Sofa. »Wir sollten ihn herunterholen, ehe Minton wieder zurückkommt.«

»Lassen wir ihn, er wird schon von selbst rechtzeitig zurückkommen«, sagt Tina mit gedämpfter Stimme von ihrem Korb aus, ihr Gesicht von der langen Vorderpfote verdeckt.

Molly zögert kurz und trottet dann langsam in die Küche. Als sie wieder da ist, ist ihr Blick beunruhigt. »Minton ist fast fertig mit dem Zaun«, berichtet sie.

»Und was bedeutet das?«, frage ich gähnend.

»Das bedeutet, dass wir Jethro nach unten locken müssen, wenn wir nicht noch so eine Szene wie gestern erleben wollen und am Ende nicht mal mehr Pampe zum Abendessen bekommen. Minton kann jeden Moment wieder hereinkommen.«

»Warum muss ich das machen? Kann Biscuit nicht gehen? Oder Tina?«

Tina hebt ihre Pfote vom Gesicht, starrt mich einige Sekunden lang an, lässt die Pfote wieder über ihre Augen sinken und täuscht ein Schnarchen vor.

Molly legt skeptisch ihren Kopf zur Seite. »Biscuit? Du willst Biscuit schicken, um Jethro herunterzuholen? Da könnten wir gleich den Teekannenwärmer nach oben schicken, der hätte größere Erfolgsaussichten.«

»Verdammt«, murmele ich.

Ich hatte gerade so einen schönen Traum. Von einem Eichhörnchen.

Doch ich springe schließlich vom Sofa und stupse Molly an der Schulter, um sie zu beruhigen. »Keine Sorge. Wenn du denkst, dass wir Jethro runterbringen sollten, dann tun wir das auch.«

»Danke, Bertie.«

Ich halte inne. »Tina?«

»Keine Chance«, antwortet sie.

Ich sehe Molly an und zucke die Schultern. »Also los, du und ich, Schwesterchen.«

»Kein Problem für mich.«

Ich spurte die Treppen hoch, Molly ist mit ihrem schlimmen Bein etwas langsamer. Oben ist es düsterer als in meiner Erinnerung, doch durch Mintons Schlafzimmertür, die einen Spalt offen steht, strömt Sonnenlicht auf die nackten Holzdielen. Mr Minton hat wohl die Vorhänge aufgezogen, als er heute Morgen aufstand, denke ich und stupse die Tür mit meinem Kopf an, um vorsichtig hineinzuspähen.

Jethro ist drinnen. Er steht auf den Hinterbeinen und ist schon halb im Kleiderschrank verschwunden, dessen Tür offen steht, und wühlt schnüffelnd darin herum.

»Was in aller Welt tut er da?«, fragt Molly irritiert.

Erschrocken wirbelt Jethro herum. Dann erkennt er, dass es nur wir sind und nicht Minton, und entspannt sich wieder. Seine Zunge hängt heraus, als er ein wenig schief grinst.

»Ach, ihr seid es.«

Ich bemühe mich zu erkennen, was er im Kleiderschrank sucht. »Was hast du denn da, Jethro?«

»Das geht dich überhaupt nichts an.«

»Das geht mich sehr wohl etwas an, wenn wir deswegen alle kein Abendessen bekommen.«

»Zischt ab, Zwerge«, fordert er uns von oben herab auf und fügt dann noch einen sehr unhöflichen Ausdruck hinzu, der Molly erstarren lässt.

»Seht ihr nicht, dass ich hier beschäftigt bin?«

Ich knurre, und meine kurzen Nackenhaare stellen sich

auf. »Pass auf, was du in Gegenwart meiner Schwester sagst«, warne ich ihn.

»Sonst… was?«

Ich werde so wütend, dass ich nach vorn stürme und mich mit aller Kraft gegen ihn werfe. Da ich aber höchstens bis zur Hälfte von Jethros Bein reiche, ist das nicht gerade ein K.-o.-Schlag. Für mich fühlt es sich allerdings so an, als würde ich mit meinem Gesicht frontal in eine Mauer knallen, und ich taumele zurück, vorübergehend außer Gefecht gesetzt. Doch ich erhole mich schnell. Wer kein Hirn hat, fühlt auch keinen Schmerz, pflegte Mr Minton immer zu sagen, wenn ich als Welpe aus Versehen mit dem Kopf gegen eine Tür rannte.

Mein Angriff verfehlt trotzdem nicht ganz seine Wirkung.

Jethro wankt rückwärts, und so kann ich in den Schrank hüpfen, während er damit beschäftigt ist, sein Gleichgewicht wiederzufinden.

Ich stoße ein kurzes triumphierendes Bellen aus, doch natürlich hält mein Sieg nicht lange an. Wir haben nicht einmal ansatzweise die gleiche Gewichtsklasse, und daher war meine einzige Chance gegenüber einem größeren Hund wie Jethro der Überraschungsangriff, aber dieser Effekt ist jetzt verpufft.

»Du bist tot«, erklärt Jethro knurrend, während er auf mich zukommt, seine Stimme tief und bedrohlich.

Ich stehe auf einem von Mrs Mintons Sommerkleidern, das am Boden des Kleiderschranks liegt. Das alte Kleid ist zerknittert und zerknüllt, vermutlich wegen Jethros Wühlaktion. Als ich daran schnüffele, wird mir auf einmal klar, warum Jethro das getan hat.

Ich muss mich zusammennehmen, um nicht vor Abscheu und Mitleid über ihn die Nase zu rümpfen. Doch vermutlich hat er seine Gründe. Wir alle haben uns nicht besonders vernünftig seit Mrs Mintons Tod verhalten.

»Was ist das?«, fragt Molly und kommt aus ihrem Versteck unter dem Bett hervor. Ihre Augen werden groß. »Ist das … eines von Mrs Mintons Kleidern?«

»Ja«, muss ich zugeben.

»Was ist das für ein Geruch?« Sie schlüpft an Jethro vorbei in den Schrank, ignoriert dabei tapfer sein warnendes Knurren und schnuppert an dem Kleid. »Igitt«, ruft sie aus und sieht ihn von der Seite an. »Hast du auf das Kleid gesabbert?«

Jethro blickt leicht verlegen von einem zum anderen. »Nein«, sagt er, und nach einem kurzen Zögern: »Vielleicht.« Schließlich rollt er die Augen gen Himmel und gibt zu: »Okay. Ja. Na und? Ein wenig Sabber schadet doch nicht.«

»Ekelhaft«, sagt Molly nur.

»Es riecht so gut«, verteidigt er sich.

Darin sind wir uns alle einig. Das Kleid riecht tatsächlich wunderbar nach Mrs Minton. Es verströmt einen warmen, tröstlichen Duft nach Puder und Schweiß und Taschen voller Hundecracker. Der Geruch lässt mich an kleine Happen vom Tisch, lange Spaziergänge am Kanal und stundenlanges Bauchkraulen auf der Couch denken, all die Dinge, die wir jetzt nicht mehr haben.

Aber es hilft nichts. Die arme Frau ist seit Monaten tot. Und Jethro geht hin und sabbert eines ihrer alten Kleider voll. Dafür hätte vermutlich nicht einmal sie selbst Verständnis gehabt.

»Mr Minton wird das nicht gefallen«, warne ich ihn. »Die Menschen sind mit ihren Klamotten etwas eigen.«

»Inwiefern?«, fragt er.

»Nun, zunächst einmal wollen sie sie anziehen«, erläutere ich, doch daran kann er nichts Ungewöhnliches finden. »Und dann mögen sie es nicht, wenn sie vollgesabbert sind.«

»Sie ist doch gar nicht da. Sie weiß ja gar nichts davon.«

»Aber Mr Minton wird bald davon erfahren«, sagt Molly vorsichtig. »Und er wird darüber nicht sehr erfreut sein. Er wirft alte Dinge, die er nicht mehr braucht, doch normalerweise weg. Aber ihre Kleider hat er nicht weggeworfen, obwohl sie nicht mehr da ist.«

Jethro knurrt wieder. »Ich habe jetzt keine Lust mehr auf diese Unterhaltung.«

»Du meinst, du weißt nicht mehr, was du antworten sollst«, sage ich.

Er stürzt sich auf das Kleid und fasst es mit den Zähnen, um es unter meinen Pfoten vollständig aus dem Kleiderschrank herauszuzerren.

»Hey«, rufe ich, während ich mit dem Kleid vorwärtsgezogen werde.

»Meins«, knurrt er zwischen zusammengebissenen Zähnen hervor, den gestreiften Stoff immer noch im Maul.

»Bring es zurück.«

»Versuch doch, mich zu zwingen.«

Ich habe keine Chance. Ich bin einfach zu schmächtig, um ihn aufzuhalten. Und beim nächsten schweren Angriff würde ich aus dem Schrank fallen, das Kleid mit herausreißen und womöglich auf Molly stürzen.

Ich setze mein Hinterteil am Boden ab, stemme mich seiner Kraft entgegen und knurre wütend zurück, ehe ich den Saum des Kleides, der langsam zu entschwinden droht, mit den Zähnen packe.

Jethro ist außer sich vor Wut. Er sieht aus, als wolle er mir bei nächster Gelegenheit den Kopf abreißen.

»Meins«, wiederholt er und zerrt an dem Kleid.

»Nicht deins«, widerspreche ich und zerre in die entgegengesetzte Richtung.

Er zerrt fester. »Meins!«

»Verdammt noch mal! Es ist nicht deins!«

»Meins, meins, meins!«

Ich knurre und ziehe kräftig, er knurrt und zieht ebenfalls kräftig. Das Kleid dehnt sich zwischen uns, der dünne Stoff ist zum Zerreißen gespannt.

»Bitte! Passt auf!«, japst Molly, die mit vor Schreck geweiteten Augen zusieht.

Auf der Treppe sind auf einmal schwere Schritte zu hören, doch in unserem Kampf um die Herrschaft über Mrs Mintons Kleid verdrängen wir das Geräusch, bis Mr Minton plötzlich höchstpersönlich in der Tür steht. Er starrt uns an, drei Hunde in seinem Schlafzimmer, in seinem privaten Bereich, zwei davon in ein Tauziehen um eines der Lieblingskleider seiner toten Frau verwickelt.

»Ihr …« Er ringt nach Atem und donnert dann seine Faust gegen die Wand. Sein Gesicht ist rot. »Ihr verfluchten Köter. Ich sollte euch alle einschläfern lassen!«

Er wankt fluchend auf uns zu, seine Faust schlägt dabei immer wieder gegen die Wand.

»Ich hab dir doch gesagt, dass er wütend sein wird, Jethro«, presse ich mühsam zwischen meinen noch immer in das Kleid verbissenen Zähnen hervor.

»Er ist immer wütend«, gibt Jethro zurück und zieht wieder an seinem Ende des Kleides. Er ist derart entschlossen, als Sieger aus diesem Kampf hervorzugehen, dass er Mr Minton völlig ignoriert.

Und er gewinnt.

Von dem dünnen Sommerkleid, das dem Zug nicht mehr standhalten kann, reißt mit einem lauten Ratsch der Saum ab. Ich falle rückwärts in den Kleiderschrank. Jethro taumelt gegen einen hölzernen Bettpfosten, einen Fetzen des Kleides immer noch siegreich zwischen den Zähnen.

Mr Minton stößt ein wütendes Röcheln aus und greift nach Jethros Halsband. »Das war's, jetzt hab ich die Schnauze voll!«, schreit er und schlägt Jethro fest auf den Hintern. »Lass los! Lass es fallen! Gib es mir! Jetzt!«

Zu meinem Erstaunen knurrt Jethro – unbeeindruckt von den Schlägen – Mr Minton weiter an und weigert sich, das zerrissene Stück Stoff, das aus seinem Maul hängt, freizugeben.

Wir starren ihn alle mit weit aufgerissenen Augen an.

Er bricht die oberste Regel: Verhalte dich nie aggressiv deinem Herrchen gegenüber. Es scheint ihm völlig egal zu sein.

Molly stößt einen kleinen Schreckensschrei aus. »Lauf, Bertie!«, ruft sie mir zu, bahnt sich dann einen Weg durch Mr Mintons Beine hindurch und stürmt die Treppe hinab.

Ich warte ein paar Sekunden, bevor ich ihr hinterhersause, nach unten in unser bewährtes Versteck. Tina ist bereits dort, macht aber stumm Platz für uns. Wie meine Schwester hat sie einen siebten Sinn für drohenden Ärger.

Von oben hören wir dumpfes Rumpeln, Bellen und Geschrei.

Molly schlottert, als sie sich neben mir unter dem Küchentisch verkriecht. Ihre Miene verrät, dass ihr Bein schmerzt.

»Das ist nicht gut«, flüstert sie. »Gar nicht gut.«

Ich versuche, sie zu beruhigen. So wie immer, wenn sie sich Sorgen macht oder aufgeregt ist. Doch diesmal lasse ich es gleich wieder.

Denn zum ersten Mal weiß ich nicht, wie ich ihr die Sorgen nehmen soll.

Ich habe Mr Mintons Gesicht gesehen, als er in das Zimmer kam und uns um das Kleid seiner toten Frau kämpfen sah. Sein Ausdruck war kein besonders gnädiger gewesen.

Im Park hatte Molly gesagt, sie könne Ärger riechen, wenn er im Anmarsch ist.

Ich glaube, jetzt ist er da.

Und tatsächlich, keine fünfzehn Minuten später sind wir alle wieder an der Leine und traben eilig mit Mr Minton die Straße entlang.

Es scheint wie eine Wiederholung unseres vorigen Ausflugs.

Mit dem Unterschied, dass die Stimmung dieses Mal nicht voll energiegeladener Freude ist. Mit wildem Herumtoben im Park oder einem gemütlichen Spaziergang entlang des Kanals ist wohl nicht zu rechnen. Mr Minton trägt seine Schiebermütze, sein Blick ist grimmig. Er hat eine große Tasche dabei, die mit all unseren Futterschüsseln und Spielsachen vollgestopft ist. Sogar Tinas alte Wolldecke ist darin.

Nach einem langen Marsch in eine Gegend, die wir nicht kennen, über unbekannte Straßen voller Autos und Abgase, hält er vor einem niedrigen, düsteren Gebäude an, das nach Hunden und Angst riecht. Jedoch in umgekehrter Reihenfolge. Ich kann das Schild über der Tür nicht lesen, erkenne aber das Bild eines Hundes und eines riesigen Pfotenabdrucks daneben.

Ich schnüffele, doch alles, was ich riechen kann, sind Autoabgase.

»Rein hier«, sagt Mr Minton barsch und zieht an unseren Leinen. Wir drängen uns alle hinter ihm durch den schmalen Eingang, rempeln uns dabei verängstigt gegenseitig an.

Als Tinas Schwanz beinahe von der zufallenden Tür eingeklemmt wird, schreit sie auf.

Minton blickt sich nicht einmal nach ihr um, sondern schleppt uns alle vor den Empfangstresen. »Ich habe genug von dieser Bande«, sagt er zu der jungen Frau. »Sie gehörten meiner Frau, doch die ist nun tot, also will ich sie loswerden.« Er zeigt ihr die Tasche. »Ich habe alle Papiere und das ganze andere Zeug hier. Ich wusste nicht genau, was Sie alles brauchen.«

Sie beugt sich über den Tresen und zählt uns. »Fünf Hunde?«, fragt sie ungläubig und lächelt dann Tina an. »Oh, die ist aber hübsch.«

Tina lächelt listig zurück.

»Ja, fünf.« Mr Minton hält inne. »Muss ich etwas bezahlen?«

»Nein, aber Sie können Ihre Meinung nicht mehr ändern, wenn die Hunde einmal aufgenommen sind. Sind Sie sich ganz sicher, Sir?«

»Absolut«, sagt er ohne das geringste Zögern.

Die Frau nimmt die Tasche mit unseren Habseligkeiten und unsere fünf Leinen an sich. Sie schiebt einen Stapel Formulare über den Tresen und reicht ihm einen Stift. »Könnten Sie diese kurz ausfüllen, bitte …«

Sie kommt um den Tresen herum, beugt sich zu uns hinunter, um uns wie ein Tierarzt auf Anzeichen von Krankheiten hin abzutasten. Ihr Griff ist dabei kühl und professionell.

Mein Kinn anhebend untersucht sie meine Augen und Zähne. Ihre Hände riechen nach Gummihandschuhen und Desinfektionsmittel. Eine äußerst unangenehme Mischung, die ich von Mrs Mintons Frühjahrsputz kenne.

Es schüttelt mich, aber ich wage nicht, mich wegzudrehen, um Molly nicht in Angst zu versetzen.

Meine kleine Schwester neben mir zittert auch. Mit eingeklemmtem Schwanz wartet sie darauf, untersucht zu werden. »Mir gefällt es hier nicht, Bertie«, flüstert sie, während sie die beklemmenden weißen Wände ringsum und die Milchglasscheiben an den Türen anstarrt. »Es erinnert mich an die Tierklinik.«

Ich weiß, was sie meint. Hier riecht es nach Tod.

»Ich bin bei dir, Molly«, erinnere ich sie. »Ich werde nicht zulassen, dass dir etwas passiert.«

Doch insgeheim fühle ich mich nicht wirklich zuversichtlich.

Jethro stöhnt und bibbert, von seinem vorherigen protzigen Gehabe nicht eine Spur mehr. »Ist das das Ende? Unser letzter Gang zum Tierarzt? Werden wir jetzt eingeschläfert?«

»Eingeschläfert?«, wiederholt Biscuit neben ihm mit vor Angst hohler Stimme. Er weicht ein paar Schritte zurück und hinterlässt vier schweißnasse Pfotenspuren auf dem dunklen Linoleumboden. »Das … klingt … nicht …«

»Ich glaube, es ist ein Tierheim«, flüstert Molly. »Für Hunde, die niemand haben will.«

Biscuit zittert nun auch. »Die niemand haben will?«

Tina fährt Jethro an: »Das alles ist deine Schuld, du

Dummkopf. Minton war vielleicht nicht perfekt, und das Essen war scheußlich, aber zumindest hatten wir bei ihm ein Dach über dem Kopf. Warum konntest du keine Ruhe geben?« Dann zieht sie den Bauch ein und schenkt der jungen Frau ein strahlendes Lächeln. »Hallöchen.«

Auf den Fotos, die an der Wand hinter dem Tresen hängen, sind Hunde zu sehen. Traurige Hunde. Schrecklich dünne, halb verhungerte Hunde. Eingeschüchterte Hunde, die voller Hoffnung in die Kamera blicken.

Ich glaube, es ist ein Tierheim. Für Hunde, die niemand haben will.

Ehe wir es uns versehen, hat Mr Minton die Formulare fertig ausgefüllt. Er sieht uns alle ein letztes Mal an und nickt dann, offenbar zufrieden mit sich.

»So, das wäre erledigt«, sagt er, verabschiedet sich von der Frau und verlässt – ohne einen weiteren Blick zurück – das Gebäude.

Die Tür schließt sich hinter ihm. Wir bleiben allein in dem kalten, hallenden Gang zurück und starren auf die Stelle, an der er eben noch stand.

Meine Beine zittern nicht, fühlen sich allerdings sehr wackelig an. Ich kann mich gar nicht richtig erinnern, dass Molly und ich jemals bei jemand anders als den Mintons gelebt hätten. Sogar die Erinnerung an unsere Welpenzeit ist verschwommen. Mr Minton ist der einzige Besitzer, den ich kenne. Er ist *unser* Mensch.

Und jetzt ist er verschwunden.

Ohne sich ein einziges Mal umzudrehen.

Hunde, die niemand haben will.

Erst in diesem Augenblick wird mir die volle Bedeutung dieser Worte klar.

Die junge Frau kehrt hinter den Tresen zurück, kramt

nach etwas und macht dabei sonderbar klirrende Geräusche. Ob sie Schlüssel sucht? Werkzeug? Folterinstrumente? Sie hat immer noch unsere langen Leinen in der Hand, die sich über den Tresen spannen, vor dem wir uns zusammendrängen. Sie läuft umher, und bei jedem Zug an den Leinen reißt es einen von uns heftig am Nacken.

»W… was passiert jetzt mit uns?«, fragt mich Tina, und zum ersten Mal ist sie wirklich erschrocken.

Sie fragt mich und nicht einen der anderen, denn ich bin bekannt dafür, immer eine Antwort parat zu haben. Und dafür, der schlaueste Hund im Haus zu sein. Der, der weiß, was zu tun ist, sobald sich eine Krise ankündigt.

Doch dieses Mal sehe ich sie nur hilflos an und schweige.

Auch bei mir gibt es Grenzen.

»Wir werden alle sterben«, stöhnt Jethro, »das wird passieren. Das war's. Das ist das Ende.«

Wenn man sich hier so umblickt, ist es schwer, nicht an seine düstere Prognose zu glauben.

Biscuit hat daran sowieso keinerlei Zweifel. Er hört sich die Vorhersage seines Freundes an, bricht dann in angstvolles Jaulen aus und hebt halb sein Bein an der Ecke des Tresens. »O nein, es kommt, es kommt.«

Wir starren ihn alle fassungslos an.

Die junge Frau läuft um den Tresen herum. »Das darf doch nicht wahr sein.« Sie betrachtet die Pfütze, die sich am Boden ausbreitet.

Wir erstarren angstvoll in stummer Erwartung eines Donnerwetters. Das wäre zumindest die Reaktion bei Mr Minton gewesen.

Doch sie bestraft Biscuit nicht für seinen Ausrutscher. Stattdessen reißt sie einige Blätter von der Papierrolle ab, die in einer Halterung an der Wand befestigt ist, schiebt ihn ein wenig unwirsch zur Seite und wischt den Boden sauber.

Als sie wieder hochkommt, schüttelt sie eindeutig missbilligend den Kopf in seine Richtung und ruft dann den Gang entlang: »Sharon? Hast du mal fünf Minuten?« Sie wirft die Papiertücher in einen großen Mülleimer und greift dann wieder unsere Leinen auf, wobei sie uns stirnrunzelnd anblickt. »Ich werde Hilfe mit dieser Truppe brauchen.«

Ein paar Minuten später zieht man uns bereits über den kalten Betonboden eines langen Gangs, auf dem überall große Gitterkäfige gestapelt sind, einige davon leer, aber die meisten mit anderen Hunden besetzt. Ihr Bellen erzeugt einen ohrenbetäubenden Lärm, und der Gestank – eine unangenehme Mischung aus Urin und Chlorreiniger, die mir in der Nase brennt – ist kaum auszuhalten.

Überall sind Hunde, stinkende, aufgeregte und erschöpfte Hunde, die sich gegen die Streben drücken und uns anstarren. Uns Neuankömmlinge in ihrem Gefängnis, diesem von Bellen und Rufen, Schreien und Beleidigungen durchsetzten Ort.

Ich werde in das obere Abteil eines leeren Käfigs gestoßen, die Tür fliegt zu und wird durch ein Schloss gesichert, ehe ich mich überhaupt umdrehen und meinen Gefängniswärter ansehen kann.

Molly, die von der anderen Frau weiter den Gang entlanggezogen wird, starrt mich an. Zu Tode erschrocken. »Nein, nein, ich muss bei Bertie bleiben«, ruft sie flehentlich.

Aber niemand achtet auf sie.

4

Meine erste Nacht im Tierheim ist die Hölle. Es scheint, als würde sie nie zu Ende zu gehen. Der große Hund neben mir schnarcht fast die ganze Zeit, manchmal zuckt er auch im Schlaf. Doch er ist nicht das Problem. Nein, es ist die unglaubliche Anzahl besetzter Käfige, die meine Sinne betäubt. Es gibt hier alle Arten von Hunden, die in unregelmäßigen Abständen stöhnen, jaulen und bellen. Und dann diese vielen, vielen unterschiedliche Gerüche …

Noch nie habe ich so viele verschiedene Gerüche wahrgenommen, einige angenehm, manche verwirrend, einige vollkommen unbekannt, viele einfach nur abstoßend. Meine Nasenflügel beben, mein Gehirn arbeitet auf Hochtouren. Mir ist schon bald schwindlig von der Anstrengung, jeden einzelnen herauszufiltern und zu identifizieren.

Nach einigen Stunden gönne ich meiner armen Nase eine Verschnaufpause, lege den Kopf auf die Pfoten und höre stattdessen dem Rufen und Schreien zu, bis auch meine Ohren erschöpft sind. Schließlich döse ich einfach weg. Doch etwa alle halbe Stunde werde ich durch ein verstörendes Flüstern aus einem benachbarten Käfig oder ein unkontrolliert ausbrechendes Bellen vom anderen Ende des Gebäudes aufgeschreckt, und auch meine Nachbarn brechen dann in kläffendes Gebrüll aus.

Es ist ein furchtbares Gefühl, gleichzeitig gefangen und allen Blicken ausgesetzt zu sein. Doch als ich mir ein paar Minuten Zeit nehme, mein Gefängnis zu untersuchen, stellt sich heraus, dass der Käfig gar nicht so begrenzt ist, wie ich dachte. An der Rückwand ist eine Klapptür versteckt, die in ein kleines Außengehege führt. Es ist angenehm, mal eine Weile draußen zu stehen, die kühle Luft einzuatmen und nur das Geräusch des vorbeifließenden Verkehrs zu hören anstatt das Bellen der anderen Hunde. Doch schon bald fühle ich mich einsam und bekomme auch ein wenig Angst, daher schlurfe ich zurück nach drinnen, wo es zumindest dunkel ist und mir die Anwesenheit meiner Mitgefangenen recht tröstlich vorkommt.

Als die Nacht zu Ende ist, flackert das elektrische Licht auf, und kurz darauf kommen die Tierwärter herein. Diesmal sind es ein Mann und eine andere Frau, sie tragen Plastikschürzen und bringen Eimer mit, die einen sonderbaren Geruch verströmen. Sie sprechen laut miteinander, ohne dabei die geringste Rücksicht auf uns Hunde zu nehmen, doch zumindest schieben sie im Vorbeigehen in jeden Käfig ein wenig Futter durch die Luke.

Der Mann bleibt an meinem Käfig kurz stehen.

»Dieser hier ist neu.«

Die Frau nickt. »Sharon hat gesagt, die kamen gestern Abend noch spät rein. Es sind fünf, alle aus demselben Haushalt.«

»Und was war der Grund?«

»Der Besitzer ist alt. Er kommt nicht mehr mit ihnen zurecht.«

Der Mann trägt einen Bart und einen einzelnen goldenen Ohrring. Er betrachtet mich. »Ein Beagle. Ich mag Beagles.« Er lächelt und greift durch das Käfiggitter, um mich hinter dem Ohr zu kraulen. Ich reibe mich dankbar am Käfig, und sein Lächeln wird breiter. »Der ist echt niedlich.«

»Der andere Beagle ist in Block B. Aus demselben Wurf, aber ein Weibchen.«

»Die beiden finden sicher bald ein Zuhause. Die Leute lieben Beagles.«

»Sie sind ein bisschen übermütig, findest du nicht?«

»Beagles passen nicht zu jedem, das stimmt. Sie brauchen viel Liebe und Aufmerksamkeit. Man kann sie auch nicht den ganzen Tag allein lassen, sonst fangen sie an, Sachen kaputt zu machen. Aber wenn sie stubenrein sind und so lieb wie der hier … ich bin sicher, der bleibt nicht lange bei uns. Nicht so wie manch anderer armer Hund, der hier abgegeben wird.«

Er zieht seine Hand zurück, und die beiden gehen weiter. Sie schieben im Gehen eine Handvoll Trockenfutter in jeden Käfig und unterhalten sich dabei pausenlos.

Ich drücke meinen Körper gegen die unnachgiebigen Gitterstäbe und verdrehe mir den Kopf, um ihnen hinterherzusehen und vielleicht Molly in einem der anderen Käfige zu erspähen.

Was hat die Frau gesagt? Block B?

Doch was heißt das?

Als ich beobachte, dass die beiden vor keinem der anderen Käfige anhalten und schließlich durch eine weitere Tür treten, die schwer hinter ihnen ins Schloss fällt, wird mir klar, dass Molly nicht auf demselben Gang wie ich sein kann. Ich recke meine Schnauze hoffnungsvoll in die Luft, als sich die Tür schließt, doch nicht einmal den kleinsten Geruchshinweis aus dem angrenzenden Block kann ich erschnuppern. Es gibt hier einfach zu viele verschiedene Gerüche. Dutzende und Aberdutzende von Hunden, die alle ihr ganz eigenes, stechend scharfes Odeur absondern. Ich bin überzeugt, dass ich den Duft meiner Schwester unter Tausenden von Hunden erkennen könnte, so sensibel ist meine Nase.

Doch hier kann ich sie einfach überhaupt nirgends riechen, was bedeuten muss, dass sie nicht in meiner Nähe ist.

Ich sacke auf dem Boden meines Käfigs zusammen, zu niedergeschlagen, um das Trockenfutter, das die beiden Menschen zurückgelassen haben, auch nur anzurühren.

»Iss es lieber, bevor es ungenießbar wird«, rät mir ein riesiger weiß-grauer Flokatihund aus dem Käfig nebenan. Er ist verfilzt und fransig, eine wogende Masse, die fast die ganze Nacht über geschnarcht hat. Zwei durchdringende Augen starren mich aus einem Zottelfell heraus an, seine Stimme klingt, als käme sie aus einem tiefen Schacht. »Das ist alles, was wir normalerweise bis zum Mittagessen bekommen, und das auch nur, wenn Peter den ganzen Tag Schicht hat. Wenn er früher Schluss macht, kriegen wir manchmal nicht mal Mittagessen.«

»Hab keinen Hunger«, gebe ich zurück.

Er sieht mich eindringlich an. »Um Hunger geht es doch gar nicht. Aber ein schmächtiger Bursche wie du braucht jede Stärkung, die er kriegen kann. Sonst ist am Ende nicht mehr viel von dir übrig. Ich habe das bei anderen Hunden beobachtet. Kein schöner Anblick.«

Er hat vermutlich recht.

Widerwillig schnuppere ich an einem der winzigen sternförmigen Hundecracker und beiße dann hinein. Hm, gar nicht so übel. Auf jeden Fall besser als Mr Mintons undefinierbarer Brei.

Ich schaufele noch einige weitere Cracker in meinen

Mund und kaue darauf herum. Und mit einem Mal bekomme ich richtig Hunger.

»Wer ist Peter?«, frage ich zwischen zwei Bissen.

»Der Mann, der an deinem Käfig stehen geblieben ist. Einer von den Wärtern. Er ist ganz okay. Einer von denen, die mit uns sprechen, als wären wir Menschen. Thea ist auch ganz in Ordnung, sie teilt immerhin keine Schläge aus. Aber Sharon mag ich nicht. Oder die Frau von eben, Elaine. Sie führt diesen Laden, als wär's ein Gefängnis.« Er zeigt seine Zähne. Sie sehen gefährlich groß und scharf aus, wenn auch ein wenig gelb. »Und wenn du mich fragst, führt sie ihn auch nicht besonders gut.«

»Aha. Danke«, sage ich und kann nicht anders, als auf seinen stetig schlagenden Schwanz zu starren. Er ist so dick und pelzig, dass es aussieht, als wäre ein totes Eichhörnchen an seinem Hinterteil befestigt. »Was bist du eigentlich für eine Rasse?«

»Bobtail«, sagt er stolz und zwinkert mir zu. »Reinrassig, aber das macht hier drinnen keinen großen Unterschied. Ich bin schon das dritte Mal da. Bleibe aber nie lang, denn ich bin beliebt.« Er kratzt sich nachdenklich. »Die Familien, die mich mitnehmen, bringen mich aber immer recht bald wieder zurück.«

Ich nicke wissend. »Bist du zu groß?«

»Ja, und außerdem verdammt haarig. Ich hinterlasse überall ganze Fuhren meines Fells. Das kommt bei den Menschen nicht wirklich gut an.«

Seine Selbstironie entlockt mir ein Grinsen. »Ich glaube, in dich würden fünf von meiner Sorte hineinpassen.«

»Das ist ja auch kein Wunder, wenn ihr alle so langsam esst. In der Zeit, die du für ein Cracker brauchst, hätte ich dich komplett verschlingen können.«

Ich halte mitten im Kauen inne. »Ich heiße Bertie. Und du?«

»Gandalf.«

»Komischer Name.«

»Die Menschen lieben ihn. Sie lachen immer, wenn sie ihn hören.« Er zieht die Schultern hoch. »Keine Ahnung, wieso.«

»Menschen haben einen sonderbaren Humor.«

»Da hast du recht.« Er sieht mir zu, wie ich meinen letzten Cracker verputze. »Gut, oder?«

»Besser als Pampe.«

Er blickt verdutzt drein. »Pampe?«

»Das Futter, das wir in meinem alten Zuhause bekommen haben. Brauner Brei, der aus einer Plastikwursthaut quillt.«

»Schlechter Besitzer, was?«

Ich zucke die Schultern und lasse mich dann nieder, blicke umher. »So schlecht auch wieder nicht. Immerhin hat er uns gefüttert. Es ist, wie die Wärter gesagt haben: Minton ist einfach zu alt, um mit uns zurechtzukommen. Immerhin waren wir zu fünft, und einige von uns sind nicht gerade … nun ja, wohlerzogen.«

Ich erzähle ihm von den anderen Hunden und davon, wie wir recht glücklich bei den Mintons gelebt hatten, bis Mrs Minton starb. Gandalf hört aufmerksam zu, nickt an einigen Stellen und sieht mich hin und wieder voller Mitgefühl an. Mich beschleicht das Gefühl, dass er das bei vielen anderen ganz genau so gemacht hat. Den neuen Bewohner behutsam an sein Leben im Tierheim gewöhnen, indem man ihm ein paar Fragen stellt und sich dann dessen Geschichte anhört. Ich frage mich, wie alt er ist, beschließe dann aber, dass es unhöflich wäre, ihn danach zu fragen.

Als ich Molly erwähne, unterbricht er mich lächelnd. »Du meinst den charmanten kleinen Beagle, mit dem du gestern Abend hier angekommen bist?«

»Ja, genau.« Ich ziehe die Stirn in Falten und knabbere an einer juckenden Stelle an meiner rechten Schulter. »Ich würde zu gern wissen, wo sie jetzt gerade ist. Block B, haben sie gesagt.«

»Das ist dahinten«, erklärt er mir und weist mit dem Kopf in Richtung der Tür am Ende des Gangs mit den Käfigen.

Ich starre sorgenvoll in die angezeigte Richtung. »Gibt es eine Möglichkeit, wie wir aus …«

»… den Käfigen herauskommen?«

Ich nicke und blicke ihn voller Hoffnung an.

Er lacht trocken und schüttelt den Kopf. »Keine Chance, leider. Wir sind Gefangene, so einfach ist das. Und Weibchen und Männchen werden schön getrennt gehalten.«

Ich bin schwer enttäuscht, obwohl ich natürlich damit gerechnet hatte. »Molly«, murmele ich, und mein Kopf sinkt auf die Pfoten. »Das ist alles meine Schuld. Molly hatte mich noch gewarnt. Doch ich habe nicht auf sie gehört. Wie immer halt. Stattdessen habe ich diesen blöden Streit mit Jethro angefangen und schließlich Mrs Mintons Kleid zerrissen.«

Gandalf sieht mich mitfühlend an. »Mach dir keine Sorgen, kleiner Freund. Du wirst sie vielleicht beim Auslauf wiedersehen.«

»Was ist das?«

Er kratzt sich und überlegt eine Weile. »Das ist so ähnlich wie spazieren gehen, denke ich. Bloß dass wir im Kreis im Hof herumlaufen, angeleint. Immer fünf Hunde zusammen.«

»Und glaubst du, dass wir zur gleichen Zeit Auslauf haben wie Molly?«

»Hunde, die gemeinsam hier ankommen, haben normalerweise auch zusammen Auslauf. Vermutlich, um zu vermeiden, dass sich Hunde, die miteinander rivalisieren, verletzen. Im Übrigen ist es verboten zu kämpfen. Jeder, der beim Kämpfen erwischt wird, wird in den Käfig zurückgebracht und kriegt Auslaufzeit gestrichen.« Gandalf grinst mich schief an. »Mit anderen Worten: Am besten, du gerätst in keinerlei Auseinandersetzung.«

Zu meiner Überraschung behält Gandalf recht. Am Vormittag kommt die Frau namens Thea, lässt mich aus dem Käfig, befestigt eine Leine an meinem Halsband und bringt mich in den Hof.

Unterwegs lasse ich den Blick in jeden Käfig wandern, in der Hoffnung, Molly zu entdecken.

Viele Hunde bellen mir auf dem Gang grüßend oder schimpfend hinterher. Einige sind aggressiv, manche wollen einfach nur Hallo sagen. Ich konzentriere mich, um nicht von all den sonderbaren Gerüchen und Eindrücken abgelenkt zu werden, denn auf keinen Fall will ich meine Schwester verpassen, sollte ich ihr überhaupt begegnen.

Thea hält an einem der Käfige am Ende des Gangs an, und zu meiner Überraschung entdecke ich Biscuit, der in der Ecke eines Käfigs kauert. Thea öffnet die Tür und versucht, ihn herauszulocken, worauf er sich natürlich weigert.

»Fremder, Fremder«, wiederholt er mehrmals, ohne uns anzusehen.

Vielleicht hat Gandalf ja recht, und wir haben tatsächlich alle zusammen Auslauf, überlege ich. Was wiederum bedeutet, dass ich in wenigen Minuten Molly sehen könnte.

Aber nur, falls man Biscuit überreden kann, seinen Käfig zu verlassen.

»Beeil dich«, rufe ich ihm ungeduldig zu, denn ich will nichts von der kostbaren Zeit mit Molly vergeuden. »Wir gehen raus. Du magst doch Spaziergänge, Biscuit.«

Biscuit starrt mich an, überrascht und ein wenig irritiert, als hätte er schon vergessen, wer ich bin. Dann bewegt er sich in Richtung der Käfigtür und starrt mich weiter an. »Ach, du bist es …« Seine Brauen ziehen sich zusammen. »Bertie.«

»Das stimmt. Ich bin's, Bertie. Jetzt komm aber.« Ich bemühe mich, ein wenig Begeisterung in meine Stimme zu legen. »Spaziergang!«

»Spaziergang«, wiederholt er etwas unsicher, erlaubt der Frau aber, ihn am Halsband zu nehmen. Er zieht den Kopf ein, als er angeleint ist, und folgt uns dann ohne weitere Einwände den Gang entlang. Er scheint erleichtert, dass man ihm die Entscheidung abgenommen hat. »Denkst du, dass Jethro auch zum Spaziergang kommt?«

»Vielleicht.«

Ein Stück weiter vorn dreht Thea an einer seitlichen Tür einen großen Schlüssel und tritt dann hinaus in das kalte Sonnenlicht. Ein scharfer Wind weht, und ich rieche die Abgase. Aber auch den warmen, herbstlichen Duft, den die Bäume verströmen, sobald sie ihre Blätter verlieren. Das matte Blau des Himmels erinnert mich daran, dass uns kälteres Wetter bevorsteht, und daran, uns erst mal nicht auf weitere warme Tage freuen zu können. Ich kann mir nur schwer vorstellen, wie ein Leben ohne Mr Minton aussehen soll. Vermutlich wird es hart und ungemütlich sein, wenn ich ehrlich bin. Doch jetzt muss ich mich auf das konzentrieren, was kommen wird, nicht auf die Vergangenheit. Was könnte ich auch sonst tun?

Von plötzlicher heftiger Aufregung ergriffen beginnt Biscuit zu jaulen und wild mit dem Schwanz hin und her zu schlagen. Einen Moment lang denke ich, dass er wahrscheinlich etwas zu essen erspäht hat. Doch da habe ich den treuen Labrador falsch eingeschätzt.

»Jethro«, stößt er keuchend hervor und zieht so fest an der Leine, dass es ihn würgt. »Jethro, Tina, Molly … Jethro, Tina, Molly.«

Ich war damit beschäftigt gewesen, den Außenbereich des Tierheims zu studieren, die Fenster und Türen auf potenzielle Fluchtwege hin zu untersuchen. Doch als ich Biscuit den Namen meiner Schwester rufen höre, drehe ich mich um, mache einen Satz nach vorn und ziehe dabei mit ebenso viel Begeisterung an der Leine wie Biscuit selbst.

Molly!

Meine Schwester ist ebenfalls angeleint, man hat sie zusammen mit unseren ehemaligen Mitbewohnern Jethro und Tina an einem Metallring festgebunden, der an einer Mauer befestigt ist.

Als sie mich entdeckt, springt sie hoch und lacht. »Bertie!«

»Schwesterherz!«

Über Mollys Kopf hinweg blickt Tina mich herablassend an, dreht sich wieder weg und widmet sich mit Hingabe der Pflege ihres Hinterteils. Nach ein paar Sekunden lässt sie sich immerhin zu ein paar Worten herab: »Guten Morgen, Bertie. Weißt du, als Minton uns gestern Abend hierhergebracht hat, dachte ich, dass ich ein neues Leben beginnen könnte. Mit einem ganz neuen Bekanntenkreis. Ich war richtig aufgeregt … doch es scheint, als würden sie Hunde aus demselben Haushalt auch hier weiterhin zusammen halten, zumindest so lange, bis sie ein neues Zuhause gefunden haben. Da sind wir also wieder alle vereint.« Ihre Stimme trieft vor Geringschätzung. »Welche Freude.«

Ich achte nicht weiter auf sie, stattdessen schmiege ich mich an Mollys warme Schulter. Als ich ihre Angst und Nervosität riechen kann, beschließe ich auf der Stelle, sie nicht spüren zu lassen, wie besorgt ich bin. Sie soll sich nicht noch schlechter fühlen.

»Wie war deine Nacht, Schwesterchen?«

»Nicht allzu schlimm.«

Sie setzt sich ab, ihre Zunge hängt heraus, und sie gibt sich Mühe, einen unbekümmerten Eindruck zu erwecken, aber ich habe bereits bemerkt, dass sie sich verstärkt auf ihr rechtes Bein stützt. Was bedeutet, dass ihr linkes wieder wehtut.

»Wie ist dein Käfig?«, frage ich betont fröhlich. »Ich schwöre dir, meiner ist fast so gemütlich wie das Sofa bei den Mintons …«

»Lügner«, entgegnet sie, muss aber doch ein bisschen lachen. »Ich wünschte, wir wären im selben Block untergebracht. Es ist nicht fair, dass sie uns getrennt haben.«

»Vielleicht lassen sie uns ja wieder zusammen, wenn wir ihnen zeigen, wie nah wir uns stehen?«

»Gute Idee.«

Ich sehe mich nach Jethro und Biscuit um, die gerade damit beschäftigt sind, fröhlich gegenseitig ihre Hintern zu beschnuppern, ohne dass es ihnen im Geringsten peinlich wäre.

»So nah wie die beiden aber lieber nicht …«

Sie grinst.

Ich beginne, um meine Schwester herumzulaufen, immer weiter, belle wild und bringe mit Absicht unsere Leinen durcheinander. »He, Bertie«, ruft sie aus, und als sie sich windet, um sich zu befreien, klappt ihr ein Ohr über das Auge. »Jetzt schau mal, was du angerichtet hast.«

»Ich will doch den Menschen nur zeigen, dass wir zusammengehören.«

»Dadurch bekommen wir vermutlich eher Ärger.«

Doch Thea lacht nur, als sie uns aus unserem Leinengewirr befreit. Sie beugt sich zu uns hinunter, um uns den Kopf zu streicheln. Scheinbar ist sie von unseren Mätzchen nicht sonderlich genervt.

»Ach, ihr seid Bruder und Schwester, stimmt's? Und so froh, dass ihr euch wiederseht, das ist doch klar.« Sie nimmt unsere Leinen auf und führt uns beide neben sich her. Jethro, Biscuit und Tina stolpern uns nach. »Na, wir werden sicher bald eine nette Familie finden, die euch aufnimmt.«

Molly sieht mich aufgeregt an. »Hast du das gehört, Bertie? Eine nette Familie.«

»Ja, ich hab's gehört.«

»Das wäre doch unser Traum.«

Normalerweise ziehe ich beim Spazierengehen immer an der Leine, damit es vorwärtsgeht, doch heute verlangsame ich meine Schritte, um neben meiner Schwester zu bleiben, während wir im Hof herumgeführt werden, denn ich sehe, dass sie humpelt. »Schmerzt dein Bein immer noch, Molly?«

»Es wird schon besser«, behauptet sie heiter. »Ach, ich bin so froh, dass Mr Minton uns ins Tierheim gebracht hat. Ich kann es kaum erwarten, bis uns eine nette Familie mit nach Hause nimmt. Hoffentlich sind sie fürsorglich und geben uns etwas Anständiges zu essen und stellen uns ein gemütliches Körbchen hin«, sprudelt sie weiter. »Und sicher drücken und knuddeln sie uns die ganze Zeit ganz fest.«

Ich lächele ihr zu, doch ich fühle mich ein wenig unbehaglich dabei. »Ich bin sicher, das werden sie tun, Schwesterchen.«

5

Es vergehen drei ereignislose Tage im Tierheim, mit gelegentlichem Gruppenauslauf, gefolgt von zähen Stunden der Langeweile und Einsamkeit im Käfig.

Bis etwas völlig Unerwartetes und sehr Sonderbares geschieht.

Am Morgen des vierten Tages werde ich in einen kleinen quadratischen und gefliesten Raum geführt, der nach Desinfektionsmittel riecht. Oben in der Wand ist ein großes Fenster.

»Bleib«, sagt Elaine scharf und schließt die Tür.

Verwundert über dieses sonderbare Verhalten starre ich die Tür ein paar Sekunden lang an, um schließlich meine neue Umgebung zu untersuchen. Ich bin hier drinnen scheinbar allein, abgesehen von einem Gummiball. Aber hey, ein Gummiball ist nach den drei Tagen, die hinter mir liegen, der größte Luxus, und so stürze ich mich mit Feuereifer darauf.

Die folgenden Minuten bringe ich damit zu, dem Ball umherzujagen, ihn unter meinen Pfoten zu verstecken, wild darauf herumzukauen oder ihn auf dem Rücken rollend unter mein Kinn zu klemmen. Letzteres ist eine Spezialität von mir, die ich erfunden habe, um die gute alte Mrs Minton zu erfreuen. Auch bei ihren Besuchern war der Trick sehr beliebt.

Doch dann bemerke ich mit einem Mal, dass ich durch das Fenster beobachtet werde.

Ich lasse den Ball los und blicke hinauf, immer noch hechelnd.

Am Fenster steht eine Frau, die auf mich herabstarrt. Sie hat eine lange Nase, ihr Gesicht wirkt verkniffen, und ihre raue Haut ist mit roten Flecken übersät. Sie erinnert mich an eine sehr strenge Dame, die einst die Mintons im Park beschimpft hat, weil sie uns Hunde von der Leine ließen, was ja auch tatsächlich nicht erlaubt ist, obwohl es jeder macht.

Die Frau am Fenster blickt unfreundlich und missbilligend drein, was mich zurückweichen lässt und mir ein mulmiges Gefühl verschafft. Vielleicht hätte ich nicht mit dem Ball spielen sollen. Aber er lag ja direkt vor meiner Nase auf dem Fliesenboden, daher war ich davon ausgegangen, dass er meiner Unterhaltung dienen sollte. Jetzt sieht er allerdings etwas zerknautscht aus und hat auch einiges an Spucke abbekommen.

Ihr verächtlicher Blick und ihre zusammengepressten Lippen rufen bei mir Gedanken an Schläge und Schimpftiraden hervor. Sicher schickt sie Hunde auch hinaus in die Kälte, wenn sie sich »schlecht benehmen«.

Vielleicht gehört der Ball ja ihr.

Ich neige den Kopf und starre zurück, eine Spur von Trotz im Blick.

Wenn sie nicht wollte, dass ich mit ihrem wertvollen Ball spiele, warum hat sie ihn mir dann überhaupt hingelegt? Ich bin ein Hund, und ich liebe Bälle nun mal. Schlimmer noch: Ich bin ein Beagle. Einen Beagle darf man nicht mit einem Ball in einem Raum allein lassen und erwarten, dass er lieb auf die Erlaubnis wartet, den Ball traktieren zu dürfen.

Ich bin doch kein Pudel, Menschenskind!

Auf einmal geht die Tür auf.

Und ich erblicke Molly. Ich kann nicht anders, als sie anzulächeln.

»Molly«, sage ich erleichtert.

Elaine bückt sich, um meiner Schwester die Leine abzunehmen. Endlich frei! Molly schüttelt sich ein wenig und humpelt dann in den Raum hinein.

»Bertie!« Sie zieht tief die Luft ein, als würde sie meinen Geruch einatmen wollen, dann kuschelt sie sich an mich, Schulter an Schulter. Ihre wohlbekannte Wärme durchströmt mich, und meine ganzen Sorgen schmelzen dahin, als wir so eng beieinanderstehen. »Gestern hatten wir keinen Auslauf. Ich habe dich so vermisst!« Nicht mit Molly zusammen zu sein, selbst nur für kurze Zeit, ist für mich kaum auszuhalten, und daher waren die letzten Tage für mich eine ziemliche Qual. Doch ich will nicht, dass sie sich auch noch um mich sorgt, wenn es ihr selbst nicht gut geht.

Ich setze also ein tapferes Gesicht auf und sage leichthin: »Hab dich auch vermisst, Schwesterchen. Wie geht's deinem Bein?«

»Mach nicht so ein Aufhebens darum. Das ist gar nicht nötig.«

»Aber einer muss doch auf dich aufpassen.«

Sie zieht einen Flunsch. »Ich kann gut auf mich selbst aufpassen, weißt du. Und eigentlich tut es nur weh, wenn du nicht da bist, um die Stelle abzulecken.«

»Na, dann werde ich mal dafür sorgen, dass ich immer da bin«, sage ich bemüht heiter.

»Was ist das hier für ein Raum?«, fragt sie und schnüffelt in der Luft. »Igitt, Desinfektionsmittel. Warum haben sie uns hergebracht? Und wo sind die anderen?«

»Keine Ahnung.«

Sie blickt neugierig an mir vorbei und entdeckt den Ball. Wieder reckt sie ihre Nase in die Luft, diesmal mit einem halben Lächeln. »Oh, das ist aber ein lecker riechendes Spielzeug. Wer hat denn darauf herumgekaut?«

Sie tapst hinüber zu dem Ball und schnüffelt ausgiebig daran.

»Das war dann wohl ich«, gebe ich ein wenig kleinlaut zu. Sie hat meinen Geruch inzwischen sicher ohnehin schon überall auf dem Ball erkannt. Ich blicke zum Fenster hoch.

Die Frau mit der langen Nase und dem verkniffenen Gesicht steht noch immer da und presst ihre knochige Hand gegen das Glas. Elaine, die Chefin des Tierheims, steht nun neben ihr. Es ist nicht besonders angenehm, wie die beiden so auf uns herabstarren. Es ist sogar ziemlich beklemmend.

Ich muss daran denken, wie Mrs Minton einmal einen leuchtend roten Goldfisch als Haustier gekauft hat. Eine ihrer kleinen Nichten hat ihn dann irgendwann mitgenommen, aber ich kann mir jetzt gut vorstellen, wie der Goldfisch sich gefühlt haben muss, als er in seiner großen Glasschüssel herumgeschwommen ist, immer im Kreis, und wir Hunde ihn wie hypnotisiert beobachtet haben.

Molly kräuselt ihre Nase. »Bäh, Sabber.«

»'tschuldigung, Schwesterherz. Ich konnte nicht anders. War sehr aufgeregt.«

Molly stupst den Ball mit ihrer Nase an. »Er sieht aber immer noch super knautschig aus. Sollen wir eine Runde damit spielen?«

Sie jagt dem Ball hinterher, in Richtung des Fensters, und die mürrische Frau beugt sich vor und sieht Molly zu, von plötzlicher Aufmerksamkeit gepackt. Etwas an ihrem Gesichtsausdruck lässt mir das Herz in die Kniekehlen sacken.

»Lieber nicht, Molly. Lassen wir den Ball in Ruhe.«

Sie hält inne und blickt sich erstaunt zu mir um. »Warum das denn? So schlimm ist mein Bein auch wieder nicht, weißt du. Ich kann durchaus Ball spielen.«

»Wir haben Zuschauer.«

Ich deute mit dem Kopf auf die zwei Frauen am Fenster, und Mollys Blick wandert ebenfalls nach oben, wobei ihre braun-weiß gefleckten Ohren hochstehen und sich ihr Köpfchen in der für sie typischen Art zur Seite neigt.

»Oh«, sagt sie ausdruckslos. »Eine Besucherin. Wer ist das?«

»Die oberste Ballpolizei, wenn du mich fragt.«

»Wie bitte?«

»Es gefiel ihr nicht, dass ich mit dem Ball gespielt habe. Sie hat mich richtig wütend angesehen. Ich dachte schon, sie würde mir gleich einen Klaps verpassen.«

Molly runzelt die Stirn und geht ein paar Schritte nach vorn, um die Frau besser sehen zu können. Sie richtet sich auf den Hinterbeinen auf, die Vorderpfoten an der Wand abgestützt, und starrt hinauf. »Hmm, sie sieht schon ein wenig streng aus.«

»Ein wenig?«, lache ich und richte mich ebenfalls an der Wand auf, um neben Molly hinaufblicken zu können. Jetzt betrachten wir beide die Frau so ungeniert, wie sie uns betrachtet. Jetzt, da Molly hier ist, gefällt mir das Ganze schon viel besser. Mit ihr hebt sich meine Laune immer. »Dieses Gesicht könnte wirklich Milch sauer werden lassen, das sage ich dir. Ich habe schon Bulldoggen gesehen, die einen freundlicheren Blick hatten.«

»Bertie!«

»Okay, das war gemein. Den Bulldoggen gegenüber.«

Molly schüttelt den Kopf und sieht mich dabei fast ebenso missbilligend an wie die Frau am Fenster. »Hast du schon mal darüber nachgedacht, dass sie vielleicht unsere nächste Besitzerin sein könnte? Dass sie hergekommen ist, um uns genauer unter die Lupe zu nehmen, damit sie entscheiden kann, ob sie uns mit nach Hause nehmen will?«

Ich erwidere nichts.

»Du solltest also damit aufhören, Witze zu reißen, und lieber etwas tun, das die Menschen süß finden«, ermahnt mich meine Schwester. »So was zum Beispiel.«

Molly springt zurück, vollführt in der Luft eine Art kleinen Rückwärtssalto und landet dann auf allen vier Pfoten gleichzeitig, wie ein Hundeakrobat. Sie hätte wirklich zum Zirkus gehen sollen. Dann dreht sie sich um und jagt noch einmal voller Begeisterung dem Ball nach. »Sonst sucht sie sich noch jemand anders aus. Tina oder so.«

»Okay.« Ich zögere noch. »Beeindruckender Salto übrigens.«

»Hier, du bist dran.« Molly rollt den Ball in meine Richtung und tut dann so, als müsse sie ihn mir abjagen. Ich spiele mit, lasse zu, dass sie mich zu Boden stürmt und über meinen Körper trampelt, passe dabei immer auf, dass ich nichts tue, was ihr Bein verletzen könnte, setze mich schließlich auf, um zuzusehen, wie sie verzückt auf dem Ball herumkaut. Sie blickt mit gerunzelter Stirn zu mir und gibt sogar ein leichtes Knurren von sich, um mich zu motivieren. »Hey, beweg dich. Sie beobachten uns immer noch.«

»Tut mir leid, ich bin nur etwas …« Ich schnappe mir den Ball aus ihren Pfoten, und wir jagen ihm über den

Fliesenboden hinterher, mit gespieltem Knurren und wildem Umherrollen. »Molly, bist du sicher, dass du mit jemandem wie ihr nach Hause gehen möchtest? Ich meine, sie sieht wirklich sehr unfreundlich aus.«

»Sie ist nicht Mr Minton, das ist das Wichtigste.«

Ich jage ihr den Ball ab und schiebe ihn mir kauend in die Backe, die daraufhin kugelrund wird. Als würde ich gerade eine Wüstenrennmaus verspeisen. »Daf dimmt.«

Sie starrt mich an. »*Was?*«

Ich spucke den Ball aus, und er rollt davon, über und über mit Speichel bedeckt. »Das stimmt.«

Plötzlich öffnet sich die Tür.

Die Frau mit dem strengen Blick betritt langsamen Schrittes den Raum, dicht gefolgt von Elaine. Die Frau ist sehr groß und sehr dünn. Sie trägt schwarze Schuhe mit einem kleinen Absatz und einen knielangen Rock aus grobem braunen Stoff, der sonderbar riecht. Ich versuche, ihre obere Körperhälfte besser zu sehen, und verrenke mir dabei den Hals.

Ich bemerke, dass die Besucherin Parfüm trägt, und meine Nase zieht sich bei diesem unangenehmen Geruch zusammen. *Eau de Klosett,* wie Mrs Minton ein wenig boshaft zu sagen pflegte, wenn die Avon-Beraterin wieder zu einem ihrer monatlichen Besuche erschien. Manche Menschen scheinen sehr süße Düfte zu lieben. Mir persönlich gefällt Elaines Körpergeruch viel besser, der ist ein wenig muffig und erinnert mich an die Achseln von Mrs Minton. Ich vermisse es immer noch, mich an langen Abenden an ihren großen, weichen Körper zu schmiegen. Doch diese neue Frau riecht nicht mal ansatzweise so köstlich wie Mrs Minton und hat auch sonst nichts von ihrer kuscheligen Gemütlichkeit.

Ich muss dreimal niesen und versuche dann, mich außer Reichweite ihres viel zu süßlichen Parfüms und ihrer knochigen Hände zu bringen. Das wäre – wie sich herausstellt – gar nicht nötig gewesen, denn die Frau sieht mich gar nicht an, sondern Molly.

Sie geht neben meiner Schwester in die Knie und streckt vorsichtig eine Hand nach ihr aus, fast als würde sie ihr einen Leckerbissen anbieten wollen. »Du süßes, kleines Hündchen«, sagt sie mit dünner, knarzender Stimme.

Sie klingt wie die Tür eines Klohäuschens, die im Wind quietscht.

Molly sitzt ganz still, die leidliche Verkörperung eines braven Beagles. Ihr Mund steht ein wenig offen, in ihren Augen liegt ein niedliches Zwinkern, und ihr Schwanz wedelt sachte hin und her.

»Och, sehen Sie nur mal, wie goldig«, sagt Elaine und klingt auf einmal ganz milde. Sie streicht ihre Haare zurück und blickt uns beide auf ihre übliche beherrschte Art an. Als würde ein echtes Lächeln ihr körperliche Schmerzen bereiten. »Diesen Augen kann man doch gar nicht widerstehen.«

»Hmmm«, murmelt die Frau und lässt ihren Blick kurz zu mir schweifen.

Ich halte ihrem Blick stand und setze ein gewitztes Gesicht auf.

»Ich muss zugeben, dass sie genau das ist, was ich suche«, erklärt die Verkniffene und wendet sich wieder Molly zu.

Meine Schwester behält ihre liebreizende Miene bei. Ihr Schwanz wedelt vielleicht noch etwas eifriger. »Siehst du, so geht das, mein lieber Bruder«, flüstert sie aus einem Mundwinkel.

Ich ziehe meine Augenbrauen hoch. »Du meine Güte!«

Die Frau richtet sich wieder auf und streicht ihren Rock glatt. »Nun, ich habe mich entschieden. Ich werde Ihre Empfehlung beherzigen.«

Elaine setzt ein künstliches Lächeln auf. »Das freut mich. Sie werden es nicht bereuen.«

»Bestimmt nicht.«

Molly wirft mir einen Blick zu, und ich sehe, dass ihre Augen feucht geworden sind und ihr Schwanz noch schneller schlägt. Sie kann ihre Aufregung nicht verbergen. »Oh, Bertie«, sagt sie feierlich mit zitternder Stimme, »ich kann es kaum glauben. Es ist so weit. Sie will uns mitnehmen. Jetzt bekommen wir endlich ein richtiges Zuhause.«

Sie schmiegt sich an mich, und ich bemühe mich um Mollys willen um einen freudigen Gesichtsausdruck. Und natürlich bin ich auch sehr erleichtert, dass wir das Tierheim verlassen werden. Ich hätte mir nur gewünscht, dass uns eine Familie mit kleinen Kindern und einem Haushalt voller Leben aufnimmt. Diese Frau sieht nicht so aus, als könne man mit ihr viel Spaß haben. Und sie ist vermutlich auch nicht sonderlich daran interessiert, draußen herumzutollen, so geziert, wie sie sich zu Molly hinuntergebeugt hat, um sie zu streicheln. Am Ende kann man bei ihr noch weniger auf Ausflüge in den Park hoffen als bei Mr Minton.

Doch alles ist besser, als noch eine weitere Nacht hier zu verbringen.

»Wir haben vermutlich noch eine Menge Papierkram zu erledigen«, sagt unsere neue Besitzerin ein wenig besorgt, während sie sich eine Haarsträhne hinters Ohr klemmt.

»So viel ist es gar nicht«, beruhigt sie Elaine, und die beiden Frauen schütteln sich die Hände und lächeln über uns hinweg. »Und da Sie schon einmal einen Hund von uns aufgenommen haben, kennen wir Sie ja bereits. Ich bin sicher, Sie werden viel Freude mit Molly haben.«

»Ja, das glaube ich auch.«

Moment mal, denke ich und neige den Kopf, um die lächelnden Gesichter der Frauen eingehender zu studieren. Und mit einem Mal bleibt mir beinahe das Herz stehen.

Nein, nein, nein!

Auch Mollys Lächeln ist bei den letzten beiden Sätzen der Frauen erstorben. Ihr Schwanzwedeln verlangsamt sich, hört schließlich ganz auf. Mit einem besorgten Stirnrunzeln wendet sie sich zu mir. »Hat Elaine eben gesagt … habe ich gerade nur *meinen* Namen gehört?«

Sie werden viel Freude mit Molly haben.

Ich kann meine Pfoten nicht mehr bewegen. Mein ganzer Körper wird langsam zu Stein. Nein, das kann nicht sein. Das darf einfach nicht passieren!

»Ich weiß nicht genau«, sage ich instinktiv, immer bemüht, Molly zu beschützen. Doch wir sehen uns an und wissen beide, dass das nicht stimmt.

»Sie können uns doch nicht trennen«, versucht es Molly noch einmal. Ihre Stimme ist vor Angst ganz hoch. »Wir sind … Geschwister, wir waren immer zusammen.«

»Das ist sicher nur ein Missverständnis.«

Die Verkniffene sieht mich ein wenig unentschlossen an. »Sie sind beide so niedlich. Aber ich kann unmöglich … nicht zwei Hunde auf einmal.«

»Das ist schon in Ordnung.« Elaine beugt sich zu Molly hinab, um ihr die Leine wieder anzuklipsen. Dabei schnauft und stöhnt sie, so korpulent wie sie ist. Sie will Molly an der Leine aus dem Raum führen. »Jetzt kümmern wir uns mal um die Formulare, in Ordnung?«

Die Strenge verlässt den Raum zuerst, ihre Absätze klappern auf dem harten Fliesenboden.

Elaine folgt ihr und zieht Molly an der Leine hinter sich her. »Komm jetzt«, sagt sie, und als meine Schwester sich weigert, fügt sie in schrillem Ton hinzu: »Jetzt sei ein braves Mädchen und benimm dich!«

»Nein, nein, nein«, kreischt Molly und will sich tapfer zu mir zurückkämpfen. Aber sie hat nicht genug Kraft, um sich einem Menschen zu widersetzen, und außerdem ist sie zu wohlerzogen, um zuzubeißen. Und so kratzen ihre Krallen vergeblich über die weißen Fliesen. »Bitte. Ich kann nicht ohne Bertie in ein neues Zuhause gehen. Er ist doch mein Bruder.«

Ich werde jetzt doch ein wenig unhöflich. Wenn man versucht, mich von meiner geliebten Schwester zu trennen, kann ich mich nicht mehr beherrschen. Erst kommt ein Knurren, aber schon bald belle ich wütend und laut.

Doch niemand nimmt auch nur die geringste Notiz davon.

»Bring sie zurück«, rufe ich und springe schließlich aus Verzweiflung an Elaines stämmigem Bein hoch. Ich setzte weder meine Krallen noch meine Zähne ein, werfe mich nur mit meinem ganzen Gewicht gegen sie. Ich weiß natürlich, dass es so oder so verboten ist. Jetzt bin ich schon so schlimm wie Jethro und verhalte mich aggressiv einem Menschen gegenüber.

»Du ungezogener Hund!«

Elaine stößt mich ärgerlich von sich und tritt mir dabei schmerzhaft in die Nase. Ich taumele vor Schreck schreiend in den Raum zurück, und die Tür schließt sich hinter den anderen.

Ich rappele mich hoch und starre erschöpft auf die Wände um mich herum. Es ist, als hätte man einen Kübel Eiswasser über mir ausgeleert, und ich breche in bitteres, verzweifeltes Heulen aus.

Meine Schwester ist weg! Und nie, nie mehr werde ich sie wiedersehen …

6

»Jetzt lach doch mal, kleiner Mann«, versucht mein haariger Freund Gandalf einige Tage später, meinen Trübsinn zu verscheuchen. »Wenigstens hat deine Schwester ein gutes Zuhause gefunden. Tröste dich doch mit diesem Gedanken.«

Ich antworte nicht.

Ich bin zu sehr damit beschäftigt, die Tür zu beobachten, die zum angrenzenden Block führt.

Block B.

Wo Molly untergebracht war, bevor man sie mitgenommen hat.

Es ist sicher dumm von mir, so naiv zu sein. Doch irgendwie hoffe ich immer noch, dass die verkniffene Frau Molly heute wieder zurückbringt. Oder morgen. Oder vielleicht übermorgen. Gandalf hat mir erzählt, dass viele der Menschen einen Hund erst mal übers Wochenende mitnehmen, um zu sehen, ob er sich in ihrer Familie und ihrem Haus wohlfühlt. Manchmal werden Hunde ein paar Tage nach ihrem Einzug in ein neues Haus wieder ins Tierheim zurückgebracht, mit eingekniffenem Schwanz, weil sie nicht mit ihren neuen Besitzern zurechtgekommen sind.

Doch es sind jetzt schon mehr als ein paar Tage vergangen, das spüre ich.

Die Verkniffene hat beschlossen, Molly zu behalten. Eine dunkle Wolke der Verzweiflung hat sich um meinen

Kopf gelegt und löst sich nicht mehr auf. Aber ganz hinten, in einem winzigen Winkel regt sich eine kleine Hoffnung. Dass Molly sich schlecht benimmt, beispielsweise, oder die ganze Nacht heult, weil sie von mir getrennt ist, und am Ende würde sie wieder hierher zurückgebracht werden, auch wenn es nun schon so lange her ist, dass sie mitgenommen wurde.

Natürlich möchte ich nicht, dass sie bestraft wird oder das Gefühl bekommt, versagt zu haben. Aber zumindest wären wir dann wieder zusammen.

Ich sage mir, dass das eine egoistische Hoffnung ist. Denn es würde ja auch bedeuten, dass Molly an diesen schrecklichen Ort zurückmüsste. Zu dem ständigen Gebelle und dem Geruch der Verzweiflung. Doch im selben Moment weiß ich auch, dass sie mich bestimmt sehr vermisst, ganz allein irgendwo da draußen, wo alles fremd ist, in einem neuen Haus mit einer neuen Besitzerin. Und ich weiß, wie wichtig ich für Molly bin. Wenn ich nicht da bin, wer soll dann am Abend ihr schlimmes Bein behandeln, damit es nicht mehr so wehtut? Wer soll sie motivieren und ihr gut zureden, wenn es auf einem langen Spaziergang zu schmerzen beginnt?

Diese Frau mit dem dünnen, verkniffenen Gesicht weiß doch gar nichts über das Bein meiner Schwester. Wie sollte sie auch? Sie wird Molly vermutlich in viel zu hohem Tempo an der Leine hinter sich herziehen und sie dann beschimpfen, wenn sie nicht mithalten kann.

Und sie sah so unglaublich streng aus. Zu streng für Molly. Ich kann mir schon vorstellen, was sie für einen kalten und freudlosen Haushalt führt, mit lupenreinen, sterilen Böden, wo alles nach Desinfektionsmittel stinkt. Und vermutlich hat sie eine endlos lange Liste an Regeln, die man befolgen muss: kein Dreck im Haus, nicht auf dem Sofa schlafen, kein Bellen, wenn es an der Tür klingelt – ganz zu schweigen von den schrecklichen Strafen, die Molly wahrscheinlich erwarten, falls sie etwas falsch macht.

Mein Herz wird schwer, wenn ich an meine liebe Schwester denke, die da draußen ganz allein ohne mich ist. Allein und ohne Freunde. Vielleicht wird sie jetzt gerade bestraft, und niemand ist da, der sie beschützen oder trösten kann.

»Du winselst schon wieder«, weist mich Gandalf freundlich zurecht.

»Tut mir leid.«

Seufzend lasse ich den Kopf auf meine gekreuzten Pfoten sinken und versuche, gegen die Niedergeschlagenheit anzukämpfen. Gandalf hat recht. Ich sollte mich mit der Tatsache trösten, dass Molly ein neues Zuhause gefunden hat. Auch wenn ich mir gewünscht hätte, dass sie bei einer etwas ausgelasseneren Familie untergekommen wäre, die ihr Leben erhellt, anstatt bei dieser Frau.

Vielleicht kann ich Molly in meinen Träumen wiedersehen.

Bis jetzt habe ich noch nicht von ihr geträumt, dafür aber schon ein- oder zweimal von meiner Mutter. Es war wie eine verschwommene und weit zurückliegende Erinnerung an einen großen, warmen, umsorgenden Körper. Ein Gefühl der absoluten Sicherheit.

Der süße Geruch nach Milch.

Doch dann bin ich hier wieder aufgewacht. Hier, an diesem trostlosen, einsamen Ort.

Ich schließe meine Augen und falle in einen unruhigen Schlaf, schrecke bei jedem Bellen oder Winseln der anderen Hunde in unserem Block hoch. Das Deckenlicht ist so unerbittlich grell, dass ich mir die Pfoten über die Augen lege und mich ganz eng zusammenrolle, als wollte ich mich tief in mir selbst vergraben.

Als ich endlich in einen ruhigeren Schlaf gleite, setzt sich Gandalf plötzlich auf, schlägt seinen Kopf an das Deckengestänge seines Käfigs und gibt ein tiefes, warnendes Bellen von sich.

Ich halte meine Augen geschlossen.

»Bertie«, sagt Gandalf und stößt mit seinem ganzen Gewicht gegen das Gitter, das uns trennt, sodass der Käfig heftig durchgerüttelt wird. »Äh, kleiner Freund, du hast Besuch.«

Besuch?

Ich öffne ein Auge, runzle die Stirn und wage einen Blick unter meinen Pfoten hervor.

Zwei menschliche Augen starren mich an, sie blicken kaum über den Rand meines Käfigs auf der oberen Etage. Kleine Hände legen sich um die Gitterstreben auf Höhe meines Kopfes. Ein Büschel hellblondes Haar fällt schräg über ein Augenpaar, in dem ein ernsthafter Ausdruck liegt.

Ein Menschenkind.

Vermutlich ein Junge, obwohl es mir oft schwerfällt, Jungs und Mädchen auseinanderzuhalten, wenn sie noch klein sind.

Ich hebe meinen Kopf ein wenig an und blicke zurück, studiere ihn ebenfalls. Auf den zweiten Blick ist er doch nicht mehr so klein. Sehr groß aber auch noch nicht. Er hat Sommersprossen und eine Stupsnase, seine Mundwinkel formen sich – während er mich betrachtet – immer mehr zu einem Lächeln. Er hat ein freundliches kleines Gesicht, das von irgendetwas überschattet wird … vielleicht Traurigkeit?

Meine Ohren legen sich seitwärts, und der blonde Schopf des Jungen scheint der Bewegung zu folgen, sodass wir uns schließlich beide mit geneigtem Kopf in die Augen schauen.

»Dieser hier, Dad«, sagt er mit einem leichten Fragen in der Stimme.

Als ob er sagen wollte: *Passt der zu uns?*

Oder vielleicht: *Wenn ich mich für diesen entscheide, darf ich ihn dann auch mit nach Hause nehmen?*

Der Junge sieht sich um, und ich folge seinem Blick.

»Dad« ist ein großer blonder Mann in einem grauen Anzug und einer dieser furchtbar eng aussehenden Krawatten, die Männer manchmal um ihren Hals tragen wie ein Halsband.

Mr Minton trug Krawatten nur sonntags oder zu Beerdigungen, und er wirkte damit nie sehr entspannt. Dieser Mann sieht so aus, als würde er die ganze Zeit Krawatten tragen, doch die Falten in seinem Gesicht erwecken den Eindruck, als fühle auch er sich mit dem Schlips um den Hals nicht sonderlich wohl. Vermutlich ist er einer von denen, die sich ständig um irgendetwas Sorgen machen.

Obwohl er jetzt gerade das Kind anlächelt. Er ist sicher der Vater des Jungen, so ähnlich, wie sich die beiden sehen. Abgesehen vom Größenunterschied und den Sorgenfalten, die der Junge nicht hat.

»Dir gefällt dieser hier?«, fragt er und schickt einen freundlichen Blick in meinen Käfig.

»Ich weiß nicht genau. Was ist er denn für eine Rasse, Dad?«

Der Mann tritt noch näher heran. »Ein Beagle, würde ich sagen.«

»Sind Beagles brav?«, fragt der Junge ein wenig zögerlich und sieht mich wieder an. Er traut sich aber nicht, mich durch das Gitter hindurch zu streicheln.

Ich beobachte ihn neugierig. In seinem kleinen Gesicht spiegeln sich so viele Gefühle. Ich erkenne Angst, Aufregung, Hoffnung und einen sonderbaren Gleichmut, mit dem er versucht, die Empfindungen zu überspielen. Ich bringe mich in eine andere Sitzposition, um ihn besser sehen zu können. Da weicht er einen Schritt zurück, wirkt verunsichert. Mir scheint, als hätte dieser kleine Junge früher einmal keine allzu guten Erfahrungen mit einem Hund gemacht. Wahrscheinlich war er laut und bissig gewesen. Ich verstehe sein Misstrauen.

Gandalf schlägt mit seinem schweren Schwanz kräftig gegen das Gitter. »Setz dich ordentlich hin, du Dummkopf«, raunzt er mich an. »Wedele mit dem Schwanz. Gib dir Mühe.«

Ich starre ihn an.

Und auf einmal wird mir klar, was Gandalf damit meint.

Dir gefällt dieser hier?

Ich wende mich wieder dem Jungen und seinem Vater zu. Die beiden sind ganz offensichtlich gekommen, um einen Hund aus dem Tierheim zu sich nach Hause zu holen. Und das Kind ist vor meinem Käfig stehen geblieben.

Sind Beagles brav?

Der Mann spricht leise mit seinem Sohn, den Kopf nach unten geneigt, eine Hand auf der Schulter des Jungen. Der Junge macht bereits ein enttäuschtes Gesicht, aber er widersetzt sich seinem Vater nicht.

Er ist bereit, weiterzugehen und nach einem anderen Hund zu suchen.

Einem besseren Hund.

Ich schnappe ein paar Wortfetzen auf, als der Mann den Jungen sanft an meinem Käfig vorbeischiebt, und mir wird klar, dass die Chance auf ein neues Zuhause gerade an mir vorüberzieht. »Sie brauchen viel Auslauf … es sind Rudelhunde … ein bisschen ungestüm …«

Ich springe auf und schlage so wild mit dem Schwanz, wie ich nur kann. Jetzt kommt es darauf an, würde Molly sagen. Jetzt musst du zeigen, was du kannst.

»Hallihallo«, sage ich fröhlich und lege den Kopf schief, gefolgt von einem unterdrückten Bellen. Es ist eigentlich mehr ein Kläffen, das signalisieren soll: »Schaut her.«

Der Junge hält inne und blickt zu mir zurück.

Mein Herz beginnt zu rasen.

Gut, jetzt habe ich seine Aufmerksamkeit wieder. Doch was nun?

Ich könnte meinen eigenen Schwanz jagen, immer im Kreis, bis mir schwindlig wird. Ich bin ziemlich gut in dieser Disziplin.

Ich drehe also meinen Kopf in Richtung Hinterteil, versuche, mich in dem engen Käfig so klein wie möglich zu machen, und beginne dann, mit der größten Begeisterung, die ich aufbringen kann, meinem Schwanz hinterherzujagen.

»Hey, sieh dir das an!«, ruft das Kind aus.

Ich drehe mich immer weiter, schneller und schneller, bis mein Kopf beinahe explodiert. Dann halte ich an, bin völlig aus dem Gleichgewicht und taumele zur Seite, falle beinahe in die Käfigwand.

Der Junge lacht.

Sein Vater hinter ihm sieht ein wenig irritiert auf den blonden Schopf des Kindes. Dann lässt er seinen besorgten Blick in meinen Käfig wandern.

»Dir gefällt also dieser hier?«, wiederholt er ungläubig.

Der Junge kommt zurück zum Käfig und betrachtet mich von Neuem. Ich komme vorsichtig näher, bedacht darauf, ihm keine Angst einzujagen, und schnüffele an seiner Hand, die am Gitter liegt.

Der Junge wendet sich an seinen Vater. »Er ist so niedlich. Darf ich ihn anfassen?«

Der Mann zuckt die Schultern.

Der Junge greift zaghaft durch das Gitter und beginnt, mich zwischen den Ohren zu kraulen. Ich halte absolut still und blicke ihn an, leicht hechelnd, gebe mir Mühe, freundlich und lustig auszusehen, wie ein Hund, den jedes Kind sofort mit nach Hause nehmen möchte.

Auf einmal verstehe ich, warum Molly so aufgeregt und zappelig war, als ihr klar wurde, dass sie vielleicht bald ein neues Zuhause finden würde. Ich bin selbst ganz zappelig jetzt, versuche jedoch, mir noch keine allzu großen Hoffnungen zu machen. Noch nicht. Denn man weiß ja nie. Vielleicht sagt der Vater noch Nein, oder der Junge entdeckt einen anderen Hund, wenn sie den Block entlanggehen, und ändert seine Meinung …

»Den möchte ich haben«, sagt der Junge jetzt mit größerem Nachdruck.

Sein Vater betrachtet mich noch eine Weile und nickt dann. »In Ordnung, dann suchen wir jetzt jemanden, der uns seinen Namen verrät und alles Weitere, was wir wissen müssen.«

Der Junge grinst. »Sein Name steht auf dem Käfig. Hier.« Er zeigt auf etwas, das außen an meinem Käfig angebracht ist, das ich aber nicht sehen kann. Eine Art Schild. »Er heißt Bertie.«

»Bertie.« Der Mann lacht und sagt dann achselzuckend: »Sonderbarer Name für einen Hund. Wenn wir nach dem Wochenende entscheiden, ihn zu behalten, kannst du ihm einen anderen Namen geben, wenn du möchtest.«

»Nein, er sieht einfach wie ein Bertie aus.« Der Junge zieht seine Hand zurück und betrachtet mich noch etwas eingehender. »Und wie sollte er sonst wissen, dass wir ihn rufen, wenn wir einen anderen Namen benutzen? Das wäre doch schwierig für ihn.«

Der Vater sagt: »Komm mit, wir suchen jetzt einen Mitarbeiter. Die sind bestimmt alle im Empfangsbereich.«

Als die beiden sich entfernen, blickt sich der Junge immer wieder nach mir um, er wirkt nun viel fröhlicher.

Ich weiß, wie er sich fühlt.

Ich belle und drücke mich an die Gitterstäbe, sehe ihnen nach, bis sie durch die Tür am Ende des Gangs verschwinden.

Ich kann mein Glück noch gar nicht richtig fassen. Ich habe eine Familie gefunden. Ein neues Zuhause. Ein richtiges, echtes Zuhause. Vielleicht schlafe ich heute Abend schon in meinem neuen Heim und nicht mehr in diesem stinkigen alten Käfig. Genau wie Molly.

Ich drehe mich noch einmal aufgeregt um mich selbst, ich kann nicht anders, dann grinse ich Gandalf breit an und schließlich auch all die anderen Hunde in den Käfigen um uns herum.

»Ich komme hier raus!«

Gandalf sieht erfreut aus, aber auch ein bisschen traurig. »Ich wusste, dass es nicht lange dauern würde, bis dich jemand aufnimmt. So ein putziger kleiner Kerl wie du …«

Ich halte inne und sehe ihn an. »Ich bin sicher, du wirst auch bald … ich meine … du findest bestimmt auch eines Tages eine Familie.«

»Na klar werde ich das. Mach dir keine Gedanken um mich.« Er stößt ein tiefes Bellen aus, das durch unseren ganzen Block hallt, und lacht dann, als ich wieder voller Freude meinem Schwanz hinterherjage. »Aber vergiss nicht, die Augen nach der lieben Molly aufzuhalten, sobald du diesen Ort hier verlässt.«

Molly!

Ich beende die Schwanzjagd und muss einmal schwer schlucken. Mir ist eben ein Gedanke gekommen, ein nicht besonders angenehmer.

»Sollte diese schreckliche Frau Molly zurückbringen, solange du noch hier bist, Gandalf, kannst du ihr dann bitte erzählen, was mit mir passiert ist? Dass ich … eine neue Familie gefunden habe.«

Der große alte Hund nickt mit dem Kopf. »Du kannst dich auf mich verlassen, Bertie. Es ist mir eine Freude. Aber vielleicht siehst du Molly ja als Erster. Wie sie in einem Park spazieren geht. Oder ihr trefft euch beim Tierarzt.«

Ich setze mich und starre vor mich hin. Voller Sorge, Molly niemals mehr wiederzusehen, sollte ich heute mit dem Jungen mitgehen und würde sie irgendwann später ins Tierheim zurückgebracht werden.

»Hey, freu dich doch ein bisschen.« Gandalf stupst gegen den Käfig. »Das ist deine große Chance. Weißt du, wie viel Glück du hast? Du hast eine liebevolle Familie gefunden, die dich mit nach Hause nehmen will, und es gibt immer noch Hoffnung, dass du deiner Schwester eines Tages wieder begegnen wirst.«

Das lässt sich nicht bestreiten: »Ja, das stimmt.«

»Denk daran, das ist noch lange nicht das Ende, mein winziger Freund.« Erneut nehme ich einen wehmütigen Klang in seiner Stimme wahr. »Es ist erst der Anfang.«

Vermutlich hat er recht.

Doch ich fühle mich auch nicht besser, wenn ich daran denke, dass ich hier weggehe, ohne meine Schwester gesehen zu haben.

Ich setze mich zurück und betrachte die langen Reihen identischer Käfige, höre den Hunden um uns herum zu und schnüffele dann noch einmal in der Luft, um vielleicht doch noch eine letzte verbliebene Spur des Dufts meiner Schwester aufzufangen.

Nichts.

Hier ist nichts mehr, das noch an sie erinnert.

Und doch kann ich den Gedanken nicht abschütteln, dass dies der letzte Ort ist, an dem Molly und ich zusammen waren. Das Tierheim zu verlassen fühlt sich an, als ob ich das letzte Bindeglied zwischen uns zerreißen würde, und das stimmt mich traurig. Sehr traurig. Nichts, was ich dagegen tun könnte. Plötzlich muss ich an den abwesenden Blick des Jungen denken, als er durch das Gitter gefasst hat, um mich zu streicheln.

Ich glaube, dass auch er traurig ist.

Doch worüber? Ein kleiner Junge wie er?

7

Wie sich bald herausstellt, heißt der Junge Sam.

Sam Green.

Elaine spricht am Empfangstresen mehrmals die Namen der beiden aus. Sie behandelt den Mann wie jemand sehr Wichtigen und lächelt dabei die ganze Zeit, was sehr ungewöhnlich für sie ist.

»Ich hoffe, dass Bertie gut mit Ihrer Familie zurechtkommt, Mr Green«, sagt sie, während Sam mich zum Vordereingang hinausführt, an einer brandneuen Leine, die wunderbar nach frischem Leder riecht.

»Lassen Sie es uns bitte sofort wissen, falls Sie etwas benötigen. Bertie ist ein ganz besonderer kleiner Kerl. Wir haben ihn sehr gerne hier bei uns gehabt.«

Aha, denke ich und blicke zu ihr zurück. Wenn du meinst.

»Vielen Dank, das werde ich tun«, pflichtet ihr Mr Green bei.

»Es wird Sie jemand nach dem Wochenende kontaktieren, wenn das in Ordnung ist«, sagt sie. »Um sicherzugehen, dass er sich gut bei Ihnen und Sam einlebt. Und haben Sie noch einmal vielen Dank für Ihre sehr großzügige Spende.«

Es ist ein kühler Tag, der leichte Wind lässt mich frösteln. Der Herbst ist inzwischen schon weit fortgeschritten, die Luft schneidend kalt, der Boden unter meinen Pfoten ist eisig. Schon bald wird es wieder Morgenfrost geben, überlege ich, und die Blätter und Spinnweben im Park werden weiß gezuckert sein. Ich habe eigentlich nichts gegen den Winter, aber der Sommer mit seinen endlos langen Tagen voller Wärme, Spaziergänge und Sonnenschein, an denen es kein Geschrei wegen schmutziger Pfoten auf den Möbeln im Haus gibt, ist mir eindeutig lieber.

Die Familie Green hat ein großes, glänzendes Auto vor dem Tierheim geparkt. Ich soll hinten neben Sam einsteigen und fühle mich auf dem bequemen Sitz sofort wohl. Er ist auch aus Leder, das sich unter meinem Hintern allerdings ein wenig kalt und rutschig anfühlt. Ich gebe mir große Mühe, mich ordentlich zu benehmen. Doch sobald Sam sich hinunterbückt, um seinen Schnürsenkel zu binden, kann ich meine Neugier nicht länger im Zaum halten. Meine hochsensible Nase verrichtet ihren Dienst ungefragt und schnüffelt umher. Es gibt sehr viele faszinierende Düfte zu verarbeiten, und mir wird bald klar, dass in diesem Auto bisher kein anderer Hund mitgefahren ist.

Werde ich der einzige Hund der Familie sein?

Ich war noch nie ein Einzelhund. Das klang für mich immer nach einem ziemlich einsamen Leben.

Auf jeden Fall scheint Sam ein netter Junge zu sein. Ich kann mir gut vorstellen, dass er mit mir im Garten oder im Park herumrennen will, dass er Bälle wirft, denen ich dann hinterherjagen darf. Vielleicht brauche ich also gar keine weitere Gesellschaft. Ohne Molly an meiner Seite werde ich mich ohnehin immer einsam fühlen, also kann ich mich genauso gut schon mal an den Gedanken gewöhnen. Aber plötzlich erfasst mich die Traurigkeit wieder.

Bis Mr Green den Kofferraum schließt und ich mit einem Mal merke, dass es im Auto nach Katze riecht. Meine Nase zieht sich bei dem scharfen Geruch zusammen. Es muss sich um mehrere Katzen handeln, und die Duftmarke ist auch noch recht frisch.

Die Familie Green hat also Katzen. Nun ja, das sind nicht unbedingt die allerbesten Neuigkeiten.

Aber es ist schließlich niemand perfekt.

Die Fahrt zu ihrem Haus dauert recht lange, und mir wird klar, dass sie nicht in einer Stadt leben, sondern in einem kleinen Dorf hinter einem Fluss. Ich hatte damit gerechnet, dass sie wie die Mintons in einem Reihenhaus wohnen würden. Seit meiner Welpenzeit ist das die einzige Sorte Behausung, die ich kenne. Doch das Haus der Familie Green ist groß und sehr altmodisch. Die Wände efeubewachsen, eine breite Auffahrt davor. Reihen von Pflanzen in schön verzierten Kübeln stehen unter den Fenstern, die noch nicht ganz vom sommerlichen Blattwerk befreit sind.

Ich sehe, dass es keinen Vorgarten gibt, nur die Topfpflanzen.

Mir wird für einen Moment das Herz schwer, doch ich will nicht undankbar wirken, und so wedele ich weiterhin vergnügt mit dem Schwanz.

Aber als Sam die Autotür an meiner Seite öffnet und ich herausspringe, entdecke ich seitlich des Hauses ein Eisentor, durch das ein großes, von Bäumen und Sträuchern gesäumtes Rasenstück zu sehen ist.

Ein Garten!

Ich belle vor Aufregung und zerre an der Leine.

»Nein, Bertie«, ruft Sam aus und zieht mich zurück. »Hier lang.«

Ich will mich wirklich ganz und gar tadellos benehmen, doch meine Aufregung übermannt mich, und ich springe vorwärts, ganz vom Forscherdrang gepackt, sodass Sam unversehens die Leine aus der Hand gleitet. »Dad!«, schreit er und sieht hilflos zu, wie ich – die Leine hinter mir her schleifend – über die Auffahrt auf das Tor zustürme.

Mr Green fängt mich schließlich ein. Ich kann an seinem Gesicht ablesen, dass ihm mein Benehmen nicht gefällt.

Oje.

»Also, Bertie«, sagt er streng, »so geht das nicht. Du kannst dich nicht einfach losreißen, wenn dir gerade danach ist.« Er hebt warnend einen Finger und sagt dann mit sehr tiefer Stimme: »Sitz.«

Ich setze mich hechelnd neben meinen neuen Besitzer und simuliere einen schuldbewussten Gesichtsausdruck.

Es ist zum Verrücktwerden, der Garten sieht einfach so herrlich einladend aus. Und er riecht… Nun ja, eigentlich stinkt er nach Katzen. Ich war noch nie ein großer Katzenfan, doch ich kann mit ihnen auskommen, solange sie nicht fauchen. Und tröstlicherweise riecht es ja auch nach anderen Tieren. Eichhörnchen, Vögel, Mäuse und Ratten. Doch das Köstlichste ist das einzigartige Aroma von Abfall, das nun an meine Nase dringt.

Ich hole tief Luft und nehme die Spur der beiden Mülltonnen auf, die ordentlich aufgereiht in dem schmalen Durchgang zwischen dem vorderen und dem rückwärtigen Bereich des Hauses stehen. Eine für Haushalts- und eine für Gartenabfälle. Ihr Duft ist unsagbar deliziös und geheimnisvoll.

Sehnsüchtig wandert mein Blick durch das Eisentor.

Sam ist inzwischen auch mit schlurfenden Schritten neben mir angekommen. Er blickt besorgt zu mir hinab. »Es tut mir leid, Dad. War das meine Schuld?«

»Nein, es ist schon in Ordnung.« Er drückt Sam die Leine in die Hand. »Aber halte ihn in Zukunft besser fest, ja? Bertie ist vielleicht ein kleiner Kerl, aber er hat Kraft und einen starken Willen. Du musst also sehr streng mit ihm sein. Du willst doch nicht, dass er auf die Straße und in vorbeifahrende Autos hineinläuft, oder?«

»Nein, Dad.«

Ich drehe mich wieder in Richtung Garten, starre durch die Stangen des Tors und überlege, welchen Bereich ich als Erstes untersuchen möchte. Den Müll natürlich. Das ist schon mal klar. Aber im hinteren Teil des Gartens stehen auch ein paar interessante Bäume in einer kleinen Gruppe zusammen. Bäume und Sträucher bieten immer großartige Möglichkeiten für Versteckspiele. Und in der Mitte des Gartens ist ein angelegter Teich mit einer Statue, die aussieht wie ein großer Fisch, der in die Luft springt. Aus dem Maul des Fisches sprudelt Wasser in den Teich hinab – ein herrlich erfrischender Spaß!

Ich stelle mir schon vor, wie es sein wird, in dem Steinbecken herumzuplanschen, wieder hinauszuspringen und mein tolles Ganzkörperschütteln zu vollführen, bei dem alles und jeder um mich herum mit Wasser bespritzt wird.

Oh, das wird ganz wunderbar sein.

»Komm, wir nehmen ihn mit ins Haus, damit er Granny M kennenlernt«, sagt Mr Green nun. Er nickt seinem Sohn, der wieder etwas unsicher dreinblickt, aufmunternd zu. »Sie sagte ja, wir sollten einen kleinen Hund mitbringen, sie wird Bertie sicher lieben.«

Granny M?

Ich ziehe an der Leine und strebe auf den Vordereingang des großen, efeubewachsenen Hauses zu. Sam folgt mir, er lacht jetzt wieder. »Schau mal, ich glaube, er hat dich verstanden, Dad.« Er lässt mich vorangehen, passt jedoch diesmal auf, dass er die Leine nicht wieder verliert. Gleich zweimal wickelt er sie um sein Handgelenk. »Er kann es wohl gar nicht abwarten, Granny M kennenzulernen.«

Die Haustür öffnet sich, während wir darauf zugehen, und eine große grauhaarige Frau erscheint in der Tür, mit weit ausgebreiteten Armen, um uns willkommen zu heißen. »Oh, das ist aber eine Süße!« Sie wischt sich die Hände an der Schürze ab und schlägt sie dann voller Freude zusammen. »Und auch noch ein Beagle! Ich liebe Beagles. Das ist ganz ausgezeichnet, Sam, dass du mir so eine hübsche kleine Hündin mitgebracht hast.«

Hündin?

Ich bin etwas entrüstet, will aber nicht gleich einschnappen. Die Dame ist ganz offensichtlich ziemlich alt, sie hat ungefähr Mr Mintons Alter, und ich bin es gewöhnt, dass alte Menschen Dinge falsch verstehen oder durcheinanderbringen.

Ich stehe am Fuß der Eingangstreppe und erschrecke plötzlich, als ich in ihre riesigen, auf mich gerichteten Augen blicke. Dann entdecke ich, dass Granny M eine Brille mit sehr großen Gläsern trägt, eine ganz ähnliche, wie sie die alte Mrs Minton hatte. Granny M hat eine lange Nase und einen schmalen Mund, ihr dünnes graues Haar ist zu einem Knoten hochgesteckt, aus dem ein paar Strähnen heraushängen. Sie hat bezaubernde pudrige Flecken in ihrem Gesicht, und sie riecht nach Mehl und süßen Gewürzen.

Ich beginne, ziemlich heftig mit dem Schwanz zu wedeln.

Ich kenne diesen Geruch!

Granny M muss gerade etwas gebacken haben!

Ich bin erleichtert, dass Sam sie sofort korrigiert. »Es ist ein Hund und keine Hündin, Granny«, klärt er sie ganz geduldig auf, als wäre er daran gewöhnt, auf derartige Offensichtlichkeiten hinzuweisen. »Es macht dir doch nichts aus, oder?«

»O nein, ich liebe Jungs.« Sie wuschelt Sam durch die Haare. »Dich liebe ich doch auch. Wie heißt denn der Hund?«

»Bertie.«

»Was für ein schöner Name. Er sieht ganz aus wie ein Bertie. Er hat auch etwas Lausbubenhaftes, finde ich.« Sie blickt Mr Green über den Kopf des Jungen hinweg an. »Ist alles gut gegangen, John?«

»Sam hat den Hund ganz allein ausgesucht und saß dann die ganze Fahrt über vom Tierheim nach Hause mit ihm auf dem Rücksitz«, erklärt Mr Green mit einer Spur von Stolz in der Stimme. »Er war gar nicht nervös.«

»Warum sollte ich nervös sein?«, fragt Sam sofort verteidigend und blickt zwischen seinem Vater und seiner Großmutter hin und her. »Ach, weil mich mal ein Hund gebissen hat, als ich noch kleiner war? Aber jetzt habe ich keine Angst mehr vor Hunden. Er hat mich auch nur gezwickt, und außerdem ist es schon drei Jahre her. Jetzt bin ich ja schon zehn, das ist etwas ganz anderes.«

»Und schon ganz erwachsen«, stimmt Granny M lächelnd zu. »Das ist wirklich etwas ganz anderes. Es war natürlich nicht nötig, dass ich mir Gedanken gemacht habe.« Sie beugt sich zu mir hinunter. »Ich bin Granny Margaret, Bertie. Es freut mich, dich kennenzulernen.«

Sam legt seinen Kopf schief und sieht sie an. »Hunde können nicht sprechen, Granny.«

»Tatsächlich?« Sie zwinkert mir wissend zu. »Nun, warum bringst du Bertie nicht ins Haus und gibst ihm eine Schüssel mit Wasser und einen Hundekeks? Ich habe ihm einen Schlafplatz in der Nähe des Ofens vorbereitet, mit einer Decke und ein paar Spielsachen. Er kann tagsüber jederzeit in den Garten hinausgehen, ich werde auch die hintere Tür heute den ganzen Tag offen lassen, damit er weiß, wo er sein Geschäft verrichten kann.«

»Vielen Dank, Granny.«

»Sehr gerne, Sam.«

Sie lächelt immer noch, aber in ihrer Stimme liegt ein Hauch von Anspannung. Sie scheint sich um den Jungen Sorgen zu machen, als müsse man besonders vorsichtig mit ihm umgehen. Ich nehme die Stimmung wahr und blicke zu Mr Green, der ebenfalls leicht die Stirn runzelt.

Warum sind sie so besorgt um Sam? Auf mich wirkt er ziemlich stabil.

Doch meine Überlegungen kommen schnell zum Stillstand. Denn als ich über die Türschwelle trete, beginnt meine Nase sanft zu zucken. Aus dem Ofen strömt ein süßer und saftiger Duft.

Kuchen!

Ich wusste doch, dass Granny M gerade etwas gebacken hat!

Mein Magen beginnt zu knurren, und ich stürme durch den Eingangsbereich und folge dem herrlich köstlichen Aroma von frischem Gebäck. Sam, der hinter mir hergezogen wird, lacht jetzt wieder laut glucksend, und ich höre, wie Granny M ganz erstaunt zu Mr Green sagt: »Ist das etwa Sam, der da so laut lacht?«

»Ja«, antwortet Mr Green. »Es ist tatsächlich Sam.«

Schon sind wir in der Küche, die Tür zum Garten steht offen, und ich kann den gepflegten Rasen draußen sehen und den Teich mit dem großen steinernen Fisch, der Wasser spuckt. Der Duft aus dem Ofen ist verlockend, doch auch der Garten sieht mehr als einladend aus. Es ist alles zum Verrücktwerden schön.

»Ich glaube, er will den Garten erforschen. Kann ich ihn von der Leine lassen?«, fragt Sam eifrig, als sein Vater in die Küche kommt.

»Natürlich. Wir sind doch jetzt zu Hause.«

Der Junge müht sich mit dem Verschluss, während ich mich in bester Hundemanier zusammenkauere. Dann springe ich an seinem Hosenbein hoch, um ihm zu zeigen, wie viel Spaß ich habe, sobald man mich von der Leine lässt.

»Halt still, Bertie«, ermahnt er mich, aber da er dabei immer noch lacht, weiß ich, dass er nicht wirklich böse ist, er tut nur so. »Du verrückter Hund!«

Ich vollführe einen Tanz auf den Hinterbeinen, das ist ein Trick, den mir meine Schwester beigebracht hat und der die Menschen immer zum Lachen bringt. Nun, zumindest junge Menschen. Mr Minton hat nicht allzu viel davon gehalten.

Endlich bin ich frei.

Ich belle einmal kurz, nicht so laut, dass es den Jungen erschrecken könnte, aber deutlich genug, um meine Freude zum Ausdruck zu bringen, und stürme über die Terrasse hinweg auf den Rasen. Sam folgt mir lachend über das Gras, er ruft dabei immer wieder meinen Namen, während seine Großmutter und sein Vater im Eingang zur Küche stehen und zusehen.

Vielleicht machen sie sich immer noch Sorgen, dass ich beißen könnte.

Obwohl es da noch etwas anderes gibt, das ihnen Kummer macht, da bin ich mir sicher. Etwas, das Schuld an dem dauerhaften Stirnrunzeln des Vaters ist.

Ist das etwa Sam, der da so laut lacht?

Ich kicke die Beine nach hinten in die Luft, einfach so, aus purer Freude. Es ist herrlich, endlich wieder weiches Gras unter meinen Pfoten zu spüren anstelle des harten Betons im Auslaufgehege des Tierheims. Ich fühle mich, als wäre ich dem Gefängnis entkommen. Ich kann meinen Überschwang an Energie kaum unterdrücken und rase so wild ans andere Ende des Gartens, dass ich beinahe gegen die moosbewachsene Steinmauer pralle.

»Hierher, Bertie«, ruft Sam und versucht vergeblich, auf den Fingern zu pfeifen.

Da ich ihn nicht enttäuschen will, stürme ich zu ihm zurück, laufe zwischen seinen Beinen hin und her und galoppiere dann wieder zu den Bäumen.

Mein Auslauf ist noch lange nicht beendet.

»Hey!«, schreit Sam, dann lacht er und schüttelt den Kopf.

Ich achte nicht auf ihn, sondern flitze im Slalom zwischen den eng stehenden kleinen Apfelbäumen hindurch. Ich habe zum ersten Mal seit langer Zeit wieder richtig Spaß. Aber da ich nicht aus Ungehorsam wieder zurück ins Tierheim gebracht werden möchte, springe ich zu Sam zurück, als er mich erneut zu sich ruft.

Vor meinem jungen Herrchen bleibe ich stehen, sitze und hechle, und mein Grinsen verrät, dass mir der Garten außerordentlich gut gefällt.

»Guter Hund«, ruft er aus und bückt sich, um mir über den Kopf zu streichen.

Granny M kommt nun auch über die Wiese auf uns zu. Sie ist erstaunlich flink für ihr Alter. Nicht wie Mrs Minton, die bei jeder Bewegung stöhnte und schnaufte wie Jethro, wenn er sich einen steilen Hügel hinaufkämpft.

»Wirf ein Stöckchen für ihn«, sagt sie und deutet auf einen heruntergefallenen Zweig, der ganz in der Nähe auf dem Rasen liegt.

Sam hebt ihn auf und schleudert ihn dann mit aller Kraft über die Wiese. Der Zweig landet kurz vor der Steinmauer zwischen den Büschen.

Ohne auch nur den Befehl »Bring!« abzuwarten – ein Befehl, der auf der Liste meiner Lieblingswörter ganz oben rangiert –, stürme ich hinter dem Stöckchen her, so schnell ich nur kann. Und das ist ziemlich schnell.

Ich höre, wie Mr Green hinter mir etwas ruft, aber ich achte nicht weiter darauf. Das Stöckchen wurde geworfen, die Aufgabe muss erfüllt werden. Das ist alles, was im Augenblick zählt. Ich muss es zurückbringen, und zwar schnell, sonst habe ich als Jäger versagt. Das ist eine Tatsache, die ich ebenso verinnerlicht habe wie meinen Namen.

Ich renne über das feuchte Gras und halte vor der Mauer an.

Kein Stöckchen.

Meine Nase zuckt.

Vermutlich ist es hinter dem Busch, überlege ich und betrachte das dicht glänzende, aufgetürmte Blattwerk. Hinter dem Busch oder vielleicht sogar im Busch. Das ist schwer zu sagen.

Ich untersuche den Boden hinter dem Busch, doch da sind nur die Mauer und ein paar heruntergefallene Blätter.

Unbeirrt bahne ich mir einen Weg in die duftenden grünen Tiefen und lasse mich dabei von den dünnen, spitzen Zweigen, die an mir kratzen und ziehen, nicht weiter stören. Wo ist es? Wo ist das Stöckchen? Es muss hier sein. Es kann nicht einfach verschwinden. Ich drücke meine Nase auf den erdigen Boden, mal links, mal rechts, schnüffele aufmerksam nach jeder Spur meines neuen Herrchens, nach dem besonderen Duft jenes Zweigs, der gerade für mich geworfen wurde.

Als ich mich auf der anderen Seite des Busches wieder herauswinde, stoße ich beinahe gegen die grobe Mauer. Ich erschnuppere einen unangenehmen Geruch, der zusehends stärker wird, doch da es sich nicht um das Stöckchen handelt, beachte ich ihn auch nicht weiter. Vor mir die moosbewachsene Steinmauer mit scharf hervorstehenden Kanten. Und immer noch kein Hinweis auf das kleine Stückchen Holz. Auf keinen Fall werde ich mich von meiner Mission abbringen lassen, daher drücke ich mich an der Mauer entlang, die Nase beständig am Boden, um endlich die richtige Spur aufzunehmen. Alles andere blende ich aus, bis ich ans Ende des Gebüschs komme und sich die Luft plötzlich mit einem bedrohlichen Zischen füllt.

Der Geruch des duftenden Busches verblasst, stattdessen dringt stechender Gestank in meine Nase, der mir nicht nur allzu bekannt vorkommt, sondern auf den ich auch gleich mit heftigem Husten und Niesen reagiere. Zwei Sekunden später blicke ich auf, und der Schreck lässt mich erstarren

Eine Katze!

Sie stolziert oben auf der Mauer, ein großes getigertes Ding, mit hängendem Bauch und bösartig wirkenden Augen. Die Farben ihrer Streifen heben sich klar voneinander ab, das Fell ist glatt und glänzend, und ihre Körpersprache schüchtert mich gehörig ein. Sie stiert mir in die Augen, während ihr Schwanz und ihr Fell bereits feindselig in die Luft stehen. Ihre erschreckend langen Krallen sind ausgefahren, sie duckt sich in angriffsbereiter Haltung, und ganz generell erweckt sie alles andere als einen freundlichen Eindruck. Bei genauerer Betrachtung sieht es sogar so aus, als wolle sie ihre Krallen an meiner weichen Schnauze schärfen. Vermutlich ist es jeden Moment so weit.

Im Angesicht einer Katze hat ein Hund nur zwei Möglichkeiten: bellen und den Feind verjagen oder davonrennen.

Ich bin sehr stolz auf mich, dass ich es geschafft habe, ein neues Zuhause zu finden und man mir auch gleich die Aufgabe übertragen hat, nach einem Stöckchen zu suchen. Ich habe wieder Oberwasser, sodass ich mich beinahe mutig genug fühle, die Bellen-und-verjagen-Variante in Erwägung zu ziehen. Der Garten ist jetzt schließlich mein rechtmäßiges Terrain.

Doch dann trifft mich der Blick der Katze.

Wow!

Gar nicht freundlich.

Ich senke kläglich meinen Kopf (vor allem auch, um meine Augen vor einem möglichen Frontalangriff zu schützen) und trete den Rückzug an. Eigentlich will ich nicht schlecht vor Sam dastehen, aber ich bin ebenso wenig auf eine weitere gefährliche Katzenbegegnung scharf, wie sie mir in meinem ersten Jahr bei den Mintons passierte. Ein Zwischenfall, der mich bis heute erschauern lässt, sobald ich nur daran denke.

Doch es scheint, dass die Katze auf der Mauer andere Pläne hat.

»Willst du etwa schon gehen?«, tönt da eine Stimme hinter mir.

Ich halte inne und fahre herum. Was ich erblicke, ist der blanke Horror.

Die Katze oben auf der Mauer hat einen Komplizen.

Vor mir sitzt eine zweite Tigerkatze.

Sie hockt bewegungslos und auf Augenhöhe mit mir zwischen den tief hängenden Zweigen des Gebüschs und wirkt dabei kein bisschen weniger gefährlich als ihr Kumpan. Im Gegenteil, die Katze unter dem Gebüsch ist sogar noch größer und dicker als die auf der Mauer.

Der Geruch nach Katzen ist jetzt überall. Er raubt mir die Sinne.

»So ein süßes kleines Hundchen.« Die Katze auf der Mauer hat in jedem ihrer riesigen gelben Augen einen einzelnen schwarzen Strich. Ihr Blick ist starr auf mich gerichtet. »Und es treibt sich in *unserem* Garten herum.«

8

Ich habe Glück. Ehe eine der potenziellen Killermaschinen mir die Augen auskratzen kann, teilt sich Gott sei Dank das Gebüsch über unseren Köpfen, und eine Hand greift nach unten, um mich zu retten.

»Jetzt komm mit, Bertie«, sagt Mr Green und klingt dabei ein wenig erschöpft. Er zieht mich am Halsband heraus, was mir den letzten Rest Würde im Angesicht der beiden Katzen raubt. »Vergiss das Stöckchen. Es ist sicher über die Mauer in den Garten der Nachbarn geflogen, so fest wie Sam es geworfen hat. Es ist schon längst nicht mehr da.«

Kein Stöckchen?

Die Katze unter dem Busch blickt zu mir und grinst sich eins.

Ich knurre den Tiger an und stelle zufrieden fest, dass Fell und Schwanz sich heftig sträuben.

Treffer!

Mr Green nimmt mich so schwungvoll auf den Arm, als sei ich nicht mehr als eine Handvoll Hund, was allerdings dank der Leckerbissen, die mir Mrs Minton immer zugesteckt hat, nicht ganz der Realität entspricht.

»Sieht aus, als hättest du Kitty und Rico bereits kennengelernt«, sagt er. »Ich hoffe, ihr kommt gut miteinander aus und macht mir keinen Ärger.«

Ärger beschreibt die Situation ziemlich exakt. Während ich mit peinlich abstehenden Beinen wie eine Handtasche davongetragen werde, starre ich den beiden Katzen nach und frage mich, welche von beiden Kitty ist und welche Rico.

Die Antwort lässt nicht lange auf sich warten.

Die Tigerkatze auf der Mauer springt herunter und streicht schmeichelnd um Mr Greens Beine, während er versucht, mit mir auf dem Arm das Haus zu erreichen. »Kitty!«, ruft er stirnrunzelnd und schiebt sie sanft mit dem Fuß beiseite. »Das ist überhaupt nicht hilfreich. Du und dein Bruder, ihr müsst euch Bertie gegenüber ordentlich benehmen, klar?«

Rico, der aufgrund seiner Leibesfülle nicht schnell laufen kann, kommt hinter uns hergetrottet. Seine Augen blicken voller Hohn. »Bertie?«

»Bertie?«, wiederholt nun auch seine Schwester spöttisch und sieht mit ihren riesigen gelben Augen zu mir hoch. »Was ist denn das für ein Name? Das klingt, als hätten Menschen ihn sich für ihren Kakadu ausgedacht.«

»Mrs Brooks von nebenan hatte einen Kakadu«, bemerkt Rico.

»Der hat allerdings nicht lange gelebt«, sagt Kitty und leckt sich vielsagend die Lippen.

Mein Nackenfell sträubt sich. Ich knurre als Antwort auf die Unterhaltung der Katzen, jedoch nur sehr leise. Ich möchte nicht, dass Mr Green glaubt, ich würde *ihn* anknurren. Das wäre schrecklich.

»Birdie«, sage ich grimmig. »Vermutlich habt ihr das die Nachbarn sagen hören. *Birdie* für Vögelchen. Nicht Bertie, ihr Dummköpfe.«

Kitty, die mit hocherhobenem Schwanz vorausgeeilt ist, dreht sich um und faucht: »Hast du gehört, was dieser Köter gerade gesagt hat, Rico?«

»Ja, habe ich«, Rico nickt bedächtig und blinzelt einmal durch seine großen Augen. »An diese Möglichkeit habe ich bisher nicht gedacht. Wie faszinierend.«

Sie faucht ihren Bruder an: »Das habe ich nicht gemeint.« Auch ihr Rückenfell sträubt sich. »Aber vielleicht bist du wirklich ein Dummkopf, Rico.«

Sam kommt auf uns zugerannt, in der Hand meine neue Leine. »Lass mich Bertie nehmen«, sagt er mit bittenden Augen und geröteten Wangen. »Bitte, Dad, es tut mir leid, dass das Stöckchen weg ist. Ich hätte nie gedacht, dass es so weit fliegt.«

Sein Vater sieht ihn nachdenklich an. »Nun, in Ordnung«, sagt er und setzt mich zu meiner großen Erleichterung auf meinen vier Pfoten ab. »Aber bitte wirf keine Sachen mehr, die er holen soll. Er muss sich erst an unseren Garten gewöhnen.«

»In Ordnung, Dad.«

»Er hätte über die Mauer springen können, um den Stock zu suchen, und das hätte mir großen Ärger mit dem Ehepaar Brooks von nebenan eingebracht. Du weißt, wie wütend sie werden, wenn Kitty und Rico ihr Geschäft in Mr Brooks' sorgsam gepflegtem Gemüsebeet erledigen. Als ob ich irgendetwas dagegen tun könnte!« Er lächelt schief. »Wenn er jetzt auch noch einen Hund in seinem Garten entdeckt, würde Mr Brooks wahrscheinlich tot umfallen.«

Granny Margaret ist bereits ins Haus zurückgekehrt, vermutlich wurde es ihr draußen zu kalt. Sie steht jetzt in der offenen Tür, die zur Küche führt, und wartet auf uns, ihre Hände duften köstlich nach Mehl. Ich kann den Kuchen riechen, herrlich frisch aus dem Ofen, und muss mich zusammenreißen, nicht in die Küche zu stürmen und um ein Stück zu betteln.

»Es tut mir so leid«, sagt sie schuldbewusst zu Mr Green, »das ist alles meine Schuld. Sam kann nichts dafür. Ich dachte in dem Moment, es wäre eine gute Idee, habe aber nicht damit gerechnet, dass unser Sam so einen festen Wurf hat.«

Sein Vater zögert kurz und hebt dann die Schultern. »Vielleicht sollten wir mit Bertie in den nächsten Tagen in den Park gehen, Sam. Dort kann er frei herumlaufen, und du kannst ihm Stöckchen werfen, so weit, wie du willst. Als ich so alt war wie du, habe ich das mit Buster, meinem Yorkshire Terrier, genauso gemacht.« Endlich zeigt sich ein richtiges Lächeln in seinem Gesicht. »Buster war ein toller Kerl.«

Ich bin auch ein toller Kerl, denke ich und blicke von unten zu den dreien hinauf. Doch sie reagieren nicht. Wahrscheinlich muss ich zuerst beweisen, *wie* toll ich bin. Ich weiß nur nicht genau, wie ich das anstellen soll.

Im Moment bin ich hauptsächlich damit beschäftigt, Rico zu ignorieren, der gerade an meinem Hinterteil herumschnüffelt.

Ich unterdrücke ein Knurren.

»Oh, ja, bitte!«, ruft Sam mit strahlenden Augen. »Das klingt super!«

Doch seine Großmutter blickt besorgt drein. »John, ich weiß nicht, ob man Hunde im Park immer noch frei herumlaufen lassen darf. Ich glaube, die städtische Verordnung wurde geändert. Am Eingangstor zum Park hängt eine Bekanntmachung.«

»Oh, das stimmt.« Mr Green ist enttäuscht. »Zu dumm.«

Sam sieht von einem zum anderen. »Aber das ist doch egal. Die Leute lassen ihre Hunde die ganze Zeit im Park frei herumlaufen. Harriet hat mir erzählt, dass sie mit ihrem Hund immer Wettrennen spielt. Und der ist ein Labrador. Er ist viel größer als Bertie. Es wird ganz sicher niemanden stören.«

Der Vater legt Sam eine Hand auf die Schulter. »Ich weiß, es kommt dir ungerecht vor. Aber eine Vorschrift ist nun mal eine Vorschrift.«

»Die anderen machen es doch auch …«

»Sam, ich bin Anwalt. Ich kann mich nicht über die Vorschriften hinwegsetzen.«

»Harriet sagt aber …«

»Ich weiß, dass Harriet deine Freundin ist. Aber nur weil andere Menschen gegen die Vorschriften verstoßen und nicht dafür belangt werden, heißt das noch lange nicht, dass es deshalb in Ordnung ist.« Er macht eine Pause. »Verstehst du, was ich damit sagen will?«

Sams Unterlippe zittert. »Nein.«

»Schau mal, das sind eben die Gesetze. Ich kann nichts dagegen machen. Ich weiß aber auch nicht, warum das so schlimm ist, wir können doch trotzdem mit Bertie in den Park gehen. Du kannst nur keine Stöckchen oder Bälle für ihn werfen, und er muss eben an der Leine bleiben.«

Bei dieser traurigen Vorstellung zieht sich Sams ganzes Gesicht zusammen, und er bricht in Tränen aus. Er stürmt an seiner Großmutter und an der entgeistert dreinblickenden Kitty vorbei ins Haus und lässt mich auf der Terrasse zurück, als hätte er ganz vergessen, dass ich noch da bin.

»Ich hasse dich«, schreit er seinen Vater an. »Ich hasse dich, ich hasse dich, ich hasse dich.«

Ich höre, wie er die Treppe hinaufläuft. Dann schlägt irgendwo eine Tür zu. Wahrscheinlich die Tür zu seinem Zimmer.

Verwirrt sehe ich zu Mr Green hoch, der sich mit einer

Hand durchs Haar fährt und leise vor sich hin flucht. Ich erkenne einige der Wörter wieder, die Mr Minton immer benutzt hat, wenn Biscuit auf den Teppich gemacht hat.

Du kannst nur keine Stöckchen oder Bälle für ihn werfen, und er muss eben an der Leine bleiben.

Hmm, das ist nicht gerade das idyllische Bild, das ich vor Augen hatte, als ich das Wort »Park« vernommen hatte. Ehrlich gesagt kann ich Sams Enttäuschung sogar sehr gut nachvollziehen. Es gibt einfach nichts Besseres, um sich einmal ordentlich die Beine zu vertreten und die Muskeln zu dehnen, als einem Stöckchen oder einem knautschigen Ball quer durch den ganzen Park hinterherzujagen. Doch vielleicht war es ein bisschen zu hart von Sam, seinem Vater »Ich hasse dich« zuzurufen. Und jetzt sieht Granny Margaret Mr Green auch noch so vorwurfsvoll an, dass ich mich frage, ob ich irgendetwas nicht mitbekommen habe.

Hier scheint – abgesehen von diesem Streit über Spaziergänge im Park – noch etwas anderes in der Luft zu liegen, etwas, das ich bislang nicht deuten kann.

»Meine Güte«, ruft mir Kitty von einem Terrassenstuhl aus zu und hebt verächtlich eine Pfote an die Stirn. »Du bist kaum fünf Minuten hier, Bertie, und schon machst du Ärger.«

Mit gerunzelten Augenbrauen denke ich darüber nach, was die Katze gesagt hat. Und ob sie damit recht hat? Ist es meine Schuld, dass dieser Streit wie aus dem Nichts heraus ausgebrochen ist?

Meine Schultern sacken nach unten.

Der Gedanke, dass ich einen Streit verursacht haben könnte, macht mich traurig und bereitet mir echtes Unbehagen. Doch je mehr ich darüber nachdenke, desto unwahrscheinlicher kommt es mir vor. Es stimmt zwar, dass ich dem

Stock hinterhergerannt bin und ihn nicht finden konnte. Doch die Spannung zwischen Vater und Sohn schien schon vorher da gewesen zu sein, ehe das alles passierte. Wenn ich es mir recht überlege, habe ich eigentlich schon im Tierheim Anzeichen von Traurigkeit in Sams Gesicht bemerkt. Es kann also nicht alles allein meine Schuld sein.

Ich betrachte die Erwachsenen eingehend und hoffe auf eine Erklärung, doch im Moment herrscht eisiges Schweigen auf der Terrasse. Mr Green wirft Granny M einen Blick zu und geht dann ohne ein weiteres Wort an ihr vorbei ins Haus.

Die alte Dame starrt ihm einen Moment lang nach und wendet sich dann mit entschlossenem Lächeln zu mir. »Nun, Bertie, das war ja ein aufregender erster Tag in deinem neuen Zuhause!«

In der Tat.

Geduldig warte ich ab, was als Nächstes geschieht, doch sie lässt nur ihren Blick über den kalten Rasen schweifen, in ihren Augen liegt ein wehmütiger Ausdruck. Ihre Finger spielen mit den Perlen an der Kette, die zweimal um ihren Hals geschlungen ist. Es sind blasse, faltige Finger, genau wie die von Mrs Minton. Doch diese alte Dame hier scheint in ihrem Wesen weitaus jünger zu sein.

»Oje, oje, was machen wir jetzt bloß?«

Diese Frage kann ich ihr leider nicht beantworten. Aber ich kann versuchen, sie zu trösten. Zu diesem Zweck rücke ich etwas näher an sie heran und wedle aufmunternd mit dem Schwanz.

Granny M sieht zu mir herab, als sie hört, wie mein Schwanz auf die Fliesen der Terrasse klopft. Ihr Blick wird weicher, und sie schnippt mir mit den Fingern zu. »Komm mit, Bertie, ich zeige dir, wo du schlafen wirst. Und bestimmt kannst du jetzt auch ein paar Hundekekse vertragen, richtig?«

Das klingt natürlich sehr gut.

»Kein Grund zur Sorge«, fügt sie hinzu, mehr, um sich selbst zu beruhigen als mich, wie mir scheint. »Zehnjährige Jungs können manchmal ganz schön schwierig sein. Ich bin sicher, Sam kommt bald wieder runter zu uns.«

Ich schlage noch freudiger mit dem Schwanz und folge ihr ins Haus.

Sie schließt die Tür hinter uns, die beiden Katzen bleiben draußen. Dadurch wirkt die Küche gleich viel behaglicher. Die Wärme, die vom Ofen her strömt, ist wunderbar und für meine feuchten Pfoten genau das Richtige. Ich tapse bereitwillig auf das kleine Lager zu, das sie mir zeigt. Es besteht eigentlich nur aus einem alten Stück Pappkarton, das auf dem Boden ausgebreitet ist, und einer Decke. Eine dicke Wolldecke, die sich weich wie ein Kissen anfühlt und wunderbarerweise nicht nach Katzen riecht. Darauf finden sich auch ein paar Spielsachen. Ein nagelneuer Kauball, wie wir ihn früher beim Spielen im Park hatten, und ein künstlicher Knochen, herrlich knautschig und nach Gummi duftend.

Ich schnuppere kurz daran und pflege dann mein Hinterteil. Es juckt bereits, seit ich mich in dem stacheligen Busch verfangen habe. Dann wende ich meine Aufmerksamkeit den Leckerlis zu, die Granny M gleich neben der Decke ausgebreitet hat.

Sie füllt ihren Teekessel und stellt ihn auf den Ofen, der dem großen Eisenherd bei einer von Mrs Mintons Freundinnen ähnelt, und schon bald beginnt das Wasser leise zu blubbern.

Sie stellt Tassen auf den Tisch und beginnt, verschiedene Speisen und Getränke zuzubereiten. Ich drehe mich einmal auf meiner neuen Decke um mich selbst und versuche, eine bequeme Position zu finden. Vermutlich ist für die Menschen schon bald Essenszeit. Also erst mal keine Spiele oder Spaziergänge mehr für mich. Die Menschen essen ziemlich oft, finde ich, und füge mich dann resigniert dieser Erkenntnis. Immerhin sind sie viel größer als wir Hunde und brauchen daher auch mehr Nahrung. Ich wünschte mir nur, wir würden mehr davon abkriegen. Die Speisen der Menschen riechen oft so viel besser als das, was sie uns hinstellen.

Meine Laune hebt sich jedoch gleich wieder, als ich mir vorstelle, dass in der Familie Green vielleicht viel mehr vom Tisch für mich abfällt als bei den Mintons.

Neugierig beobachte ich meine neue Besitzerin, während ich auf einem besonders würzigen Snack herumkaue, der einen starken Nachgeschmack von Leber hat. Granny M kommt mir wie eine sehr patente Person vor, die stets in Bewegung ist und immer etwas zu tun hat. Nur herumsitzen und die Wand anstarren kommt für sie nicht infrage, ganz im Gegensatz zu Mrs Minton, die das regelmäßig getan hat. Granny M passt auch gut zu diesem Haus, das eine gewisse Ordnung ausstrahlt, ohne dabei penibel sauber zu sein. Und überall ist es mit schönen und ausgefallenen Stücken dekoriert. In der Küche riecht es nach Katzen und frischen Blumen und Selbstgebackenem, keine Spur von Desinfektionsmitteln.

Granny Margaret bückt sich nun, um aus einem Schrank saubere Teller hervorzuholen. Doch auf einmal schließt sie die Schranktür mit einem lauten Knall, als ob sie es sich anders überlegt hat.

Ich blicke irritiert zu ihr.

»Verdammt«, sagt sie gepresst.

Dann schlägt sie die Hände vors Gesicht, und ein verzweifelter Laut entfährt ihr. Es klingt, als würde eine Katze ein Fellknäuel hervorwürgen.

Ich halte im Kauen inne und muss einmal schwer schlucken.

»Jenny«, schluchzt sie.

Ich wedele mit dem Schwanz, doch diesmal nimmt sie keine Notiz davon.

»Jenny, ach Jenny, mein Liebling.« Sie sinkt auf den Holzstuhl am Kopfende des Küchentisches und lässt ihren grauen Kopf hängen. Sie weint noch immer. Der Teekessel auf dem Ofen blubbert und pfeift, aber sie bemerkt es nicht. Sie scheint mit jemandem zu reden, obwohl außer uns beiden kein anderer in der Küche ist. »Ich wünschte, du wärst hier. Was um alles in der Welt soll ich nur mit ihnen machen?«

Mit herabhängendem Ohr und schiefem Kopf höre ich ihr zu. Ich verstehe nicht, warum meine neue Besitzerin diese Geräusche macht. Aber ganz offensichtlich ist sie sehr traurig.

Molly wüsste sicher, was in einer solchen Situation zu tun ist. Doch Molly ist nicht hier.

Wenn ich an meine Schwester denke, werde auch ich traurig, und ich bin kurz davor, mit einem tief empfundenen lauten Jaulen in Granny Ms Trauer einzustimmen. Ich habe schon sehr lange nicht mehr ordentlich gejault.

Aber wir können unmöglich beide so traurig sein.

Stattdessen trotte ich also zu ihr hinüber und setze mich neben sie. Da sie mich nicht bemerkt, stoße ich ein leises Winseln aus und lege ihr sacht eine Pfote aufs Knie.

Verwundert blickt sie zu mir, lächelt dann etwas unsicher und tätschelt meine Pfote. »Danke.«

Sie greift in ihren Ärmel und holt ein Taschentuch heraus, mit dem sie sich die Nase putzt. Ich ziehe vorsichtig meine Pfote zurück, beobachte sie aber weiterhin. Sie scheint wirklich sehr aufgelöst zu sein. Doch nach einer Weile steckt sie das Taschentuch wieder ein und strafft ihre Schultern.

»Ach, Bertie, du hast ja recht.« Sie steht auf und geht zum Ofen, wo sie bemüht munter mit dem Teekessel hantiert und mehrere dampfende Tassen füllt. »Es ist dumm, sich an die Vergangenheit zu klammern. Was geschehen ist, ist geschehen und kann nicht mehr ungeschehen gemacht werden, so einfach ist das.«

Doch ihr Blick wandert immer wieder zu einer gerahmten Fotografie an der gegenüberliegenden Wand. Darauf ist eine Frau mit lockigem, schulterlangem Haar und einem offenen Lächeln zu sehen. Sie steht neben einem viel kleineren Sam im Garten und sieht aus wie eine jüngere Version von Granny M. Im Hintergrund erkennt man die Fischstatue am Teich, aus der das Wasser sprudelt. Es scheint im Hochsommer aufgenommen zu sein, denn die Zweige der Bäume sind dicht mit glänzenden Blättern bewachsen.

Ich vermute, dass die Frau Sams Mutter ist, die Familienähnlichkeit ist unglaublich.

Jenny, so hat Granny M sie genannt.

Ich betrachte das Bild genauer. Sam sieht sehr glücklich aus, wie er da neben seiner Mutter steht. Viel glücklicher, als er heute im Tierheim ausgesehen hat, wo seine Augen und sein Mund sich wie bei einem Pekinesen zusammengezogen haben.

Wenn das Sams Mutter ist, wo ist sie dann jetzt?

Und wird sie zurückkommen?

Ich folge Granny M schwanzwedelnd, als sie in der Küche umhergeht und duftende Kekse und frisch gebackenen Kuchen auf den Tisch stellt. Dann geht sie zum Fuß der Treppe und ruft Mr Green und Sam nach unten zum Tee. Über die geheimnisvolle Jenny sagt sie nichts mehr. Als Sam zögerlich herunterkommt, um das warme Getränk und ein Stück Kuchen entgegenzunehmen, hängen seine Schultern herab, und er blickt niedergeschlagen drein. Sein Vater sieht genauso unglücklich aus, als er dazukommt. Er sagt bei Tisch kaum ein Wort, kaut nur unbeteiligt auf einem Keks herum, gerade so, als wäre dieser aus Pappe.

Ich beobachte die Familie, während ich unschlüssig hin und her wandere. Vielleicht fallen ja ein paar Kuchenbrösel oder der Rest eines nicht gegessenen Kekses für mich ab.

Sam hat mir geholfen, indem er mich aus dem Tierheim hierhergebracht hat. Also sollte ich ihm jetzt auch helfen. Und es scheint ziemlich offensichtlich, was er braucht.

Seine Mutter, die nicht da ist.

Ich kann es ihm gut nachfühlen, denn der Schmerz darüber, dass Molly nicht bei mir ist, schneidet auch mir immer wieder durchs Herz und will nicht vergehen, sosehr ich auch versuche, mich mit Leckerlis oder den herrlichen Düften des Hauses abzulenken. Ich werde sie vermutlich nie wiedersehen. Es macht auch keinen Sinn, sich vorzugaukeln, dass es anders sein könnte. Ich bin nun mal ein Hund und kein Mensch. Ich kann nicht allein losziehen und nach Molly suchen. Selbst wenn es mir gelänge, das Haus zu verlassen, würde mich die Familie Green vermutlich doch nur als Unruhestifter abstempeln und mich umgehend zurück ins Tierheim bringen, sobald sie mich wieder eingefangen hätten. Und das wäre keine fünf Minuten, nachdem ich es über die Mauer geschafft hätte.

Molly wird also nicht wieder zu mir zurückkommen.

Aber vielleicht gibt es ja eine Möglichkeit, Sams Problem zu lösen.

Meine größte Sorge ist, dass ich nicht einmal mit Sicherheit sagen kann, ob es Jenny ist, die er so schrecklich vermisst. Ich weiß fast nichts über die Familie Green und ihre Geschichte. Und es ist offensichtlich, dass nicht einmal Sams Großmutter in der Lage ist, die Probleme der Familie in den Griff zu kriegen. Warum würde sie sonst im Stillen so schrecklich weinen? Wenn es ein einfaches Mittel gegen Sams Traurigkeit gäbe, dann hätte sie es inzwischen gefunden, so klug und umsichtig wie sie ist.

»Hier, Bertie.« Granny M dreht sich zu mir und hält mir einen krümeligen, selbst gebackenen Keks hin, den ich gierig verschlinge. Als hätte sie meine Gedanken erraten. »Bist ein guter Hund.«

Ich lasse meinen Blick zur Tür schweifen und erkenne durch die Scheibe hindurch zwei dunkle Schatten, die geduckt hinter den großen Topfpflanzen auf der Veranda hocken und mich durch ihre Schlitzaugen beobachten. Kitty und Rico. Meine neuen Todfeinde. Meine Position als unerwünschter Eindringling hat sich nicht unbedingt verbessert, als klar wurde, dass man mich ins Haus lässt, während man diese beiden, die doch den Menschen brav Mäuse vor die Tür legen und das Sofa wärmen, auf die Terrasse verbannt hat. Ich kann die Ablehnung förmlich riechen, die die beiden in Wellen in meine Richtung absondern, ganz so wie Granny Ms Ofen andauernd Hitze verströmt.

Die beiden Katzen planen vermutlich schon, mich nachts, wenn ich allein bin, zu überfallen. Beispielsweise dann, wenn ich nach draußen gehe, um mein Geschäft zu verrichten. Bestimmt überlegen sie, wie sie mich durch einen kleinen Angriff ein für alle Mal loswerden können. Ich bin zwar kein Angsthase, aber die wüsten Nachwehen einer Katzenattacke sind mir nicht unbekannt, und ich kann sagen: Das Resultat ist kein schöner Anblick. Ausgerissene Tasthaare, blutende Ohren, zerkratzte Schnauzen, sogar Verletzungen am Unterkörper, die einem die Tränen in die Augen treiben …

Katzen schrecken vor gar nichts zurück.

Ich habe kein Problem mit einem lustigen Rennen im Garten, auch nicht mit spielerischem Kämpfen. Den Staub schleckt man sich schnell wieder ab. Molly und ich haben uns schon häufig zum Spaß auf dem Boden gebalgt, haben so getan, als ob wir wieder Welpen wären. Aber richtiges Rangeln mit Zähnen und Klauen mag ich nicht. Darin bin ich nicht gut. Außerdem sind sie zu zweit, und ich bin allein. Und klein obendrein.

Ich lecke mir die süßen Krümel von der Schnauze und denke angestrengt nach. Ob es mir gefällt oder nicht, ich bin in dieser Familie ein Neuling. Wenn ich also Sam wieder mit seiner Mutter zusammenbringen will, dann brauche ich Hilfe von jemandem, der die Familie kennt.

Ich muss abwägen, mit wem ich bei diesem Unterfangen die größten Erfolgsaussichten hätte.

9

Wie sich herausstellt, sind die Katzen tatsächlich nicht sonderlich hilfsbereit.

Etwa eine Stunde nachdem die Greens ihren Tee getrunken, ihren Kuchen gegessen und sich im Haus verstreut haben, lässt mich Granny M mit dem mir wohlbekannten Befehl »Jetzt erledige dein Geschäft!« hinaus in den Garten.

Es ist inzwischen dunkel geworden, und ich nutze diesen natürlichen Schutz, um mich ungesehen hinter die Bäume und Sträucher im rückwärtigen Teil des Gartens zu verziehen. Nach der langen Zeit, die ich drinnen verbracht habe, muss ich nun wirklich dringend. Ich hebe schnell mein Bein an einem passenden Baum und scharre dann wild mit einem herrlichen Gefühl der Befreiung in der lockeren Erde.

Vermutlich waren meine Reinigungsarbeiten vom Haus aus zu sehen, denn sobald ich fertig bin, pfeift Granny M von der hinteren Tür aus nach mir.

Ich aber höre nicht darauf, sondern begebe mich stattdessen tiefer in das Dickicht der Bäume hinein.

Ich warte auf Gesellschaft.

Es ist ein kalter Herbstabend, die Luft hier draußen spürbar frischer als in der Stadt. Im Tierheim hatten wir uns an die Heizung gewöhnt, die uns nachts unnatürlich warm hielt und dazu führte, dass langhaarige Hunde wie Gandalf haarten wie eine alte Decke. Doch ich habe ein dichtes Fell, mir macht ein wenig kühle Luft nichts aus.

Hinter mir wird die Tür knarzend geschlossen. Granny M will sicher die Wärme im Haus halten, solange ich noch draußen zu tun habe.

Sehr gut. Es gibt nichts Schlimmeres, als zu versuchen, sich mit den ortsansässigen Katzen anzufreunden, wenn ständig ein überfürsorglicher Mensch danebensteht, sich einmischt und alles falsch interpretiert.

Ich halte meine Nase dicht über den Boden und stöbere mit lautem Geschnüffel in den Büschen im hinteren Teil des Gartens herum. Hier stinkt es überall nach Katzen. Das ist äußerst unangenehm, für meine Mission aber unerlässlich. Ich ducke mich unter einen großen Strauch und reibe mein juckendes Hinterteil genüsslich an den unteren Zweigen. Der ganze Strauch bebt und raschelt lautstark mit den Blättern.

Das ist natürlich Absicht. Ich will, dass die Katzen mich finden.

Und wirklich – ich bleibe nicht lange allein.

»Du schon wieder«, kommt eine scharfe Stimme aus der Dunkelheit irgendwo über mir. Zwei gelbe Augen leuchten auf, starren mich von einem Ast herab an.

Kitty.

Es ist dunkel, aber ich kann dank meiner hervorragenden Nachtsichtgabe ihre Umrisse ausmachen. Sogar den nervös bebenden Schwanz erkenne ich. »Ich dachte, wir hätten uns vorhin klar und deutlich ausgedrückt, Köterchen«, zischelt sie. »Du bist hier nicht willkommen. Ich schlage vor, dass du dich ab jetzt ganz schlecht benimmst. Die ganze Nacht bellst. Ein paar Kissen zerfetzt. Die Türen zerkratzt. Einfach all das tust, was nötig ist, damit sie dich in dieses ... *Tierheim* zurückbringen, aus dem du kommst.«

Bei dem Wort *Tierheim* schüttelt es sie einmal kräftig, als ob ihr die Erwähnung einer derart unwürdigen Einrichtung im Hals stecken bliebe.

Die zweite Katze kommt nun unter einem Busch hervor, sagt aber nichts, starrt mich nur an. Es ist Rico, umgeben von wohlriechendem Laub. Er steht wohl auf Büsche. Oder er versucht, seinen grauenvollen Katzengeruch mit ein wenig Pflanzenduft zu überdecken.

Was aber nicht funktioniert.

Ich nicke ihm zu: »Rico.« Und etwas vorsichtiger in Richtung seiner Schwester: »Kitty.«

Ich bemühe mich um ein wenig Freundlichkeit, in der Hoffnung, dass sie zu ihnen durchdringt.

Was wieder nicht funktioniert.

»Bist du schwer von Begriff?«, fragt Kitty mit taxierendem Blick. »Oder fühlst du dich überlegen? Glaubst wohl, ein paar Hauskatzen könnten dich hier nicht vertreiben?«

»Oh, euch traue ich alles zu«, entgegne ich.

»Warum bist du dann noch hier, Köterchen?«

»Ich heiße Bertie«, sage ich, um mich erst einmal ordentlich vorzustellen. Mit einem Lächeln setze ich mich nieder und lege den Kopf schief. In solchen Situationen ist es wichtig, sich so friedfertig wie möglich zu geben. Und ein sitzender Beagle mit einem lieblichen Lächeln ist ungefähr das Friedfertigste, was es gibt.

»Hört mal, mir ist klar, dass ihr ein Problem mit Hunden habt. Und ich will ehrlich zu euch sein: Ich habe auch ein Problem mit Katzen. Das liegt hauptsächlich am Geruch. Doch da es so aussieht, als ob wir hier nicht so schnell wieder rauskommen – was haltet ihr davon, wenn wir unsere Probleme diskutieren und versuchen, Freunde zu werden?«

»Freunde?«, zischt Kitty.

Sie springt von dem Ast herab und landet direkt vor mir. Ein buckliger, fauchender Teufel in der Dunkelheit.

Sie sieht ziemlich beeindruckend aus. Und auch ein wenig Angst einflößend.

Ich schlucke schwer.

»Ja. Freunde«, wiederhole ich und bemühe mich, absolute Ruhe in meine Stimme zu legen. Ich wende mich langsam zu Rico, der immer noch unter seinem geliebten Busch hockt, und lasse dabei Kitty keine Sekunde aus den Augen. Sie mag ihre tödlichen Klauen im Moment eingefahren haben, aber das kann sich jederzeit ändern. »Das würde dir doch gefallen, stimmt's, Rico?«

Einen Augenblick lang herrscht Schweigen.

Dann murmelt Rico: »Äh … vielleicht. Ja. Wieso nicht?«

Kitty kreischt: »Rico!«

Der Kater kommt unter dem Busch hervorgekrochen. Mir scheint, seine Vorliebe für Büsche zeigt Wirkung, denn er riecht definitiv weniger katzig als seine Schwester. »Mann, ich will keinen Ärger«, sagt er und weicht Kittys Blick aus. »Keinen Krieg, verstehst du. Mit Blut und Klauen. Das ist mir alles zu stressig. Außerdem ist es heute Nacht richtig kalt. Ich würde mir lieber ein warmes Plätzchen suchen, wo ich mich zusammenrollen und ein Schläfchen halten kann.«

Kitty schüttelt voller Verachtung den Kopf.

Ich dagegen beginne, mich zu entspannen. Zwei vor Wut fauchende Katzen sind eine echte Herausforderung. Eine vor Wut fauchende Katze und eine, die unter einem duftenden Busch sitzt und dabei immer lockerer wird, ist eine völlig andere Sache.

Mit anderen Worten, es wird Zeit für einen kleinen Schachzug.

»Ich will auch keinen Ärger«, erkläre ich.

»Das sagen Hunde ständig, und dann stimmt es doch nicht.« Kitty sieht immer noch so aus, als hätte sie jemand mit einer Luftpumpe aufgepustet. Ihre Augen glühen wie aus dem Inneren eines großen, flauschigen Kissens heraus. »Wer sagt mir, dass du mich nicht den nächsten Baum hinaufjagst, sobald ich einmal nicht aufpasse?«

»Niemand«, entgegne ich fröhlich. »Aber sieh es positiv. Es könnte dein Leben aufregender machen, wenn du dir nicht immer ganz sicher sein kannst.«

Kitty faucht.

Das ist nicht die Reaktion, die ich erhofft hatte. Doch zumindest legt sich ihr aufgeplustertes Fell langsam, und sie nimmt wieder den Umfang einer normalen Tigerkatze an.

»Der Grund, warum ich hier herausgekommen bin – abgesehen von einem offensichtlichen Bedürfnis –, ist, dass ich ein paar Informationen benötige.«

Rico blickt überrascht auf. »Was für Informationen?«

»Rico, sag ihm kein Wort!«

Ich gehe über Kittys Kommentar hinweg und konzentriere mich auf ihren Bruder. Für eine Katze scheint er gerade ziemlich entspannt zu sein. Vielleicht hat das tatsächlich etwas mit dem Busch zu tun.

»Es geht um die Greens.«

Rico betrachtet mich einen Moment lang. Dann sagt er: »Du bist ziemlich klein, oder?«

Kitty lacht höhnisch.

Rico wirft seiner Schwester einen Blick zu und ergänzt dann eilig, als hätte er gerade erst bemerkt, dass sein Kommentar nicht gerade höflich war: »Vielleicht bist du ja noch nicht ausgewachsen.«

»Ich bin ein Beagle«, erkläre ich. »Für einen Beagle habe ich genau die richtige Größe. Größer werden wir nicht.«

»Oh.«

Ich ziehe die Augenbrauen hoch.

Kitty leckt sich die Pfote und betrachtet sie dann eingehend – als überlege sie, ihre langen Krallen mir zu Ehren einmal auszufahren. »Rico will damit sagen, dass du kleiner als Pepper bist.«

Ich blinzle. »Pepper?«

Jetzt sieht Rico ganz verlegen aus. Er starrt seine Schwester aus halb geschlossenen Augen an und bewegt sich unbehaglich hin und her. »Das wollte ich nicht damit sagen.«

»Entschuldigt mal, aber wer ist Pepper?«

Kitty grinst süffisant. »Der Hund von nebenan.« Sie deutet geschmeidig mit der Pfote auf das Haus gegenüber, weit hinter der Stelle, an der die beiden mir am Nachmittag einen solchen Schrecken eingejagt haben. »Es ist eine Pudeldame.«

Ach, du meine Güte, ein Pudel.

Nicht gerade meine Lieblingsrasse. Pudel sind immer so nervös, und im Angesicht ihrer langgliedrigen Beine fühle ich mich stets ein wenig unterlegen. Kein Wunder, dass Rico mich zu klein findet. Im Vergleich mit einem Pudel, besonders wenn es eine dieser schlanken, eleganten Damen ist, sehe ich natürlich aus wie ein Nagetier mit seltsamen Flecken auf den Ohren.

Wenigstens ist alles an mir reine Muskelmasse. Und ich bin flink wie der Blitz. Wie Beagles eben sind.

Ich entgegne höflich: »Es würde mich freuen, sie kennenzulernen.«

Wieder stößt Kitty ihr höhnisches Lachen aus.

Hinter uns in der Dunkelheit geht auf einmal knarzend die Tür zum Garten auf, und Granny M pfeift noch ein paarmal nach mir. Dann ruft sie mit hoher Stimme: »Bertie!«

Sie wird langsam ungeduldig. Ich aber auch.

»Hört mal, ich muss etwas über die Familie Green in Erfahrung bringen«, erkläre ich den beiden Katzen.

Kittys Augen verengen sich. »Und das wäre?«

»Ich muss wissen, wo Sams Mutter ist. Und ob sie Jenny heißt. Ich habe vorhin mitbekommen, wie Granny M geweint und diesen Namen gesagt hat. Offensichtlich hat Sams Mutter die Familie verlassen. Und da dachte ich, wir könnten versuchen, sie zu finden, und sie zurückholen, um Sam wieder glücklich zu machen.« Die Katzen sehen sich verständnislos an. »Was?«

Dann wird Ricos Blick ganz unglücklich, und seine Schnurrhaare hängen herab. »Bertie, sie hat die Familie nicht verlassen.«

»Aber wo ist sie dann?«

Sie geben keine Antwort. Ich muss es aber wissen. Granny Ms Pfeifen und Rufen wird lauter. Ich höre jetzt ihre Schritte über das kalte, nasse Gras kommen. Die Nacht ist wirklich kalt. Ich will nicht, dass die alte Dame lange draußen sein muss. Aber die Angelegenheit ist zu wichtig.

»Ist sie krank?« Ich muss daran denken, dass Mrs Minton auch häufig krank war. Manchmal kam sogar ein Krankenwagen mit grellem Blaulicht und Sirene, um sie mitzunehmen. Wir Hunde saßen dann alle unter dem

Küchentisch und sahen zu, wie sie hinausgebracht wurde. »Ist sie im Krankenhaus?«

»Schlimmer«, sagt Rico betrübt. »Sams Mutter ist tot.«

In dieser Nacht dauert es sehr lange, bis ich einschlafen kann. Und das liegt nicht nur daran, dass ich traurig darüber bin, was mit Sams Mutter passiert ist. Das Bett ist neu, ich bin in einem fremden Zimmer in einem fremden Haus. Es ist erstaunlich, wie schnell ich mich im Tierheim an all den Lärm gewöhnt hatte, an das Seufzen und Winseln in der Dunkelheit, sogar an das Pfeifen von Gandalfs Atem, das die ganze Nacht über anhielt. Von der Hauptstraße kam ein ständiges dumpfes Verkehrsrauschen, und in regelmäßigen Abständen ratterte ein Zug vorbei – so einer, wie wir ihn auch vom Garten der Mintons aus sehen konnten. Mit anderen Worten: Es war niemals ruhig im Tierheim.

Am Ende bin ich dann aber doch immer eingeschlafen, trotz der ständigen Geräusche. Vermutlich können sogar empfindliche Ohren wie meine sich irgendwann an jede Form von Lärm gewöhnen.

Hier dagegen sind wir weit außerhalb des Stadtzentrums. Es gibt kaum Durchgangsverkehr. Keine ratternden Züge. Ich bin der einzige Hund, und die Katzen scheinen ihre Schlafplätze an anderen Stellen im Haus zu haben. Als die Lichter im Erdgeschoss gelöscht wurden, sind sie an mir vorbeistolziert und irgendwo im Dunkeln verschwunden.

Hier hält mich nichts von meinem Schlafbedürfnis ab. Alles ist warm und gemütlich und absolut still.

Abgesehen von der großen, runden Uhr, die an der Küchenwand hängt.

TICK
TICK
TICK
TICK
TICK

Noch einmal stehe ich auf, drehe mich auf meiner Wolldecke dreimal im Kreis und lasse mich dann wieder in derselben Position nieder. Nur liegt diesmal eine Pfote über meinem Ohr.

TICK
TICK
TICK

Das wird eine sehr lange Nacht.

Ich grübele noch immer über die Ursache von Sams Traurigkeit nach. Inzwischen scheint mir das Problem noch größer geworden zu sein, da man seine Mutter ja nicht mehr zurückholen kann. Ein plötzliches und knarzendes Geräusch unterbricht meine Überlegungen, und meine Ohren richten sich auf. Jemand geht wohl die Treppe hinunter. Ich habe mich schon so an die Stille und an das unaufhörliche Ticken der Uhr gewöhnt, dass es mir nicht schwerfällt, die Ursache verschiedener Geräusche im Haus auszumachen.

Ich setze mich auf.

Die Person scheint jetzt über den Flur zu schleichen.

Ich lausche gebannt.

Es sind leichte Schritte. Also ist es nicht Mr Green. Trägt die Person Hausschuhe?

Nein, sie ist barfuß.

Granny M macht nicht den Eindruck auf mich, als schleiche sie nachts barfuß im Haus herum. Also bleibt nur noch eine Person übrig.

Die Küchentür öffnet sich langsam. Ein schmaler Lichtstrahl wandert erst hoch zur Decke, dann die Wände hinab und fällt schließlich über den Ofen nach unten zu meinem Schlafplatz. Einen Augenblick lang bin ich geblendet.

Mein Schwanz schlägt auf den Fußboden.

Es ist Sam.

Die Taschenlampe in seiner Hand wackelt, als er die Tür hinter sich schließt. Dann bewegt sich der schmale Lichtstrahl über den Boden bis hin zu mir.

Ich kann den Jungen riechen, ehe ich ihn richtig sehen kann. Er verströmt einen Geruch nach Badeschaum, Zahnpasta und frisch gewaschenem Schlafanzug, vermischt mit seinem ganz eigenen Duft, an den ich mich noch gut erinnere. Sam-Duft. Interessant und angenehm. Kleine Menschenfüße kommen tapsend über den Küchenboden auf mich zu, und schon steht er da und blickt in der Dunkelheit zu mir herunter.

»Hallo, Bertie«, flüstert er und kniet sich vor mich hin. »Ich wollte …« Der Junge hält inne und schluckt. Ich merke, dass er geweint hat. Seine Kinderstimme zittert. »Ich kann nicht schlafen. Und du?«

Ich stehe auf und sehe ihn an. Mein Schwanz wedelt stärker, als ich mich an seine Schulter drücke. Er tätschelt mir den Kopf und umarmt mich dann unbeholfen, ein wenig unsicher, so, als würde er mir noch nicht ganz vertrauen.

»Ich hatte einen … Alptraum.«

Zum Trost lecke ich ihm übers Gesicht.

»Ich war mit meiner Mum im Krankenhaus an diesem Tag. Ich habe sie zum Abschied geküsst und ihr gesagt, dass ich am nächsten Tag wiederkommen würde, doch dann … dann habe ich sie nie wieder gesehen.« Sam schluckt erneut und wischt sich dann mit dem Handrücken über das Gesicht. »Es war schrecklich.«

Ich muss daran denken, wie Mr Minton vor Verzweiflung geheult hat, als er seine tote Frau fand. Und wie wir Hunde uns trostsuchend unter dem Küchentisch zusammengedrängt haben.

»Es ist meine Schuld, dass sie tot ist«, sagt er mit belegter Stimme nah an meinem Ohr. »Meine Schuld, Bertie.«

Ich schlage noch fester mit dem Schwanz, um auszudrücken, dass er sich irrt und dass das so nicht sein kann.

Doch Sam scheint es nicht zu bemerken. Er schnieft wieder und wischt sich die Tränen ab. »Weißt du«, schluchzt er, »ohne mich wäre sie jetzt noch hier.«

Aha, denke ich, er hat Schuldgefühle. Seine Mutter wurde krank und starb, und er glaubt, es sei seine Schuld. Dabei ist er doch noch ein kleiner Mensch. Er kann unmöglich ihren Tod verursacht haben. Ich erinnere mich daran, wie Granny Margaret gesagt hat, dass zehnjährige Jungs manchmal schwierig sein können. Vielleicht hat er gerade so eine Phase.

Ich wedele noch stärker mit dem Schwanz, um ihn abzulenken.

»Wenn ich brav gewesen wäre«, flüstert er, bricht dann aber in lautes Schluchzen aus und klammert sich an mich, »wenn ich ihr nicht so viel Kummer bereitet hätte, vielleicht …«

Er kann jetzt nicht mehr sprechen, weil er so von Tränen geschüttelt wird, dass sein ganzer kleiner Körper bebt.

Ich möchte ihm so gerne helfen.

Doch während ich so dastehe und mich bemühe, Sam mit meiner Körperwärme und meinem geduldigen Schweigen zu trösten, muss ich wieder an Molly denken.

Wenn ich mich selbst besser benommen hätte, wenn ich nicht so oft mit Jethro gestritten hätte und wenn wir nicht Mrs Mintons Kleid zerrissen hätten, vielleicht wäre dann Mr Minton nicht so wütend geworden und hätte uns an jenem Tag nicht ins Tierheim gebracht. Dann würden wir noch alle zusammen im Park View Drive 167 leben. Molly und ich, Biscuit und Tina und sogar der jähzornige Jethro.

Mein Schwanzwedeln lässt nach, und meine Ohren hängen schlaff herab.

Ich denke an Molly und frage mich, wo sie jetzt gerade ist. Sitzt sie bei dieser furchtbaren Frau mit dem verkniffenen Blick fest, oder ist sie zurück im Tierheim, allein und verzweifelt? Es ist kaum auszuhalten! Mir vorzustellen, dass meine Schwester unglücklich ist, dass sie mich genauso schrecklich vermisst wie ich sie. Doch wenn ich ehrlich bin, ist es genau das, was ich mir vorstellen *muss*. Molly wurde nicht von einer netten Familie wie den Greens aufgenommen. Sie wurde von jemandem mitgenommen, der sich vielleicht als Scheusal entpuppt hat, die Art von Besitzer, die zu einem Stock greifen, wenn ihr Hund einen Fehler macht, oder die einem das Futter als Strafmaßnahme entziehen.

Es schüttelt mich bei dem Gedanken, was Molly vielleicht gerade durchmacht. Und ich habe nicht die leiseste Chance herauszufinden, wo sie ist oder wie ich ihr zu Hilfe kommen könnte.

Ist es meine Schuld, dass wir nicht mehr zusammen sind?

Wieder vernehme ich Schritte auf der Treppe. Schwere Schritte, ein schleppender Gang. Es muss Mr Green sein, nicht die Großmutter. Er gibt sich keine große Mühe, leise zu sein. Eher wirkt es sogar gereizt, wie er durch die Diele pflügt und die Küchentür aufstößt.

Die Deckenlampe geht an. Sie blendet mich und taucht Sam, der noch immer neben mir kniet, in grelles Licht. Er drückt ein letztes verzagtes Schluchzen in mein Fell und dreht dann den Kopf zur Tür. In seinen Augen liegt ein sorgenvoller Ausdruck. Vielleicht ist es sogar Angst.

»Dad?«

Schnell versucht Sam, sich mit einem Zipfel seines Schlafanzugoberteils die Tränen wegzuwischen. Aufmerksam sehe ich ihm zu. Der Junge macht das sehr gut. Seine Augen sind noch immer rot gerändert, aber es ist nicht mehr ganz so offensichtlich, dass er sich gerade die Seele aus dem Leib geweint hat.

In Hausschuhen und Morgenmantel kommt Mr Green auf seinen Sohn zu. Auch seine Augen sind leicht gerötet, und seine Haare stehen ab, als wäre er wild hindurchgefahren. »Sam«, sagt er knapp, »es ist zwei Uhr morgens. Was um alles in der Welt machst du hier unten?«

»Ich musste nach Bertie sehen.«

»Unsinn.«

Sam sucht nach den richtigen Worten und stammelt dann: »Das ist k… kein Unsinn. Granny M hat gesagt, dass ich nach ihm sehen soll. Sie hat gesagt, Bertie könnte sich einsam fühlen, so ganz allein. In seiner ersten Nacht in einem neuen Zuhause.«

»Ich bin sicher, dass Granny M nicht gemeint hat, dass du zu dieser unchristlichen Stunde nach ihm sehen sollst.«

»Was heißt ›unchristlich‹?«

»Viel zu früh.«

Ich setze mich auf und schlage mit meinem Schwanz auf den Boden, um Sam zu unterstützen.

Sam dreht sich zu mir und nutzt die Gelegenheit, sich heimlich die letzten Tränenspuren aus dem Gesicht zu wischen. »Siehst du? Schau, wie Bertie mit dem Schwanz wedelt. Das heißt, er freut sich, dass ich heruntergekommen bin. Harriet sagt, dass Hunde mit dem Schwanz wedeln, wenn sie zeigen wollen, dass ihnen etwas gefällt. Also hatte Granny M recht. Er war wirklich einsam.«

»Nun, jetzt hast du ihn ja aufgemuntert.« Der Vater nimmt Sam am Arm und zieht ihn hoch. Er ist dabei nicht grob, aber liebevoll ist er auch nicht. »Ich bin müde. Bertie ist müde, und ich bin sicher, dass du auch müde bist. Lass uns wieder schlafen gehen.«

»Aber vielleicht muss Bertie mal nach draußen gehen?«

Mr Green sieht streng zu mir hinab. »Bertie, musst du mal nach draußen gehen?«

Ich kenne den Ton, der in seiner Stimme liegt. Mr Minton hat ihn auch immer benutzt, wenn er kurz vor einem Wutausbruch stand.

Ich lege mich wieder auf meine Decke und blicke ihn traurig an.

»Sehr gut.« Mr Green führt Sam mit festem Nachdruck hinaus und schaltet beim Verlassen der Küche das Licht aus. »Gute Nacht, Bertie.«

»Schlaf schön, Bertie«, ruft Sam und fügt dann lächelnd hinzu: »Und lass dich nicht von den Bettwanzen beißen.«

10

Meine Probezeit bei den Greens ist vorüber, und als ich erfahre, dass sie mich behalten wollen, gerate ich vor Freude aus dem Häuschen. Ich bin aufgeregt, aber frage mich zugleich besorgt, ob Molly vielleicht ins Tierheim zurückgebracht wurde und sich nun wundert, wo ich bin.

Um ihre Entscheidung, mich zu behalten, zu unterstreichen, kaufen mir die Greens einen Hundekorb mit hohen Seitenwänden, der unglaublich neu riecht. »Damit du vor der Zugluft geschützt bist«, sagt Granny M, offensichtlich sehr zufrieden mit sich.

Der neue Korb ist hart und fühlt sich kalt an meinem Rücken an. Außerdem kann ich nachts nicht mehr den ganzen Raum überblicken, indem ich einfach nur ein Auge öffne. Der alte Schlafplatz war mir sehr viel lieber. Damit das auch meinen neuen Besitzern klar wird, zerre ich immer wieder die Wolldecke aus dem Korb und lege mich auf dem Boden zum Schlafen nieder. Das bringt Granny Margaret ziemlich auf die Palme. Jeden Morgen schubst sie mich erbarmungslos von der Decke und stopft sie zurück in das Körbchen. Ich wedele währenddessen entschuldigend mit dem Schwanz. Sie soll sich nicht über mich ärgern. Dann warte ich, bis am Abend wieder alle im Bett sind, und mache mich erneut an die Arbeit.

Es wird zu einem täglichen Spielchen zwischen uns. Decke rein und Decke raus, Decke im Korb und Decke auf dem Fußboden.

Zum Glück zeigt sich Granny M eher amüsiert als verärgert über mein zwanghaftes Benehmen. Fast scheint es sie sogar von den ständigen Sorgen um die Familie abzulenken. Oder besser gesagt von Sams Traurigkeit. Und vermutlich auch von der seines Vaters. Mr Greens Gesicht gibt sein Unglück deutlich zu erkennen. Das liegt nicht nur an seinen heruntergezogenen Mundwinkeln, sondern auch an dem seltsamen Ausdruck, der manchmal in seine Augen tritt, sobald er allein in der Küche oder im Garten ist. Derselbe in die Ferne gerichtete, verlorene Blick, der mich an meine eigene Stimmung an den ersten Tagen ohne Molly erinnert.

Nur zu gut weiß ich, dass es kein Mittel gegen jene Art von Blick gibt.

Aber vielleicht macht die Zeit ja alles leichter. Für mich, und auch für Mr Green und Sam. Auch wenn seit Jennys Tod schon fast zwei Jahre vergangen sind. Das habe ich von den Katzen erfahren. Doch vermutlich braucht eine Wunde wie diese viel, viel länger, um zu heilen.

Und was mich betrifft: Molly ist nicht tot. Tief drinnen hege ich immer noch die Hoffnung, sie eines Tages wiederzusehen. Und wenn damit auch fast nicht mehr zu rechnen ist, besteht doch immerhin die Möglichkeit.

Was sich die Familie Green wünscht, ist hingegen nicht mehr möglich. Sie träumen einen hoffnungslosen Traum, in den sich Schuldgefühle mischen. Solche Schuldgefühle, wie sie mich dann plagen, denke ich an meine unselige Rolle zurück, die zur Auflösung unseres fröhlichen Haushalts bei Mr Minton führte. Diese Gewissensbisse bezüglich der Vergangenheit überfallen mich ebenso wie Sam, sodass ich nur wenig Freude empfinde, wenn wir einen Spaziergang machen oder ich in seinem gemütlichen Zimmer spielen darf. Immer muss ich an Molly denken und wie dumm es von mir war, nicht besser auf sie achtzugeben. Die Tage erscheinen mir nur noch grau, und der herbstliche Regen, der draußen ans Küchenfenster trommelt, ist wie ein Abbild meines Inneren.

Immer wenn mich diese trüben Gedanken überfallen und ich den Kopf vor Scham und Trauer hängen lasse, muss ich mich selbst daran erinnern, dass unser Haushalt bei den Mintons gar nicht so fröhlich war. Zumindest nicht nach Mrs Mintons Tod, wo unsere Futterschüsseln plötzlich nur noch mit brauner Pampe gefüllt waren.

Kurz nachdem die Greens sich für mein Bleiben entschieden haben, treffe ich Pepper, die gefürchtete Pudeldame der Nachbarn, und stelle fest, dass nicht alle Pudel hochnäsige Besserwisser sind. Trotzdem ist sie ziemlich aufgekratzt. Und schon ein wenig anstrengend.

»Hallo«, sagt sie, als wir uns zum ersten Mal begegnen. Wir stehen uns auf der jeweiligen Seite des Gartenzauns gegenüber, um uns herum neugieriges Katzenpublikum. »Du musst Bertie sein. Rico hat mir alles über dich erzählt. Ich muss leider sagen, dass ich Rüden nicht so gut leiden kann. Immer dieses Beinheben und Hinternbeschnüffeln. Das ist so ordinär und geht mir auf die Nerven.«

Sie hält inne und betrachtet mich.

Im Gegensatz zu der hohen Steinmauer, die zwischen uns und der Familie Brooks verläuft, gibt es zwischen dem Garten von Peppers Besitzern und unserem nur einen Holzzaun, der zwischen den streng riechenden Latten so große Lücken lässt, dass sie mich gut sehen kann.

»Könntest du vielleicht so tun, als wärst du eine Hündin wie ich, wenn wir uns treffen?«, fragt sie plötzlich. »Du müsstest dein Geschäft ja nicht im Hocken erledigen oder so. Aber wenn du einfach ein bisschen… mädchenhafter sein könntest?«

Ich stelle mich auf die Hinterbeine, lege meine Vorderpfoten an die untersten Latten und bemühe mich, ihr in die Augen zu sehen. Was gar nicht so einfach ist bei unserem Größenunterschied.

»Nein.«

Ihr komischer kleiner Mund klappt daraufhin sprachlos zu, und mich beschleicht das Gefühl, dass Pepper wohl nicht daran gewöhnt sein dürfte, dass man ihr auch mal einen Wunsch abschlägt.

Sie schmollt einen Moment und dreht sich dann mehrmals auf der Stelle um die eigene Achse. Die Erde unter ihren gepflegten Pfoten ist an dieser Stelle ziemlich aufgewühlt, und mir kommt der Gedanke, dass sie dieses Theater wohl öfters aufführt. Obwohl das alles einen sonderbaren Eindruck auf mich macht, bemühe ich mich, sie nicht anzustarren. Ich will sie nicht verärgern. Am Ende spränge sie dann noch über den Zaun, um mich mit ihrer Größe und dem aufgetürmten Pudelfell zu Tode zu erschrecken. Obwohl: Im Grunde ist sie ziemlich kahl rasiert, nur an einigen ausgewählten Stellen hat man etwas Fell stehen lassen. Um den Nacken trägt sie eine Halskrause, und am Ende ihres kurzen, in die Luft stehenden Schwanzes sitzt ein dicker Puschel. Dieser Puschel wedelt nun, da sie ihren muskulösen Körper schwungvoll zu mir dreht und mich aus kleinen, hervorstehenden Augen anstarrt, gefährlich hin und her.

»Also schön«, säuselt sie in dem missglückten Versuch, gnädig zu wirken. »Du willst also kein Mädchen sein. Obwohl ich so lieb gefragt habe. Aber ich werde einfach so tun, als ob. Es macht dir doch nichts aus, wenn ich dich Bertina rufe, oder?« Sie zögert einen Moment, und ihre Augen blitzen gefährlich. »Dagegen kannst du doch wohl nichts haben, oder?«

»Ich heiße Bertie«, sage ich entschlossen.

»Meine Güte.« Sie stolziert hinter dem Zaun auf und ab, scheint ihre Meinung aber plötzlich zu ändern. »Nun gut. Wenn du kein Mädchen sein willst und auch nicht erlaubst, dass ich dich Bertina rufe, obwohl ich so höflich gefragt habe, dann denke ich … ich denke, ich werde dich einfach B nennen.«

»B?«

»Du kannst dir ja vorsagen, dass B für Bertie steht, wenn du unbedingt möchtest. Aber für mich steht es für Bertina. Damit ist es für beide Seiten korrekt geregelt.«

Ich runzle die Stirn, den Kopf zur Seite geneigt. Das ist gar kein so übler Vorschlag. »Äh, okay, du kannst mich B nennen, wenn es unbedingt sein muss.«

»Ja, es muss sein. Unbedingt.«

»Also gut, dann nehmen wir B.«

Sie vollführt einen kleinen Freudentanz, und wieder wackelt ihr Schwanzpuschel hin und her. »Danke, B.«

»Du bist echt seltsam, weißt du das?«

Rico, der die Unterhaltung von einem Ast in der Nähe aus beobachtet hat, grinst nun zufrieden und bestätigt: »Oh, ja, das ist sie.«

Pepper wirft ihren Kopf in den Nacken. »Und schon hackst du auf mir herum? Nun, das war wohl nicht anders zu erwarten. Von einem Beagle.«

Ich schmunzle und schlage zustimmend mit dem Schwanz. »Ja, wir sind ziemlich ungezogene Kerle.«

»A-ha«, antwortet sie knapp. Doch eigentlich ist die

Pudeldame gar nicht so schlimm, wie sie sich gibt. Nur ein wenig launisch. Und total durchgeknallt.

Die Tage vergehen zuerst nur langsam, während ich mich an mein neues Zuhause gewöhne. Doch irgendwann wird die Luft merklich kühler, und der Herbst geht unaufhaltsam in den Winter über. Die Spaziergänge am Morgen werden flotter, und besonders an den Pfoten wird mir inzwischen richtig kalt. Granny M strickt an einer Wollmütze und einem Schal für Sam, die er zur Schule tragen kann, und an manchen Tagen kommt er erst nach Hause, wenn es schon dunkel ist. Ich wünsche mir, dass Granny M auch für mich etwas strickt, eine Weste oder Wollschuhe, doch stattdessen kauft mir Mr Green einen engen kratzigen Mantel, den ich während der Spaziergänge im Park tragen muss. Wenn er nicht hinsieht, zerre ich wild daran, aber das Ding geht nicht ab. Draußen herrscht eisige Kälte, doch drinnen im Haus der Greens ist es warm und gemütlich. Der alte Ofen bullert beständig und heizt die Küche, und im großen Wohnzimmer gibt es einen offenen Kamin. Nie zuvor habe ich so etwas gesehen und stehe, als zum ersten Mal Feuer gemacht wird, fasziniert daneben. Ich darf mich sogar auf den riesigen Sofas ausstrecken und an den früh dunkel werdenden Nachmittagen, wenn Sam noch in der Schule ist, ein Schläfchen darauf halten.

Wir machen lange Spaziergänge im Park, der viel größer ist als der Park in der Stadt. Manchmal gehen wir auch den sich endlos erstreckenden Kanal entlang, was großen Spaß macht. Wenn ich zurückkomme, bin ich immer schmutzig und erschöpft, aber sehr zufrieden. Und wenn Granny M mir hinterher meinen Mantel auszieht und meine Beine und Pfoten mit einem feuchten Lappen und einem Handtuch abreibt, macht sie glucksende Geräusche. Sie beklagt sich nicht ständig, wie Mr Minton das getan hat. Sie schimpft auch nicht, wenn ich mit schmutzigen Pfoten über den Küchenboden tapse. Doch obwohl sie mich anlächelt und sogar laut lachen muss, wenn ich mich beim Trockenrubbeln unter ihrem Rock verkrieche, weiß ich dennoch, dass Granny M nicht so glücklich ist, wie sie es Sam und Mr Green gern glauben lassen möchte.

Ich blicke dann in ihre traurigen Augen und muss an den Tag denken, als ich hier ankam und sie mit gesenktem Kopf am Küchentisch saß, weinte und »Jenny!« schluchzte.

Ich hatte gehofft, dass es die alte Dame aufmuntern würde, einen kuscheligen Hund zu haben, um den sie sich kümmern kann, doch es scheint, dass auch mein Schwanzwedeln nicht unbegrenzt Wirkung zeigt.

Eines Nachmittags – wir sitzen gerade auf dem Sofa – legt sie einen Film ein, auf dem Sam und sein Vater beim Fußballspielen zu sehen sind. Sam ist noch viel jünger, ein kleiner Junge mit dünnen Beinen und Pausbacken. Er lacht und versucht, den Ball zu treffen. Manchmal erwischt er ihn nicht, worüber sein Vater lachen muss. Und dann kommt die Frau von dem Foto an der Küchenwand ins Bild. Jene junge Frau, die Granny M »Jenny« genannt hat. Sie tritt an den Ball, und Sam kräht vor Vergnügen. Gemeinsam rennen sie über die Wiese, dem rollenden Ball hinterher.

Das Bild wackelt ein wenig, aber ich kann alle deutlich erkennen. So wie ich außerdem erkennen kann, wie sehr Sam und Mr Green sich seit diesem Tag im Garten verändert haben.

Jenny ist genauso, wie ich sie mir vorgestellt habe. Sie trägt ein Sommerkleid und Sandalen. Ihre Beine sind leicht gebräunt. Sie wirkt jung und voller Energie, ihre dichten blonden Haare locken sich an den Spitzen und fallen ihr bis auf die Schultern, auf ihrer Haut liegt ein natürlicher Schimmer, und ihr Lächeln ist strahlend. So wie das von Sam, wenn er mit mir spielt.

Mr Green steht am Rand und sieht den beiden zu, wie sie im Garten herumrennen. Er hat die Hände in den Taschen seiner Jeans vergraben und lächelt, wie ich ihn noch nie habe lächeln sehen. Auch er wirkt sehr jung und sorgenlos, so als wäre er mit seinem Leben rundum glücklich und zufrieden.

Anders gesagt: Er wirkt im Vergleich zu heute wie ein völlig anderer Mensch.

Granny M streichelt mir die Ohren und murmelt: »Das ist meine Jenny. Siehst du sie, Bertie? Das ist meine Jenny, mein Liebling. Sie ist nicht mehr da, möge Gott sie behüten, wo immer sie jetzt auch ist.«

Und dann weint sie.

Sie sieht sich den Film mehrmals hintereinander an und weint dabei die ganze Zeit. Die Katzen sind heute nirgends zu sehen – vielleicht spielen sie mit Pepper nebenan –, also drücke ich mich eng an sie und wedele mit dem Schwanz. Als sie meine Ohren erneut streichelt, wende ich mich ihr zu und lecke tröstend über ihre Hand.

»Ach, Bertie«, sagt sie, zieht ein Taschentuch aus ihrem Ärmel und putzt sich geräuschvoll die Nase.

Es ist vermutlich kein großer Trost für eine traurige alte Dame, wenn ihr ein Beagle über den Handrücken leckt. Auch wenn es mit großer Begeisterung geschieht. Doch was sonst soll ich denn tun?

Am besten wäre es natürlich, ich könnte Jenny zurück zu ihrer Familie bringen.

Doch das ist unmöglich.

Jenny ist tot.

Das bedeutet, sie ist für immer fort.

Was kann ich nur machen …

Ich bin so hilflos angesichts dieser Verzweiflung in der Familie Green, dass ich mir immer stärker wünsche, etwas tun zu können, das sie alle wieder glücklich macht. Und manchmal habe ich das Gefühl, die Lösung liegt ganz nahe. Gleich wird sie mir einfallen. Doch schon entgleitet sie mir wieder im straffen Zeitplan meiner täglichen Routine. Inmitten all der Spaziergänge, Mahlzeiten und Badezeiten, der Besuche beim Tierarzt oder in Geschäften, der Ringkämpfe mit Sam oben in seinem Zimmer, der lustigen Fußballspiele mit ihm und seinem Vater im Garten, wo ich den Ball unter meinen Pfoten festhalte, anstatt ihn zurückzubringen, wie ich es eigentlich sollte.

Und dann kommt Mr Green eines Tages früher von der Arbeit nach Hause.

Ich höre, wie seine Autoreifen auf der gekiesten Auffahrt knirschen. Sam wirft einen Blick zum Fenster seines Zimmers hinaus, während wir gerade Seilziehen mit seinem Schulpulli spielen. Er lässt sein Ende los – ich purzle rückwärts unter sein Bett – und stößt einen kleinen Freudenschrei aus.

»Ein Weihnachtsbaum! Dad hat einen Weihnachtsbaum besorgt!«

Sam stolpert über die Armee aus Spielzeugsoldaten auf dem Teppich hinweg und reißt seine Zimmertür auf.

»Bertie, los, komm!«

11

Sam stürmt aus seinem Zimmer und poltert in Höchstgeschwindigkeit die Treppe hinunter. Ich folge ihm wild bellend bis zur Haustür, um meine Solidarität auszudrücken. Obwohl ich, ehrlich gesagt, nicht genau weiß, weshalb ihn die Aussicht auf einen Weihnachtsbaum derart in Aufregung versetzt.

An meinen letzten Winter bei den Mintons habe ich wenig schöne Erinnerungen, außer dass ich damals mit Molly zusammen war. Mr Minton holte den Weihnachtsbaum vom Speicher und stellte ihn im Wohnzimmer auf. Mrs Minton pustete den Staub von den Christbaumkugeln und dem Lametta, bevor sie alles wie künstliche Blätter und Früchte auf den Plastikzweigen drapierte. Der Baum stand dann ein paar Wochen lang dort, und uns wurde eingeschärft, ihm bloß nicht zu nahe zu kommen. (Jethro ignorierte diese Warnung natürlich, und so waren regelmäßig Schreie von Mrs Minton zu hören, wenn er den Baum aus seinem leichten Plastikständer zu kippen drohte.) Dann kam der Tag, an dem Mr Minton den Baum wieder abbaute, alles kunstvoll verpackte und das ganze Ding wieder im Speicher verstaute.

Wir fanden alle, dass das ein sonderbares Ritual war. Noch sonderbarer war die Tatsache, dass jeder, der bei den Mintons zu Besuch kam, beim Anblick des künstlichen Baums in die Hände klatschte und in offensichtliche Verzückung geriet. Der Weihnachtsbaum musste eine besondere Bedeutung für die Menschen haben. Wir konnten nur nicht erkennen, welche.

Granny M hält mich nun an der Eingangstür an meinem Halsband fest. »Sieh dir das an, Bertie«, sagt sie mit einem hoffnungsvollen Lächeln.

Ich stehe hechelnd still und sehe mir alles wie befohlen an. Granny M scheint zu glauben, dass dieser Baum dabei helfen kann, Sam wieder glücklich zu machen.

Ich habe meine Zweifel.

Doch sobald Mr Green den Baum mit Sams etwas ungeschickter Hilfe aus seinem Auto und ins Wohnzimmer befördert und das Netz, das die Zweige zusammenhielt, durchtrennt hat, verstehe ich, warum sie hofft, dass man ihren Enkel damit aufheitern könnte.

Denn es ist kein künstlicher Baum mit unecht wirkenden, nach Plastik riechenden Zweigen.

Es ist ein richtiger Baum.

Eine kräftige Kiefer, frisch aus dem Wald geschlagen.

Sie ist auch ziemlich groß, mit lang herabhängenden Ästen, deren Nadeln einen aufregend süßen Duft verbreiten.

Ich muss an lange Spaziergänge im Wald denken, an in der Ferne vorüberhuschende Kaninchen und an weiche Erde, in der man wunderbar graben kann und die zwischen meinen Hinterbeinen in die Luft fliegt, wenn ich darin herumwühle.

Nach einigem Hin und Her findet sich ein großer Übertopf, und der Baum wird hineingepflanzt, als würde er immer noch leben, was aber definitiv nicht der Fall ist, denn einige der Kiefernnadeln fallen bereits herab. Dann wird er vor das Bücherregal im Wohnzimmer gestellt, neben den offenen Kamin, der knisternd gemütliche Wärme verbreitet. Granny M ruckelt noch eine Weile am Stamm herum und holt dann eine große Schachtel mit Lametta und Christbaumkugeln herunter, die ähnlich aussehen wie die von Mrs Minton, nur viel größer und neuer und auf jeden Fall glänzender.

»Möchtest du mir helfen, den Baum zu schmücken, Sam?«, fragt Granny M.

»Ja, bitte«, antwortet er sofort, und seine Augen leuchten. »Einmal habe ich ja auch Mum geholfen, den Baum herzurichten.« Er gerät ins Stocken, und Tränen treten in seine Augen. Es entsteht eine kurze Pause, bevor er schluckt und dann zaghaft hinzufügt: »Dad hat auch mitgeholfen.«

Mr Greens Augen sehen auf einmal auch sehr rot aus, doch er zwingt sich zu einem dünnen Lächeln. »Ich befürchte, dieses Jahr ist Dad zu erschöpft, um den Baum zu schmücken. Es war eine harte Arbeitswoche. Ich würde lieber einen Drink nehmen und mich ein wenig ausruhen, während ihr beide euch um den Baum kümmert.« Er zögert. »Wenn das für dich in Ordnung ist, Margaret?«

»Natürlich«, sagt sie, aber ich kann das Missfallen in ihrer Stimme hören.

Er nickt und verlässt das Zimmer, um in die Küche zu gehen. Ich höre das Klirren des Glases, als er sich einen Drink zubereitet. Das Geräusch kenne ich inzwischen sehr gut.

Granny M dreht sich weg und kramt einen Moment lang in der Kiste mit dem Christbaumschmuck. Dann richtet sie sich auf, ihr Gesicht ist gerötet. »Nun, dann lass uns anfangen«, sagt sie auffällig munter. »Sam, willst du das Lametta oder die Kugeln aufhängen?«

»Das Lametta, bitte.«

Sie überreicht ihm eine große Ladung Glitzerfäden. »Schau mal, was du damit anfangen kannst. Lass deiner künstlerischen Ader freien Lauf. Danach kannst du ein paar Kugeln nehmen.«

»Danke, Granny.«

Die beiden arbeiten sich um den Baum herum und hängen glänzende Lamettastreifen und leuchtend bunte Kugeln, die das Licht einfangen, wenn sie sich drehen, an seine Zweige.

»Haben deine Schulfreunde ihren Baum schon aufgestellt?«, fragt sie.

Sam zuckt mit den Schultern.

»Du weißt es nicht?« Sie hält inne und sieht ihn an. »Was ist mit deiner Freundin … Harriet? Das hübsche Mädchen, das seiner Mutter am Wochenende manchmal beim Zeitungsaustragen hilft?«

»Harriet? Die ist nicht meine Freundin.« Sam errötet und hängt ein Stück Lametta etwas planlos an den Baum.

»Aber du magst sie?«

Er zuckt wieder die Schultern. »Das ist doch ganz egal. Sie beachtet mich sowieso nicht.«

»Das kann ich mir nicht vorstellen.«

Doch Sam antwortet nicht. Er fährt fort, den Baum mit Lametta zu schmücken. Ich sehe ihnen eine Weile mit zur Seite geneigtem Kopf zu, bis es mir langweilig wird und ich finde, dass die beiden Unterstützung brauchen können.

Also renne ich ein paarmal um den Baum herum, dann darunter, wusele Sam und Granny M zwischen den Beinen herum und genieße die heitere Stimmung, erlaube Sam sogar, einen langen Faden kratziges Lametta an meinem Halsband zu befestigen, den ich dann wie eine glänzende Hundeleine hinter mir herziehe.

»Guter Hund, Bertie«, sagt Sam und will Fangen mit mir spielen. Rund um den funkelnden Baum herum.

»Vorsicht«, warnt uns Granny M.

Sam hält mir Lametta vor die Nase, sodass ich hochspringe, um es zu schnappen. Als das nicht gelingt, stelle ich mich flugs auf die Hinterbeine, während ich versuche, die Glitzerfäden mit den Vorderpfoten zu erhaschen.

»Sieh mal, Granny, er kann auch auf zwei Beinen laufen!«

Granny M lacht und schüttelt den Kopf. »Was für ein schlauer kleiner Hund.«

»Ja, er ist ein schlauer kleiner Bertie.«

Ich setze mich und grinse hechelnd zu den beiden hinauf. Dieses Weihnachtsbaumdekorieren ist erstaunlich anstrengend. Besonders wenn man auch noch Spielchen einbaut.

Sam verschwindet hinter dem Baum und streckt dann seitlich seinen Kopf hervor, er will Verstecken mit mir spielen. »Hier bin ich, Bertie.«

Ich renne um den Baum herum, doch Sam ist schon längst wieder woanders.

Ich sehe mich bellend und hechelnd nach ihm um.

Eine Sekunde später kommt er – lachend über meine Verwirrung – auf der anderen Seite des Baums zum Vorschein.

»Sam, bitte achte darauf, dass Bertie nicht völlig außer sich gerät.«

»Es geht ihm gut«, antwortet Sam.

»Vielleicht solltest du mit ihm hinaus in den Garten gehen. Dir könnte ein wenig frische Luft auch nicht schaden. Ihr beide wart ja den ganzen Tag nur drinnen.«

Sam sieht seine Großmutter enttäuscht an. »Aber Bertie hat Spaß. Und ich habe auch Spaß. Wie spielen doch nur.«

Granny M zögert, doch dann lächelt sie. »In Ordnung, noch ein paar Minuten.« Sie holt noch mehr Kugeln aus der Kiste und hängt sie an den Baum.

»Hierher, Bertie«, lockt mich Sam erneut, und ich will unter dem Baum hindurchkriechen, um schneller bei ihm zu sein. Doch dann bleibt einer der Lamettafäden an meinem Halsband hängen, was mich allerdings nicht davon abhält, weiterzukriechen und immer stärker zu ziehen, denn ich will mich befreien und gleichzeitig Sam erwischen, bevor er mir wieder entkommt.

Mit einem Mal neigt sich der Baum zur Seite auf das Fenster zu. Ich sehe noch Sams erschrockenes Gesicht zwischen den duftenden Ästen, dann bin ich frei und stürme unter den zu Boden fallenden Zweigen hervor.

Granny Margaret kreischt »Bertie, pass auf!«, doch es ist zu spät.

Der schöne Baum fällt um und erwischt mich am Rücken, als ich noch versuche wegzulaufen. Mit einem Jaulen bringe ich mich vor den schweren Zweigen in Sicherheit. Kugeln kullern über den Boden, Sterne verteilen sich über den Teppich, und überall liegt Lametta. Im ganzen Raum riecht es nach Wald, nach süßem Kiefernholz und Erde.

Völlig durcheinander fege ich aus dem Wohnzimmer und renne die Treppe hinauf, das Lametta hinter mir herziehend, während Sam mir heiser nachruft, dass ich zurückkommen soll.

Mr Green kommt mit dem Glas in der Hand aus der

Küche. »Was war das für ein Lärm? Sam, was um alles in der Welt ist passiert?«, möchte er wissen.

Mein Instinkt sagt mir, dass es keine gute Idee wäre, noch länger in Mr Greens Nähe auszuharren, um seine Reaktion auf das Chaos, das ich gerade im Wohnzimmer angerichtet habe, abzuwarten.

Ich haste die letzten Stufen hinauf und stürme durch die Tür zu Sams Zimmer, vergrabe mich tief zwischen den Spielsachen unter seinem Bett.

Blöder Baum.

Ich höre, wie unten jemand eine Weile herumschreit, dann versucht Granny M mit ruhiger Stimme die Gemüter zu beruhigen. Schließlich höre ich das Getrampel von Füßen, die die Treppe heraufkommen. Schnelle, wütende Schritte, die auf jeder Stufe hart auftreten.

Sam kommt herein, er schnauft schwer und schlägt dann die Tür hinter sich zu.

Er sieht sich um. »Bertie?«

Ich wedele entschuldigend mit dem Schwanz, um ihm zu zeigen, wo ich mich verstecke, und um auszudrücken, wie leid mir alles tut. Der Rest meines Körpers bewegt sich nicht.

»Bist du unter meinem Bett?« Sam kniet auf allen vieren und späht darunter. Er muss mehrere Körbe mit Spielzeug zur Seite schieben, ehe er mich erblickt, ganz hinten, versteckt hinter einer alten Kiste mit Legosteinen. Unsere Blicke treffen sich. »Die Sache mit dem Weihnachtsbaum … tut mir leid, Bertie. Granny meint, ich hätte das Lametta nicht an deinem Halsband befestigen dürfen. Es hätte dich zu sehr … in Aufregung versetzt.«

Zu meiner Erleichterung scheint er nicht sehr verärgert

zu sein. Auf dem Bauch krieche ich vorwärts – das ist die einzige Fortbewegungsmöglichkeit an diesem engen Ort –, bis ich mich vor die Legosteine geschoben habe, doch ich komme noch nicht ganz unter dem Bett hervor. Lametta hin oder her – ich habe immer noch Angst, dass man mich für das, was unten geschehen ist, bestrafen wird.

Vielleicht war es ja wirklich meine Schuld. Ich hätte ein wenig mehr Geduld haben müssen und nicht gleich so wild an dem Lametta ziehen dürfen, als es sich in den Zweigen verfangen hat.

»Dad ist jetzt wirklich wütend auf mich.« Sam schnieft und reibt sich mit der Hand übers Gesicht. Mr Green war sichtlich wenig erfreut über den umgefallenen Baum, und er hat das sehr deutlich gezeigt. »Er sagt … Er sagt, dass er dich wegbringen muss, wenn ich es nicht schaffe, dass du besser auf mich hörst.«

Oh, das klingt gar nicht gut.

Als ich weiter vorwärtsrobbe, greift Sam nach meinem Halsband, um mich unter dem Bett hervorzuziehen. Erst wehre ich mich, denn ich bin nicht sicher, ob es eine gute Idee ist, mein Versteck zu verlassen. Dann beschließe ich, es geschehen zu lassen. Sam wird mich nicht bestrafen.

Er ist schließlich nicht Mr Minton.

Das darf ich nicht vergessen.

Ich krabbele heraus, und Sam lässt mein Halsband los. Dann umarmt er mich. »Bist du verletzt?«, fragt er und streicht mir erstaunlich behutsam über den Rücken. »Granny hat gesagt, dass die Äste dich getroffen haben und dass ich es mir ansehen soll …«

Es stimmt, mein Rücken tut an der Stelle, an der mich der Baum erwischt hat, tatsächlich ein bisschen weh. Aber es ist nichts Ernstes, in ein oder zwei Tagen wird es wieder gut sein. Nicht wie damals, als ich noch klein war, fast ein Welpe, und Biscuit das Bücherregal über mir zum Umfallen gebracht hat und Blut aus einer Wunde hinter meinem Ohr tropfte und ich zum Tierarzt gebracht werden musste.

Mrs Minton hat immer gesagt, dass mein Kopf sich von dem Aufprall nie richtig erholt hat.

Ich wedele heftiger mit dem Schwanz.

»Ich kann keine Beulen fühlen«, sagt Sam erleichtert, »und du wirkst nicht so, als hättest du dich verletzt.«

Dann bedeckt er mit einem Arm sein Gesicht und bricht in Tränen aus.

»Ich bin so dumm«, schluchzt er unter dem Arm hervor, sodass seine Worte dumpf klingen. »Dumm, dumm, dumm.«

Ich sehe ihn überrascht an.

»Das ist auch der Grund, warum Mum gestorben ist. Weil ich so dumm bin. Nie denke ich nach …«

In diesem Augenblick ertönen Schritte auf der Treppe, und schwanzwedelnd blicke ich zur Tür. Sam versteht, was ich sagen will. Er greift nach einem Taschentuch und trocknet sich die Augen.

Es ist Granny Margaret. Ich erkenne ihren leichten, schlurfenden Gang, als sie über den Treppenabsatz kommt. Dann klopft sie an die Tür.

»Sam?«, sagt sie zögerlich. »Ist Bertie bei dir?«

Er holt tief Luft, bevor er mit fester Stimme antwortet: »Ja, Granny.«

»Ist er verletzt?«

»Ich glaube nicht.«

»Kann ich reinkommen?«

Sam steht auf und blickt unglücklich zu mir herunter. »Ja.«

Die Tür wird leise geöffnet, und dann steht Granny M im Zimmer und lächelt uns beide an. Als ich auf sie zugehe, um sie zu begrüßen, bückt sie sich, um meine Ohren zu kraulen. Sie riecht gut, wie immer. Blumig und süß. Nach etwas Essbarem. Die doppelreihige Perlenkette um ihren Hals klickert, als sie sich aufrichtet, und ihr schwerer Rock raschelt.

»Ich bin so froh, dass es dir gut geht, Bertie«, sagt sie in diesem speziellen sanften Tonfall, den sie nur bei mir anschlägt. Manchmal denke ich, sie sollte ihn hin und wieder auch bei Sam benutzen. Es würde ihm guttun zu spüren, dass sie sich auch um ihn Sorgen macht. »Der Baum hat dich ganz schön erwischt. Vielleicht sollte ich mir die Stelle sicherheitshalber noch einmal ansehen.«

Sam sieht kläglich dabei zu, wie sie meinen Rücken untersucht. Dann lässt er mich Sitz machen, während sie mit vorsichtigem Griff meine Wirbel abtastet.

»Ja, ich denke, er hat Glück gehabt«, sagt sie zu Sam.

»Es war meine Schuld.«

»Nun, vielleicht gibt es beim nächsten Mal kein Lametta für Bertie.« Sie zwinkert mir zu. »Er sieht auch ohne sehr hübsch aus, findest du nicht?«

Unten klingelt das Telefon.

Sie seufzt und tätschelt Sams Kopf. So wie sie meinen getätschelt hat.

»Das ist sicher für mich«, sagt sie zu ihm. »Ich leite doch heute Abend die Weihnachtstombola im Gemeindesaal.«

»Du gehst schon wieder aus?«

Sie zieht die Augenbrauen zusammen. »Es tut mir leid, mein Schatz, aber es ist für eine gute Sache.«

»Das ist es doch immer«, murmelt er.

»Wir sammeln Spenden für ...« Sie hält kurz inne und

ergänzt dann: »Für wohltätige Zwecke.« Dabei sieht sie Sam etwas unsicher an, was mich in dem Gefühl bestärkt, dass sie eigentlich etwas anderes sagen wollte. »Wie auch immer, ich werde nicht allzu lange weg sein. Ich habe für dich und deinen Dad ein kaltes Abendessen in den Kühlschrank gestellt.«

Sam lässt die Schultern hängen.

Unten höre ich Mr Green mit brummiger, barscher Stimme das Telefongespräch annehmen. Er ist wohl immer noch verärgert über den Weihnachtsbaumunfall.

»Es ist für dich, Margaret.«

Sie läuft eilig und mit schuldbewusstem Blick aus dem Zimmer. »Wenn es Sandra ist«, ruft sie zu ihm hinunter, »sag ihr bitte, dass ich mich leider verspäte. Ich ziehe mich nur noch schnell um, dann mache ich mich auf den Weg. Erklär ihr doch bitte, dass ich … aufgehalten wurde.«

»Sie macht sich in ein paar Minuten auf den Weg zum Gemeindesaal«, wiederholt er pflichtgemäß am Telefon. »Es tut ihr leid, dass sie sich verspätet. Der Weihnachtsbaum ist umgefallen.« Nach einer Weile fügt er ungeduldig hinzu: »Das ist sehr freundlich von dir, Sandra, aber jetzt ist alles in Ordnung. Ich habe den Baum wieder aufgestellt.«

Ich frage mich, ob er auch wirklich alle glänzenden Kugeln aufgehoben hat. Vielleicht hat er ja *eine* übersehen. Das kann leicht passieren. Was wäre das für ein Spaß, wenn ich sie dann morgen beispielsweise unter dem Couchtisch finden würde, um sie über den Fußboden zu jagen.

Als Granny Margaret in ihrem Zimmer verschwunden ist, um sich umzuziehen, wirft Sam die Tür hinter ihr ins Schloss und lässt sich auf sein Bett fallen, den Kopf im Kissen vergraben.

»Schon wieder kaltes Abendessen«, stößt er enttäuscht hervor. »Oh, Mann.«

Ich wedele erwartungsvoll mit dem Schwanz.

Denn für mich bedeutet kaltes Abendessen, dass ich mich auf Reste freuen kann: Brotrinden, vielleicht mit Butter bestrichen oder mit ein wenig Mayonnaise. Oft bleibt sogar eine Scheibe Schinken übrig. Oder eine Garnele. Ich habe festgestellt, dass Garnelen richtig lecker sind. Besonders wenn sie in dieser süßen, würzigen Soße eingelegt sind, die Granny M verwendet, bevor sie die Garnelen serviert. Bei den Mintons gab es während der gesamten Zeit, die ich bei ihnen verbrachte, nie Shrimps, doch im Haushalt der Familie Green kommt diese Köstlichkeit regelmäßig auf den Tisch.

Leider haben auch die Katzen eine Vorliebe für Garnelen. Ich habe bemerkt, dass sie richtig scharf darauf sind. Und sie sind auch alles andere als erfreut, wenn ich mir die letzte verbliebene unter den Nagel reiße. Denn das war scheinbar traditionsgemäß immer Kittys Vorrecht: *die letzte Garnele*.

Zumindest hat Rico mir das so erklärt, als ich mir beim letzten Mal einen Klauenhieb von Kitty eingefangen habe.

Das möchte ich in Zukunft auf jeden Fall vermeiden. Falls es also heute Abend wieder Garnelen gibt, werde ich darauf achten, nicht in der Nähe zu sein, wenn das letzte Stück ausgegeben wird. Vorausgesetzt, ich kann rechtzeitig herausfinden, welches Stück das letzte ist.

»Es ist meine Schuld«, sagt Sam da plötzlich.

Mit vor Anstrengung gerunzelter Stirn neige ich meinen Kopf zur Seite, damit ich mein Ohr besser kratzen kann. Ich hasse es, wenn es mich irgendwo juckt.

»Es ist immer meine Schuld«, fährt Sam währenddessen mit belegter Stimme fort. Mir ist nicht ganz klar, ob er mit sich selbst redet oder mit mir. »Ich bin so ein Versager. Besser, ich wäre gar nicht erst geboren worden.«

Ich unterbreche das Kratzen und blicke zu ihm. Es klingt schlimm, was er sagt. Ich tapse zum Bett hinüber und stupse sein Bein an, nur für den Fall, dass er tatsächlich mit mir spricht. Sein Gesicht ist immer noch in seinen Armen verborgen, daher kann ich es nicht mit Bestimmtheit sagen.

Doch er hat die Berührung wohl gespürt, denn nun setzt er sich auf und sieht zu mir herunter. Seine Augen sind feucht, sein ganzes Gesicht ist vor lauter Verzweiflung wie zerknittert. »Soll ich dir ein Geheimnis verraten, Bertie?«

Ich sitze still und warte ab.

»Es war dieses Fußballspiel, weißt du«, sagt er langsam, ohne mich anzusehen. Sein Blick wandert stattdessen zu einem gerahmten Foto seiner Mutter, das auf dem Nachttisch steht. »Das Spiel war schuld. Wenn ich Mum nicht gebeten hätte, mir an diesem Tag beim Fußball zuzusehen, wäre sie nicht krank geworden. Und wenn sie nicht krank geworden wäre, wäre sie nicht ins Krankenhaus gekommen.«

Er hält kurz inne, dann bricht es aus ihm heraus: »Deshalb ist Dad immer so wütend auf mich. Weil es meine Schuld ist, Bertie. Es ist meine Schuld, dass sie gestorben ist.«

Jemand klopft leise an die Tür.

Sam setzt sich gerade hin und starrt die Tür an. »Wer ist da?«

»Dad.«

»Ich bin beschäftigt. Ich lese.«

Er greift nach dem Buch auf seinem Nachttisch und schlägt es auf. Ich betrachte es neugierig und mit aufgestellten Ohren. Ich erinnere mich, dass Mrs Minton immer irgendein Buch gelesen hat, und frage mich, warum dieses hier auf dem Buchdeckel ein Bild zeigt, das auf dem Kopf steht.

»Ich möchte nur kurz etwas mit dir besprechen.«

»Geh weg.«

Aber Mr Green geht nicht weg. Er öffnet die Tür einen Spaltbreit und steckt den Kopf hindurch. Er erblickt Sam auf dem Bett und dann mich auf dem Fußboden.

Ein kleines Schwanzwedeln meinerseits.

Doch er scheint mich nicht richtig wahrzunehmen. Sein Blick geht zurück zu Sam, dann betrachtet auch er das auf dem Kopf stehende Bild auf dem Buchdeckel.

Er lächelt. Es ist ein trauriges Lächeln.

»Hör mal, Sam«, sagt er. »Es tut mir leid. Sehr leid. Ich habe die Nerven verloren.«

Sam antwortet nicht.

»Was ich über den Hund gesagt habe … Das war falsch von mir. Ich habe es nicht so gemeint. Natürlich kannst du Bertie behalten.«

Er sieht erneut in meine Richtung, und schon erscheint wieder dieser abwesende Ausdruck in seinen Augen. Als würde er sich an etwas erinnern, das weit in der Vergangenheit liegt. Als wäre er gar nicht hier bei uns. Ich frage mich, ob ich auch so aussehe, wenn ich an Molly denke und an die schöne Zeit, die wir zusammen hatten, frei von allen Sorgen.

»Aber du musst aufpassen, dass er nicht zu sehr in Aufregung gerät«, fügt er hinzu.

Sams Unterlippe schiebt sich nach vorn. Sie beginnt zu

zittern, als würde er gleich weinen. Doch er weint nicht. Stattdessen sieht er auf sein Buch hinab.

»Ich hab dir doch gesagt, dass ich lese.«

Mr Green zögert kurz und nickt dann. Er wirft mir noch einen Blick zu. Es ist ein seltsamer, trauriger Blick. Dann geht er aus dem Zimmer und zieht die Tür hinter sich zu.

12

Ich entdecke bald, dass Pepper von nebenan die Angewohnheit hat, durch eine Lücke im Zaun am Ende des Gartens zu schlüpfen und auf der Suche nach Rico an unsere hintere Tür zu kommen. Die aufgeplusterte Pudeldame scheint etwas für den Kater übrigzuhaben, und die Art und Weise, wie Rico sich gebärdet und herumstolziert, wenn sie in der Nähe ist, lässt vermuten, dass das Gefühl auf Gegenseitigkeit beruht. Mir persönlich ist diese Zuneigung schleierhaft. Katzen riechen einfach so unangenehm – wie ein alter, nasser Teppich, nur noch scheußlicher. Aber das geht mich ja auch gar nichts an. Pepper lässt mich deutlich spüren, dass sie immer noch einigen Argwohn gegen mich hegt. Ich bin hier der Eindringling, der ihre Aussichten auf das Erbetteln eines Leckerbissens von Granny Margaret erheblich reduziert. Und der möglicherweise auch zwischen ihr und Rico steht. (Das ist zwar mehr als unwahrscheinlich, doch ich kann ihre Verunsicherung verstehen. Ich habe auch einmal etwas für eine Bulldogdame, der wir regelmäßig im Park begegnet sind, empfunden, und Jethro fand sie ebenfalls toll …) Jedenfalls wird der Aufenthalt im Garten durch ihre Anwesenheit deutlich spannender. Ich kann mit einem anderen Hund spielen und durch den Gartenteich toben – ein Spaß, der sich, als wir schmutzig und durchnässt an der Hintertür erscheinen, schnell als absolut verboten herausstellt.

Es ist für mich wirklich eine ungewöhnliche und auch aufreibende Erfahrung, der einzige Hund im Haushalt der Familie Green zu sein – schließlich habe ich mein ganzes Leben in der Gesellschaft anderer Hunde verbracht.

Doch mit Pepper – auch wenn sie mich immer wieder misstrauisch beäugt – kann ich für ein oder zwei Stunden so tun, als läge die gesamte Hundelast nicht allein auf meinen schmalen Schultern. Es sind kraftvolle, muskulöse Schultern, so viel ist klar, aber sie sind zweifellos schmal. Und sie sind nicht daran gewöhnt, eine so große Verantwortung zu tragen.

Wenn ich nachts aufwache, kratze ich mir nicht etwa nur schnell die Flöhe aus dem Fell und schlafe dann unbehelligt wieder ein, nein, ich setze mich auf, spitze die Ohren und frage mich, was mich geweckt hat.

Anders gesagt, ich schlafe hier inzwischen wie ein Wachhund. Es ist ein leichter, unruhiger Schlaf, bei dem ein Ohr immer in Alarmbereitschaft ist. Denn ich bin mir der unangenehmen Tatsache bewusst, dass ich das erste und einzige Hindernis für einen Dieb oder Verbrecher, der ins Haus eindringen will, darstelle. Dass also das Wohlergehen und die Sicherheit aller Mitglieder der Familie Green in erster Linie von mir abhängen.

Es ist eine ernüchternde Erkenntnis.

Bei den Mintons musste ich mir über Einbrecher keine Sorgen machen. Erstens hätte sich kein echter Gangster für eine derart magere Beute, wie sie in diesem heruntergekommenen Haushalt zu erwarten war, die Finger schmutzig gemacht, und zweitens müsste sogar der gedankenloseste Dieb völlig wahnsinnig sein, in ein Haus mit fünf Hunden einzusteigen. Besonders wenn einer der Hunde Jethro heißt, dem nichts lieber war, als einmal

Deutscher Schäferhund zu spielen und seine Zähne in das Fleisch eines flüchtenden Übeltäters zu schlagen.

Fünf Hunde!

Es erscheint mir absolut unglaublich, dass wir in so großer Zahl in einem so kleinen Haus gelebt haben, jetzt, da ich daran gewöhnt bin, der einzige Hund auf einem deutlich größeren Grundstück zu sein. Wie haben wir es bloß geschafft, nicht vollkommen verrückt zu werden? Nun, mit Ausnahme von Biscuit vielleicht. Aber wir anderen haben einigermaßen die Nerven behalten, und schlimme Streitereien wie der berüchtigte Kampf, den ich mit Jethro an unserem letzten Tag hatte, waren eher die Ausnahme. Wenn ich jetzt daran zurückdenke, wie beengt wir zu fünft dort gelebt haben, wie wir uns oft vor Angst unter dem Küchentisch zusammengedrängt haben … da ist es wirklich erstaunlich, dass wir nicht schon viel früher an ein Tierheim übergeben wurden.

Am Morgen nach dem Weihnachtsbaumunfall spricht Granny M mit jemandem von der Tombola am Telefon über etwas, das sie »Hospiz« nennt. Ich versuche, ihre Aufmerksamkeit zu erlangen, indem ich an ihrem Rocksaum ziehe, aber es gelingt mir nicht.

»Jetzt nicht, Bertie«, sagt sie und sieht mit Ungeduld im Blick zu mir herab. »Geh und spiel im Garten. Sei ein braver Hund.«

Unentschlossen und zögernd blicke ich mich um.

Sie hat die Tür offen gelassen, als sie zuvor auf der Terrasse die Glaskästen der Frühbeete gereinigt hat. Ich gebe es also auf, Granny M zum Spielen zu verführen, und laufe stattdessen in die frische, sonnige Winterluft hinaus. Zu meiner Überraschung stelle ich fest, dass Pepper sich schon wieder in unserem Garten aufhält, sie trinkt Wasser aus dem Teich. Als ich mich nähere, blickt sie auf und stößt ein freudiges Bellen aus, fast so, als hätte sie auf mich gewartet.

Was ein etwas beunruhigender Gedanke ist.

»Hallo, B«, flötet sie.

B?

Ich bin versucht, »Hallo, P« zu antworten, entscheide mich dann aber dagegen.

Schließlich ist bald Weihnachten.

Rico lungert auch in der Nähe des Teichs herum – er kommt mir vor wie Peppers Schatten, nur kleiner und mit spitzeren Ohren –, und auch Kitty ist inzwischen aufgetaucht. Sie scheint schlecht drauf zu sein, denn von dem süffisanten Grinsen, das sie normalerweise für mich aufsetzt, ist nichts zu sehen. Vielmehr betrachtet sie angewidert eine ihrer Pfoten.

Ich reagiere mit einem überraschten: »Was ist los, Kitty?«

Sie rollt genervt mit den Augen, als wolle sie sagen: »Sprich mich nicht an, unwürdiger Tierheimköter.« Dann senkt sie den Kopf und leckt über ihre Pfoten.

Kitty hat offenbar ein Problem damit, dass jemand aus dem Tierheim kommt. Rico hat mir das alles schon einmal erklärt, aber ich bin nicht sicher, ob ich es richtig verstanden habe. Es hat irgendetwas damit zu tun, dass sie Tiere aus dem Tierheim *unkultiviert* findet, was auch immer das heißen soll. Was mir aber nicht entgeht, ist die herablassende Art, mit der Kitty mich behandelt. Als wäre es vollkommen und für alle Zeiten unter ihrer Würde, auch nur die geringste Notiz von mir zu nehmen.

Ich reagiere auf diese Hochnäsigkeit mit der einzigen Haltung, die mir einfällt: Ich wedele noch stärker mit dem

Schwanz, ich grinse noch breiter, und dann und wann jage ich sie einen Baum hinauf.

»Sie hat sich einen Dorn in die Pfote eingezogen«, erklärt Rico und sieht seine Schwester besorgt an. »Einen richtig spitzen, der ganz tief sitzt.«

Ich zucke mit den Schultern, weil ich nicht erkennen kann, wo das Problem liegt. »Dann zieh ihn doch raus.«

»Dummer Köter«, faucht Kitty, »glaubst du, das habe ich nicht schon versucht?« Wieder leckt sie über ihre Pfoten, diesmal mit wilder Entschlossenheit. »*Dann zieh ihn doch raus*«, äfft sie mich mit hoher Stimme nach, als wäre ich noch ein dummer kleiner Welpe, der keine Ahnung hat. Dann fügt sie höhnisch hinzu: »Ein toller Tipp, Bertie, du solltest Tierarzt werden, wenn du groß bist.«

Das war mies.

Doch ich lasse mich nicht beirren und schlage noch stärker mit dem Schwanz. »Lass es mich doch mal sehen.«

»Verpiss dich!«

Pepper läuft um uns herum, immer im Kreis. Das ist eine weitere komische Angewohnheit von ihr. Wie die, ungebeten in unserem Garten zu erscheinen. Ich muss bald mal ein ernstes Gespräch mit dieser Pudeldame führen. Solange auf unserem Grundstück nur Katzen lebten, war es vermutlich kein Problem, dass sie so oft herüberkam. Sie konnte Ricos Charme wohl einfach nicht widerstehen. Mr Minton hat immer gesagt, man kann einem Kompass ja keinen Vorwurf dafür machen, dass er nach Norden zeigt, als Jethro, Biscuit und ich den läufigen Hündinnen im Park hinterhergejagt sind. Doch jetzt habe ich die Position des Haushundes inne, und somit ist es nicht in Ordnung, wenn ein fremder Hund in meinem Garten ein und aus geht, ohne um Erlaubnis zu fragen.

Wenn ich ehrlich bin, ist mir die Vorstellung dieses bevorstehenden Gesprächs von Hund zu Hund ein wenig unangenehm. Bei den Mintons war Jethro der Rudelführer, und ich hatte in der Rangordnung nur einen winzigen Vorsprung vor Biscuit. Jetzt muss ich mich also erst mal mit meiner neuen Position als Alphahund zurechtfinden.

Andererseits freue ich mich aber auch schon diebisch darauf, Peppers Gesicht zu sehen, wenn ich ihr mitteile, dass die Dinge jetzt anders laufen. Sie wird es mir vermutlich zuerst nicht abkaufen. Und dann wird es ihr nicht gefallen. Bertie, der Beagle, der Neuling aus dem Tierheim, der Winzling, der sich aufschwingt, über das Grundstück zu herrschen und das unerlaubte Eindringen des hochnäsigen Pudels von nebenan zu verhindern.

Nun, wenn es Pepper nicht gefällt, kann ich es auch nicht ändern.

Mein Garten, meine Regeln.

Allerdings kann ich nur hoffen, dass sie nicht ausrasten wird. Sie ist doch ziemlich groß.

Vielleicht kann mir die Sache mit dem Dorn behilflich sein.

Also straffe ich meine Schultern, wie es sich für einen Alphahund gehört, neige den Kopf zur Seite und sage: »Nein, daraus wird nichts, tut mir leid.«

Kitty unterbricht ihr Pfotenlecken und blickt mich finster an: »Wie bitte?«

»Ich kann mich nicht verpissen. Das habe ich nämlich schon. Ich habe im Garten jede Stelle markiert. Jeden Baum, jeden Busch, jeden Grashalm. Die Wahrscheinlichkeit, dass ich mich hier noch weiter verpisse, liegt also bei null, so leid es mir tut.«

»Haha, sehr witzig«, faucht sie mich an.

Pepper bellt.

Kitty wirft der Pudeldame einen erbosten Blick zu und widmet sich dann wieder ihrer verletzten Pfote.

»Ihr könnt mir vertrauen, ich bin gut im Dornenziehen«, erkläre ich. »Ich habe diese Fähigkeit ziemlich perfektioniert.«

Rico sieht mich neugierig an. »Du hast das schon mal gemacht? Einen tief sitzenden Dorn gezogen? Ich meine, bei jemand anderem – nicht bei dir selbst?«

»Na klar«, schwindele ich übermütig. »Schon Dutzende Male. In meinem alten Zuhause nannten sie mich den Dornendoktor. Nach Streifzügen durchs Dickicht waren meine Dienste immer sehr gefragt, das kann ich euch sagen.«

»Ernsthaft?«

»Warum sollte ich euch anlügen?«

Pepper bellt wieder. Mir ist schon aufgefallen, dass sie ziemlich oft Laut gibt. Vermutlich tut sie das, um sich die mühsame Konversation zu ersparen, denn so kann sie jede Gesprächslücke mit einem Kläffen oder Bellen füllen.

Kitty hebt erneut den Kopf, um mich anzustarren. Die Schlitze ihrer leuchtend gelben Augen werden so schmal, dass sie sich beinahe schließen, während sie meine Unschuldsmiene studiert.

»Er lügt«, stellt sie nach einer Weile nüchtern fest, als wäre sie zu einem Urteil gelangt. »Er redet nur Unsinn, wie immer.«

Ich gehe ein paar Schritte auf sie zu und begebe mich damit in die unmittelbare Gefahrenzone ihrer Klauen, dabei schlage ich ein wenig schneller mit dem Schwanz, um ihr zu zeigen, dass ich nicht vorhabe, sie heute irgendeinen Baum hochzujagen.

»Komm schon, ich beiße nicht«, verspreche ich. »Lass mich wenigstens einmal einen Blick auf diesen mörderischen Dorn werfen. Ich wette, ich schaffe es, ihn zu entfernen. Was soll schon passieren, wenn du ihn mir nur einmal zeigst?«

Rico streicht schnurrend um seine Schwester herum und stupst sie sanft mit dem Kopf an. »Zeig ihm den Dorn, Schwesterchen.«

Kitty schließt für einen Moment nachdenklich die Augen, um mich gleich darauf mit einem giftigen Blick zu taxieren. »Na schön. Aber nicht berühren. Nicht lecken. Nicht mal schnüffeln, klar?« Und nach einer Weile fügt sie hinzu: »Und nicht … nicht *atmen*.«

»Ich bin nicht sicher, ob Bertina das schafft, ohne zu atmen«, kommt mir Pepper zu Hilfe.

Ich knurre.

»Ups, selbstverständlich meinte ich, ob *B* das schafft«, verbessert sie sich und grinst verschmitzt.

Kitty starrt zu der Pudeldame hinüber.

Als sich ihre Blicke treffen, schluckt Pepper und zieht dann den Kopf ein, ihr Schwanzpuschel zittert entschuldigend. »In Ordnung. Ich werde nur … zusehen. Von dort drüben. Und nichts mehr sagen.«

Ich warte ab, was geschieht, immer noch schwanzwedelnd.

Kitty scheint noch einmal darüber nachzudenken, nimmt sich Zeit, lässt sich von nichts und niemandem hetzen. Schließlich streckt sie mir unglaublich langsam und mit der größtmöglichen Würde ihre verletzte Pfote entgegen.

»Dann mach mal«, sagt sie. »Wirf einen Blick darauf. Aber nur einen Blick.«

Alles klar.

Ich beuge mich vorsichtig nach vorn.

Ihre Augen fixieren weiterhin die meinen, als wolle sie mir deutlich machen, dass sie jederzeit ihre Meinung über diese unnatürliche Zusammenarbeit zwischen Hund und Katze ändern könne, um mir stattdessen die Schnauze in Fetzen zu reißen.

Ihre Pfote sieht tatsächlich ziemlich übel aus. Meine Nase kräuselt sich bei dem Geruch. Katzengeruch. Es ist nicht mehr so schlimm wie an meinem ersten Tag hier, also gewöhne ich mich wahrscheinlich bereits daran. Aber es ist immer noch nicht unbedingt mein Lieblingsgeruch.

Kein Schnüffeln, hat sie gesagt. Und das hat sie sicher auch so gemeint. Auch wenn mir das wenig hilfreich erscheint. Denn ohne Nase kann ich die Situation nur schlecht einschätzen. Sie ist nun mal mein wichtigstes Sinnesorgan. Am liebsten würde ich Kitty mit ihrem Katzengestank ohnehin nicht beschnüffeln. Aber ich glaube, es lässt sich nicht vermeiden.

Ein Auge immer auf ihre Pfote mit den momentan eingezogenen Krallen gerichtet, wage ich mich nun mit der Nase voran ein Stück weiter nach vorn.

»Nicht schnüffeln«, ermahnt sie mich mit rauer Stimme.

Ich begutachte die samtig dunkle Unterseite ihrer ausgestreckten Pfote. Dann entdecke ich die Spitze des Dorns. Er hat sich wirklich tief hineingebohrt, und um die Einstichstelle herum ist Blut zu sehen.

»Nur einmal ganz kurz?«, frage ich sanft. »Ein winziges Schnuppern?«

»Nein.«

Doch meine Nase vibriert bereits im Schnüffelmodus. Kitty stößt ein Fauchen aus, ihr Rückenfell richtet sich auf.

»Schau mal«, sage ich ruhig und trete einen Schritt zurück, »du willst doch, dass dieser Dorn entfernt wird, Kitty, also musst du mich schon näher an dich heranlassen. Und es reicht auch nicht, wenn ich nur schnüffele. Ich muss die Pfote anfassen.«

»Vergiss es, Köter.«

»Dann musst du den Rest deines Lebens mit diesem Dorn in deiner Pfote verbringen«, entgegne ich und füge nach einer kurzen Pause hinzu: »Oder du wartest, bis die Stelle sich richtig entzündet und Granny Margaret es merkt. Sobald sie dich humpeln sieht, wird sie dich vermutlich zum … Tierarzt bringen.«

Der Tierarzt.

Die Pupillen in Kittys Augen scheinen sich zu verdoppeln. Ihr Fell steht ab, doch anscheinend hat es ihr die Sprache verschlagen, als ich ihren alten Todfeind erwähnte, denn sie starrt mich nur erschrocken an.

Rico wird unruhig. »Tierarzt? Das hört sich nicht gut an, Schwesterchen.«

Pepper bellt zustimmend.

»Also, was willst du tun?«, dränge ich sie und wedele wieder mit dem Schwanz. »Soll ich den Dorn entfernen, oder willst du eine Infektion und damit einen Besuch beim Tierarzt riskieren?«

Immer schön freundlich, ja, so bin ich, Bertie, der Beagle. Und ich bin darauf bedacht, es auch stets zu bleiben, selbst wenn ich ein Machtwort sprechen oder eine Entscheidung treffen muss. Ich will ganz sicher kein Alphahund wie Jethro sein, der sich mit schierer Gewalt und gebleckten Zähnen durchsetzt. Ich will ein Alpha-Bertie sein, der …

Nun, ich bin noch nicht ganz sicher, wie der Alpha-Bertie aussieht, doch eins ist klar: Das Schwanzwedeln gefällt mir, also werde ich einfach so lange es geht damit weitermachen.

Kitty zieht eine Schnute. Das sieht aus, als würde sie einen Mäuseschwanz einsaugen. »Oh, tu dir keinen Zwang an«, zischt sie und streckt ihre Pfote wieder aus. »Zeig mal, was du kannst. Zieh den Dorn heraus. Dann werden wir ja sehen, dass du nur leere Versprechungen gemacht hast.«

Ich hole einmal tief Luft und schnüffele an ihrer Pfote.

Ich habe vorhin nicht gelogen, wirklich nicht. Ich habe schon oft gesehen, wie man das macht. Doch wenn ich ehrlich bin, ist es Molly, die die Fähigkeit besitzt, Dornen zu ziehen.

Meine schlaue Schwester hat über die Jahre schon viele Dutzend Dornen und Splitter – einmal sogar einen Reißnagel – aus schmerzenden Pfoten gezogen, bei mir und auch bei den anderen Hunden. Und ich habe aus nächster Nähe dabei zugesehen, wie sie einen Splitter aus meiner Hinterpfote entfernt hat. Ich weiß also genau, wie es funktioniert. Zuerst muss man die Stelle gut ablecken, um sicherzustellen, dass sie sauber ist. Dann den Kopf in die richtige Position neigen und die Zähne mit größter Präzision und Vorsicht um das herausstehende Ende des eingebohrten Gegenstandes legen. Schließlich zieht man ruckartig an.

Aber ob ich das auch so gut wie Molly kann?

Besitze ich die gleiche Geschicklichkeit und Geduld?

Es gibt nur einen Weg, das herauszufinden.

Zögernd lasse ich das Schwanzwedeln sein. Von jetzt an keine unnötigen Bewegungen mehr. Dann schnüffele ich erneut an der verwundeten Pfote.

Kitty entweicht ein leises Zischen durch die Zähne, wie bei einem Teekessel.

Dieses Mal lasse ich mich nicht beirren und schnüffele noch einmal. Allein am Geruch kann ich schon einiges erkennen. Ich ziehe meine Nase zurück und betrachte die Pfote. Okay, jetzt verstehe ich das Problem. Es handelt sich um den Dorn eines Brombeerstrauchs, und zwar um einen richtig fiesen. Das herausstehende Ende ist mächtig dick, woraus ich schließe, dass der Dorn etwa halb so lang und genau so breit wie eine von Kittys Krallen sein muss. Das Problem ist nur, dass er sich nicht gerade nach unten hineingebohrt hat, sondern abgewinkelt, wodurch es für Kitty unmöglich ist, ihn herauszusaugen, wie sie es sonst getan hätte.

»Ich muss die Stelle erst ablecken«, erkläre ich Kitty in der Hoffnung, durch meine Vorwarnung einer Krallenattacke auf mein Gesicht zu entgehen. »Es gibt keine andere Möglichkeit.«

Ich lecke einmal sanft und schnell über ihre Pfote.

Igitt. Katzengeschmack.

Kittys ganzer Körper krümmt sich zusammen, und sie bricht in das schlimmste, schrillste Jaulen aus, das ich je bei einer Katze gehört habe. Es ist so entsetzlich, dass sich auch meine eigenen Nackenhaare unwillkürlich aufstellen.

Rico versucht, sie zu beruhigen: »Keine Panik, Schwesterherz, der Hund will dir doch nur helfen.«

Von Pepper kommt ein weiteres aufmunterndes Bellen. Sie sieht sich die Prozedur aus sicherer Entfernung an, wie ich feststelle, sie steht zwischen Gartenteich und Zaun.

Ich wünschte, ich könnte mich zu ihr gesellen.

Bevor Kitty die Krallen ausfahren und meine Nase zerfetzen kann, nähere ich mich mit zurückgezogenen Lefzen und vorgeschobenen Zähnen dem Dorn.

Das schrille Jaulen geht in ein wütendes, bedrohliches Heulen über. Ein grauenvoller Ton, der sich ohne Unterlass höher und höher schraubt. Es klingt schlimmer als die Alarmanlage eines Autos, die mitten in der Nacht losgeht und mit ihrem Sirenengeheul an einen wahnsinnig gewordenen Außerirdischen erinnert. Schlimmer auch deshalb, weil das Geheule gleich neben meinen sensiblen Ohren ertönt, und die einzige Möglichkeit, es abzustellen, darin besteht, diesen Dorn herauszuziehen und dann so schnell es geht, das Weite zu suchen.

Meine Zähne schließen sich um das minimal vorstehende Ende des Dorns, dann heißt es, sie in die richtige Stellung zu bringen, um das glitschige Ding besser zu fassen zu kriegen.

Jetzt kann ich Katzenblut schmecken.

Widerlich.

Wenn auch ganz interessant. Aber primär widerlich.

Als ich entschieden habe, dass es jetzt losgehen kann, fixiere ich meine Zähne um die Dornspitze. Ich versuche, ein wenig seitlich zu ziehen, und schon kann ich spüren, wie sich der Dorn lockert.

Kittys Heulen legt noch einmal an Intensität zu.

Großer Gott!

Eins. Zwei. Drei.

Ich ziehe meinen Kopf mit einem Ruck nach hinten, die Zähne fest um den Dorn geschlossen, und dann ist er heraus!

»Er hat es geschafft!«, ruft Rico aus.

In seiner Stimme schwingt Überraschung mit. Das Kätzchen muss offenbar noch einiges über mich lernen, über den neuen Bertie, den heldenhaften Alphahund …

Kitty schreit lauthals auf vor Schmerz und fährt alle

Krallen gleichzeitig aus, messerscharfe Todesklauen, die mich nur knapp verfehlen, als ich rückwärts stolpere.

»Das hat wehgetan!«

Ein kleines Dankeschön wäre wohl angebracht, denke ich bei mir.

Ich spucke den dornigen Übeltäter auf das Gras. Ekelhaft!

Pepper springt vor Freude auf und ab, bricht in aufgeregtes Bellen aus und stürmt dann zu Rico, um ihn mit ihrem aufgeplusterten Kopf anzustupsen.

Die darauf entstehende Stille ist unangenehm.

Kitty untersucht ihre Tatze, die leicht blutet. Sie leckt ein paarmal darüber und tapst dann auf den Pfad, der sich durch die Mitte des Gartens schlängelt, um einige zaghafte Schritte auf den Pflastersteinen zu versuchen.

Sie humpelt noch immer. Doch jetzt, da der Dorn entfernt ist, wird deutlich, dass ihre Schmerzen nachlassen.

Kitty hält inne und dreht sich mit offensichtlichem Widerwillen nach mir um. Sie verzieht keine Miene. »Danke«, ist alles, was sie hervorbringt.

Ich wedele mit dem Schwanz. »Bitte sehr. Gern geschehen.«

Rico richtet seine gelben Augen auf mich. »Hey.«

»Hey?«

»Willkommen im Klub der Pfoten.«

Kitty sieht uns an. Ihre Miene ist unverändert. »Willkommen im *was*?«

»Klub«, erläutert Rico und setzt einen begeisterten Blick auf.

»Ich weiß nicht, was das sein soll«, entgegnet seine Schwester.

»Ein Klub ist eine Gruppe von Freunden, die sich treffen

und … etwas zusammen unternehmen. Gemeinsam entspannt abhängen.«

»Und?«

»Und deshalb sollten wir einen Klub gründen. Uns treffen, eine Gruppe sein. Der Klub der Pfoten.« Er hält eine Pfote hoch. »Weil wir doch alle Pfoten haben. Klar, die einen sind Hunde, die anderen Katzen. Aber wir haben eins gemeinsam: Pfoten. Dadurch können wir unseren Zusammenhalt ausdrücken.«

Kitty sieht ihn mit zusammengezogenen Brauen an. »Hast du wieder von der Katzenminze gegessen?«

Ich sitze ganz still und starre Rico an. Es kommt mir vor, als wären ihm plötzlich Flügel gewachsen. Er sieht aus wie der Engel, den Granny M heute Morgen feierlich an der Spitze des Weihnachtsbaums befestigt hat.

»Der Klub der Pfoten«, wiederhole ich. »Das gefällt mir.«

»Und um es offiziell zu besiegeln«, fügt Rico hinzu, »sollten wir jetzt sofort schwören, dass wir für immer zusammenbleiben und füreinander einstehen. Was auch geschieht.«

Pepper bellt zustimmend. »Was auch geschieht«, wiederholt sie und biegt ihren muskulösen Körper zu einem Kringel. »Ja, ich will auch schwören. Lasst mich bitte mitmachen. Ich weiß, ich wohne nebenan, aber ich möchte auch im Klub sein.«

Wenn sie so aufgeregt ist, erinnert sie mich ein wenig an Biscuit.

An Biscuit mit einem Schwanzpuschel.

»Ich werde auch schwören«, sage ich und hebe eine Pfote. Ich bin wirklich begeistert von Ricos Idee. Mir gefällt nicht nur die Vorstellung, einem Klub anzugehören, sondern auch die Tatsache, dass meine neuen Freunde mich offenbar dabeihaben wollen. Dass ich einer von ihnen sein soll. Das fühlt sich endlich wieder wie eine richtige Familie an. »Ich bin dabei.«

Rico sieht Kitty an.

Die leckt mit immer noch aufgestelltem Nackenfell über ihre Pfote und blickt erst auf, als eine merkliche Stille entsteht. »Was?«

Pepper erklärt mit Nachdruck: »Du musst auch schwören. Sonst kannst du nicht im Klub mitmachen.«

Sie zuckt ungerührt mit den Schultern und beschäftigt sich weiter mit ihrer Pfote. »Ich bin nicht so der Mitmachtyp. Ich bleibe ganz gerne für mich.«

Ihr Bruder erhebt sich und streicht langsam um sie herum. Er schnurrt: »Komm schon, Schwesterchen.«

»Nein.«

»Wir brauchen dich«, erklärt er. »Ohne dich können wir den Klub nicht aufmachen.«

»Natürlich könnt ihr das.«

Mein Schwanz schlägt heftiger. »Komm schon, Kitty. Du bist die Cleverste von uns allen. Wenn du nicht mitmachst, können wir den Klub vergessen.«

Rico stupst sie am Kinn und reibt sein Fell an ihrem. »Ohne dich geht es nicht.«

»Himmel …«, entfährt es ihr, gefolgt von einem gar nicht damenhaften Geräusch. Sie lässt ihre Pfote auf den Pflasterstein sinken, und als sie sie wieder anhebt, bleibt ein winziger roter Blutfleck zurück. »Von mir aus.«

Alle vier stehen wir uns jetzt in einem etwas schiefen Kreis gegenüber, sehen uns an und legen unsere Pfoten zusammen. Rico beginnt, und wir sprechen ihm nach: »Ich schwöre, dass ich dem Klub der Pfoten angehöre. Wir schwören, dass wir zusammenbleiben und füreinander einstehen. Bei unseren vier Pfoten.«

Nachdem wir den Schwur ausgesprochen haben, belle ich laut und jage, mich im Kreis drehend, meinem eigenen Schwanz hinterher. »Das war eine großartige Idee von dir, Rico. Der Klub der Pfoten. Jetzt geht es los!«

Auf einmal fühlt sich die Winterluft im Garten gar nicht mehr so kalt an.

Pepper und ich rennen nebeneinander zum Gartenteich und zurück. Granny M hat in der Küche Weihnachtsmusik aufgedreht, deren Klang nun zusammen mit dem köstlich süßen Duft nach Frischgebackenem zu uns herüberweht.

»Und was machen wir jetzt?«, fragt Kitty.

Ich sage, dass ich es auch nicht so genau weiß.

Rico gähnt. »Leute, das war wirklich toll. Aber für mich etwas zu viel Aufregung. Ich werde darüber nachdenken, während ich ein Nickerchen mache«, erklärt er uns, ohne zu bemerken, dass Nachdenken beim Schlafen schlecht möglich ist, und verschwindet in Richtung Haus.

Pepper sieht ihm hinterher, sie scheint schwer enttäuscht, dass er uns schon verlassen will. Plötzlich setzt sie sich auf und kratzt sich mit einer graziösen Bewegung am Hinterteil. »Äh, nun, ich denke, ich werde auch einmal darüber nachdenken.« Sie tänzelt zurück zu der Lücke im Gartenzaun und schnüffelt mit hocherhobenem Kopf in der Luft. »Hier riecht es köstlich. Jemand hat gekocht. Seid mir nicht böse, ihr Lieben, wir sehen uns später.«

»Dann wäre das ja geklärt«, faucht Kitty und verschwindet ohne ein weiteres Wort im Gebüsch.

Damit bin ich allein. Das ist ja ein tolles erstes Klubtreffen.

Die Entscheidung, wie es jetzt weitergeht, liegt also bei mir.

Erst mal setzte ich mich ins feuchte Gras und hechle grüblerisch mit heraushängender Zunge vor mich hin, nicht undankbar für die Abwechslung und die vielen Neuigkeiten, über die ich nachdenken muss.

Mein erster Gedanke gilt Molly, natürlich. Doch es wird vermutlich ein unerfüllter Wunschtraum bleiben, dass ich sie jemals wiedersehe. Es ist sinnlos, ständig den Moment unserer Trennung in Gedanken wieder abzuspulen und mir die Schuld dafür zu geben, dass ich es nicht geschafft habe, unsere kleine Familie bei den Mintons zusammenzuhalten.

Jetzt habe ich hier die Chance bekommen, meine Fehler aus der Vergangenheit wiedergutzumachen. Doch dafür muss ich an die Zukunft denken und mein persönliches Schicksal hintanstellen. Ich muss jetzt an die Gruppe denken, an uns vier, meine neue Familie.

Den Club der Pfoten.

13

»Ich brauche gemahlene Mandeln«, ruft Granny M, steckt den Kopf durch die Tür zum Wohnzimmer und sieht Mr Green auffordernd an. Er sitzt Zeitung lesend auf dem Sofa, während Sam neben mir fernsieht. »Jetzt sofort?«, fragt Mr Green und lässt die Zeitung sinken.

»Ja, bitte.« Sie lächelt ihn entschuldigend an. »Könntest du schnell gehen und welche kaufen? Ich backe Kuchen für Alzheimer.«

»Alzheimer?«

»Für die Gesellschaft.« Sie fährt sich unbedacht mit ihrer mehligen Hand durch die Haare, aber nachdem ihre Haare ohnehin weiß sind, ist es nicht weiter schlimm. »Ich habe versprochen auszuhelfen. Der örtliche Förderverein hat morgen einen Stand im Gartencenter. Eine mobile Theke.«

»Eine was?«

»Ich denke, das ist ein faltbarer Stand. Man kann ihn schnell auf- und auch wieder abbauen. Es ist alles ein wenig kurzfristig geplant worden.« Sie lächelt Sam zerstreut an. »Genießt du deinen Samstagmorgen, mein Schatz? Ach, ich liebe diesen Film. Es ist dieses Abenteuer im Weltall, von dem es ständig neue Folgen gibt, nicht wahr? *Star War*, oder?«

»*Star Wars*, Granny. Nicht *Star War*.«

Sie runzelt die Stirn. »Obwohl das Wetter eigentlich zu schön ist heute. Ich meine, zum Fernsehen.«

»Es regnet doch schon den ganzen Vormittag.«

»Oh, ja. Aber sieh mal, gerade kommt die Sonne raus.« Alle drei wenden den Kopf zum großen Fenster, das den Blick auf die Auffahrt und die Straße freigibt. Die Sonne, die tatsächlich für einen kurzen Moment hinter einer dunklen Wolke hervorgelugt hat, verschwindet bereits wieder, und die Welt wird wieder dunkel. »Nun, zumindest hat es zu regnen aufgehört. Vielleicht solltest du den Fernseher ausschalten und deinen Vater zum Einkaufen begleiten. Ein bisschen frische Luft schnappen.«

Sams Kopf sinkt auf die Brust. »Aber hier drinnen ist es so gemütlich.«

»Du könntest dabei mit dem Hund spazieren gehen.«

Ich setze mich auf und spitze die Ohren.

»Er findet es drinnen auch so gemütlich.«

Ich finde es gemütlich, das kann ich nicht leugnen. Aber das heißt nicht, dass es zu gemütlich ist, um über einen Spaziergang nachzudenken. Ich kann mir, ehrlich gesagt, gar keine Situation vorstellen, in der ich zu bequem wäre, einen Spaziergang in Erwägung zu ziehen.

Ich kratze mich am Ohr und denke nach, aber mir fällt wirklich keine ein.

Nach einem Augenblick der Stille, in der Granny M ihre Hände an der Schürze abwischt, blickt sie bittend über Sams Kopf hinweg zu seinem Vater.

»John?«

»Wenn Sam nicht mitkommen will, sollten wir ihn nicht zwingen. Das ist ein guter Film, und er hat Spaß. Ich hatte im Übrigen auch Spaß.«

Überrascht sehe ich Mr Green an. Wie war das möglich? Durch die Zeitung hindurch fernzusehen scheint mir eine beeindruckende Fähigkeit zu sein. Menschen sind einfach unglaublich.

Granny M antwortet nicht, wirkt aber verdrossen.

»Na, los, Bertie«, sagt Mr Green, legt die Zeitung zur Seite und rappelt sich mühsam hoch. »Granny M backt für Alzheimer, also müssen wir beide jetzt einkaufen gehen.«

Ich belle kurz und zustimmend.

Einkaufen ist eigentlich nicht meine größte Leidenschaft, aber auf dem Weg zum Supermarkt kommt man an dem Pfad vorbei, der den Kanal entlangführt. Und ich weiß, dass Mr Green manchmal kurz diesen Pfad einschlägt, um heimlich eine Zigarette zu rauchen. Ich weiß, was Zigaretten sind, denn neben den Mintons hat eine Weile ein stets schlecht gelaunter Nachbar gewohnt, der rauchte und seine Zigarettenstummel häufig über die Gartenmauer geschnippt hat. Wir haben uns dann immer im Garten versammelt und an den Stummeln geschnuppert, denn obwohl Zigaretten alles andere als appetitlich riechen, sind ungewöhnliche Gerüche für Hunde einfach zu spannend, als dass man sie ignorieren könnte.

Mr Green raucht niemals im Haus. Ich glaube nicht, dass Granny M etwas von den kleinen Ausflügen zum Kanal mit mir und den Zigaretten weiß. Menschliche Nasen sind nicht so gut im Erschnüffeln von Gerüchen wie Hundenasen. Sonst wüsste Granny M in dem Moment Bescheid, in dem wir das Haus wieder betreten.

Sam verabschiedet sich nicht von mir. Aber er sieht zu, wie sein Vater sich abmüht, mein Halsband zu befestigen, während ich bellend auf meinen Hinterpfoten herumspringe.

»Jetzt halte doch mal still, Bertie, du meine Güte.«

Er macht wohl Witze?

Wenn er nicht will, dass ich in Aufregung gerate, dann sollte er besser nicht die Leine hervorholen.

Keine Leine, keine Aufregung.

So einfach ist das.

Auch das Wort »Spaziergang« hat übrigens bei den meisten Hunden eine ähnliche Wirkung. Biscuit hat es jedes Mal in einen bebenden Fellberg verwandelt, und sogar die damenhafte Tina brach bei dem Wort in einen Kläffanfall aus, sodass sich Mrs Minton mit beiden Händen die Ohren zuhalten musste. Doch Mr Green hat vermutlich schon mal einen Hund gehabt, denn er benutzt fast nie das S-Wort. Nicht in meiner Gegenwart jedenfalls. Er weiß sicher um die mächtige und geheimnisvolle Wirkung des Wortes auf uns Hunde.

»Bring bitte noch ein paar Gläser Mincemeat mit«, sagt Granny M, als wir an der Tür sind. Sie streichelt meinen Kopf. »Wenn du Bertie weiter so viele Mince Pies gibst, muss ich schon bald wieder neue backen.«

»Ich gebe Bertie keine Mince Pies«, verteidigt sich Mr Green. »Er stibitzt sie, wenn ich nicht hinsehe.«

»Dann solltest du sie nicht unbeaufsichtigt neben dem Sofa stehen lassen. Mince Pies sind voller Gewürze, die schlecht für Bertie sind.« Ihre Stimme nimmt einen schärferen Ton an. »Besonders wenn er so viele davon isst.«

Mr Green sieht zu mir hinunter. »Da hast du mich ja ganz schön in Schwierigkeiten gebracht, Bertie.«

Ich bin mir keiner Schuld bewusst und ziehe hechelnd an der Leine. Ich will jetzt los. Was haben sie denn erwartet? Granny Ms selbst gebackene Mince Pies sind tatsächlich voller Gewürze, aber sie sind eben auch sehr lecker. Bei ihr schmeckt sogar der Teig viel besser als bei Mrs Minton. Daher finde ich es erst recht verwunderlich, dass Mr Green die Pies nicht zu mögen scheint und immer wartet, bis Granny M das Zimmer verlässt, bevor er mich damit füttert.

Draußen ist es kalt. Und tatsächlich hält Mr Green kurz vor der Brücke, die über den Kanal führt, an und spaziert mit mir über ein paar schlammige Stufen hinunter auf den eisigen Pfad.

»Das ist unser kleines Geheimnis«, sagt Mr Green und zwinkert mir zu, bevor er sich im Dunkel der Brücke eine Zigarette anzündet.

Ich schnüffele im Gebüsch zu seinen Füßen herum und entdecke einigen Abfall. Doch die weggeworfenen Essensreste sind hart und vereist, ihr Aroma ist längst verflogen. Außerdem überdeckt der Gestank der Zigarette ohnehin alles andere.

Ein kleines Boot schippert an uns vorbei, und ich sehe ihm neugierig hinterher. Ein stämmiger Mann in wetterfester Kleidung und mit hochgeschlagenem Kragen steuert das Boot. Er bläst Atemwolken in die kalte Luft. Er grüßt Mr Green mit freundlicher Geste, doch mich sieht er gar nicht an.

Als das Boot hinter der nächsten Kurve verschwindet, kräuselt sich das Wasser, bevor es sich allmählich wieder beruhigt.

Mr Green zieht wieder an seiner Zigarette und mir bleibt nichts anderes übrig, als still danebenzusitzen und ihm zuzusehen. Sehr langweilig ist das.

»Nach unserer Hochzeit habe ich mit dem Rauchen aufgehört«, sagt er plötzlich und sieht schuldbewusst auf die Zigarette. »Jenny hat mich überzeugt, es aufzugeben. Aber nachdem sie gestorben ist, habe ich …«

Er verstummt für einen Moment.

»In der Arbeit hat mir dann jemand während einer Büroparty eine angeboten, und ich habe danach eine Packung gekauft, um sie ihm zurückzugeben, und dann …«

Er nimmt einen weiteren Zug. »Total blöd. Ich rauche ja nur ein paar in der Woche, und es schmeckt mir nicht einmal. Aber ich weiß nicht recht, warum ich wieder aufhören sollte. Ich meine, warum soll ich mich quälen? Jenny ist ja nicht da, sie kann mich also gar nicht sehen beim Rauchen. Nicht mehr.«

Ich belle aus Höflichkeit.

Er blickt zu mir herab, schnippt die Zigarette auf den Boden und tritt sie im eisigen Schlamm aus. »Ja, du hast recht. Es ist eine ganz schlechte Angewohnheit.« Er seufzt und führt mich weiter den Weg entlang. »Und jetzt laufen wir schnell zum Pub und dann zum Supermarkt und kaufen gemahlene Mandeln und Mincemeat für Granny M. Und ich werde mit dem Rauchen aufhören, ich versprech's. Nur nicht ... sofort.«

Beim Supermarkt angekommen bindet er mich an einem Pfosten neben der Eingangstür an.

»Bleib«, sagt er in strengem Ton. Er scheint zu glauben, dass mich das beeindruckt. Dann verschwindet er im Geschäft.

Außer mir wartet noch ein anderer Hund. Eine Dalmatinerhündin mit schmutzigen Beinen.

Wir taxieren uns gegenseitig. Dann hechelt sie und wagt ein leichtes Schwanzwedeln. Ich wedele zurück. Sie wedelt stärker. Ich versuche, mit ihrem Tempo mitzuhalten, muss mich aber geschlagen geben. Im Tierheim gab es auch einen Dalmatiner, doch er blieb nicht lange. Eine nette Familie hat ihn mitgenommen, nachdem er gerade mal zwei Tage da war. Ich glaube, die Geschwindigkeit seines Schwanzwedelns war etwa mit der eines Sportwagens zu vergleichen. Rasend schnell.

Da es so aussieht, als würden wir mindestens die nächste

halbe Stunde miteinander verbringen, stelle ich mich vor. »Hallo, ich bin Bertie.«

»Spotty.«

Einfallsreicher Name für einen Hund mit so vielen Flecken. Ich ziehe eine Grimasse. »Au weia.«

»Ach, das macht mir nichts aus«, sagt sie fröhlich. »Meine Mutter hieß auch Spotty. Und ihre Mutter ebenfalls. Es ist eine Familientradition.«

Gleich neben uns steht eine große glänzende Tafel, auf der etwa alle dreißig Sekunden die Anzeige umspringt. Die Tafel sieht aus wie ein Fernsehbildschirm, nur mit dem Unterschied, dass das Bild statisch ist. Ich vermute, dass es sich um Produkte handelt, die im Supermarkt verkauft werden.

Jedes Mal wenn die Anzeige wechselt, springt Spotty vor Schreck in die Höhe und taumelt dann rückwärts. Dabei hängen ihre Vorderpfoten in der Luft, und es sieht so aus, als wolle sie sich aus ihrem Halsband befreien.

»Das ist ein Automat«, versuche ich zu erklären.

»Ich mag ihn nicht.«

»Er kann dir aber nichts tun.«

»Ich weiß, ich weiß, es ist nur …«

Die Anzeige springt erneut um, worauf Spotty wieder mit einem Satz rückwärts reagiert.

»Tut mir leid.«

Ich hebe die Augenbrauen. »Halb so wild.«

Jemand hat neben dem Pfosten eine Metallschüssel mit Wasser aufgestellt. Der Inhalt riecht etwas komisch, aber ich probiere trotzdem. Nach unserem Spaziergang am Kanal bin ich ziemlich durstig.

Igitt.

Das Wasser ist eiskalt und hat einen metallischen Geschmack. Es rinnt tief in meine empfindliche Nase, worauf ich heftig niesen muss und mich anschließend bei Spotty entschuldige.

»Habe ich dich nass gespritzt?«

Sie kräuselt die Nase, verneint dann aber. »Nein, hast du nicht.« Hach, Dalmatiner sind so höflich.

Doch da dringt mit einem Mal ein Geräusch aus der Ferne an meine Ohren und unterbricht unsere Unterhaltung. Ich reagiere angespannt, mein Herz beginnt zu rasen, die Ohren sind gespitzt, mein ganzer Körper ist in Alarmbereitschaft, nur der Grund ist mir noch ungewiss. Da ertönt es wieder und ist plötzlich ein liebliches, vertrautes Geräusch. Ein Klang, den ich schon für den Rest meines Lebens verloren geglaubt hatte.

Das kann doch unmöglich sein …

Doch beim nächsten Mal bin ich mir plötzlich ganz sicher.

Es ist das Bellen meiner Schwester.

Ich fahre herum und presche vorwärts – nur um von der Leine, die mich an den Pfosten fesselt, in vollem Lauf gebremst zu werden.

Molly.

Jeder Hund hat sein ganz eigenes Bellen, so wie auch jede menschliche Stimme anders klingt. Und das Bellen meiner Schwester würde ich unter Tausenden heraushören. Ich bin damit aufgewachsen, habe den Klang in meinen Ohren, seit wir als Welpen zusammen über Küchenfußböden getollt sind, und ich kenne es ebenso gut wie mein eigenes.

»Hier bin ich, hier drüben!«, ruft sie.

Mein Herz macht einen Satz.

Ich belle zurück, so laut ich nur kann. »Ich höre dich! Ich kann dich hören.«

Menschen, die an mir vorbeigehen, runzeln die Stirn, aber ich nehme sie gar nicht wahr.

»Wo bist du?« Ich recke den Kopf in die Höhe und belle, überrascht davon, wie tief der Ton auf einmal klingt. »Kannst du mich sehen?«

Ihr Bellen klingt nun unterdrückt, als würde sie jemand gerade in ein Auto verfrachten. Doch sie bellt beharrlich weiter. Molly muss mich gesehen haben. Sie weiß, dass ich hier bin. *Kannst du mich sehen, hier bin ich,* scheint sie mir zurufen zu wollen. Dann wird es leiser, ebbt schließlich vollkommen ab. Das Auto, in dem sie sitzt, fährt davon, es rollt langsam über den Parkplatz des Supermarkts auf die Ausfahrt zu, und bald wird es ganz verschwunden sein.

Welches Auto ist es bloß?

Spotty wendet der Anzeigetafel nun den Rücken zu. Ihre Aufmerksamkeit gilt ganz mir. »Äh, Bertie, ich unterbreche ja nur ungern dein lustiges Bellkonzert, aber was ist los mit dir?« Fragend zieht sie die Brauen hoch, während ich weiterhin mit weit vorgestreckten Pfoten und vor Anstrengung geschwellter Brust hysterisch kläffe. »Du scheinst ein wenig … außer dir zu sein.«

»Das Bellen, hast du das gehört?« Ich ziehe an der Leine und suche verzweifelt mit den Augen den viel befahrenen Parkplatz ab. »Das ist meine Schwester.«

Die Dalmatinerhündin sieht ein wenig verblüfft meinem sonderbaren Verhalten zu. Sie scheint nicht richtig zu verstehen, was sich abspielt. »Oh, klar, das ist ja … schön.«

Wo ist sie jetzt bloß?

»Wir wurden im Tierheim getrennt. Es war im Herbst. Und seither habe ich sie nicht mehr gesehen. Hör doch, da ist es wieder.« Es gelingt mir nun immerhin festzustellen, aus welcher Richtung es kommt, und mein Kopf schnellt nach rechts. »Molly?«

Ein Auto fährt in mein Blickfeld.

Es ist ein kleines blaues Auto mit reflektierenden Scheiben, in denen sich die Wintersonne spiegelt. Obwohl ich fast völlig geblendet bin, kann ich die Person auf dem Fahrersitz erkennen. Ich ziehe erneut heftig an der Leine und belle, was das Zeug hält.

»Molly!?«

Und tatsächlich: Am Steuer des Wagens sitzt die verkniffen dreinblickende Frau. Sie sieht sogar noch strenger und schmallippiger aus, als ich sie in Erinnerung habe. Und das wilde Bellen trägt sicher auch nicht gerade zur Besserung ihrer Laune bei.

Und dann sehe ich Molly.

Sie steht aufrecht hinten im Auto und hält beide Vorderpfoten an das Fenster gepresst. Sie fixiert mich und bellt sich dabei die Seele aus dem Leib.

Für den Bruchteil einer Sekunde treffen sich unsere Blicke. Das gleiche braune Köpfchen, die gleichen gefleckten Ohren, die gleiche zitternde Nase. Ihr Gesicht spiegelt die gleiche Freude und die gleiche Verzweiflung wie meines. Dann rollt das Auto weiter. Erst an mir, dann am Eingang des Supermarkts und schließlich am Zebrastreifen vorbei, bis es auf die Straße einbiegt.

»Molly!« Meine Stimme ist schon ganz heiser. Mein Nacken und meine Schultern schmerzen, weil ich so fest an der Leine gezogen habe, aber ich kann einfach nicht aufhören, nach ihr zu rufen »Molly!«

Auf einmal greift eine Hand nach meinem Halsband und reißt mich zurück. Aus dem Bellen wird ein schrilles Kläffen.

»Was um alles in der Welt ist hier los?«

Es ist Mr Green. Er klingt sehr wütend, was ich ihm nicht einmal verübeln kann. Mir ist klar, dass ich mich richtig schlecht benehme, und ich versuche ja auch, mit dem Bellen aufzuhören. Aber es gelingt mir nicht.

»Bertie, was bist du nur für ein schlimmer Hund!«, schimpft er laut und bindet meine Leine los. »Sei still. Hörst du mich? Sei jetzt sofort still.«

Er wendet sich Spottys Besitzerin, einer verärgert dreinblickenden jungen Frau, zu, um sich bei ihr zu entschuldigen, doch sie zieht die Dalmatinerhündin vom Schauplatz des Geschehens fort und beklagt sich in den höchsten Tönen über mein Verhalten.

»Es tut mir wirklich leid«, versucht er es noch einmal. Sein Gesicht ist vor Aufregung gerötet. »Bertie ist normalerweise nicht so ungezogen. Ich weiß nicht, was in ihn gefahren ist.«

Spotty bellt in das allgemeine Durcheinander hinein. Sie will mich aufmuntern. »Hoffentlich findest du deine Schwester wieder!«, ruft sie mir noch zu, bevor sie in der Menge aus Menschen und Einkaufswagen vor dem Supermarkteingang verschwindet.

Draußen auf der Hauptstraße sehe ich kurz ein leuchtend blaues Auto aufblitzen. Ganz sicher ist das die verkniffene Frau, die mit Molly auf dem Rücksitz nach Hause düst.

Mr Green blickt der verärgerten jungen Frau nach. Er flucht leise vor sich hin, was mir seinen Ärger über mein Verhalten deutlich zeigt. Als er die Einkaufstasche umständlich in die andere Hand nehmen will, lässt er für einen kurzen Moment die Leine locker, und ich ergreife die Gelegenheit beim Schopf, springe davon, und das bringt ihn jetzt völlig aus der Fassung.

»Was zum Teufel …?«

Die Leine entgleitet ihm, und mit eng angelegten Ohren laufe ich los. Endlich bin ich frei! Ich höre, wie er nach mir ruft, aber nichts hält mich auf. Ich weiche den Autos aus, die hektisch auf dem Parkplatz manövrieren, ich ignoriere das Hupen und Reifenquietschen. Zum ersten Mal in meinem Leben weiß ich ganz genau, wo ich hinwill.

Ich will zu Molly.

14

Und da bin ich nun. Bahne mir energisch einen Weg durch die dornige Hecke, die den Parkplatz des Supermarkts begrenzt, und gelange dahinter auf den kalten Gehweg neben der Straße. Ein Kind ruft mir durch ein Autofenster irgendetwas Lustiges zu, aber ich beachte es nicht. Auf dieser Straßenseite fahren die Autos recht langsam, auf der anderen Seite dagegen sehr schnell. War Mollys Besitzerin auf der schnellen Spur unterwegs?

Schlitternd bleibe ich am Rand des Gehwegs stehen, während mein Blick die Straße rauf und runter irrt.

Wo ist das kleine blaue Auto?

Es zu finden, scheint absolut unmöglich. Es sind so viele Autos auf der Straße, auch viele blaue. An der Einfahrt zum Parkplatz haben die meisten Fahrer das Tempo gedrosselt, entweder weil sie sich in die Schlange zum Supermarkt einreihen oder weil sie vollbeladen mit Lebensmitteln und Geschenken zurück in die Stadt fahren. Die Auspuffwolken dampfen in der Kälte und verpesten die Luft. Ich erblicke Autos mit Weihnachtsbäumen im Kofferraum, ähnlich dem, den wir zu Hause haben. Ich sehe rotbackige aufgeregte Kinder, die mich mit glänzenden Augen durch beschlagene Fensterscheiben hindurch anstarren.

Eine dicke Frau, schwer beladen mit Einkaufstüten, kommt mir auf dem Gehweg entgegen und bleibt vor mir stehen. »Hallo, mein kleines Hündchen«, sagt sie, ganz außer Atem. »Du bist aber niedlich. Darfst du hier frei herumlaufen?«

Sie erblickt die Leine, die ich hinter mir herziehe, und setzt eine ihrer Einkaufstüten ab, um mich festzuhalten. Doch ich stürme zwischen ihren Füßen hindurch und werfe in meiner Eile ihre Tüte um.

Ein verdächtiges Klirren ertönt, es klingt nach zerbrochenem Glas. War das eine Flasche?

»Nun schau mal, was du angestellt hast!«

Sie rennt hinter mir her und versucht, mit dem Fuß auf meine Leine zu treten, aber ich entkomme ihr leicht. Im Davonlaufen höre ich, wie mehrere Konservendosen über den Gehweg und in den Abfluss kullern.

Ups.

Und dann kribbeln auf einmal meine Ohren.

»Was war das? Kann ich Molly wieder hören?«

Ein riesiger Lkw rauscht vorbei, und gleich dahinter blitzt für einen kurzen Moment etwas Blaues auf. Ich erhasche einen Blick auf einen Hund, der wild bellend durch das Rückfenster eines Autos sieht.

Doch der Verkehr läuft weiter, und es vernebelt mir den Blick.

Molly!

Die Rufe der Frau hinter mir ignorierend eile ich weiter in Richtung Stadt. Meine Nase zittert, meine Schnauze klebt förmlich am Boden. Ich muss mir den Weg merken, sonst finde ich nie mehr zurück. Und am besten kann ich das, wenn ich mir die Gerüche auf der Strecke einpräge.

Ich renne über einen schmalen Weg und komme an Häusern ohne Vorgärten vorbei. An Türen, die vom Schmutz ganz grau sind. Ich kann riechen, dass es hier andere Hunde gibt, es sind schwere, verführerische Duftmarken. Der Wunsch, anzuhalten und an jedem Laternenpfahl und jedem Mülleimer zu schnüffeln, überwältigt mich beinahe.

Aber ich muss mich auf Molly konzentrieren. Vielleicht ist das meine letzte Chance, sie zu finden.

»Bertie?«

Nach einem kurzen Zögern drossle ich mein Tempo und bleibe dann fast stehen. Ich erkenne die Stimme. Es ist Mr Green, der die Verfolgung nicht aufgegeben hat, vermutlich mit Granny Ms geriebenen Mandeln und mehreren Gläsern Mincemeat im Arm. Und da er nicht gerade trainiert ist, japst er wahrscheinlich gerade rotgesichtig nach Luft.

Ein Blick zurück.

Und da ist er. Mir ziemlich dicht auf den Fersen.

Es ist damit zu rechnen, dass Mr Green und ich eine lange und unangenehme »Unterhaltung« führen werden, sobald er mich eingeholt hat. Eine Unterhaltung voller Worte, auf die Granny M stets missbilligend mit einem Kopfschütteln reagiert.

Trotzdem gehe ich ihm nicht entgegen, obwohl ich mich ziemlich schuldig fühle. Er ist mein Besitzer. Und weglaufen, wenn dein Herrchen dich ruft, zählt definitiv zu inakzeptablem Hundeverhalten. Mr Green hätte nach diesem Zwischenfall allen Grund, mich ins Tierheim zurückzubringen. Und dann hat Sam keinen warmen Fellkörper mehr, den er nachts drücken kann, wenn er sich leise in den Schlaf weint. Und Granny M hat niemanden mehr, mit dem sie reden kann, wenn sie allein in der Küche hantiert, Kuchen bäckt und an Jenny denkt. Und Mr Green hat keinen Vorwand mehr, sich aus dem Haus zu stehlen und Dinge zu sagen, zum Beispiel über seine tote Frau, die für niemandes Ohren bestimmt sind – außer für meine.

Die Familie Green braucht mich. Daran besteht kein Zweifel.

Doch im Moment braucht meine Schwester mich mehr.

Ich frage mich, wie es Mollys Bein geht. Dem schlimmen Bein, das für ihr ständiges Humpeln verantwortlich ist und das im Winter so sehr schmerzt. Wie kommt sie wohl so ganz allein mit der verkniffenen Frau zurecht? Die arme Molly hat bei diesem kalten Wetter sicher ständig Schmerzen, aber ich kann mir nicht vorstellen, dass ihre neue Besitzerin das überhaupt bemerkt. Ihre Leichenbittermiene lässt vermuten, dass sie voller Ungeduld und Hartherzigkeit ist. Vermutlich zerrt sie die humpelnde Molly immer an der Leine hinter sich her und verlangt, dass sie schneller läuft. Und sie weiß sicher nicht, wie man das schlimme Bein pflegen muss.

Ich kann es kaum aushalten, mir meine Schwester so unglücklich und schmerzgeplagt vorzustellen.

Ich muss sie retten.

Aber Mr Green ist nicht entgangen, dass ich mich nach ihm umgedreht habe. Er bleibt stehen und lässt einen lauten Pfiff ertönen. »Bertie, bei Fuß!«

Sein Gesicht wirkt sehr verdrossen.

Wieder laufe ich schneller, zielorientiert die Straße im Blick. Jetzt kommt gleich der Seitenweg, in den Mr Green immer einbiegt, wenn er zum Supermarkt will. Der Verkehr läuft jetzt ziemlich ruhig, was mir entgegenkommt. Ich spitze die Ohren und höre tatsächlich Mollys entferntes Bellen. Aber es sind einfach zu viele Autos unterwegs, als dass ich sie oder den Wagen, in dem sie sitzt, entdecken könnte.

»Bertie!« Mr Green rennt jetzt wieder hinter mir her. Er ist völlig außer Atem. »Komm zurück, du ungezogener Hund!«

An der Bordsteinkante halte ich inne, um die Gefahrenlage beim Überqueren der Straße abzuschätzen. Der Verkehr ist hier so dicht, dass das Risiko, von einem Auto erfasst zu werden, riesig ist. Aber falls es mir irgendwie gelingen sollte, unversehrt zwischen den langsam dahinrollenden Fahrzeugen durchzuschlüpfen, wäre ich zumindest auf der gleichen Fahrbahn wie Mollys Auto.

Doch dann geschieht ein Wunder.

Das kleine blaue Auto schert aus der langen Reihe aus und biegt genau in jene Seitenstraße ein, die Mr Green immer nimmt. Direkt vor mir.

Der Wagen wird schneller und verschwindet dann aus meinem Blickfeld, das dumpfe Bellen meiner Schwester wird immer leiser und erstirbt schließlich ganz.

Abrupt halte ich an und starre entgeistert auf die Stelle, an der noch vor wenigen Sekunden das Auto zu sehen war. Ich bin ganz sicher, Molly auf dem Rücksitz erkannt zu haben. Ich habe gesehen, wie sie am Fenster hochgesprungen ist und versucht hat, einen letzten Blick auf mich zu erhaschen.

»Molly!«

Sie ist weg, und die Chance, das Fahrzeug ihrer Besitzerin einzuholen, ist gering.

Trotzdem erscheint mir mein Glück unfassbar! Denn mit einem Mal ist die Möglichkeit, Molly wiederzufinden, viel größer geworden. Vielleicht wohnt die verkniffene Frau sogar in dieser Straße. Oder sie wohnt in der Nähe der Greens. Das alles ist natürlich mehr als ungewiss, aber diese neue Entwicklung ist doch deutlich besser, als wenn die Frau in Richtung Stadt gefahren wäre. Denn dann wäre es fast so gut wie aussichtslos, noch einmal auf Molly zu stoßen. In dem riesigen Dschungel aus Häusern, Geschäften und Gebäuden, der sich zwischen dem Haus der Familie Green und der Innenstadt erstreckt, würde ich sie niemals zufällig wiederfinden.

Soweit ich weiß führt diese Seitenstraße zu einer kleinen Ladenzeile. Mr Green fährt manchmal dahin, um seine Zeitung und Zigaretten zu besorgen. Durch ein Gewirr aus begrünten Straßenzügen gelangt man schließlich zum Haus der Greens und am Ende in die große Parkanlage. Das ist zugegebenermaßen ein großes Gebiet, das ich absuchen muss. Doch wenn Molly hier irgendwo mit der verkniffenen Frau wohnt, werde ich sie finden. Egal wie lange es dauert.

Aber zuerst gilt es herauszufinden, wo die Frau abbiegt, ehe sie den Park am Ende der Straße erreicht.

Ich springe wieder vorwärts, doch da packt mich eine Hand am Halsband.

»Hab ich dich.«

Ich winde mich lauthals bellend, um mich dem Griff zu entziehen, aber es nützt nichts. Mr Green hat mich wieder eingefangen, und diesmal lässt er nicht los.

»Was hast du dir bloß dabei gedacht?« Er hält mein Kinn fest und fixiert mich mit vorwurfsvollem Blick. Doch ich gucke an ihm vorbei in den grauen Himmel, ich kann ihm nicht in die Augen sehen. »Das ist eine verkehrsreiche Straße. Du hättest tot sein können. Von einem Auto überfahren.« Nach einer Weile fügt er mit rauer Stimme hinzu: »Stell dir vor, was das für Sam bedeutet hätte: Erst seine Mutter und dann auch noch seinen Hund zu verlieren!«

Klägliches Schwanzwedeln meinerseits.

Der harte Zug um seinen Mund und der strenge Ton in seiner Stimme ängstigen mich. »Ich hätte ein besseres Verhalten von dir erwartet, Bertie.«

Als er mein Kinn loslässt, hängt mein Kopf tief herab, und ich fühle mich schrecklich.

Ich hätte von mir selbst auch ein besseres Verhalten erwartet.

Ich habe meinen Besitzer enttäuscht und, was noch schlimmer ist, ich kann ihm nicht erklären, warum ich es getan habe.

Als wir nach Hause laufen, fühlt sich alles kalt und elend an. Eigentlich schleppen wir uns eher heimwärts, wobei ich hinterhertrotte und Mr Green regelmäßig an der Leine ziehen muss, damit ich weitergehe.

»Los jetzt, Bertie«, sagt er genervt.

Ich werfe ihm einen kurzen Blick zu, lasse mich aber weiter zurückfallen. Normalerweise würde ich neben meinem Besitzer herlaufen, mit hocherhobenem Kopf und wachsamen Augen, jedem Befehl gehorchend. Doch jetzt kann ich es nicht, ich muss schließlich den Boden nach Mollys Duft absuchen und meine Augen überall haben, um vielleicht das kleine blaue Auto zu entdecken. Ich muss jede Seitenstraße, jede Einfahrt, jedes Fahrzeug, das uns überholt, im Blick haben. Es scheint allerdings, als hätte mich das Glück verlassen, denn ich sehe zwar eine Menge blauer Autos auf unserem Heimweg, aber keines davon ist das richtige.

Als wir zu Hause ankommen, verkrieche ich mich mit eingezogenem Schwanz und herabhängenden Ohren in meinem Körbchen neben dem Herd. Nicht mal die Schüssel mit Trockenfutter, die Granny M mir hingestellt hat, kann mich reizen.

Kitty sitzt auf einem der Küchenschränke und blickt auf mich herab. In ihrer Miene spiegeln sich Erstaunen und eine Art katzenhafter Schadenfreude. »Hast du etwa Ärger, Bertie?«

»Es war ein Missverständnis.«

Sie leckt sich eine Pfote und entgegnet in süffisantem Ton: »Das ist es doch immer.«

Ich rolle mich zusammen und drehe ihr den Rücken zu. Zitternd liege ich da und höre, wie Mr Green Sam und Granny M erzählt, dass ich ihm weggelaufen und nicht zurückgekommen bin, als er mich gerufen hat. Und was für ein schlimmer Hund ich bin.

Ich fühle mich schrecklich. Und das nicht nur, weil ich von den Mitgliedern der Familie Green empörte Ausrufe und vorwurfsvolle Blicke empfange.

Heute habe ich Molly wiedergefunden, wenn auch nur für ein paar wertvolle Sekunden. Ich habe in ihre Augen geblickt. Gesehen, dass sie mich auch erkannt hat.

Und doch habe ich sie wieder ganz verloren.

15

»Bertina! Bertina!«

Das ist Pepper. Es klingt dringend.

Doch ich hebe nicht einmal den Kopf, um nach ihr zu sehen. Ich heiße *Bertie*, ist das so schwer zu begreifen? Außerdem bin ich viel zu beschäftigt damit, einen vereisten Grashalm zu betrachten, der sich knapp vor meinem Gesicht befindet. Ein ganzer Tag ist vergangen, seit ich Molly gesehen habe, und es fällt mir schwer, an irgendetwas Interesse zu zeigen. Ich kann an nichts anderes denken als daran, sie wieder verloren zu haben.

»Bertina, wir wollen dir helfen«, ruft Pepper mit Nachdruck, während sie sich durch die Lücke im Zaun zwängt, um wieder mal in unseren Garten einzudringen.

Helfen?

Ich rolle mit den Augen in Richtung der Pudeldame, kann mich aber nicht dazu aufraffen, ihr zu antworten, so niedergeschlagen fühle ich mich. Wie um alles in der Welt sollte der Nachbarshund *mir* helfen können? Sie schafft es ja noch nicht einmal, ihre Besitzer davon abzuhalten, ihr das Hinterteil zu rasieren.

Es ist schwer, nach meinem niederschmetternden Fehltritt gestern im Supermarkt nicht den Mut zu verlieren. Ich spiele die Möglichkeiten, die mir zur Verfügung stehen, wieder und wieder durch, doch das Einzige, was mir einfällt, ist, noch einmal wegzulaufen. Und das will ich nicht, denn es würde den ohnehin schon völlig gereizten Mr Green komplett aus der Fassung bringen, und ich müsste ins Tierheim zurück, wo meine Aussichten, Molly wiederzufinden, gleich null wären.

»Bis Weihnachten sind alle Spaziergänge gestrichen«, hat Mr Green gestern verordnet, sehr zu Sams Kummer. »Du musst dir mein Vertrauen erst wieder verdienen. Wenn du brav bist, machen wir vielleicht am zweiten Weihnachtsfeiertag einen Ausflug mit dir.«

»Aber Dad, bis dahin ist es noch eine ganze Woche!«, rief Sam aus.

»Das ist mir egal«, entgegnete sein Vater barsch. »Bertie muss lernen, sich zu benehmen. Sonst können wir ihn nicht behalten.«

Bei diesen Worten ist Sam natürlich in Tränen ausgebrochen, in sein Zimmer gestürmt und hat die Tür so fest zugeworfen, dass das ganze Haus bebte.

Und Granny M hat eine »kleine Unterredung« mit Mr Green geführt, woraufhin er das Haus verließ und mehrere Stunden lang nicht zurückkam.

Das ist alles meine Schuld.

Daher liege ich heute schon den ganzen Tag im Garten und höre dem unaufhörlichen trostlosen Tropfen des Wassers in den vereisten Gartenteich zu. Und nun ist die Pudeldame erschienen, um mich aus meinen trüben Gedanken zu reißen. Wäre es ein Tag wie jeder andere, würde sie vermutlich ein Spiel vorschlagen. Fangen vielleicht, das spielen wir manchmal, wenn es nicht so kalt ist. Doch heute ist die Sonne hinter dunklen Wolken verborgen, und es sieht so aus, als würde es später noch regnen. Ich bin ohnehin nicht in der Stimmung zu spielen, was für jeden offensichtlich sein muss, so tief, wie ich mein Kinn zwischen den Pfoten vergraben habe.

»Kitty hat mir erzählt, was gestern passiert ist«, fährt Pepper fort, und dabei wackelt ihr puscheliger Haarschopf vor Anteilnahme wild hin und her. »Ich finde das ganz furchtbar, dass du wieder von deiner Schwester getrennt wurdest. Du bist bestimmt am Boden zerstört.«

Ich sage nichts.

Ich bin nicht sicher, ob ich den Ausdruck *am Boden zerstört* benutzen würde, um meinen Zustand zu beschreiben. Beagles sind generell nicht so schnell am Boden zerstört. Aber was soll's, ich bin trotzdem neugierig, was Pepper zu sagen hat.

Kitty springt vom Zaun herab und stolziert über die mit Raureif überzogene Wiese zu uns herüber, um besser hören zu können, was wir besprechen. Ihre Miene drückt großes Unbehagen aus, sie hasst die eisigen Temperaturen.

»Du könntest schon ein bisschen Interesse zeigen, Bertie«, sagt sie. »Wir machen uns Gedanken über dich, und Pepper hat sogar eine Idee, wie wir dir helfen können.«

Am besten, indem ihr mich in Ruhe lasst.

Doch das sage ich nicht. Es scheint ohnehin unwahrscheinlich, dass meine Freunde mich hier weiter einsam und allein meinen Grübeleien überlassen werden. Also setze ich mich seufzend auf. Mein Hintern ist sowieso schon ganz erfroren.

Rico, der sich die ganze Zeit ziemlich schlecht in einem kahlen Busch versteckt hatte, bahnt sich nun einen Weg durch die Zweige und läuft zu seiner Schwester.

»Ja, sie will dir helfen«, pflichtet Rico ihr bei. »Das ist doch eine prima Idee. Schließlich sind wir alle im Klub der Pfoten, vergiss das nicht. Und die Klubmitglieder stehen füreinander ein. Helfen sich gegenseitig.«

Jetzt werde ich neugierig.

»Wie wollt ihr mir denn helfen?«

Pepper hüpft hysterisch auf dem kalten Gras auf und ab, aber das ist ja ohnehin ihr ganz normaler Gemütszustand.

»Natürlich, indem wir deine Schwester finden, Bertina.«

Ich betrachte sie mit schief gelegtem Kopf. Meint sie das ernst?

»Okay, ihr habt mich überzeugt.« Als ich Peppers vor Überraschung weit aufgerissene Augen sehe, füge ich eilig hinzu: »Ich meine, sprich weiter, ich höre dir zu. Und bitte nenn mich Bertie, falls du das irgendwie hinkriegst.«

»Ich dachte, du bist mit Bertina einverstanden?«

»Das war beim letzten Mal. Jetzt bin ich nicht mehr einverstanden.«

»Oh.« Die Pudeldame plagt sich eine Weile mit dieser Information, scheint sich dann aber mit dem Gedanken anzufreunden. »In Ordnung, Bertie. Es ist ja so: Du sitzt hier fest, aber ich nicht. Ich darf spazieren gehen.«

Ich merke, wie ich bei der Erwähnung des Wortes »spazieren« unwillkürlich mit dem Schwanz wedele.

Dann sehe ich, dass Peppers Schwanzpuschel ebenfalls hin und her wackelt.

Wir sind einfach so konditioniert, wir können nicht anders.

Ich hoffe nur, dass die Katzen es nicht bemerkt haben.

»Mir ist noch nicht klar, wie …«

»Ich kann beim Spazierengehen nach Molly Ausschau halten«, erklärt sie mir triumphierend. »Alles, was ich von dir brauche, ist eine gute Beschreibung deiner Schwester … und eine Vorstellung davon, wie sie riecht.«

Kitty starrt uns an. »Wie sie *riecht*?«

»Klar.« Pepper schnüffelt mit der Nase über den Boden, reckt den Schwanzpuschel in die Höhe und läuft in dieser eigentümlichen Haltung stolz vor uns auf und ab. »Ich muss zuerst ihre Duftspur aufnehmen, wie soll ich sie sonst finden?«

Der Gedanke an diese Möglichkeiten versetzt mich mit einem Mal ziemlich in Aufregung.

»Aber warte mal«, sage ich, »nimmt dein Besitzer nicht immer denselben Weg, wenn ihr spa…, ich meine, wenn ihr rausgeht?«

Ich achte darauf, nicht das Reizwort »spazieren« zu benutzen.

Pepper grinst. »Normalerweise schon. Aber er ist nicht festgefahren, sondern ganz leicht zu beeinflussen. Ich muss nur ein wenig stupsen oder an der Leine ziehen, und schon lacht er und sagt: ›Ach so, du willst heute hier lang, Pepper?‹, und folgt mir.«

»Du kannst also jeden Tag einen anderen Weg gehen?«

»Wenn es nötig ist.«

»Und jedes Haus in jeder Straße überprüfen?«

»Genau.«

Rico setzt sich kerzengerade auf und wirkt sehr beeindruckt. »Mit anderen Worten, solltest du einen Beagle in einem der Häuser bellen hören …«

»Oder eine Duftmarke in einem Vorgarten finden …«, fügt Kitty hinzu.

»Oder eine Duftmarke in einem Vorgarten finden«, wiederholt ihr Bruder nickend, »oder noch besser, auf dem Gehweg vor dem Haus, dann wird es Pepper gelingen, sie aufzuspüren.«

Pepper bellt einmal kurz zur Bestätigung.

Ich lasse diese Idee sacken. »Das klingt alles nach einem guten Plan. Aber die Gärten hinter dem Haus muss man auch absuchen.«

Rico blickt überrascht drein.

»Die Frau, die Molly aus dem Tierheim geholt hat«, erkläre ich, »ist so eine, die den Hund im Garten halten könnte. Vielleicht in einem Zwinger. Oder sogar in einem Extraanbau.«

»Wie furchtbar.« Pepper erstarrt vor Schreck. »Ist diese Frau wirklich so böse?«

»Sie sieht zumindest so aus.«

Ich beschreibe den anderen das strenge Auftreten und das verbiesterte Gesicht der Frau, die lieblose Art, wie sie meine Schwester an jenem Tag im Tierheim von mir getrennt hat, ohne dass wir uns voneinander verabschieden konnten, und sie sitzen alle im Kreis um mich herum und hören mir wortlos zu. An Peppers stark schief gelegtem Kopf kann ich erkennen, dass sie erschüttert und bewegt ist. Den Katzen scheint meine Geschichte nicht so nahezugehen. Das liegt vielleicht daran, dass sie die Machtlosigkeit nicht kennen, der wir Hunde durch Halsbänder und Leinen ausgesetzt sind. Und sie wissen auch nicht, wie sehr wir vom Wohlwollen unserer Besitzer abhängen.

»Was schlägst du also vor?«, fragt Pepper mit gekräuselter Nase.

»Ich weiß nicht genau.«

»Mein Besitzer ist zwar recht gutmütig, aber ich glaube, sogar er würde etwas dagegen haben, wenn ich in die Gärten fremder Leute stürme und in den Hundehütten herumschnüffele.«

Ich sehe die Katzen an.

»Du und Rico, ihr könnt doch frei überall herumlaufen«, werfe ich ein.

Kitty betrachtet mich mit undurchdringlichem Blick.

Dann putzt sie sich mit einer angefeuchteten Pfote gründlich hinter dem Ohr. »Ja und?«

»Nun, während Pepper die Vorgärten der Häuser absucht …«

»Können wir die hinteren Gärten überprüfen«, folgert Rico und knabbert gedankenverloren an einem zerdrückten Grashalm. »Hmm, keine schlechte Idee.«

Kitty wendet ihm den Kopf zu und starrt ihn entgeistert an. »Keine schlechte … wie bitte?«

Ihr Bruder zögert kurz, ihr böser Blick hat ihn vermutlich verunsichert. Auch auf mich wirkt er nicht gerade beruhigend. Es ist diese Art Blick, der einen auf der Hut sein lässt. Man würde Kitty jetzt nicht unbedingt arglos den Rücken zuwenden.

Ich beschließe einzuschreiten.

»Ich glaube, was Rico sagen will«, beginne ich und halte dabei gebührenden Abstand zu ihren Pfoten, »ist, dass ihr beide als Katzen einzigartige Fähigkeiten für diese anspruchsvolle Aufgabe besitzt.« Ihre Augen werden ganz schmal, und ihre Krallen blitzen ein wenig hervor, also beeile ich mich, weiter auszuführen. »Ihr wisst schon … Topspionage, Verfolgen von Zielpersonen, Such- und Rettungseinsätze, Fenster im ersten Stock observieren. Alles Katzenkategorien.«

»Hmm«, murmelt Kitty und beäugt mich argwöhnisch.

Meine schmeichelhafte Beschreibung kätzischer Verfolgungstechniken scheint sie zumindest ein wenig besänftigt zu haben. Ihr Schwanz ist jedoch immer noch in Alarmbereitschaft. Bei Katzen kann man sich eben nie sicher sein.

Pepper kommt von der Untersuchung eines alten angeschlagenen Tellers zurück, auf dem Granny M gestern Thunfischreste vom Abendessen für die Katzen hinausgestellt hat. Auf dem Teller ist nichts mehr übrig, was noch abzulecken wäre – ich habe das bereits überprüft –, aber Pepper bereitet es sichtlich Vergnügen, noch ein zweites Mal nachzusehen.

»Also, wann setzen wir den Plan in die Tat um?«, fragt sie aufgeregt. Sie hüpft und wedelt, alle vier Beine und sämtliche Fellpuschel sind in Bewegung. »Ich kann es kaum erwarten.«

Ich überlege. »Wann steht dein nächster Spaziergang an?«

»Erst morgen wieder. Für heute sind wir schon durch.« Sie sieht enttäuscht aus. »Das bedeutet vermutlich, dass die Katzen als Erste mit ihrem Einsatz dran sind.«

Kitty lässt ihre gelben Augen zur Pudeldame wandern. »Na und?«

»Äh …« Pepper beäugt einige Sekunden lang den schlagenden Katzenschwanz, ihre lange Schnauze schwingt synchron im Rhythmus der geschmeidigen Bewegung mit. Dann macht sie einen Rückzieher. »Nun, das ist doch eine gute Idee.« Falsche Antwort. Das Schwanzschlagen wird schneller. »Nein, was sage ich? Es ist eine *hervorragende* Idee. Die beste. Genau so sollten wir es machen. Erst die Katzen, dann die Hunde.«

Kittys Augen blitzen auf. »Hmm«, murmelt sie wieder, aber immerhin hat das Schwanzschlagen ein Ende.

Die Gefahr ist gebannt.

»Also, starten wir heute Abend?«

Rico nickt. »Nach dem Abendessen bleiben wir draußen. Spähen die Gärten aus.« Er sieht seine Schwester an. »Gehen wir zusammen oder getrennt?«

»Wir bleiben zusammen«, beschließt Kitty. Dann hält sie ihre Nase in die Luft, um die nähere Umgebung in alle Richtungen nach Hinweisen auf Küchengerüche abzuschnüffeln. Wir wissen alle, dass man zu dieser Jahreszeit die besten Aussichten auf leckere Überbleibsel hat, denn die Menschen laden sich gegenseitig zum Essen ein und geben Partys. Nach meiner Erfahrung muss zur Weihnachtszeit kein Haustier Hunger leiden. »Wenn wir Essensreste finden, kannst du Wache schieben, während ich sie verspeise.«

»Klare Sache, Schwesterchen«, stimmt Rico zu, folgsam wie immer.

»Ihr sucht also nach einem Beagle, der in etwa so aussieht wie ich«, kläre ich sie auf. Das ist vermutlich unnötig, aber wenn ich bei der Suche nach meiner Schwester schon nicht dabei bin, sollen meine Stellvertreter zumindest genaue Anweisungen erhalten. »Mit dem Unterschied, dass sie ein schlimmes Bein hat.«

»Wenn deine Schwester Molly irgendwo da draußen ist«, sagt Kitty mit kühler Selbstsicherheit, »dann finden wir sie.« Dann lehnt sie sich zurück, reckt ein Hinterbein abenteuerlich weit in die Luft und putzt sich den Hintern. »Vertrau mir.«

Pepper und ich sehen uns verblüfft an.

Katzen.

Plötzlich geht die Tür zum Garten auf, und Sam kommt über die Wiese auf uns zugerannt. Er hat einen Fußball dabei, den er schwungvoll in meine Richtung schießt.

»Hol den Ball, Bertie!«

Ohne weiter nachzudenken, laufe ich dem Ball hinterher, stolpere dabei in der Eile über meine eigenen Pfoten, versuche mich an einem engagierten Kopfball und kicke den Ball versehentlich unter tief hängendes Gestrüpp, woraufhin ich ihn mehrere Minuten lang suchen muss, bevor ich ihn wiederhabe.

Fußball ist nicht mein Ding. Mit einem Tennisball dagegen komme ich super klar.

Zum Glück scheint Sam nicht zu bemerken, wie ungeschickt ich mich anstelle.

»Hallo, Pepper«, sagt er und bückt sich, um den Pudel zu streicheln. Nach dem Streit mit seinem Vater wirkt er jetzt wieder einigermaßen fröhlich. Peppers krauses weißes Fell scheint ihn zu faszinieren, und er muss lachen, als der Haarpuschel an ihrer Schwanzspitze wild hin und her wackelt. »Willst du mit Bertie und mir Fußball spielen?«

Pepper bellt.

Sam holt den Fußball und dribbelt damit auf uns zu.

Ich ducke mich und knurre, wie es sich für einen Angreifer gehört.

Sam lacht, aber sein Gesicht ist gerötet, und aus der Nähe kann ich erkennen, dass seine Augen ein wenig glänzen. Als hätte er wieder geweint.

Ob er noch mal mit seinem Vater gestritten hat?

»Holt den Ball!«, ruft er wieder und schießt ihn mit voller Wucht durch den Garten, damit Pepper und ich hinterherjagen können. Der Ball prallt an eine alte moosbewachsene Steinfigur, die hinten bei den Bäumen steht, und Sam jubelt: »Tor!«

Von den Katzen ist weit und breit nichts zu sehen.

Vermutlich begeistern sie sich nicht allzu sehr für Ballspiele.

Meine Stimmung ist jetzt viel besser als am Morgen. Da war ich richtig unglücklich über den von Mr Green angeordneten Hausarrest und überzeugt davon, Molly nie wiederzusehen. Aber nun, dank Pepper und den Katzen, haben wir einen Plan, wie wir sie finden können. Und das ist nicht nur Wunschdenken und Träumerei, es ist ein Plan mit einer realistischen Aussicht auf Erfolg.

Vorausgesetzt, dass Molly tatsächlich irgendwo hier in der Gegend lebt.

Ich schiebe das nagende Gefühl der Unsicherheit beiseite.

Heute ist kein Tag für Pessimismus.

Heute ist ein Tag der Hoffnung!

Sam hat nach einer kleinen Balgerei mit Pepper, die das Konzept des Fangens und Loslassens nicht ganz verstanden hat, den Ball wiedergewonnen und dribbelt ihn nun zwischen den Bäumen hindurch. Wir sprinten los, dem kalten, nassen Ball immer dicht auf den Fersen, und jedes Mal, wenn Sam ihn weiter vorwärtsschießt, jagen wir hinterher.

»Tor!«, ruft er wieder in freudiger Vorwegnahme und reißt seine Arme siegesgewiss in die Höhe, ehe er dem Ball einen weiteren kräftigen Stoß versetzt, worauf dieser weit und hoch durch die Luft auf das Haus zufliegt.

Viel zu hoch, viel zu weit.

Und da kracht es auch schon gewaltig.

»Ups«, ruft Pepper und bremst ihre Verfolgungsjagd ab.

Sam starrt dem Ball nach und zieht scharf die Luft ein.

Ich halte inne und blicke ihn an. Dann sehe ich, wo der Ball gelandet ist. Oh, das ist nicht gut. Er ist in eines von Granny Ms Frühbeeten auf der Terrasse eingeschlagen und hat das Glas zersplittert. Von dort ist er zur Terrasse gerollt und vor der Tür zur Küche liegen geblieben. Es kann also kein Zweifel darüber bestehen, was passiert ist.

Die Tür geht mit Schwung auf.

Granny M kommt in ihren Pantoffeln aus dem Haus, sie starrt erst den Fußball, dann mich, Sam und Pepper an. Wir sind alle vor Schreck wie versteinert. Dann wendet sie sich dem Frühbeet zu und untersucht den Schaden.

»Oh, Sam«, murmelt sie und schüttelt den Kopf.

Sam erwidert nichts.

»Komm mal bitte her«, sagt sie bestimmt und sieht ihn an.

Sein Gesicht verzieht sich, ehe er Richtung der Bäume am Ende des Gartens davonrennt.

Ich weiß nicht, was ich tun soll: Sam folgen oder auf Granny Margaret warten. Sie sieht in letzter Zeit ziemlich angeschlagen aus, stelle ich fest. Vielleicht bekommt sie nicht genug Schlaf.

Ich habe sie nachts wieder gehört, wie sie oben herumwandert. Manchmal kommt sie auch runter in die Küche, wenn sie nicht schlafen kann, und sitzt bis in die frühen Morgenstunden neben mir und liest oder starrt vor sich hin. Es ist offensichtlich, dass die alte Dame nicht glücklich ist. Aber so fest ich auch mit dem Schwanz wedele, während ich in den langen dunklen Stunden der Nacht neben ihr liege, ich kann sie doch nicht aufheitern.

»Äh, ich geh dann mal lieber…«, fiept Pepper leise und schleicht davon, um sich durch die Lücke im Zaun zu zwängen und dann in Richtung ihres eigenen Hauses zu verschwinden.

Das war's dann also mit dem Zusammenhalt, denke ich nüchtern, während ich der weißen Silhouette der Pudeldame auf der anderen Seite des Zauns hinterhersehe.

Granny Margaret blickt sorgenvoll drein. »Sam«, ruft sie mehrmals mit erhobener Stimme hinter ihm her, doch ich sehe ihr an, dass sie nicht hinter ihm herlaufen wird.

Sie sieht seufzend zu mir herab.

»Hol ihn zurück, Bertie«, sagt sie sanft. »Braver Hund.«

Ich belle einmal kurz und trabe dann los über die Wiese, um Sam zu suchen, meine Nase dicht am Boden. Ich muss ihn eigentlich gar nicht erschnüffeln, denn ich habe gesehen, in welche Richtung er gelaufen ist. Außerdem weiß ich genau, wo er sich versteckt, wenn er vor den Erwachsenen wegläuft. Er klettert dann immer auf die große Platane und verbirgt sich in den unteren Ästen. Mit dem Rücken eng am Stamm, sodass ihn vom Haus aus niemand sehen kann. Sein Vater verbietet ihm, auf die Bäume im Garten zu klettern, aus Angst, er könne herunterfallen und sich wehtun. Aber Sam hört nie auf ihn.

Und tatsächlich sitzt er auch jetzt wieder in der Platane, verdeckt von den Ästen.

Schwanzwedelnd setze ich mich darunter. Als er nicht zu mir heruntersieht, verlege ich mich aufs Winseln, um schließlich energisch zu bellen.

»Geh weg, Bertie«, befiehlt er mit erstickter Stimme.

Es ist klar, dass er weint.

Mit den Vorderpfoten springe ich am Stamm hoch und belle noch lauter.

»Ich will nicht spielen«, erklärt er mir schniefend. »Geh zurück zu Granny M, wie ich dir gesagt habe. Ich habe keine Lust.«

Doch ich ignoriere seine Worte und belle weiter.

Schließlich beugt er sich nach vorn und sieht mich hinter seinem vorgehaltenen Ärmel aus rot geweinten Augen an. Sein Gesicht ist nass vor Tränen. »Ach, Bertie!«

Ich setze mich wieder hin und wedele noch stärker mit dem Schwanz.

Sam lacht zögerlich und lässt sich dann langsam aus

den Zweigen herabgleiten. Er kniet sich neben mich hin und streichelt meinen Kopf. »Ist sie sehr böse auf mich? Bestimmt. Sie hat gerade erst die Frühbeete geputzt, und jetzt habe ich eins zerbrochen.« Er schnieft wieder und wischt sich mit dem Ärmel übers Gesicht. »Ich habe das Splittern gehört.«

Ich lege meinen Kopf in seine Hand.

»Dad wird mich deswegen schrecklich schimpfen. Ich bin ganz sicher.« Er schließt die Augen. »Ich wollte den Ball nicht so fest schießen. Jetzt habe ich wieder alles kaputt gemacht.«

Ich blicke zu ihm hoch, und er setzt sich neben mich, den Rücken an den Baumstamm gelehnt. »Und es ist bald Weihnachten. Das soll ja die schönste Zeit des Jahres sein. Jeder ist glücklich, weißt du. Überall gibt es Geschenke und Weihnachtsgebäck und leckeres Essen.«

Ich belle teilnahmsvoll.

Er streichelt meine Ohren. »Du magst Gebäck, stimmt's?« Er seufzt. »Manchmal wäre ich gern ein Hund, Bertie. Das Leben wäre dann viel einfacher.«

Einfacher?

Ich muss an Molly denken, und daran, wie einsam ich ohne sie bin. Noch immer fühle ich mich verantwortlich dafür, dass wir überhaupt ins Tierheim gebracht wurden. Das Schwanzwedeln fällt mir jetzt schwerer.

Sam kann nicht verstehen, wie es ist, ein Hund zu sein, denke ich ein bisschen wehmütig. Wir können uns nicht durch Sprache ausdrücken und uns durchsetzen, haben keine Möglichkeit mitzuteilen, wenn wir traurig sind. Doch leise hechelnd schmiege ich mich an seinen kleinen warmen Körper und bin für ihn da. Sam ist schließlich noch jung. Ein Welpe sozusagen. Deswegen hat Granny

M mich auch in den Garten geschickt, um ihn zu suchen, da bin ich mir sicher. Damit er nicht so allein ist, wenn es ihm nicht gut geht.

»Ich vermisse Mum«, sagt er plötzlich und wischt sich wieder mit dem Ärmel über das Gesicht. Dann schluchzt er: »Ich vermisse dich so, Mummy. So sehr. Warum musstest du weggehen?« Er weint jetzt. »Bitte komm zurück. Bitte, bitte …«

Auf einmal höre ich Zweige knacken und blicke mich um. Granny M ist hinter uns hergelaufen und steht nun direkt neben dem Baum. Auch ihr steht die Traurigkeit tief ins Gesicht geschrieben. Sie hat sich einen dicken Schal gegen die Kälte umgelegt, und aus ihren am Hinterkopf hochgesteckten Haaren haben sich einzelne weiße Strähnen gelöst, die sich nun sanft um ihren Hals legen.

»Mein Liebling«, sagt sie mit zitternder Stimme und breitet lächelnd die Arme aus. »Komm her. Es ist nicht schlimm, dass das Frühbeet kaputt ist. Das lässt sich alles wieder reparieren.«

Sam rappelt sich hoch und sagt dann schuldbewusst: »Es tut mir leid.«

»Es war ein Missgeschick«, bekräftigt Granny M und geht einen weiteren Schritt auf ihn zu. »Wirklich, Sam, ich bin dir nicht böse. Aber du hast einen kräftigen Schuss, das muss ich schon sagen.« Sie lächelt jetzt ein wenig schief. »Und dass du deine Mum gerade jetzt zur Weihnachtszeit ganz besonders vermisst, ist normal.«

Zustimmend blicke ich zu Sam auf. Ihre aufmunternden Worte trösten ihn sicher.

Doch sie scheinen die gegenteilige Wirkung zu haben.

»Nein, ich … ich vermisse Mum nicht«, behauptet er stammelnd. Er reibt sich die Augen und stapft dann an ihr vorbei. »Lass mich einfach allein. Ich will allein sein«, ruft er unwirsch und rennt zurück zum Haus. »Du verstehst das nicht. Keiner versteht mich.«

Ich laufe ein Stück hinter ihm her, verwirrt und unsicher, doch er verschwindet bereits im Haus. Ratlos blicke ich mich nach Granny M um.

Zuerst steht sie reglos da, auf den eisigen Boden starrend. Dann folgt sie langsam und mit schmerzerfülltem Blick ihrem Enkel ins Haus.

Schließlich wendet sie sich mir zu und sagt: »Weißt du, er war früher so ein lieber Junge … bevor Jenny gestorben ist. Er hat immer viel gelacht und war für jeden Scherz zu haben, hatte keinerlei Sorgen. Ich wünschte, ich könnte ihn wieder so glücklich machen.« Sie bückt sich seufzend, um meine Ohren zu kraulen. »Du bist ein braver Hund, Bertie. Und ich weiß, dass du dein Bestes getan hast.«

Granny M schüttelt den Kopf, ehe sie sich aufrichtet. Noch immer traurig blickt sie zum Haus. Die Tür zum Garten steht weit offen. Die Lichterkette am Küchenfenster blinkt in gleichmäßigem Rhythmus. Weihnachtslieder dringen nach draußen in die kalte Luft, doch niemand hört zu.

»Aber was dieser Junge wirklich braucht, ist seine Mutter. Und nichts auf der Welt kann sie ihm zurückbringen.«

16

Am nächsten Morgen erscheinen die Katzen an der hinteren Tür, aber zu meiner großen Enttäuschung bringen sie von ihrem nächtlichen Streifzug keinerlei Neuigkeiten mit.

»Wir haben unseren ganzen Straßenzug und auch den nächsten abgesucht«, berichtet mir Rico erschöpft, nachdem Granny M ihn und Kitty hereingelassen hat und er eine halbe Untertasse Milch aufgeschleckt hat. »Wir haben die ganze Nacht nach einer Spur von Molly gefahndet.« Er seufzt. »Aber nichts gefunden.«

Ich nicke. »Aber trotzdem danke, dass ihr es versucht habt.«

Kitty rollt sich, ohne auch nur ein Wort mit mir zu wechseln, in einer Ecke neben dem Ofen zusammen und schläft sofort ein.

Rico verzieht entschuldigend das Gesicht, bevor er sich zu seiner Schwester gesellt. »Tut mir echt leid.«

Die beiden Katzen haben sicher getan, was sie konnten. Und ich bin ihnen dankbar für ihren Einsatz. Doch es fällt mir schwer, meine Enttäuschung zu verbergen. Ich hatte auf deutlich bessere Nachrichten gehofft. Vielleicht sogar, dass sie Mollys Haus gefunden hatten.

Stattdessen bin ich genauso weit wie gestern.

Nämlich immer noch am Anfang.

Und so gelingt mir kaum mehr als ein müdes Schwanzwedeln, als Mr Green urplötzlich beschließt, dass wir zum

Angeln an den Fluss gehen. »Nicht zum Kanal«, erzählt er triumphierend am Frühstückstisch, »sondern zum Fluss. Das ist etwas ganz anderes.«

»Es ist eiskalt draußen«, protestiert Sam.

»Unsinn, das Wetter ist großartig. Und außerdem wird dir ganz schnell warm, wenn wir erst am Fluss sind und die Angelruten auswerfen. Es geht doch nichts über einen Angelausflug zu Weihnachten, um ein bisschen Energie zu tanken.« Er klopft seinem Sohn aufmunternd auf die Schulter. »Komm, Junge, auf zum Angeln. Das ist eine alte Tradition: Der Mensch im Kampf gegen den Fisch. Der Mensch im Kampf gegen die Elemente.«

»Aber ich werde mich erkälten, wenn ich den ganzen Tag am Fluss herumstehe.« Er sieht seine Großmutter an, die in die Küche gekommen ist, um die Unterhaltung mitzuhören. Sie trägt ihre Schürze und gelbe Gummihandschuhe. »Stimmt's, Granny?«

Granny M beißt sich auf die Lippen, weil sie sich ganz offensichtlich nicht zwischen Vater und Sohn stellen will. Doch Sams flehentlicher Blick lässt sie nicht ungerührt.

»Es ist tatsächlich ziemlich kalt heute, John.«

»Dann kann Sam schnell nach oben laufen und einen zweiten Pulli holen, während ich die Angelruten suche«, bestimmt Mr Green und nickt seinem Sohn zu. »Ab mit dir. Und nimm Mütze und Schal mit. Auf zum Angeln.« Als Sam ihn nur stumm anblickt, fügt er hinzu: »Du hattest doch viel Spaß beim letzten Mal, als … als deine Mutter und ich mit dir zum Angeln gegangen sind. Da warst du ungefähr sieben. Erinnerst du dich?«

Sam zuckt mit den Schultern und stapft dann freudlos aus der Küche. »Ich hole einen zweiten Pulli.«

Sein Vater schließt für einen kurzen Moment die

Augen. »Es ist so schwierig mit Sam im Moment. Man kann ihm einfach nichts recht machen.« Dann bemerkt er plötzlich die Gummihandschuhe an Granny Ms Händen. »Was wird das denn?«

»Ich habe die Gästetoilette geputzt. Vielleicht bekommen wir Besuch über Weihnachten, man weiß ja nie. Ich mag es, wenn alles sauber und ordentlich ist.«

»Kann ich dabei helfen?«

»Ach, es macht mir nichts aus. Außerdem lenkt mich die Arbeit ab …« Sie hält inne und sieht ihn verunsichert an.

»Von was denn?«

»Ich mache mir Sorgen um Sam«, gibt sie schließlich zu. »Er kommt mir so verletzlich vor, jetzt da Weihnachten vor der Tür steht. Um diese Zeit ist es immer besonders schlimm für ihn, dass … sei bitte nicht zu streng mit ihm, in Ordnung? Und versuch, nicht mit ihm zu streiten.«

»Wenn er sich ordentlich benimmt, gibt es auch keinen Anlass zu streiten.«

Granny Ms Brauen ziehen sich zusammen. »John«, beginnt sie und legt ihm ihre Hand auf den Arm. Als sie sein Schweigen bemerkt, fährt sie nicht weiter fort. Nach einem Augenblick zwingt sie sich zu einem Lächeln und sagt: »Habt einen schönen Tag.«

»Möchtest du auch mitkommen?«

Überrascht reißt sie die Augen auf. »So kurz vor Weihnachten? Ich habe viel zu viel zu tun, tut mir leid.« Sie verschwindet geschäftig in der Gästetoilette und fügt hinzu: »Außerdem bin ich dieses Jahr für das Weihnachtsessen der Obdachlosen verantwortlich. Und wenn ich mit dem Putzen fertig bin, muss ich noch ein weiteres Blech Mince Pies backen.«

»Wegen mir musst du die nicht backen«, ruft ihr Mr Green hinterher und klopft sich verlegen auf seinen leicht gewölbten Bauch. »Ich hatte schon viel zu viele Mince Pies.«

Aber sie ist bereits verschwunden.

Er blickt zu mir herunter. »Schaffst du noch ein weiteres Blech Mince Pies, Bertie?«

Ich wedele mit dem Schwanz.

»Hab ich mir's doch gedacht, du Leckermaul.« Er beginnt, im Abstellraum unter der Treppe nach seinen Angeln zu wühlen, während ich weiter hoffnungsfroh hinter ihm herumstehe. Doch er bemerkt mich nicht, und so lasse ich ein kurzes Bellen los. Sein Kopf blickt hinter einem Gewirr aus Wischmopps, Besenstielen und Staubsaugern hervor, dann muss er grinsen. »Okay, okay, du kannst auch mitkommen, Bertie. Aber du musst still sitzen und darfst nicht die Fische verjagen.«

Ich belle ein paarmal begeistert und drehe mich kurz um meine eigene Achse, wobei ich den Teppich im Flur in Unordnung bringe.

Mr Green, der jetzt mit dem gefundenen Angelgerät unter der Treppe hervorkommt, blickt amüsiert von mir zu dem aufgewühlten Teppich. »Ist das deine Vorstellung vom Stillsitzen?«

Ich grinse, und als er sich umdreht, setze ich mich ihm direkt in den Weg, sodass er über mich stolpert, ihm die Angel aus der Hand fällt und er sich fast mit dem Kopf am Garderobenständer stößt.

»Bertie«, brüllt er mit einer Stimme, die eine schlimme Bestrafung ankündigt.

Ups.

Ich stürme die Treppen hinauf und bahne mir einen

Weg in Sams Zimmer. Er zieht sich gerade einen zweiten Pullover über den Kopf. »Was ist denn los?«, sagt er.

Ich springe auf sein schmales Bett und krieche unter die Bettdecke, verstecke mich zwischen den zerknitterten Bettlaken. Mein ganzer Körper bebt, den Schwanz habe ich zwischen die Hinterbeine geklemmt.

Im nächsten Augenblick wird die Decke auch schon weggezogen. Sam starrt mich verwundert an. »Hast du wieder etwas angestellt, Bertie?«

Ich lege den Kopf schief und blicke ihn mit meinem »gewinnenden Lächeln« an – so hat es Molly immer genannt.

Sam lacht. »Du bist ein dummer Hund. Aber ich bin froh, dass ich nicht der Einzige bin, der immer Ärger mit Dad bekommt.«

Ich rolle mich auf den Rücken, strecke alle vier Pfoten in die Luft, und Sam kitzelt mich.

Aaah, das ist herrlich!

»Jetzt beeil dich doch mal, Sam, Menschenskinder!«, tönt plötzlich Mr Greens Stimme nach oben und lässt Sam aufspringen. »Und bring Bertie mit nach unten. Der verrückte Hund hat mich gerade beinahe k.o. geschlagen. Und eigentlich sollte er ja Hausarrest haben, aber wir nehmen ihn trotzdem besser mit zum Fluss. Wenn wir ihn zu Hause lassen, läuft er nur Granny M ständig zwischen den Füßen herum und geht ihr auf die Nerven.«

Erfreut lausche ich seinen Worten.

»Und dein iPad bleibt auch zu Hause«, fügt sein Vater hinzu. »Heute gibt es nur dich, mich und die Fische. Alles klar?«

»Ja, Dad«, ruft Sam ergeben, zieht dann eine Grimasse und murmelt mir zu: »Schade, dass du ihn nicht wirklich k.o. geschlagen hast.«

Er zieht sich den Pullover fertig über und durchwühlt dann seine Schublade nach einer passenden Mütze und einem Schal. Vorfreudig sehe ich ihm dabei zu. Sam ist zwar noch ein relativ kleiner Junge, aber mit den zwei Pullovern sieht er breit und massig aus. Besonders um die Hüften. Als hätte er allein die ganzen Pies verspeist.

»Bertie, ich schwöre dir, eines Tages …«

Sam zieht aus der untersten Schublade eine Taschenlampe hervor, knipst sie an und blickt direkt in den Lichtstrahl. Dann schaltet er sie wieder aus und steckt sie zurück unter seine Klamotten.

»Ich muss immer an den Tag denken, als Mum und Dad mich zum Angeln mit an den Fluss genommen haben. Da steht dieser riesige Baum. Eine alte Eiche, deren Baumstamm hohl ist. Dort haben sich Mum und Dad zum ersten Mal geküsst, das haben sie mir erzählt. Wir hatten so viel Spaß an dem Tag, Mum hat die ganze Zeit gelacht und …«

Er bricht ab, und ein trauriger Blick huscht über sein Gesicht.

Ich setze mich auf und sehe ihn mitfühlend an.

»Es war meine Schuld«, sagt er mit erstickter Stimme. »Granny sagt, das stimmt nicht, aber ich weiß es besser. Ich war dabei und sie nicht. Wenn Mum nicht so erschöpft gewesen wäre, weil sie mir an jenem Tag beim Fußball zugesehen hat, hätte sie mehr Kraft gehabt. Genug Kraft, um den Krebs zu besiegen.«

Ich fiepe leise, weil ich ahne, dass der Junge etwas missverstanden hat.

Er nimmt eine Mütze und einen Schal aus der Schublade und fügt dann ein wenig rätselhaft hinzu: »Ich mag es nicht, Granny Sorgen zu bereiten. Sie ist alt, und alte Menschen machen sich schnell Sorgen. Sie regt sich so leicht auf, verstehst du? Und ich will nicht, dass sie sich sorgt.« Er stößt einen tiefen Seufzer aus und schließt die Schublade mit Schwung. »Nicht um mich.«

Sams Worte versetzen mich in Unruhe. Irgendetwas scheint ganz und gar nicht in Ordnung zu sein. Und ich weiß nicht, wie ich ihn aufmuntern soll. Also folge ich ihm einfach die Treppe hinunter und hinaus zum Auto, darum bemüht, schwanzwedelnd Optimismus zu verbreiten. Der Himmel sieht jetzt noch kälter und grauer aus als zuvor, und in mir macht sich ein unangenehmes Gefühl breit. Vielleicht liegt mir aber auch nur das Frühstück im Magen. Ich habe es heute früh ziemlich eilig hinuntergeschlungen, meinen ganzen Kopf in der Schüssel vergraben, denn ständig sind die Katzen um mich herumgeschlichen.

Ich mag es nicht, Granny Sorgen zu bereiten.

Wodurch Sorgen bereiten? Ich suche Sams Miene nach Hinweisen ab, kann mir aber nicht vorstellen, an welch schlimme Tat er wohl denkt. So wie er darüber gesprochen hat, kann ich bloß vermuten, dass es etwas ist, das Granny M wirklich sehr unglücklich machen würde.

Ganz zu schweigen von seinem Vater.

Der Fluss ist nicht allzu weit vom Haus entfernt, wie sich herausstellt. Man muss hinter dem Stadtzentrum nur ein paarmal abbiegen und eine kurze Landstraße an Bauernhöfen und einsam gelegenen Häusern entlangfahren. Zu Fuß hätten wir etwa eine Stunde gebraucht. Aber vermutlich hat Mr Green beschlossen, dass es zu kalt ist, um so weit zu laufen. Oder dass die Angeln zu schwer sind, um sie so weit zu tragen. Oder er war einfach zu faul, um weiter darüber nachzudenken.

Ich für meinen Teil liebe lange Spaziergänge.

Solange sich jemand findet, der mich trägt, wenn meine Beine irgendwann wehtun.

»Da sind wir. Erinnerst du dich?« Mr Green parkt das Auto auf einem gekiesten Weg unweit des Flusses. Ich kann das Wasser durch das dünne gebogene Schilfrohr neben dem Ufer sehen. »Sam, du kannst den Eimer mit den Ködern tragen. Der ist nicht allzu schwer. Ich nehme die Angelruten und die Haken. Und die Thermosflasche.«

Es sitzen ein paar andere Angler am Ufer, warm eingepackt und die Angelruten aufs Wasser hin ausgerichtet.

»Wo sollen wir sitzen?«, fragt Sam und klingt schon unglücklich, bevor es überhaupt losgeht.

Mr Green zeigt durch das Fenster die Richtung an und stellt dann den Motor ab. Die Sonne ist jetzt hervorgekommen, aber es weht immer noch ein kalter Wind, zuweilen sogar mit starken Böen. Ein typischer Wintertag.

Mir macht das Wetter nichts aus. Ich laufe wild und aufgeregt auf dem Rücksitz hin und her. Das wird ein Spaß!

Ein Riesenspaß!

Auf dem Fluss schwimmen Enten.

Drei trübe dreinblickende Enten und ein Schwan, um genau zu sein.

Sobald die Autotür aufgeht, springe ich raus, laufe am Flussufer auf und ab und belle die Wildvögel an.

»Ich werde euch fressen, ich werde euch fressen«, schreie ich den Enten zu, die eilig den Fluss hinabpaddeln und nun nicht nur trübe, sondern auch noch zu Tode erschrocken dreinblicken. Ich belle den Schwan an, er zischt und breitet seine Flügel aus. »Und dich auch – vielleicht.«

»Sei still«, befiehlt Mr Green und wirft mir einen Gummistiefel an den Kopf.

Ich lasse ein Kläffen los und setze mich einen Moment lang mit drehendem Kopf und einem Klingeln in den Ohren ab.

Das war aber nicht sehr nett.

»Ich habe ja geahnt, dass er das tun würde«, murmelt Mr Green und kommt zu mir gehumpelt, um seinen Stiefel zurückzuholen. Er blickt mich verärgert an, als er sich bückt, um den Stiefel aufzuheben. »Tut mir leid, dass ich dir einen Schreck versetzt habe. Aber du darfst nicht bellen, Bertie.«

»Dad!«

Mr Green, der nun hüpfend versucht, seinen Gummistiefel wieder anzuziehen, wirft Sam einen Blick zu und zuckt dann mit den Schultern. »Erste Anglerregel, mein Sohn. Keine bellenden Hunde. Die Fische hören das Bellen und schwimmen davon. So fangen wir nie etwas.«

Sam bückt sich, um mich an den Ohren zu kraulen. »Tut mir leid, Bertie. Es ist vermutlich das Beste, wenn du ab jetzt still bist. Ich weiß nicht, ob du es bemerkt hast, aber Dad ist vom Angeln ziemlich besessen.«

Ich nehme Sams Worte stumm zur Kenntnis und sitze ganz still.

Dann werfe ich Mr Green einen Blick zu.

Es ist ein langer, finsterer Blick.

Mr Green holt die Angeln aus dem Kofferraum, klemmt sich einen Klappstuhl unter den Arm und drückt Sam den Eimer mit den Ködern in die Hand. Als er das Auto abschließt, bemerkt er meinen Blick und seufzt.

»Okay, es tut mir leid«, sagt er. »Es tut mir leid, dass ich dir einen Stiefel an den Kopf geworfen habe. Wirklich, Bertie. Aber du musst lernen, dass Fische scheu sind. Und was sie wirklich nicht mögen, ist Bellen.« Er hält inne und ergänzt dann, um mich wieder froh zu stimmen: »Ich habe Kekse dabei.«

Ich überlege noch eine Weile und beschließe dann, ihm zu vergeben. Immerhin erscheint am unmittelbaren Horizont die Aussicht auf Kekse.

Ich laufe mit hocherhobener Schnauze auf ihn zu, um zu erschnüffeln, in welcher Jackentasche sich die versprochenen Kekse befinden, und er bückt sich, um mir den Hintern zu tätscheln, wobei er die Angelruten beinahe erneut fallen lässt.

Er sagt: »Braver Hund.« Doch als ihm die Angelruten nun doch entgleiten, entfährt ihm ein Fluch, worauf er sich sofort bei Sam entschuldigt, der gerade voller Wehmut auf das Ufer blickt. »Tut mir leid, das ist mir rausgerutscht.«

Sam dreht sich grinsend zu ihm um: »Ist schon okay, Dad. Ich habe in der Schule schon Schlimmeres gehört.«

»Wirklich?«

»Einige der Jungs fluchen ziemlich oft.«

»Ich hoffe, es sind nicht deine Freunde.«

Er zieht eine Grimasse. »Ich habe dir doch gesagt, dass ich keine Freunde habe.«

Mr Green kämpft mit den verhedderten Angelruten. »Gar keine? Und was ist mit dem netten Mädchen, mit dem du dich letzten Monat nach dem Schachklub unterhalten hast?«

»Harriet?« Sams Stimme gerät zu einem Quieken, so peinlich ist ihm die Frage. »Nein, nein, die ist einfach nur … in meiner Klasse.« Er stürzt nach vorn, als seinem Vater eine der Angeln erneut zu Boden fällt. »Warum lässt du mich nicht eine tragen?« Er nimmt ihm nun eine der Angeln ab und muss grinsen, als Mr Green wieder leise vor sich hin flucht. »Also, wo sollen wir aufbauen?«

In diesem Augenblick ziemlich mit mir und der Welt zufrieden folge ich ihnen ans Wasser und sehe dabei zu, wie Vater und Sohn den besten Angelplatz am Ufer auskundschaften. Vielleicht weiß Mr Green ja doch, was er tut. Heute Morgen war Sam noch sehr niedergeschlagen wegen meines Hausarrests, des kaputten Frühbeets seiner Großmutter und weil sein Vater generell sehr schlechte Laune hatte. Außerdem scheint ihn die Erinnerung an seine Mutter zurzeit deutlich stärker einzuholen als sonst. Sam glaubt ganz offensichtlich immer noch, dass er an ihrem Tod schuld ist, und diese Bürde lastet schwer auf seinen Schultern.

Jetzt dagegen läuft er lachend und voller Energie am Ufer entlang, zeigt seinem Vater ebene Plätze, wo sich gut der Klappstuhl aufstellen lässt, oder weist ihn auf tiefere Stellen im Wasser hin, abseits der Strömung, in denen sich viele Fische tummeln könnten.

Vielleicht wendet sich dieses Weihnachten für ihn endlich alles zum Guten.

Ich wünsche mir so, dass Sam wieder glücklich ist. Ich wünsche mir, dass die ganze Familie Green wieder glücklich ist. Wenn Menschen Tag für Tag unglücklich sind, entsteht um sie herum so eine düstere Atmosphäre. Alles fühlt sich dunkel, kalt und trostlos an, und der Versuch, das Glück wieder einzufangen, kommt einem so … sinnlos vor. Ich weiß nicht, wie ich die Atmosphäre beschreiben soll, am ehesten erinnert sie mich an einen Geruch. Allerdings ist es ein übler Geruch, kein interessanter. Ein Geruch, der einem sagt: »Halt dich bloß fern.« Wie der Geruch im Wartezimmer vom Tierarzt. Nach Angst und Schweißpfoten. Diese Art Geruch.

Doch hin und wieder kommt auch die Sonne zum Vorschein, und ein Lächeln tritt auf die Gesichter der Familie Green.

Wir laufen eine Weile gemeinsam am Flussufer entlang, bewundern den Wasserlauf und halten nach einer guten Stelle für den Klappstuhl Ausschau.

»Sieh mal!«, ruft Sam aus und zeigt auf einen großen Baum, der einige Meter vom Ufer zurückversetzt steht. »Mums Lieblingseiche. Die mit dem ausgehöhlten Stamm. Mum hat mich einmal da hineingesetzt, damit ich vor dem Regen geschützt bin.«

Mr Green bleibt stehen und betrachtet den riesigen knorrigen, von Efeu überzogenen Baumstamm. Dann nickt er. »Das stimmt, Sam. Du hast dich richtig erinnert.«

»Mum hat gesagt, dass ihr beide euch dort …« Sam blickt peinlich berührt zu Boden.

»Zum ersten Mal geküsst habt.« Mr Green muss jetzt doch lächeln. »Das ist so unendlich lange her. Da standest du noch als Quark im Schaufenster.«

»Ich war ganz sicher niemals Quark in irgendeinem Schaufenster, Dad«, protestiert Sam aus tiefster Überzeugung, als er den Baumstamm hochklettert, um in die Aushöhlung, die sich zwischen den untersten Ästen verbirgt, zu spähen. Sie sieht wirklich aus wie ein gemütliches regengeschütztes Plätzchen, denke ich und beobachte voller Stolz, wie Sam mühelos wieder hinunterhüpft.

Mein Mensch ist ein sehr guter Kletterer!

»O doch, das warst du«, entgegnet sein Vater grinsend. »Glaub mir, ich erinnere mich gut daran.«

»War ich nicht.« Sam boxt ihn scherzend in den Arm.

Mr Green lässt daraufhin eine Angelrute über Sams Kopf schweben. »Doch, warst du«, beharrt er. »Nun aber los, wo soll unser Angelplatz sein?«

Mr Green geht voran, und Sam bleibt noch einmal stehen, um mit einer Hand sehnsuchtsvoll über den rauen Baumstamm zu streichen. Dann dreht er sich zu mir um. »Ich wünschte, du hättest meine Mum gekannt, Bertie. Sie war wunderbar. Und sie hat diesen Platz hier geliebt. Also liebe ich ihn auch.« Er lächelt. »Zumindest ist das der Ort, an dem ich am glücklichsten war.«

Mit einem Schwanzwedeln drücke ich ihm mal wieder mein Verständnis aus.

Schließlich einigen sich Sam und Mr Green auf eine geeignete Stelle für den Klappstuhl und beginnen damit, ihre Angelhaken mit Würmern zu bestücken. Ich spähe in den Eimer und bin fasziniert von den sich windenden kleinen Tierchen. Doch Mr Green sagt »Bertie« in seinem speziell warnenden Tonfall, sodass ich mich sofort wieder abwende. Stattdessen krieche ich ein paarmal unter dem Klappstuhl hin und her, um ein Gespür für das Gras hier zu kriegen. Der Boden ist kalt und feucht, doch der Fluss riecht interessant, außerdem wittere ich Hasen. Ihr Geruch ist unverkennbar.

Ich mag Hasen. Diese kleinen weißen Fellbüschel, die in Höchstgeschwindigkeit über die Wiese flitzen. Sie laden einen ja richtiggehend dazu ein, ihnen hinterherzujagen.

Doch heute gibt es keine Hasenjagd, ermahne ich mich streng.

Mit dem Bellen bin ich ja vorhin noch mal davongekommen. Es ist mir einfach so herausgerutscht, und es war ein Fehler. Ich denke, meine Menschen haben das verstanden. Aber ich glaube nicht, dass Mr Green sehr erfreut wäre, wenn ich die Uferböschung auf und ab rasen würde, und ich möchte ihn nicht noch mal verärgern.

Obwohl es mich in den Pfoten juckt.

Mr Green lässt sich unter einigem Knarzen und Quietschen im Klappstuhl nieder. Sam breitet daneben eine grobe Wolldecke auf dem Boden aus und setzt sich im Schneidersitz darauf. Ich rolle mich unter dem Klappstuhl zusammen und starre auf das Wasser, das an uns vorbeifließt. Wir sitzen schweigend da und warten darauf, dass die Fische anbeißen. Wie sich herausstellt, zieht sich das Warten ziemlich in die Länge – viele sterbenslangweilige Stunden verstreichen. Ich nicke ein und träume von Hasen, die ich stundenlang durch hohes Gras jage.

Als ich aufwache, hat sich ringsum nicht das Geringste verändert – mit Ausnahme meiner Beine, die kalt und steif geworden sind.

Ich recke ächzend meine Glieder unter dem Klappstuhl.

»Vielleicht ist es ihnen heute zu kalt«, meint Mr Green in diesem Augenblick.

Sam seufzt und stochert mit einem Stöckchen im Eimer mit den Würmern herum. »Es hat schon ewig keiner angebissen. Sollen wir mehr Köder auswerfen?«

»Noch nicht, wir wollen es nicht übertreiben.« Mr Green schraubt den Deckel der Thermoflasche ab und gießt jedem eine Tasse mit Granny Ms hausgemachter Tomatensuppe ein. »Hier, Sam. Das wird dich aufwärmen.«

Sam ist begeistert. »Meine Lieblingssuppe«, jauchzt er und saugt gierig ihr Aroma ein.

Ich schnuppere auch, bin aber nicht sicher, ob mir der Geruch der Tomatensuppe zusagt. Gegen eine kleine Mahlzeit hätte ich aber nichts einzuwenden. Haseneintopf wäre mir jetzt das Liebste, denke ich wehmütig.

Hat Mr Green nicht etwas von Keksen gesagt?

Unter dem Vorwand, meine Pfoten auszustrecken,

stupse ich sein Bein an und lasse ein vielsagendes Winseln erklingen.

Sam blickt zu mir herab und dann zu seinem Vater. »Bertie war so brav«, beginnt er.

Weiter so, denke ich.

»Vielleicht sollten wir ihm etwas abgeben«, fährt er fort.

Ehe ich etwas dagegen einwenden kann, tröpfelt er ein wenig von der dampfenden Tomatensuppe auf das Gras neben dem Klappstuhl. Da ich grundsätzlich kein Kostverweigerer bin, stehe ich auf und schnüffele an dem Suppenfleck. Meine Nase verzieht sich. Tomate. Igitt. Aber ich rieche auch eine sahnige Note, daher schlecke ich doch einmal vorsichtig darüber.

Es ist so heiß, dass ich kläffend zurückweiche.

»Oh, es ist zu heiß für ihn«, sagt Sam und beißt sich auf die Lippe. Er beugt sich zu mir, um meine Ohren zu streicheln. »Tut mir leid, Bertie.«

Dankbar für sein Mitgefühl stupse ich an sein Bein und laufe dann in das neblige Sonnenlicht, um ein wenig am Gras zu schlecken, damit sich meine Zunge beruhigt. Ich nehme mir fest vor, nie wieder Suppe zu probieren, ehe sie abgekühlt ist.

Zumindest kommt mir mein junges Herrchen jetzt fröhlicher vor. Ich muss schon zugeben, dass mich Sams Worte vorhin zu Hause ziemlich beunruhigt haben. Ich hatte schon überlegt, wie ich Granny Ms Aufmerksamkeit für dieses Problem erregen könnte.

Aber dieser Ausflug zum Fluss, bei dem er Spaß mit seinem Vater hat und sie gemeinsam Erinnerungen nachgehen können, scheint die Stimmung des Jungen deutlich zu heben.

Mr Green greift in seine Jackentasche und zieht einen

Keks heraus. Ich springe an seinem Knie hoch und lecke ihm vor Begeisterung über die Hand. Er wirft mir lachend den Keks zu. »Hier, mein Junge. Braver Hund.«

Das gefällt mir deutlich besser. Ich verdünnisiere mich mit dem leckeren Keks unter den Klappstuhl und lasse beim Essen den Blick umherschweifen. Knusper, knusper, knusper …

Plötzlich erstarren meine Kiefermuskeln mitten im Kauen.

Ein Hund kommt über das Gras auf uns zugestürmt. Ein großer, ein riesiger Hund. Seiner muskulösen, breiten Brust und seinen spitzen Ohren nach zu schließen ein Deutscher Schäferhund. Und etwa hundert Meter vor ihm schlägt ein kleiner brauner Hase im panischen Zickzackkurs seine Haken.

Mein Gehirn schaltet sich ab, mich durchfährt ein Ruck. Mit einer Art Schleier über den Augen springe ich auf, und die ganze Welt scheint sich zu drehen. Meine Pfoten bewegen sich, ohne dass ich es steuere, rasend schnell. Meine Ohren nehmen winzige flackernde Geräusche aus dem Gras auf, verfolgen das Getrappel pelziger Pfötchen auf dem lockeren Erdboden. Meine Nase bebt vor Erregung.

Der süße Geschmack des Kekses, der noch in meinem Mund liegt, verliert angesichts der betörenden, zauberhaften Köstlichkeit dieses Wesens mit dem kleinen weißen Stummelschwanz zusehends an Bedeutung.

Ich kann im Moment nur noch an eins denken.

Hase.

17

Während der folgenden Minuten verliere ich jegliches Gefühl für Raum und Zeit. Ich höre nicht, wie Mr Green mich ruft, und merke nicht, wie Sam an meinem Halsband zieht und dabei immer wieder in meinem wilden Lauf mitgerissen wird. Mich hat das Jagdfieber gepackt, und ich bin völlig unzurechnungsfähig. Der große Hund und ich jagen beide demselben Ziel hinterher. Demselben Hasen. Ich muss ihn kriegen. Es gibt auf der Welt nichts anderes, was ich jetzt lieber hätte. Doch die wilde Jagd endet jäh mit einem lauten Platschen und dem Schock von eiskaltem Wasser. Wie ein Wahnsinniger versuche ich gleich darauf, mit allen vier Pfoten gleichzeitig paddelnd, ins Trockene zu gelangen.

»Bertie?«

Sam steht am Ufer und starrt mich mit in die Hüften gestemmten Armen an.

Auweh.

Die Uferböschung ist schlammig. Es gelingt mir trotzdem irgendwie, aus dem Wasser zu klettern, und ich schüttele mich mit aller Kraft.

»Bertie!«, kreischt Sam erneut, dreht sich weg und wischt sich das Wasser aus dem Gesicht.

Wie betäubt blicke ich mich um, mir ist immer noch ein wenig schwindelig, und mein Fell tropft. Ich bin nicht sicher, was genau gerade passiert ist. Der andere Hund ist vermutlich reumütig zu seinem Besitzer zurückgekehrt, so viel schließe ich aus dem entfernten Pfiff eines anderen Anglers.

Von dem Hasen fehlt jede Spur.

Und warum liegt Mr Green unter dem Klappstuhl begraben auf dem Boden und starrt mich aus weit aufgerissenen Augen an?

Menschen sind manchmal wirklich sonderbar.

»Komm jetzt her, Bertie!«

Ich entkomme Sams Griff und laufe zu seinem Vater hinüber, um nach den letzten Krümeln des Kekses zu schnüffeln.

Doch als ich gerade nahe genug herangekommen bin, streckt Mr Green eine Hand nach mir aus und greift mich am Halsband. Er liegt immer noch am Boden inmitten eines Meeres sich windender Würmer. Es scheint, dass der Klappstuhl umgekippt ist, als ich darunter hervorgesprungen bin, um hinter dem Hasen herzujagen. Und dann ist Mr Green vermutlich auf den Eimer mit den Ködern gefallen und nun …

»Bertie«, schreit er mit hochrotem Gesicht. »Du schlimmer Hund. Ich schwöre, nach Weihnachten bringe ich dich sofort ins Tierheim zurück.«

Sam bricht in Tränen aus. »Das darfst du nicht. Er ist doch jetzt unser Hund. Er gehört zu uns. Und er hat es nicht mit Absicht getan. Du hast doch gesehen, was passiert ist, es war ein Unfall.«

»Bei Bertie ist immer alles ein Unfall.«

»Weil du ihm nie eine Chance gibst.« Sam starrt seinen Vater an, und Tränen laufen über seine Wangen. »Genau wie du mir auch nie eine Chance gibst.«

Mr Green lockert den Griff um mein Halsband. »Sam …«

»Du hasst ihn.«

»Nein, das tue ich nicht.« Die Zornesröte weicht nun aus Mr Greens Gesicht, und er wischt sich einen Wurm aus dem Mundwinkel. »Jetzt beruhige dich. Ich habe es nicht so gemeint.«

»Doch, das hast du. Du hasst Bertie, und du hasst mich auch. Weil ich ihn ausgesucht habe. Und weil ich immer alles falsch mache.« Die Stimme versagt ihm jetzt beinahe. »Und deswegen ist es immer meine Schuld, wenn Bertie etwas anstellt.«

Mr Green kommt mühsam wieder auf die Füße und stellt den umgefallenen Stuhl wieder auf. »Das ist nicht wahr. Okay, ich hätte nichts über das Tierheim sagen sollen, aber ich war einfach wütend, weil er meinen Stuhl umgeworfen hat, das ist alles. Und dabei ist er so ein kleiner Hund.«

Sam zieht seine Angel aus dem Wasser. »Ich habe keine Lust mehr zum Angeln.«

»Sam, meine Güte noch mal …«

»Ich will nach Hause.« Er stapft bereits auf das Auto zu. »Da kann ich wenigstens in meinem Zimmer sitzen und muss keine Zeit mit dir verbringen.«

Mr Green steht mit hängenden Schultern da und sieht zu, wie sein Sohn das abgeschlossene Auto erreicht und daneben wartet. Für einen Augenblick befürchte ich, er würde ihm befehlen zurückzukommen. Doch dann seufzt er und fängt an, das Angelzeug zusammenzupacken.

Ich renne am Ufer auf und ab und mache mir große Vorwürfe, weil ich mich schrecklich danebenbenommen habe und so die Stimmung zwischen Vater und Sohn noch weiter verschlechtert habe. *Wedel, wedel, wedel.* Das ist meine Art, mich zu entschuldigen. Ich weiß nur nicht, ob

Mr Green es überhaupt bemerkt. Oder, falls er es bemerkt, ob es ihn interessiert.

Schließlich sieht er mich an und scheucht mich von dem Würmerhaufen weg. »Du kannst manchmal eine richtige Plage sein, Bertie«, sagt er, und sein vorwurfsvoller Ton veranlasst mich, den Kopf einzuziehen, während ich mich bemühe, ihm nicht im Weg zu stehen. »Aber mein Sohn liebt dich offensichtlich, ganz egal, was du tust. Ich wünschte, er würde mich auch so lieben. So wie ich ihn liebe. So wie seine Großmutter ihn liebt.«

Ich setze mich, um ihm zuzuhören, und sehe dabei zu, wie er den Klappstuhl zusammenfaltet und ihn sich unter den Arm klemmt.

»Ich wünschte, ich könnte so gut mit ihm umgehen wie du. Ich versuche immer, die richtigen Worte zu finden, um ihm zu zeigen, was ich für ihn empfinde, aber es scheint, als könnte ich im Moment nichts richtig machen.«

Ich winsele.

»Ich will nicht immer so streng zu ihm sein«, murmelt er. »Ich hasse diesen Ausdruck in seinem Gesicht, wenn ich ihn für etwas schimpfe, das er angestellt hat. Aber ich muss doch die Familie zusammenhalten. Muss seinem Leben Struktur und Ordnung geben, ihm Grenzen aufzeigen… Jenny hat das so gut hinbekommen, ohne ihn zu verletzen. Das wird mir jetzt klar.«

Mr Green bückt sich, um die zweite Angel aufzuheben, und richtet sich dann auf. Er sieht traurig aus, als er zu Sam hinüberblickt, der immer noch neben dem Auto wartet. »Wenn Jenny doch nur…« Seine Stimme bricht, als er ihren Namen erwähnt. »Ach, Bertie, ich vermisse sie so. Da ist dieser ständige Schmerz, der von innen an mir nagt. Und ich möchte so gerne mit Sam darüber sprechen. Ihm sagen, dass ich verstehe, wie er sich fühlt, weil ich mich genauso fühle. Mit ihm Erinnerungen an seine Mutter teilen und das Gefühl des Verlusts, seit sie nicht mehr da ist. Aber jedes Mal, wenn ich es versuche …«

Er schüttelt niedergeschlagen den Kopf. »Es nützt ja auch nichts. Wenn man jemanden verloren hat, ist es vorbei. Es ist sinnlos, in der Vergangenheit zu leben.« Er sieht mit Tränen in den Augen zu mir hinunter. »Oder?«

Ich lege den Kopf schief und sehe ihn unglücklich an. Ich kann seinen Schmerz nachempfinden, ohne auch nur im Geringsten zu wissen, wie ich ihn trösten könnte.

Er seufzt. »Na los, komm, Sam wartet auf uns.«

Ich trotte mit schwerem Herzen hinter Mr Green her, und mit einem Mal überfällt mich wieder die große Angst, dass meine Pläne für ein Wiedersehen mit Molly nur dumme Tagträumereien waren.

Wenn man jemanden verloren hat, ist es vorbei. Es ist sinnlos, in der Vergangenheit zu leben.

Ich habe Molly im Tierheim verloren.

Dann habe ich sie wiedergesehen und erneut verloren, beinahe im selben Augenblick.

Soll ich tatsächlich darauf hoffen, dass ich sie irgendwie finden und diesmal für immer festhalten kann? Von uns beiden war sie schließlich immer die Vernünftige, und sogar sie hat die Hoffnung inzwischen vielleicht aufgegeben.

Als wir nach Hause zurückkehren, scheint sich die Lage sogar noch zu verschlimmern.

Beim Einparken an der Auffahrt sehe ich, dass die beiden Katzen auf mich warten. Kitty hockt statuengleich auf der Mauer der Nachbarn. Ihr Bruder sitzt auf dem Kies, den Schwanz elegant um die Vorderpfoten gewunden.

Die Art, wie sie uns anstarren, wirkt höchst unheilvoll.

»Herr im Himmel…« Mr Green sieht sich einer unbeweglichen Katze gegenüber und drückt dann zögernd auf die Hupe.

Rico blickt ihn missbilligend an, erhebt sich schließlich und begibt sich in Seelenruhe und mit größtmöglicher Würde in Richtung Wiese.

Wenn man bedenkt, dass der ergebnislose Streifzug der letzten Nacht die beiden so erschöpft hat, ist es verwunderlich, dass sie bereits wieder unterwegs sind. Ich hatte vermutet, dass zumindest Kitty den ganzen Tag lang schlafen würde. Doch sie scheint hellwach zu sein und wirkt dabei ziemlich selbstgefällig. Und auch Rico ist für seine Verhältnisse ordentlich aufgedreht, ganz so, als hätte man ihn an eine Steckdose angeschlossen. Und als Sam die Autotür öffnet, läuft er doch tatsächlich auf mich zu. Ich hüpfe auf den Rasen.

»Na, habt ihr was erwischt?«, fragt Rico, als ich bei ihm bin.

Ich schüttele mein feuchtes Fell. Nach dem unerwarteten Bad im Fluss ist mir immer noch unbehaglich zumute. »Höchstens eine Erkältung.«

Sam geht mit zitternder Unterlippe an uns vorbei ins Haus, die Angelrute schleift hinter ihm her.

»He, pass auf«, ruft ihm sein Vater nach. »Die Ausrüstung war teuer.«

Sam scheint ihn nicht einmal zu hören.

Mir entfährt ein leises Seufzen. Angesichts dieser beiden Sturköpfe weiß ich auch nicht weiter. Wenn man die beiden doch bloß für eine ordentliche Aussprache an einen Tisch kriegen könnte. Ich bin mir sicher, dass sie sich nicht weiter streiten würden, wenn sie erkennen könnten, dass der Tod von Sams Mutter ihnen beiden gleichermaßen zu schaffen macht. Doch jeder von ihnen ist zu tief in seinem eigenen Schmerz versunken, als dass sie den Mut hätten, sich darüber auszutauschen.

»Was ist denn mit den beiden los?«, fragt Rico verwundert. »Ich dachte, es sollte ein lustiger Ausflug werden.«

»Da war ein Hase.«

Kitty springt von der Mauer des Nachbarn herab und leckt sich die Lippen. »Klingt lecker. Hast du uns was mitgebracht?«

»Er ist entkommen.«

»Ihr Hunde seid einfach zu nichts zu gebrauchen.« Sie schnüffelt. »Und Fisch gibt es auch nicht?«

»Tut mir leid.«

Rico dehnt sich und blickt enttäuscht drein. »Ich sterbe vor Hunger. Bei dieser ganzen Rennerei und dem Umherjagen … sollten wir eigentlich eine Extraportion bekommen.«

»Wart ihr zwei wieder draußen unterwegs?«, frage ich.

Kitty schnurrt und kreist um ihren Bruder herum. »Willst du zuerst die gute oder die schlechte Nachricht hören?«

»Äh …« Ich denke mit schief gelegtem Kopf über die Frage nach. Es fällt mir überraschend schwer, eine Antwort zu geben. »Die gute, glaube ich.« Und nach kurzem Zögern: »Nein, warte. Die schlechte.« Sie zieht die Luft ein, und ich ändere noch mal meine Meinung. »Halt. Doch die gute. Ja, ganz sicher, die gute Nachricht zuerst.«

Kitty zieht die Brauen hoch. »Weißt du es jetzt?«

Ich sage nichts, warte ab.

Rico grinst und beobachtet mich. »Wir haben Molly gefunden.«

»Das nennt ihr eine gute Nachricht? Mann, das ist die beste Nachricht, die ich in meinem Leben je gehört habe.« Ich belle wild und jage in einem engen Kreis meinem eigenen Schwanz hinterher. Ich ignoriere Mr Greens überraschten Gesichtsausdruck, als er die Angelausrüstung an mir vorbeiträgt. »Ich wusste es. Ich wusste es. Ich wusste, dass wir sie gemeinsam finden würden, wenn jeder seine speziellen Fähigkeiten einbringt …«

Kitty entgegnet nichts.

Ich verlangsame mein Kreisen und blicke die beiden an. »Und was ist die schlechte Nachricht?«

»Diese Frau, bei der Molly lebt«, sagt Rico vorsichtig. »Die Frau, die du beschrieben hast, die mit dem verkniffenen Gesicht …«

»Ja?«

»Du hattest recht. Sie scheint kein netter Mensch zu sein.«

Ich habe keine Gelegenheit herauszufinden, was Rico mit dieser beunruhigenden Äußerung meint, denn gerade kommt Granny M an die Haustür und ruft mich herein. Sie will mich trockenrubbeln und hat außerdem eine Schüssel mit köstlichem Essen für mich bereitgestellt. Normalerweise würde mir dieses Verwöhnprogramm außerordentlich behagen. Doch ich will lieber den ganzen Bericht der Katzen hören, und daher winde ich mich, während sie mich nun abtrocknet, sodass sogar sie kopfschüttelnd ein verständnisloses »Bertie« von sich gibt.

Die Katzen sind mir nach drinnen gefolgt und sehen von ihren hoch gelegenen Beobachtungsposten in der Küche der Prozedur zu. Mein Essen verschlinge ich anschließend so hastig, dass ich gar nichts schmecke. Was eine Schande ist, denn die Reste an meinem Kinn verraten mir, dass es köstlich war.

Danach betteln wir alle, dass man uns in den Garten lässt.

Granny M steht mit gerunzelter Stirn an der hinteren Tür, blickt uns der Reihe nach an und wendet sich dann Mr Green zu, der sich gerade ein Sandwich zubereitet. »John, mir kommt es so vor, als führten diese drei hier irgendetwas im Schilde.« Ihre Hand ruht auf der Türklinke, während sie uns beobachtet, einen nach dem anderen. »Ich glaube, sie hören etwas, das wir nicht hören können. Eine dieser hohen Frequenzen, die nur Tiere wahrnehmen können.«

Er gibt ein zustimmendes Geräusch von sich, den Mund voll Brot.

Sie blickt zu ihm. »Für Sam hast du kein Sandwich gemacht, oder?«

Er schüttelt immer noch kauend den Kopf.

»Gut. Ich mache nämlich zum Abendessen einen Rindfleischeintopf. Mit Knödeln. Es ist bereits alles am Köcheln …« Sie hält einen Moment inne und sieht ihn durchdringend an. »Sam sah nicht besonders glücklich aus, als er zurückkam. Er ist direkt in sein Zimmer hinaufgegangen und hat kaum ein Wort zu mir gesagt. Von Fischen sehe ich auch keine Spur. Ich vermute, der Angelausflug lief nicht ganz wie geplant, oder?«

Mr Green zieht eine Grimasse.

»Oje«, sagt sie traurig und lässt die Sache dann auf sich beruhen.

Ich kratze am Glas der Terrassentür.

»Ja, ja, schon gut«, sagt sie daraufhin verhalten lachend und öffnet mir die Tür.

Ich laufe nach draußen, gefolgt von den Katzen.

»Benehmt euch«, ermahnt sie uns, bevor sie die Tür hinter uns schließt, um die Wärme im Haus zu halten. Ich sehe, wie sie uns durch das Glas hindurch beobachtet, belustigt und ein wenig neugierig.

Im kühlen Abendnebel versammeln wir uns schließlich, und schon nach wenigen Sekunden kommt auch Pepper dazu. Wie ein weißer Geist in der Dämmerung schlüpft sie durch die Lücke im Zaun.

»Hast du schon die Neuigkeiten erfahren?«, fragt sie mich sofort und sieht mich voller Mitgefühl an.

»Einen Teil.«

»Die Katzen haben mir schon alles erzählt, sobald sie wieder hier waren«, sagt sie stolz und wackelt mit ihrem krausen Haarschopf. »Sie wollten gleich zu dem Haus zurückgehen und versuchen hineinzugelangen. Doch ich habe gesagt, sie sollten erst einmal nichts unternehmen und lieber auf dich warten. Ich hoffe, ich habe mich nicht zu sehr eingemischt?«

»Nein, nein, das war sehr hilfreich.«

»Seht ihr?« Sie wirft Kitty einen triumphierenden Blick zu. »Ich bin gar nicht so dumm. Auch wenn manche das zu glauben scheinen.«

Mich durchläuft ein Schauer. Mein Fell ist trotz Grannys Bemühungen immer noch ein wenig feucht.

Es ist ein kalter Abend, eisiger Nachtfrost liegt in der Luft.

Normalerweise würde ich an einem derart kühlen Abend in meinem gemütlichen Körbchen neben dem Ofen liegen. Doch jetzt nehme ich die Kälte gar nicht so sehr wahr. Vielmehr wende ich mich nun begierig Kitty und Rico zu, um weitere Neuigkeiten von meiner Schwester zu erfahren.

»Also, jetzt sagt schon«, dränge ich, »habt ihr sie gesehen? Habt ihr Molly wirklich gesehen?« Rico nickt, und bittend höre ich mich sagen: »Erzählt mir alles. Von Anfang an. Und lasst nichts aus.«

»Wir haben heute am Supermarkt begonnen. Haben eine Stelle bei den Einkaufswagen gefunden und uns dort versteckt. Das Herumlungern in den hinteren Gärten hat in der Nacht zuvor nichts gebracht«, erläutert Rico.

»Gute Idee.«

»Und wir hatten Glück. Nach etwa einer Stunde tauchte sie auf.«

»Die verkniffene Frau?«

»Ja, genau«, erwidert Rico, »und sie war nicht allein. Sie hatte einen Beagle dabei. Daher haben wir sie sofort erkannt.«

Kitty, die bislang damit beschäftigt war, sich die Pfote zu lecken und sich hinter dem Ohr zu putzen, blickt mich nun an. »Deine Schwester ist eine kleinere Ausgabe von dir, nicht wahr? Die Ähnlichkeit zwischen euch ist wirklich unglaublich.«

»Erzähl weiter.«

Rico fährt fort: »Du hast erwähnt, dass die Frau deine Schwester hinten im Auto sitzen hatte, als du sie das erste Mal im Supermarkt gesehen hast.«

Ich nicke ungeduldig.

»Also, dieses Mal hat sie Molly aus dem Auto gelassen und sie neben der Eingangstür festgebunden.« Rico scheint sehr zufrieden mit sich. »Das war natürlich ein Glücksfall. Kitty hat Wache gehalten, und ich konnte aus dem Versteck schlüpfen und mit Molly sprechen.«

Mein Herz macht einen Sprung. »Du hast wirklich mit ihr gesprochen?«

»O ja.«

»Erzähl mir davon«, dränge ich ihn.

»Ich sagte: ›Bist du Molly?‹ Sie bejahte. Und ich fragte: ›Bist du Berties Schwester?‹ Sie bejahte wieder, blickte jedoch ziemlich verdutzt drein. Weil …« Rico unterbricht sich und putzt sich bedächtig die Schnurrhaare. »Nun, weil eine Katze mit ihr sprach. Ich glaube, das hat sie noch nie erlebt.«

Ich grinse breit. »Weiter«, sage ich wieder.

»Ich wusste nicht, wie lange ihre Besitzerin im Supermarkt bleiben würde. Also habe ich ihr so schnell wie möglich alles berichtet, was du mir gesagt hast. Von den Greens und vom Klub der Pfoten und dass wir dir versprochen haben, bei der Suche nach ihr zu helfen. Und sie …«

Rico hält inne und sieht betreten drein.

»Was ist denn?«, frage ich ein wenig beunruhigt. »Was hat Molly gesagt?«

Er schüttelt den Kopf und sagt: »Sie hat geheult.«

Eine kurze Pause entsteht.

Ich fühle mich schrecklich, will es aber auf keinen Fall zugeben. Ich spüre, wie alle drei mich anstarren und darauf warten, dass ich etwas sage. Also murmele ich noch einmal »Weiter« und unterdrücke ein Winseln.

Molly soll in der Öffentlichkeit geheult haben?

Das klingt so gar nicht nach meiner beherrschten Schwester.

Das kann nur eines bedeuten: Die Verkniffene hat sie so abscheulich behandelt, und Molly war von Ricos Erläuterungen so überwältigt, dass sie nicht anders konnte, als direkt vor dem Supermarkt elend in Tränen auszubrechen. Ich wage gar nicht, mir vorzustellen, was ihr unter der

Aufsicht dieser Frau noch alles zugestoßen sein könnte. Sonst müsste ich selbst anfangen, hemmungslos zu heulen, und dann würde Granny M bemerken, was hier draußen vorgeht.

Doch was mag meiner Schwester passiert sein, seit ich nicht mehr da bin, um sie zu beschützen? Musste sie Hunger leiden? Wurde sie geschlagen? In irgendein schmutziges, dunkles Loch gesperrt? Am liebsten würde ich sofort über die Mauer springen und die Straße entlanglaufen, um diese schreckliche Frau ausfindig zu machen und …

Nun, ich weiß ja, dass ein Hund niemals einen Menschen angreifen darf. Das ist eine der ersten Regeln, die wir lernen, und auch in einer lebensbedrohlichen Situation müssen wir sie bis zuletzt einhalten. Aber ich bin so wütend, alles in mir befindet sich in wildem Aufruhr, und es ist sicher gut, dass diese Frau jetzt nicht direkt vor mir steht, denn es würde mir sehr schwerfallen, nicht wenigstens zu knurren, die Zähne zu fletschen und sie spüren zu lassen, was ich von ihrer Grausamkeit meiner Schwester gegenüber halte.

»Und was ist dann passiert?«

Kitty wetzt ihre Krallen an dem steinernen Untergrund. »Wir sind ihnen nach Hause gefolgt. Das war nicht sonderlich schwer. Sie wohnen nur ein paar Straßenzüge von uns entfernt, in einem kleinen Haus, das ein wenig zurückversetzt liegt.« Sie rümpft die Nase. »Auf dem Rückweg hat die Frau an mehreren Häusern angehalten. An Häusern, in denen alte Leute wohnen. Sie hat geklingelt, hat Molly draußen warten lassen, ist hineingegangen, um sich ein wenig zu unterhalten, und ist kurz darauf wieder mit einem Korb herausgekommen.«

»Und was war in dem Korb?«

Kitty setzt einen gleichgültigen Blick auf. »Du hast gesagt, wir sollen Molly suchen. Und nicht, dass wir den Inhalt des Korbs ihrer Besitzerin überprüfen sollen.«

»Jedes Mal, wenn sie aus einem der Häuser kam, sah ihr Korb schwerer aus«, versucht Rico zu erläutern. »Vielleicht haben die Leute ihr etwas zu essen mitgegeben.«

»Alte Leute, die ihr etwas zu essen mitgeben? Das kommt mir seltsam vor«, sage ich.

»Was kann es dann sein?«

Ich denke einen Augenblick nach und muss dann leise fluchen. »Vielleicht ist sie eine Diebin. Tut so, als würde sie auf eine kleine Unterhaltung hereinkommen und stiehlt dann etwas, wenn die Leute nicht hinsehen, und steckt es in ihren Korb.«

Pepper bellt entrüstet auf. »Was für eine furchtbare Frau!«

Kitty zeigt sich beeindruckt: »Aber sie scheint schlau zu sein.«

»Sie scheint einfach nur böse zu sein«, entgegne ich mit einem gleichfalls entrüsteten Bellen. »Und ich habe nicht vor, sie davonkommen zu lassen.«

Pepper nickt zustimmend und wackelt energisch mit ihrem Schwanzpuschel.

Kitty ist über meine Ankündigung nicht ganz so erfreut. Ihre Augen glühen gelb in der Dämmerung, und ihre Schnurrhaare zittern. »Du willst doch hoffentlich nicht andeuten, dass wir zurück zu ihrem Haus gehen sollen?«

»Doch, genau das müssen wir tun.«

»Aber gleich nebenan wohnt ein großer Hund. Wir haben ihn zwar nicht gesehen, aber wir konnten ihn hören und riechen. Er hatte ein tiefes, raues Bellen, und gestunken hat er auch. Ich konnte deswegen nicht mal näher herangehen und musste an der Straße stehen bleiben.«

Ich sehe Rico an. »Ihr wart gar nicht in dem Haus?«

Er schüttelt den Kopf. »Tut mir leid. Die Frau hat die Tür zugeschlagen, und das war's. Kitty hat Wache gehalten, während ich am Zaun entlang und in den Garten hineingelaufen bin. Doch hinten waren auch keine offenen Fenster.« Er hält mit schief gelegtem Kopf inne. »Es gibt allerdings einen Wintergarten.«

Ich drehe mich langsam im Kreis und lausche den vertrauten Geräuschen der anbrechenden Dunkelheit. Ein Hund bellt aufgeregt irgendwo in der Ferne, und ein anderer, noch weiter entfernt, antwortet. Auf der Hauptstraße fließt der Verkehr, irgendwo ertönt eine Hupe. Vom viel zu laut aufgedrehten Fernsehgerät der Nachbarn dröhnen blechern Stimmen herüber. Die Weihnachtslieder in Granny Ms Küche erfüllen das ganze Haus mit fröhlichem Klang, der bis zu uns in den Garten strömt.

Irgendwo da draußen ist meine Schwester.

Ganz in der Nähe.

In schrecklicher Gefahr.

»Ich werde Weihnachten nicht ohne Molly verbringen«, platze ich auf einmal heraus. »Zumindest werde ich sie wiedersehen und mit ihr sprechen, sie wissen lassen, dass ich sie nicht vergessen habe.«

Kitty blickt düster drein. »Aber der stinkende Hund …«

»Es ist mir egal, ob hundert riesige Wachhunde auf ihrem Rasen herumlungern und nach verfaultem Fisch stinken«, entgegne ich heftig. »Ich werde Molly wiedersehen und versuchen, sie zu befreien. Heute Nacht.«

Pepper kreischt auf: »Heute Nacht?«

»Ich lasse meine Schwester nicht eine Nacht länger

unter dem Dach dieser Frau. Nicht jetzt, da ich weiß, wo sie wohnt. Das könnte ich mir nie verzeihen. Allerdings wird es nicht ganz leicht werden. Vielleicht sogar gefährlich. Aber das Risiko gehe ich ein, wenn ich nur Molly wieder bei mir haben kann.«

Ich lasse meinen Blick von Rico zu Kitty und weiter zu Pepper schweifen. »Wer ist dabei?«

18

Den Abend verbringe ich zusammengerollt auf Sams Bett, während er eine selbst gebastelte Weihnachtskarte bemalt. Nach dem Streit mit seinem Vater am Fluss liegt ein trauriger und verzweifelter Ausdruck auf seinem Gesicht, was mich ziemlich beunruhigt. Aber ich weiß, dass Kinder recht widerstandsfähig sind, also hoffe ich, dass er sich morgen früh besser fühlen wird. Es ist schließlich bald Weihnachten, und Weihnachten hat immer eine beruhigende Wirkung auf die Menschen. Sogar der brummige Mr Minton war am Weihnachtstag viel netter zu uns Hunden.

Als Sam seine Karte fertig gemalt hat, zeigt er sie mir. Auf der Vorderseite prangt ein Weihnachtsbaum mit bunt verpackten Geschenken darunter und glänzenden Kugeln auf den Zweigen, genau wie unser Baum im Erdgeschoss.

Ich frage mich, ob die Karte für seine Großmutter ist.

Doch dann öffnet er sie und liest mir laut vor: »Frohe Weihnachten, Mum. Ich vermisse dich, und das Leben ohne dich ist schrecklich. Bitte …« Seine Stimme bricht ab, und er reibt sich mit der Hand über seine roten Augen. »Bitte komm zu mir zurück, auch wenn es nur im Traum ist. Ich liebe dich immer noch, dein Sohn Sam. Viele Küsse …«

Er zeigt mir all die Küsse, die er unter seinen Namen gemalt hat. Sie reichen bis zum Rand der Karte und laufen sogar auf der nächsten Seite weiter.

»Was denkst du, Bertie? Würde Mum die Karte gefallen?«

Ich wedele bejahend mit dem Schwanz.

Dann wirft er die Karte zu Boden und schluchzt: »Was nützt die Karte jetzt noch? Meine Mutter ist tot. Sie wird sie nie lesen können. Mum, ach, Mum, es ist so furchtbar.«

Ich winsele und krieche näher, schmiege mich an ihn und wedele noch einmal zaghaft mit dem Schwanz. Er versucht mich wegzuschieben, während er noch immer weint.

»Nein ... jetzt nicht, Bertie.«

Schnell lecke ich ihm über die Hand, doch er zieht sie mit einem unterdrückten Seufzen weg. Ich setze mich auf und blicke ihn an, jetzt bin ich auch ganz verstört. Wie kann ich das Kind nur trösten? Ich bin ja nicht seine Mutter.

Was Sam jetzt braucht, ist sein Vater.

Aber ich habe Mr Greens Miene gesehen, als wir vom Angelausflug zurückkamen. Er ist selbst viel zu sehr in seiner eigenen trüben Welt aus Schmerz und Verlust gefangen.

Wenn es doch nur eine Möglichkeit gäbe, Vater und Sohn zusammenzubringen, damit sie erkennen, dass sie sich gegenseitig trösten können. Was soll ich bloß tun? Ich bin schließlich ein Hund und kein Mensch. Ich bin nur ein Tier, das sie aufgenommen haben, und eines, das noch dazu immer Ärger macht. Ich habe nicht die Möglichkeit, mich so auszudrücken, dass sie mich verstehen können. Nur auf das Beste hoffen, das kann ich. Auf das Beste hoffen *und* mit dem Schwanz wedeln.

Anders gesagt: Auch meine Fähigkeiten reichen nicht aus, um ihre Trauer zu mildern.

Die kleine goldene Uhr auf dem Kaminsims im Wohnzimmer lässt ein Klingen ertönen, ehe sie zur vollen Stunde schlägt. Seit Mitternacht liege ich ruhelos in meinem Körbchen auf der Lauer und warte auf dieses Schlagen. Die Ohren steil in der Luft lausche ich angestrengt, bis es schließlich erklingt. Es muss nun also – zumindest hat es Pepper so den Katzen erklärt – endlich ein Uhr sein.

Damit ist es so weit. Jetzt geht es los.

Ich springe auf und suche mit meiner Pfote die Stelle am Boden neben dem Ofen ab. Dort sammelt sich oft eine klebrige schwarze Masse, eine Art Schmiere, die vom Herd heruntertropft. Obwohl Granny M fast täglich den Küchenboden wischt, übersieht sie das schwarze Zeug häufig. Außerdem war sie in den letzten Wochen viel zu beschäftigt mit den Weihnachtsvorbereitungen, um sich über den Fleck neben dem Ofen Gedanken zu machen.

Was meinen Plänen sehr entgegenkommt.

Sobald meine Pfote vollständig mit dem schwarzen Klebstoff überzogen ist, ziehe ich rechts und links von meiner Schnauze sowie einmal über die Stirn einen Striemen und springe dann auf, um mein Spiegelbild in der Glasscheibe der Terrassentür zu bewundern.

Mit den dunklen Streifen im Gesicht sehe ich aus wie eine Figur aus einem dieser Kriegsfilme, die Mr Green gerne sieht.

Kommando Bertie, stets zu Diensten.

Nicht schlecht.

Rico kommt aus dem Wohnzimmer hereingeschlendert. »Ein Uhr. Wie verabredet.«

Oben auf dem Kühlschrank hört man ein Rascheln, und dann springt Kitty zu uns herunter. Sie gähnt und streckt sich umständlich. »Das wird aber auch Zeit. Mir war schon langweilig.«

»Hoffentlich hat Pepper es nicht vergessen.«

»Bestimmt nicht«, beruhige ich Rico, der besorgt dreinblickt. Ich weiß, dass er nur deshalb dieser Mission zugestimmt hat, damit er mehr Zeit mit der Pudeldame verbringen kann. »Und falls doch, werde ich vor ihrem Haus mal kräftig bellen, dann wird sie sich schon daran erinnern.«

»Ja, gut.«

Ich schüttele den Kopf. Eine Katze, die von einem Pudel besessen ist.

Das ist mehr als merkwürdig.

Doch eigentlich sollte ich ganz still sein. Ich war früher einmal in Tina verknallt, als ich noch ein kleiner, leicht zu beeindruckender Welpe war – und sie ist ein Windhund, was in meinen Augen bedeutet, dass sie halb Pferd, halb Hund ist.

»Tarnfarbe?« Ich strecke den beiden meine Pfote entgegen, die immer noch mit schwarzer Schmiere überzogen ist. Kitty schnüffelt und wendet sich dann ab. »Ich weiß, dass es ein wenig stinkt«, gebe ich zu, »aber du solltest es trotzdem versuchen. Die Farbe hilft uns, im Dunkeln nicht aufzufallen. Wir werden quasi unsichtbar sein.«

»Ich jage immer im Dunkeln«, erklärt sie mir entrüstet. »Mir ist es von der Natur gegeben, dass ich im Dunkeln nicht auffalle. Ich brauche keine stinkende Farbschmiere, um mich unsichtbar zu machen, vielen Dank.«

Ich zucke die Schultern und wende mich an Rico. »Schmiere für dich?«

»Interessiert mich nich.«

»Wie du willst.«

Unbeirrt verteile ich noch mehr schwarze Farbe in meinem Gesicht, um die weißen Flecken, die die Natur mir verpasst hat, zu verdecken. Ich frage mich, wozu die weißen Flecken überhaupt gut sind. Vermutlich dazu, dass ich wie ein Beagle aussehe. Was auch sehr gut funktioniert. Doch heute Nacht will ich böse und vor allem unsichtbar sein. So gut das bei einem Beagle eben möglich ist.

Als ich fertig bin, wische ich meine schmutzige Pfote an der Decke ab. »Ich muss eben jede Hilfe nehmen, die sich bietet.«

»Wir haben ja gar nichts gesagt«, verteidigt sich Kitty mit verschlagenem Grinsen.

»Okay«, erkläre ich schließlich, straffe meine Schultern und drücke meine Brust raus, »wenn ihr beiden auch fertig seid, dann kann die Show losgehen.«

»Ich bin fertig«, sagt Kitty.

»Fertig«, stimmt Rico zu.

Ich springe noch einmal in die Höhe, um mein Spiegelbild ein letztes Mal zu kontrollieren. Heldenhaft.

»Okay, jetzt geht es los.«

Ich nicke Rico zu, der auf die Anrichte springt und leichtfüßig darauf entlangspaziert, bis er ans Waschbecken kommt, das er elegant umrundet. Am Fenster hält er an.

Kitty wartet einen Moment und leckt sich die Pfote, bevor sie ihm mühelos hinterherspringt und direkt auf dem schmalen Rand des Waschbeckens landet.

Angeberin.

Rico kämpft mit dem kaputten Fenstergriff. Kitty sieht zunächst zu, doch sobald der Griff sich bewegt, drückt sie ihre Schulter gegen das Glas, und gemeinsam gelingt es ihnen, das Fenster zu öffnen.

»Geschafft«, sagt sie voller Stolz.

Jetzt bin ich dran.

Ich hatte überlegt, entweder einen ziemlich großen Sprung zu wagen – was mit meinen kurzen Beinen nicht gerade einfach ist – oder meinen Korb über den Küchenboden zu schieben, um ihn als Trittleiter zu benutzen. Doch erfreut stelle ich fest, dass Granny Margaret heute eine Kiste mit Keksdosen und Schachteln neben den Küchenschrank gestellt hat. »Für die weihnachtliche Stimmung«, sagte sie geheimnisvoll zu Mr Green, der nickte, ohne von seiner Zeitung aufzublicken. Die Kiste ist nur wenig größer als ich, also hat sie für meine Zwecke die perfekte Höhe.

Mit Anlauf springe ich darauf zu, kann mich aber nur auf derart unwürdige Art und Weise hinaufhangeln, dass die beiden Katzen in spöttisches Gelächter ausbrechen.

Von der Kiste ist es nur ein kleiner Sprung auf die Arbeitsfläche. Natürlich schlage ich mir den Kopf am Toaster an, unterdrücke ein Jaulen und rutsche direkt ins Waschbecken hinein. Zum Glück ist kein Spülwasser mehr darin, sodass nur meine Pfoten und mein Hintern ein wenig nass werden, aber ansonsten kein weiteres Unglück geschieht.

Kitty schlängelt sich durch das halb geöffnete Fenster und gleitet dann lautlos ins darunterliegende Gebüsch. Rico wirft mir noch einen Blick zu und folgt seiner Schwester.

Ich zögere einen Moment, da ich mich plötzlich frage, ob ich wirklich durch das enge Küchenfenster passe. Doch irgendwie gelingt es mir, zuerst meinen Kopf und meine Ohren und schließlich meine Schultern durch den Spalt zu zwängen. Draußen ist es eiskalt und unterhalb des Fensters stockdunkel. Ich kann die Katzen zwar riechen und ihr Geraschel hören, aber meine Augen haben sich noch nicht an die Dunkelheit gewöhnt. Mit einem Mal packt mich die Angst, und ich stehe kurz vor einem Rückzieher. Was, wenn ich mich verlaufe und nicht zum Haus zurückfinde und Sam dann ganz allein ist? Mache ich vielleicht durch den Versuch, meine Schwester zu retten, alles nur noch schlimmer?

»Nun komm endlich«, höre ich Kitty von unten rufen. Jetzt kann ich auch ihre Augen im Dunkeln leuchten sehen. Und damit fällt die Entscheidung endgültig.

Ungeschickt lasse ich mich hinabgleiten, die Pfoten voran, versuche, an der Wand Halt zu finden, stürze dann aber durch die spitzen Zweige eines Busches und lande als bemitleidenswertes Häufchen auf der Erde.

Autsch.

Rico stupst mich an. »Lebst du noch?«

Ich rappele mich hoch und schüttele prüfend meine Glieder. Alles scheint heil zu sein. »Natürlich«, entgegne ich mit gespielter Tapferkeit und stürme nun über die Wiese. »Los jetzt, packen wir's an.«

Und plötzlich fühle ich mich wie befreit.

Als ich die Wiese schon fast überquert habe, halte ich an und warte auf die beiden anderen.

Rico grinst. »Das macht Spaß.«

Dann stürmen wir alle drei zusammen los und wühlen dabei den Rasen ziemlich auf. Schon bald sind wir im Schatten der Bäume verschwunden. Als wir am Zaun zum Nachbargarten stehen, blicke ich mich noch einmal um, schon jetzt kann ich die Tür zur Terrasse nicht mehr sehen. Über dem Haus hängt gespenstisch ein Halbmond am kalten Himmel. Und da ist Pepper und erwartet uns tatsächlich an der Lücke im Zaun.

»Du hast es geschafft«, sage ich zu ihr.

Sie nickt und wirft nervös einen Blick zurück. Gleich darauf entdecke ich auch den Grund für ihre Anspannung. In Gummistiefeln stolpert ihr Herrchen den Gartenweg entlang und lässt den milchigen Strahl einer Taschenlampe von links nach rechts gleiten, pfeift und ruft mit brüchiger Stimme: »Pepper? Pepper? Wo bist du? Komm hierher!«

»Schnell weg«, fordert sie uns auf, »ehe er mich entdeckt.«

Ich zähle schnell durch, ob auch alle da sind. Und ja, sogar Kitty ist inzwischen angekommen.

»Also«, sage ich, »wo lang?«

»Folgt mir«, sagt Pepper hastig, und nun quetschen wir uns alle durch die Lücke im Zaun und laufen durch ihren unordentlichen Garten. »Hier entlang.«

Während ich versuche, mich durch ein Loch in der Hecke zu schlängeln, verfängt sich meine Pfote in einem Stück Maschendrahtzaun, doch Pepper schnappt sich das Ganze geschickt mit den Zähnen, drückt es nach unten und hat mich ruckzuck befreit.

»Danke«, sage ich ein wenig außer Atem und rutsche auf der anderen Seite einen Abhang hinab. Wir finden uns auf einem schmalen Weg wieder. Hier gibt es weder Straßenlaternen noch Autos. Aber ich kann die Hauptstraße in einiger Entfernung sehen, dort ist es heller als auf den Straßen um uns herum, und man hört immer wieder Motorgeräusche.

Aufatmend stupse ich Pepper an der Schulter. »Danke, dass du das für mich riskierst. Das bedeutet mir sehr viel.« Ich sehe mich nach den beiden Katzen um. »Danke euch auch. Eure Hilfe ist großartig.«

Pepper nickt und blickt ein wenig verlegen drein. »Kein

Problem, Bertie. Deshalb haben wir doch den Klub der Pfoten gegründet, oder? Um uns gegenseitig zu helfen. Aber jetzt komm, wir haben nicht die ganze Nacht Zeit, um deine Schwester zu finden.«

Und wir laufen weiter den Weg entlang, Seite an Seite.

Wir haben nicht die ganze Nacht Zeit, um deine Schwester zu finden.

Bis zu diesem Augenblick war es nur ein Plan. Doch jetzt, da sie es ausgesprochen hat, da wir ausgebüxt und frei sind, ist es mit einem Mal sehr real. Mein Herz rast, und ich kann mich nicht zurückhalten, ich muss den Kopf in den Nacken zu legen und voll heller, ungetrübter Freude den Mond anbellen. Ich liebe meine Menschen, aber ich liebe auch meine Schwester.

Heute Nacht werde ich Molly wiedersehen. Und wenn alles nach Plan läuft, dann werde ich wieder zu Hause sein, ehe die Greens überhaupt bemerken, dass ich weg war.

19

Wir laufen durch die kalten, dunklen Straßen am Stadtrand. Von der einen Seite strömt uns frische Landluft entgegen, von der anderen der gedämpfte Lichtschein der Stadt, der weit in den Himmel hinaufleuchtet.

»Hier entlang«, sagt Kitty, als Pepper an einer Kreuzung stehen bleibt. »Wir müssen die Straße überqueren.«

Zum Glück herrscht hier draußen in der Nacht kein Verkehr.

Es ist kalt, aber ich spüre es nicht, denn meine Pfoten rasen über den Asphalt, mein Blut pulsiert heiß in meinen Adern, ich fühle mich, als würde ich einem Hasen hinterherjagen oder einen Einbrecher verscheuchen.

»Jetzt ist es nicht mehr weit«, sagt Rico schließlich.

»Wie ging es eigentlich ihrem Bein?«, frage ich ihn.

»Wessen Bein?«

»Mollys.«

Rico sieht mich verständnislos an.

Ich erkläre ihm kurz die Sache mit Mollys schlimmem Bein. Dass ich für den furchtbaren Unfall mit dem Laster damals verantwortlich war und dass meine arme Schwester seither auf einem Bein stark humpelt.

Rico wirkt überrascht. »Ich habe nicht bemerkt, dass sie humpelt, ehrlich gesagt.«

Kitty bleibt abrupt stehen, sodass ich beinahe in sie hineinlaufe.

»Hier ist es«, sagt sie unvermittelt und deutet mit dem

Kopf auf das Haus, das zu unserer Linken im Dunkeln liegt. »Hier lebt Molly.«

Mein Herz macht vor Aufregung einen Sprung, als ich mich an das Gartentor schleiche und das Haus näher betrachte. Die anderen beobachten mich, und mir wird klar, sie warten auf weitere Anweisungen.

»Also, zunächst müssen wir herausfinden, wo Molly schläft«, sage ich und kann nur hoffen, dass wir irgendeinen Zugang zum Haus finden, sonst ist unsere Mission zu Ende, ehe sie richtig angefangen hat. Schnuppernd strecke ich mein Schnäuzchen in die Luft.

»Kitty, du hast von uns die beste Nase. Glaubst du, dass Molly sich eher im vorderen oder im hinteren Bereich des Hauses aufhält?«

Die Tigerkatze wirkt erfreut darüber, dass ich sie gefragt habe. Sie spannt ihren Körper an und springt dann auf den Gartenzaun, balanciert ein paar Schritte schnüffelnd auf den Zaunlatten entlang.

»Im hinteren Bereich«, verkündet sie schließlich.

Ich wende mich an ihren Bruder. »Rico, du hast gesagt, dass du das letzte Mal nach hinten geschlichen bist, als Kitty Wache hielt. Gelangt man von dort leicht ins Haus?«

»Es befindet sich hinten ein Zaun, der den Zugangsweg zum Haus abgrenzt, und ein Eisengitter, das immer geschlossen ist.«

»Reicht das Gitter bis zum Boden?«

Rico schüttelt den Kopf. »Zwischen dem Gitter und dem Boden ist eine schmale Lücke.«

»Könnte Pepper darunter durchkriechen? Oder ich?«

»Du vielleicht«, sagt er. »Pepper eher nicht.« Er blickt die Pudeldame entschuldigend an. »Tut mir leid. Das ist nicht persönlich gemeint. Bertie ist einfach um einiges kleiner als du.«

Peppers Schwanzpuschel wedelt versöhnlich. »Entschuldigung angenommen.«

»Okay«, sage ich, während sich die Gedanken in meinem Kopf überschlagen. »Pepper, dich brauche ich als Wachposten. Könntest du den vorderen Bereich des Hauses beobachten und dreimal kurz bellen, wenn drinnen ein Licht angeht?«

Sie nickt. »Klar.«

»Kitty«, sage ich, »ich weiß, dass dir der Geruch des Nachbarhundes nicht sonderlich behagt – ehrlich gesagt, kann ich dich sogar gut verstehen, er ist wirklich ein Stinktier –, doch könntest du dich heute Nacht bitte überwinden und dort hinaufklettern?«

Ich deute mit dem Kopf auf den Vordereingang, wo die niedrige Garage direkt an die Hausmauer angrenzt. Ich kann ein Fensterbrett erkennen, über dem ein Milchglasfenster einen Spaltbreit offen steht. Vielleicht die Toilette?

Sie verzieht das Gesicht. »Du willst, dass ich ins Haus gehe?«

»Nur um herauszufinden, wo Molly steckt.« Ich muss an die Frau mit dem strengen Gesicht denken und fühle mich mit einem Mal sehr unwohl. »Oder nein. Lieber doch nicht. Vergiss es, es ist zu gefährlich.«

Ihre gelben Augen werden ganz schmal. »Zu gefährlich?« Kitty springt von dem Zaun herunter. »Jetzt pass mal auf, kleiner Beagle.«

Sie bewegt sich zügig auf das dunkle Haus zu.

»Kitty, sei vorsichtig«, ruft ihr Bruder besorgt hinter ihr her.

»Okay, Rico«, sage ich betont heiter, »jetzt sind nur noch

du und ich übrig. Zeig mir bitte das Eisentor. Aber keinen Mucks, wir können nicht riskieren, dass man uns hört.«

Ich blicke nach oben, als wir an der Garage vorbeigehen. Kitty ist schon auf dem Fensterbrett und überlegt, wie sie am besten durch den schmalen Spalt ins Haus gelangt. Es wird ziemlich eng. Und sie muss sich stark verbiegen.

»Katzen haben doch neun Leben, oder?«, frage ich Rico leise.

»Das sagt man so, ja.«

Das Gitter besteht aus Eisenstangen, die zu eng beieinanderliegen, als dass man sich hindurchschieben könnte. Und sie reichen bis fast auf den Boden. Rico gelingt es trotzdem, darunter durchzuschlüpfen, indem er seinen Körper so flach auf die Erde drückt, als wäre er aus Gummi.

Ich bin nicht aus Gummi.

»Komm schon«, ruft er mir von der anderen Seite aus zu und sieht mich durch die Stäbe hindurch an.

Ich ziehe die Luft ein und ducke mich auf den Boden, rolle mich zur Seite und rutsche in äußerst unwürdiger Position vorwärts, bis ich mich unter dem Gitter hindurchgedrückt habe. Ich bin so unruhig und begierig darauf, Molly wiederzusehen, dass ich Rico links liegen lasse und im Dunkel des Rasens verschwinde.

»Das muss der Wintergarten sein.« Ein leichter Lichtschein erhellt den Raum, irgendwo im Haus scheint eine Lampe zu brennen. »Sieht so aus, als wäre noch jemand wach.« Ich blicke mich nach der hohen Garagenmauer um. Dort ist alles still. »Hoffentlich ist Kitty sicher nach drinnen gelangt.«

»Ganz bestimmt.«

»Du hast großes Vertrauen in deine Schwester, oder?«

Er zuckt mit den Schultern, wirkt sogar ein wenig belustigt, zumindest nicht das kleinste bisschen besorgt. »Da ist ein Fenstersims und ein offenes Fenster, Bertie. Das ist schon für eine durchschnittliche Katze keine große Herausforderung. Und Kitty ist sicher keine durchschnittliche Katze.«

Wir schleichen näher an den Wintergarten heran.

Plötzlich nehme ich wahr, wie sich drinnen etwas bewegt. Ein dunkler Schatten huscht durch den Raum. Mit hocherhobenem Schwanz. Es ist Kitty, die mit weit aufgerissenen Augen durch die Glastür des Wintergartens blickt.

»Da«, sage ich zu Rico.

Er springt auf die Tür zu, als wären die beiden monatelang getrennt gewesen und nicht nur wenige Minuten. Die beiden Katzen starren sich durch das Glas hindurch an und schnurren im Gleichklang.

Plötzlich taucht hinter Kitty ein größerer Schatten auf.

Mein Herz hüpft vor Freude.

Ich kenne dieses schief gelegte Köpfchen, den neugierig wedelnden Schwanz, das weiß gefleckte Gesicht, das mich anblickt.

»Molly!«

20

Ich habe das Gefühl, mein eigenes Spiegelbild im Fenster zu erblicken, nur ein bisschen kleiner und mit Augen, die leuchten, wenn ich sie anlache.

»Molly, ich kann nicht glauben, dass du es bist.«

Sie drückt ihre Schnauze an das Fensterglas und runzelt ein wenig die Stirn. Ich merke, dass sie mich nicht hören kann. Nicht richtig. Nicht durch diese Tür.

»Es tut mir so leid«, sage ich und hoffe, dass mein Gesichtsausdruck das Nichtgehörte vermittelt. »Ich habe schon so lange versucht, dich zu finden.«

Molly neigt ihren Kopf noch weiter zur Seite, ihre Augen sehen mich fragend an.

»Ich habe Ärger bekommen.«

Ihre Augen werden schmal, und ihre Ohren stehen steil in die Höhe.

»Ärger«, wiederhole ich, so laut, wie ich mich traue. Mit ein paar Gesten versuche ich zu verdeutlichen, dass ich ans Haus gefesselt war. »Ich war … ungezogen.«

Sie dreht sich zu Kitty, und es werden ein paar hastige Worte gewechselt, die wir auf unserer Seite des Fensters nicht verstehen können. Dann verlässt Kitty den Wintergarten, vermutlich läuft sie zu uns zurück, um eine Nachricht zu überbringen.

Kitty kann einfach wieder durch die schmale Fensteröffnung verschwinden, genauso wie sie hineingelangt ist. Aber Molly ist größer und nicht so geschickt im Überwinden hoher Mauern. Daher muss sie bleiben, wo sie ist, bis mir eine Möglichkeit einfällt, wie ich sie aus dem Haus befreien kann. Und auch ich muss bleiben, wo ich bin, nämlich auf meiner Seite des Fensters, wo ich mich nicht vernünftig mit Molly verständigen kann.

Außer durch die Hilfe einer Katze.

Ironie des Schicksals.

»Heute Nacht bin ich davongelaufen, aber sonst bin ich nachts immer eingesperrt.« Ich lege meine Pfoten gegen das Glas. »So etwa. Ich kann dann nicht raus.«

Sie nickt, als würde sie mich verstehen.

Und dann legt meine Schwester ihre Pfote auch an das Glas, direkt auf der Höhe von meiner.

Wir blicken uns in die Augen.

Ich muss an all die Situationen in meiner Kindheit denken, als ich ungezogen war und Molly mich geschimpft hat und wir uns daraufhin gebalgt und gezofft haben. Und dann muss ich daran denken, wie oft Molly Schmerzen im Bein hatte und ich sie unter dem Küchentisch der Mintons getröstet habe.

Kein Wunder, dass sie geheult hat, als die Katzen ihr sagten, dass ich irgendwo da draußen bin, ganz in der Nähe, und verzweifelt nach ihr suche. Ich bin normalerweise nicht nah am Wasser gebaut, aber jetzt will auch ich einfach losheulen. Wir sind uns so nah und doch so weit voneinander entfernt. Nur diese dünne Glasscheibe trennt uns. Doch es könnten genauso gut eine riesige Steinmauer sein oder endlose Felder in einer öden Landschaft. Ich kann sie sehen, aber wir können uns nicht hören oder umarmen. Ich bin also kaum einen Schritt weitergekommen in dem Vorhaben, meine Schwester zu retten.

»Ich werde dich da rausholen«, versuche ich sie zu beruhigen, obwohl ich ahne, dass sie nichts von dem hört, was ich sage. Doch vielleicht kann sie meinen Blick lesen. »Ich weiß nur noch nicht genau … wie ich es anstellen soll.«

Nun scheint sie tatsächlich meine Worte erraten zu haben. Denn auf einmal wirft sie den Kopf in den Nacken und heult los. So laut, als wäre ich gestorben.

Was vielleicht auch passiert, wenn wir hier auffliegen.

»Nein, wein doch nicht, Molly«, sage ich eindringlich und drücke meine Pfote fest gegen ihre auf der anderen Seite des Fensters. »Bitte nicht weinen.«

Doch ich bin selbst auch kurz davor. Ich muss mich schwer zusammenreißen, um nicht in ihr langes, trauriges Geheul einzustimmen.

»Rico?« Kitty taucht plötzlich auf dem Dach über unseren Köpfen auf. Sie läuft an der Rinne entlang, bevor sie hinunterspringt und schwer auf dem Gras landet. Sie ist ziemlich außer Atem, als sie uns erreicht. »Molly sagt, es gibt keine Möglichkeit, wie sie aus dem Haus gelangen kann.«

»Ja, das sehe ich auch«, entgegne ich.

»Sie sagt, wir sollen es nicht weiter versuchen. Nicht heute Nacht.«

Molly heult immer noch, und dann wird auf einmal ein Licht irgendwo im Haus angeknipst.

Ricos Augen glühen, als er sich vom Wintergarten abwendet. »Äh, ich will ja nicht deine Wiedervereinigung stören, Bertie, aber es sieht so aus, als wäre ein Mensch im Anmarsch.«

»Ja«, stimmt Kitty zu. »Zeit, nach Hause zu gehen.« Sie stößt mich am Hintern, und ich treffe sie absichtlich mit meinem Schwanzwedeln. Sie dreht sich zischend um: »Na warte, du Flohteppich.«

»Ich werde hierbleiben.«

Rico sieht mich entsetzt an. »So war das aber nicht ausgemacht.«

Von vorn dringt plötzlich ein unterdrücktes Bellen zu uns. Drei Mal kurz, um genau zu sein. Das Alarmsignal.

»Das ist Pepper«, murmelt Rico und starrt mich an. Das dreimalige kurze Bellen wird wiederholt. »O nein. Das ist nicht gut. Klingt nach Ärger. Wir sollten jetzt besser verschwinden.« Er wartet einen Moment, doch als ich mich nicht rühre, fügt er zögerlich hinzu: »Äh, *jetzt*, Bertie.«

»Geht ihr schon los.«

Kitty fährt mit ihren Krallen über mein Hinterteil. »Los jetzt«, knurrt sie. »Unter dem Gitter durch. Das ist ein Befehl. Wir sind hier fertig.«

Ich drehe mich zu Molly um.

Meine Schwester sieht unglücklich aus. Sie lässt ihre Pfote am Fenster hinabgleiten. Dann wendet sie sich ab und schüttelt verzweifelt den Kopf.

Im Haus gehen mehr Lichter an. Ich kann einen großen Schatten an der Rückwand des Wintergartens erkennen, der sich hin und her bewegt. Natürlich ist es sie, die Frau mit dem biestigen Gesicht. Langsam geht sie durch das Erdgeschoss des Hauses und auf den Wintergarten zu.

»Komm jetzt, Bertie«, flüstert Rico und ist schon aus meinem Sichtfeld im Dunkeln verschwunden, als er auf das Gitter zuläuft. »Wenn man Pepper vorn entdeckt, dann wird sie vielleicht am Halsband gegriffen oder … jemand ruft den Hundefänger. Das willst du doch nicht, oder?«

Es schnürt mir fast die Luft ab, Molly weiter anzusehen.

»Wir sind der Klub der Pfoten«, ermahnt er mich nachdrücklich. »Wir bleiben zusammen. Wir riskieren nicht, dass man eines unserer Mitglieder erwischt.«

Kitty wartet noch in der Nähe auf mich. Doch sie sieht mich durchdringend aus ihren großen Augen an. »Deine Schwester hat mir gesagt, dass sie nach Einbruch der Dunkelheit versuchen wird, ins Freie zu gelangen. So wie wir. Ich habe ihr versprochen, dass wir wiederkommen. Morgen zur selben Zeit.«

Doch da wird die Tür des Wintergartens aufgestoßen, und groß und hager steht diese Frau im Türrahmen, in einem viel zu weiten Morgenmantel, die Haare stehen in alle Richtungen ab, und sie sieht entrüstet auf Molly herab.

Wie kann ich Molly jetzt nur allein lassen? Vermutlich wird sie geschimpft und womöglich sogar bestraft?

Ich rühre mich nicht vom Fleck, fühle mich hin- und hergerissen.

Doch ich ahne, was Molly mir raten würde, wenn sie jetzt hier draußen bei uns wäre. Ihr Ratschlag würde nicht lauten, dass ich bleiben soll.

Die Frau späht nun mit weit aufgerissenen Augen hinaus ins Dunkle, als könne sie uns dort erblicken. Die Geister, die ihren Garten bevölkern.

»Bertie, schnell!«, zischt Kitty.

Ich gebe mich geschlagen.

Ich drehe mich um und laufe auf das Eisentor zu, nehme die Katzen wahr, die neben mir rennen, und krieche dann so eilig unter dem Gitter durch, dass sich das kalte Metall in meine Schulter bohrt. Pepper wartet nervös am Eingang auf uns. Dann rasen wir gemeinsam die Straße entlang nach Hause. Zurück in unser gewohntes Leben mit liebevollen Menschen, gemütlichen Körbchen und leckeren Mahlzeiten.

Ich fühle mich, als hätte ich meine Schwester im Stich gelassen.

Schon wieder.

Doch in meinem Herzen macht sich jetzt immerhin ein größerer Hoffnungsschimmer breit. Ich habe Molly gesehen, unsere Pfoten haben sich beinahe berührt – nur die Glasscheibe lag zwischen uns. Und sie hat Kitty versprochen, dass sie versuchen wird wegzulaufen, so wie wir. Und dann werden wir wieder vereint sein und gemeinsam durch die Straßen scharwenzeln.

Morgen Abend.

An diese Hoffnung klammere ich mich und bete, dass ich nach dem heutigen Ausbruch nicht für immer Hausarrest bekomme.

Wir biegen rennend um eine Ecke, unsere Pfoten fliegen über den kalten Asphalt, als Pepper mit einer Laterne zusammenstößt. Sofort wendet Rico sich ihr zu, doch sie rappelt sich schon wieder auf und trippelt mit verwirrtem Gesichtsausdruck ein paar wackelige Schritte vorwärts. »Hast du dir wehgetan, Pepper?«

»Ach, nur ein leichter Schlag auf den Kopf …« Sie schüttelt sich einmal und stößt dann ein überraschtes Bellen aus, bevor sie wieder in einen Trott verfällt und schließlich immer schneller läuft. »Verrückte Sache.«

Ich kann mir ein kurzes Grinsen nicht verkneifen, ehe ich ebenfalls wieder an Geschwindigkeit zulege.

Wir haben es geschafft.

Der Klub der Pfoten hat es geschafft.

Wir sind von zu Hause weggelaufen und haben Molly gefunden. Und morgen Abend werden wir wieder in ihre Straße zurückkehren. Aber diesmal mit einem besseren Plan und mit der Mission, sie aus den Fängen dieser Frau zu befreien.

»Verrückte Sache.«

Die Straßen sind leer, und wir gelangen ohne weitere Zwischenfälle nach Hause. Noch ist es dunkel. Pepper legt sich vor ihrer Terrassentür zum Schlafen, völlig erschöpft von unserem Abenteuer, und Rico trottet gedankenverloren hinter ihr her. Kitty wirft mir einen Blick zu, bevor sie auf einen Baum klettert und im Dickicht der Äste verschwindet.

Unser Haus liegt dunkel und still vor mir.

Ich setze mich vor die Terrassentür und beginne zu frösteln, jetzt wo ich nicht mehr wild umherrenne. Ich blicke zum Himmel hinauf. Mein Gefühl sagt mir, dass es bis zum Morgen noch eine ganze Weile dauern wird. Und weit und breit kein gemütlicher Schlafplatz in Sicht. Meine Pfoten tun mir weh nach dem langen Laufen auf hartem Untergrund, und meine Schulter schmerzt an der Stelle, wo ich mich unter dem Eisentor hindurchgequetscht habe. Ich wünschte, ich könnte mich drinnen in meinem Korb neben dem warmen Ofen zusammenrollen.

Doch dann muss ich wieder an Mollys liebes Gesicht hinter der Glasscheibe denken, ihre Pfote, die sich an meine gedrückt hat, und noch einmal wird mir bewusst, dass sich alles schon allein dafür gelohnt hat.

Auch wenn es nur wenige Minuten waren, die wir uns gesehen haben – sie waren wertvoll.

Inzwischen renne ich – um mich warm zu halten – auf der Veranda hin und her. Aber die Steinfliesen unter meinen Pfoten sind eisig, und die Luft schneidend kalt, sodass es wehtut, wenn man zu tief einatmet. Granny M hat vor ein paar Tagen gesagt, dass es dieses Jahr an Weihnachten schneien könnte, das kann ich mir jetzt sehr gut vorstellen. Alles um mich herum fühlt sich gerade sehr kalt an. Kalt und leblos. Doch das liegt vielleicht nur daran, dass ich hier draußen im Dunkeln bin anstatt drinnen bei den Menschen, die ich lieb gewonnen habe.

Und da geht, wie durch ein kleines Wunder, im Haus ein Licht an. Granny Margaret kommt in ein großes Tuch gewickelt und mit einer Schlafhaube auf dem Kopf in die Küche, schließt die Tür auf und steckt ihren Kopf heraus.

»Bertie?«, flüstert sie unsicher.

Ich belle einmal kurz und laufe auf sie zu, so erleichtert, sie zu sehen.

»Ach, Bertie«, sagt sie und hält die Tür weit auf, um mich hineinzulassen.

Ich laufe an ihr vorbei in die warme Küche hinein. Jetzt kann ich mich endlich entspannen, denn ich bin wieder da, wo ich hingehöre.

Granny Margaret lässt ihren Blick zurück in den Garten schweifen und schnalzt einmal mit der Zunge, wie sie es immer tut, wenn sie die Katzen ruft. Doch Rico und Kitty sind nirgends zu sehen, also schließt sie schulterzuckend die Tür.

»Wo um alles in der Welt warst du, du dummer kleiner Hund?« Sie sieht mich prüfend an. »Was hast du heute Nacht angestellt, Bertie? Ich kam nach unten und habe das Fenster offen stehen sehen. Und ihr wart alle drei verschwunden.« Sie streichelt meine Ohren. »Ich muss unbedingt John bitten, den Fenstergriff zu reparieren. Ich habe mir große Sorgen um euch gemacht.«

Meine Gewissensbisse sind so groß, dass ich ihr gar nicht richtig in die Augen sehen kann.

Nachdem Granny M mir frisches Wasser und Hundecracker hingestellt und sich selbst eine Tasse Tee zubereitet hat, stürze ich alles hinunter. Schließlich pfeift sie nach mir, damit ich ihr nach oben folge.

»Ich kenne da einen kleinen Jungen, der dringend einen Freund braucht.« Sie macht vorsichtig die Tür zum Kinderzimmer auf und winkt mich hinein. »Komm schon, hoch mit dir.«

Ich springe auf das Bett und klettere über Sams ausgestreckte Arme und Beine. Der Junge schläft, bewegt sich aber ein wenig, als ich mich neben ihm zusammenrolle.

»Bertie?«, murmelt er und legt einen Arm um mich.

Granny M schließt lächelnd die Tür.

Eng an Sams weichen Körper gedrückt liege ich im Dunkeln und überlege angestrengt, wie wir es anstellen können, uns morgen Abend wieder hinauszustehlen, um Molly zu retten. Ich habe fest vor, so lange wach zu bleiben, bis ich den perfekten Plan ausgearbeitet habe. Doch es ist hier so angenehm warm, und ich bin so erleichtert, wieder sicher zu Hause zu sein, bei der Familie, zu der ich gehöre, dass ich kaum meine Augen offen halten kann. Und schon nach kurzer Zeit wird mein Atem langsamer und tiefer, um schließlich ganz ruhig im Einklang mit Sams Atem zu fließen …

21

Am nächsten Tag unterhalte ich mich aufgeregt mit Pepper und den Katzen am Gartenteich über den Plan zu Mollys Befreiung, als Mr Green zum Gartenhäuschen stapft und einen großen Werkzeugkasten hervorholt. Er geht eilig ins Haus zurück, und ein paar Minuten später hören wir, wie er sich an dem kaputten Fenstergriff zu schaffen macht.

Rico, der seine Ohren gespitzt in Richtung Küche hält, fragt plötzlich: »Wie wollen wir uns heute Nacht bloß rausstehlen, wenn Mr Green den Griff repariert hat?«

Pepper lässt ihren Blick zum Haus wandern. »O nein.«

Ich könnte vor Wut heulen. Granny M hatte gestern Nacht ja bereits gesagt, dass sie ihn bitten würde, den Griff in Ordnung zu bringen. Aber ich hätte nie gedacht, dass er es so schnell in Angriff nehmen würde. »Molly rechnet fest damit, dass wir kommen. Sie hat vor, heute Abend wegzulaufen und auf uns zu warten.« Ermattet und durcheinander setze ich mich erst mal hin. »Das ist eine Katastrophe.«

»Das hätte ich euch gleich sagen können.« Kitty springt mit einem Ausdruck der Gleichgültigkeit auf die Umrandung des Gartenteichs, wo ihr Bruder bereits sitzt. Sie stolziert auf den schmalen Steinen herum, und schnuppert am eisigen Wasser. »Ich will ja nicht deine Träume zerstören, Bertie, aber vielleicht ist es an der Zeit, sich den Tatsachen zu stellen.«

»Die da wären?«

»Deine Schwester hat eine neue Besitzerin. Du lebst

hier. Sie lebt an einem anderen Ort. Es wird nicht funktionieren, dass ihr zusammenlebt, auch wenn es dir gelingt, sie heute Nacht zu befreien.«

Meine Wut wird noch größer. »Das ist *deine* Meinung, die will dir auch niemand streitig machen.«

»Es ist nicht nur *meine* Meinung. Es ist das, was wir alle insgeheim denken, habe ich recht?« Sie sieht die anderen der Reihe nach an, setzt sich dann hin und schlingt ihren gestreiften Schwanz wie ein Fragezeichen um ihre Vorderpfoten. »Du hast das nicht vollständig durchdacht. Wie immer. Bei dir kommt alles aus dem Bauch heraus. Du benutzt dein Gehirn nicht.«

Ich stoße ein kurzes, wütendes Bellen aus. »Komm runter und sag das noch einmal!«

»Du hast also vor, deine Schwester heute Nacht aus dem Haus zu befreien? Ihr zu helfen, den Fängen der bösen Frau zu entkommen?«

»Ja, richtig.«

»Und woher weißt du so genau, dass sie böse ist?«

Ich lache laut auf. »Ihr habt sie gesehen.«

»Aber ihr Haus sah recht gemütlich aus. Etwas unordentlich vielleicht, aber gemütlich. Deine Schwester hat ihr eigenes Körbchen. Mit einer flauschigen Decke. So eines hätte ich auch gerne.« Kitty blickt mich triumphierend an. »Und sie sah keineswegs unterernährt aus. Oder so, als würde sie geschlagen. Oder als hätte sie Angst.«

»Das ist wieder *deine* Meinung.«

Ich unterdrücke einen spontanen Impuls, die Katze den nächsten Baum hochzujagen. Kitty gehört jetzt zu meinem Haushalt, also darf sie eine Meinung haben, wie jeder andere auch. Ich muss ihr nur ein paar Dinge klarmachen, das ist alles.

»Schau mal«, sage ich um einen ruhigen Ton bemüht, »du hast die verkniffene Frau doch nur aus der Ferne gesehen. Stimmt's?«

Kitty zuckt mit den Schultern.

»Ich dagegen habe sie persönlich kennengelernt«, erkläre ich. »Ich habe sie im Tierheim ganz aus der Nähe gesehen. Und glaub mir, sie war böse. Der Typ Mensch, dem es Freude bereitet, Hunde leiden zu sehen.«

»Gut«, räumt sie ein, »gehen wir also davon aus, dass Molly sich an einem schrecklichen Ort befindet und du sie befreien wirst. Nur – wo soll sie leben, wenn ihr die Flucht gelungen ist?«

Ich blicke mich zögernd im eisigen Garten um. »Irgendwo hier, denke ich. Vielleicht im … Gartenhäuschen?«

»Und dort wird Mr Green sie nicht finden?«

Ich runzle die Stirn. Verdammte Katze. Sie hat recht, das muss ich zu meinem Verdruss zugeben. Ich habe darüber nicht ausreichend nachgedacht. Bis jetzt erschien es mir wichtiger, mich auf Mollys Befreiung aus ihrem Gefängnis zu konzentrieren. Ich habe mir keine Gedanken darüber gemacht, wo sie danach leben würde.

»Nun, wenn er sie findet«, sage ich langsam, »wird er sie vermutlich auch aufnehmen wollen, so wie mich. Granny M wird das auf jeden Fall wollen. Sie ist eine kluge Frau.«

»Oh, da stimme ich dir zu«, sagt Kitty mit säuselnder Stimme. »Sie ist sogar so klug, dass sie sofort das Tierheim anruft, wenn sie in ihrem Garten einen Beagle entdeckt, der so aussieht wie du. Und dann ruft das Tierheim diese Frau an, und die kommt noch am selben Tag vorbei und holt Molly ab.«

Ich erwidere nichts.

»Und dann sind wir wieder da, wo wir angefangen

haben«, beendet Kitty ihre Ausführungen, wobei sie mich mit ihren gelben Augen fixiert. »Mit dem Unterschied, dass Molly dann großen Ärger mit ihrer Besitzerin bekommt, weil sie weggelaufen ist. Und dass wir alle unsere Zeit mit dem Versuch, ihr zu helfen, vergeudet haben. So viel also zu den Heldentaten des Pfotenklubs.«

Ich hätte sie doch auf den Baum jagen sollen, denke ich. Das hätte ein lustiges Bild abgegeben, wenn sie versucht hätte, kopfüber an einem Ast baumelnd ihren Satz zu beenden.

In diesem Augenblick ertönt ein Pfiff. Es ist Peppers Herrchen. Eilig macht sie sich auf den Weg zu ihm, dreht sich aber noch einmal zu uns um. Ihre Stimme klingt bedrückt. »Ich will noch gar nicht g…gehen«, stammelt sie. »Ich gehöre doch zu euch. Zum Klub der Pfoten.«

Es ertönt ein zweiter Pfiff. »Pepper, bei Fuß.«

Rico sieht sie an. »Du solltest jetzt besser gehen«, sagt er. »Du willst doch keinen Ärger, besonders nach letzter Nacht.«

»Wir treffen dich heute Abend wie verabredet, Pepper«, sage ich aufmunternd. »Vorausgesetzt, wir können das Haus verlassen.«

Sie schüttelt traurig den Kopf. »Daraus wird nichts. Sie haben eine alte Rasenwalze vor die Öffnung in der Hecke gestellt. Ich habe schon versucht, sie zu bewegen, aber sie ist einfach zu schwer.«

»Wir müssen also einen anderen Weg nach draußen finden.«

Ein weiterer Pfiff, diesmal viel lauter. »Pepper, komm jetzt her!«

Sie stupst uns alle der Reihe nach an, mit bekümmerter Miene, gesenktem Kopf und hängendem Schwanz. »Bis später«, murmelt sie, bevor sie ihrem Herrchen entgegenläuft. Er zieht sie durch die enge Lücke im Zaun und wirft uns dabei einen verärgerten Blick zu. Offenbar hat sie nach dem Ausbruch gestern Nacht bereits Ärger bekommen. Arme Pepper.

Als ich mich wegdrehe und zur Terrasse blicke, sehe ich Granny M im offenen Türrahmen stehen. Sie schüttelt einen Teppich aus, während Rico an ihr vorbei in die Küche rennt. Prüfend blickt sie Kitty und mich an, beinahe so, als wüsste sie, was vor sich geht. Was natürlich nicht sein kann.

Obwohl sie eine sehr kluge Frau ist.

»Möchtest du einen Cracker, Bertie?«, ruft sie plötzlich.

Eine wirklich kluge Frau.

Freudig mit dem Schwanz wedelnd richte ich mich auf.

»Hach, das ist ja typisch Hund. Kaum bietet man euch einen Cracker an, vergesst ihr alles andere«, höhnt Kitty und springt von der Umrandung des Gartenteichs herab, um ihre Krallen an einem alten Spalierzaun zu wetzen.

»Ich muss eben so viel Kraft tanken, wie ich kann«, entgegne ich ein wenig entrüstet und in meiner Würde getroffen. »Vor mir liegt eine lange, anstrengende Nacht.«

Sie blickt mich eindringlich an. »Du hast doch nicht ernsthaft vor, heute Nacht wieder zu Mollys Haus zu gehen? Jetzt, wo der Fenstergriff repariert und die Öffnung in der Hecke zugestellt ist?«

Einen Moment lang überlege ich. Vielleicht hat sie recht, und ich sollte es heute Nacht nicht noch einmal riskieren. Nicht aufgrund der Schwierigkeiten hinauszugelangen, sondern weil die Situation der Greens im Augenblick so unsicher ist.

Es wäre unverzeihlich, wenn mein Wunsch, Molly zu

retten, für den Zusammenbruch meiner eigenen Familie verantwortlich wäre. Es ist alles so angespannt, besonders jetzt so kurz vor Weihnachten.

»Ich werde noch einmal darüber nachdenken«, sage ich zuversichtlicher, als ich mich fühle. »Aber ich muss einen Weg finden. Molly ist mein Fleisch und Blut. Und sie verlässt sich auf mich.«

Ich laufe langsam ins Haus, um mir den versprochenen Keks abzuholen.

Mir ist klar, dass die Katze nicht übertrieben hat. Die Sache ist tatsächlich hochproblematisch. Und sie wird noch schwieriger dadurch, dass ich Granny Margaret und Sam nicht in Sorge versetzen möchte – Mr Green noch weniger –, indem ich weglaufe.

Ich liebe Molly. Doch die Greens sind jetzt auch meine Familie.

Sam sitzt am Küchentisch und zeichnet etwas in ein Notizbuch. Ich laufe zu ihm, um mich an seinen baumelnden Beinen zu reiben. Er bückt sich hinab, streichelt mir den Kopf und zeichnet dann weiter, ohne ein Wort zu sagen.

»Hier bitte«, sagt Granny Margaret und hält mir einen großen Hundecracker in Form eines Knochens hin. Ich schnappe ihn mir vorsichtig aus ihrer Hand und laufe damit zu meinem Körbchen. Der cremig-würzige Duft, der an meine Nase dringt, erinnert mich an die Zeit, als ich noch ein Welpe war, als ich geknuddelt wurde und Leckerlis bekam und mit Molly herumtollte.

Mr Green ist gerade mit dem Fenstergriff fertig geworden und packt sein Werkzeug weg. »Eigentlich bräuchten wir einen neuen Griff«, erklärt er Granny M. »Nach Weihnachten werde ich einen besorgen. Für den Moment habe ich das Fenster mit einem Draht gesichert, das sollte halten.«

»Das ist eine gute Idee.«

»Ich kann mir gar nicht erklären, wie das Fenster in der Nacht aufgegangen ist.«

Granny Margaret zuckt mit den Schultern, wirft mir jedoch einen abschätzigen Blick zu, als sie murmelt: »Vielleicht war es der Wind? Oder eine der Katzen hat sich dagegengelehnt.«

Als Mr Green sein Werkzeug wieder im Gartenhaus verstaut hat, starre ich auf das gesicherte Fenster und frage mich, wie um alles in der Welt ich das Versprechen halten soll, das ich meiner Schwester gegeben habe.

Ich wünschte, ich könnte meinen Menschen von Molly erzählen, aber das geht natürlich nicht. Vielleicht sollte ich bis nach Weihnachten warten. Oder mich heute Nacht wieder davonschleichen, vielleicht, ehe sie die Tür am späten Abend abschließen. Und dann irgendwie über die Steinmauer hinten im Garten klettern, mich durch die Nachbargärten arbeiten, bis ich am Ende auf die Straße gelange.

Was ich auf keinen Fall tun kann, ist aufgeben. Molly wartet darauf, dass ich zurückkomme, um sie zu holen.

»Du meine Güte, Sam«, ruft Granny M aus, als sie im Vorbeigehen einen Blick in Sams Notizbuch wirft. Sie hält in jeder Hand eine mit Folie umwickelte Keksdose und sieht sich Sams Zeichnungen an. »Das sieht aber nicht sehr … hübsch aus. Was sind das für Gestalten?«

»Zombies.«

»Oh.« Sie sieht ihn überrascht an. »Ich wusste gar nicht, dass dir solche Geschichten gefallen.«

Er zuckt mit den Schultern und zeichnet weiter.

»Was ist das hier?«, fragt sie, ihren Blick immer noch auf

die Zeichnungen geheftet. »Ist das eine Axt? Und das … ist das ein Gewehr?« Als er nicht reagiert, sagt sie: »Du solltest nicht solche Sachen zeichnen, Sam. Das gehört sich nicht.«

Er springt auf und schlägt das Notizbuch zu. »Warum kümmerst du dich nicht um deine Angelegenheiten? Es ist nur ein Bild, mehr nicht.«

»Sam!«

Ich blicke zur Terrassentür, die trotz der kalten Temperaturen offen gelassen wurde. Mr Green steht mit schmutzigen Händen davor und tritt seine Stiefel ab, ehe er hereinkommt. Er sieht Sam aufgebracht an. »Ich möchte dich nie wieder so mit deiner Großmutter reden hören«, ermahnt er seinen Sohn. »Entschuldige dich sofort bei ihr.«

Sams Unterlippe zittert. »Nein.«

»Wie bitte?«

»Granny hat kein Recht, mir zu sagen, was ich zeichnen soll und was nicht.« Er klemmt sich das Notizbuch unter den Arm, verlässt aber nicht den Tisch, sondern hält dem Blick der beiden mit bleichem Gesicht und rot geränderten Augen stand. »Ich habe Zombies gemalt, mehr nicht. Es war nur ein Bild, ein Spaß. Warum darf ich nicht zeichnen, was mir gefällt?«

»Entschuldige dich«, sagt sein Vater streng. »Jetzt sofort, sonst kannst du Weihnachten vergessen.«

Granny M sagt bestürzt: »Oh, nein, John, nein.«

»Misch dich bitte nicht ein, Margaret.« Mr Green zieht seine Stiefel aus und kommt auf Socken in die Küche. Er ist außer sich vor Wut, seine Wangen sind rot. »Es tut mir leid, aber Sam muss lernen, dass er sich nicht so schlecht benehmen kann, ohne dafür bestraft zu werden.«

»Ich bin sicher, dass er das weiß.«

»Tatsächlich?« Mr Green lässt seinen unnachgiebigen

Blick zu mir hinüberwandern. Ich stehe in meinem Korb, kaue auf dem knochenförmigen Keks herum und höre zu. »Er ermuntert ja sogar Bertie, sich schlecht zu benehmen.«

Ich schlucke hastig, und der Keks fällt zu Boden.

»Dieser Hund braucht eine ordentliche Erziehung. Das habe ich schon so oft gesagt. Aber ich höre immer nur Ausflüchte.« Mr Green schüttelt den Kopf. »Ich glaube, wir haben mit Bertie wirklich einen Fehler gemacht.«

»Nein«, ruft Sam sofort.

»Wir haben nicht richtig darüber nachgedacht, was für einen Hund wir brauchen. Beagles sind sehr temperamentvoll. Sie benötigen eine strenge Erziehung, sonst werden sie unberechenbar und destruktiv.«

»Das ist nicht wahr, John.« Granny schüttelt heftig den Kopf. »Bertie ist nicht destruktiv. Er ist vielleicht ein wenig ungehorsam.«

Mr Green fährt sich mit der Hand durchs Haar, das daraufhin wild in alle Richtungen absteht. Er könnte fast als Komiker durchgehen, hätte er nicht diesen zornigen Ausdruck im Gesicht. Er scheint extrem angespannt zu sein. »Und wer hat dann den Fenstergriff kaputt gemacht?«

»Das können auch die Katzen gewesen sein.«

»Nun, wie auch immer er in die Brüche ging, es ist sehr ärgerlich. Denn Bertie konnte dadurch hinausgelangen, während wir im Bett lagen. Wer weiß, was er alles angestellt hat, ohne dass wir etwas davon mitbekommen haben. Und wie ich gehört habe, war Pepper letzte Nacht ebenfalls verschwunden. Zu dieser Zeit sind die Straßen sehr befahren, sogar nachts. Sie hätten beide unter ein Auto kommen können. Und dann musste ich noch den ganzen Vormittag damit zubringen, den Griff zu reparieren, damit Bertie nicht noch einmal abhauen kann. Ich kann einfach nicht noch mehr Probleme gebrauchen, Margaret, zusätzlich zu …« Er zieht scharf die Luft ein, ehe er seinen Satz beendet. »Zusätzlich zu allem anderen.«

»Ach, John«, sagt Granny Margaret traurig. Ihr Blick wandert hinüber zu der Wand, an der das Foto von Jenny, Sams Mutter, hängt.

»Nein, ich habe mich entschieden. Nach Weihnachten muss Bertie gehen.«

Als Sam sogleich in Protest ausbrechen will, zieht sich Mr Greens Gesicht zusammen. Wenigstens sieht auch er unglücklich aus, denke ich. Doch unter der Last der unterschiedlichen Gefühle, die mich aus den Mienen der Familie Green anblicken, ducke ich mich unbewusst. Habe ich das alles verursacht?

»Sam, ich weiß, dass das schwer für dich ist. Und es tut mir auch leid. Es liegt aber nicht nur daran, dass der Hund uns Kopfzerbrechen bereitet. Gestern haben wir dein Zeugnis von der Schule bekommen. Es ist nicht gut. Gar nicht gut. Deine schulischen Leistungen leiden. Du verbringst abends zu viel Zeit mit Bertie und spielst mit ihm, anstatt dich auf deine Hausaufgaben zu konzentrieren.«

»Aber wenn … wenn du mir Bertie wegnimmst, habe ich gar nichts mehr.« Sams Gesicht hat sich vor Schmerz verzogen. »Nichts, hörst du?«

»Du hast mich und deine Großmutter«, entgegnet sein Vater streng. »Und Kitty und Rico. Das war früher auch genug.«

»Du darfst ihn mir nicht wegnehmen. Das darfst du einfach nicht!« Sam schreit nun beinahe. »Ich liebe Bertie.«

Mr Green seufzt. Er hat beide Hände zu Fäusten geballt und wirkt innerlich schwer zerrissen. »Es tut mir wirklich leid, ehrlich, aber ich weiß nicht, was ich anderes tun soll.«

Sam stürmt aus der Küche und poltert die Treppe hinauf.

Granny M sieht Mr Green an. Ihre Lippen zittern nun auch, wie zuvor Sams. Sie ringt um Fassung. »Ich verstehe ja, dass du um die beste Lösung bemüht bist. Aber ich möchte auch, dass Bertie bleibt.«

»Bei all dem Ärger, den er verursacht?«, fragt er überrascht.

»Ja, trotzdem.«

Er sieht sie hilflos an und zuckt dann die Schultern. »Wenn du glaubst, dass ich einen Fehler mache, okay … Ich versuche eben nur, vernünftig zu sein.«

»Manchmal muss man unvernünftig sein. Menschlich.«

Mr Green steigt wieder in seine Stiefel, seine Miene aufgewühlt und verdrossen. »Ich weiß nicht genau, was du damit sagen willst, Margaret. Aber ich weiß, dass ich die Verantwortung für Bertie habe, rechtlich gesehen. Und wenn er wegläuft und draußen irgendetwas anstellt, dann ist das meine Schuld.« Er holt tief Luft. »Gut, und jetzt gehe ich in den Garten. Bertie hat offenbar einen schlechten Einfluss auf Pepper, und daher habe ich zugestimmt, das Loch im Zaun zu reparieren, damit Pepper nicht mehr in unseren Garten kommen kann.«

»Nun, ich muss auch weg.«

Er runzelt die Stirn. »Schon wieder?«

»Ich bin dieses Jahr für die Blumenarrangements in der Kirche verantwortlich. Und anscheinend gab es ein Problem mit den Stechpalmenzweigen.« Sie deutet mit dem Kopf auf die Dosen mit den köstlich duftenden Lebkuchen. »Außerdem muss ich vorher noch die Lebkuchen bei Shirley vorbeibringen, denn morgen verteilt sie für ›Essen auf Rädern‹ die Feiertagsspenden.«

Er überlegt kurz und sagt dann seufzend: »Gut, dann sag doch Sam bitte, dass er in den Garten kommen soll, damit ich ein Auge auf ihn haben kann.«

»Sei nicht zu streng mit dem Jungen«, ermahnt sie ihn sanft und fügt dann hinzu: »Ich habe dir eine Tasse Tee gemacht. Und einen Lebkuchen hingestellt.«

»Danke. Ich werde ihn später trinken.«

Er wendet sich zum Gehen, und Granny M sieht ihm kopfschüttelnd und besorgt hinterher, als er im Garten verschwindet.

»Ach, Bertie, der arme Mann«, sagt sie und greift nach ihrem Mantel, der über der Stuhllehne hängt. »Er muss aufhören, alles und jeden kontrollieren zu wollen, und sich lieber das Gute in seinem Leben vor Augen führen.«

Sie lächelt mir zu, aber es ist ein dünnes, erschöpftes Lächeln. »Mach dir keine Sorgen, ich werde nicht zulassen, dass er dich ins Tierheim zurückbringt. Aber du musst dich über Weihnachten gut benehmen und dich von Pepper nebenan fernhalten. Versprochen?« Sie bückt sich, um meine Ohren zu streicheln, verzieht dann aber plötzlich angewidert das Gesicht. »Bertie, du meine Güte! Du hast etwas furchtbar Klebriges am Kopf. Halt mal still.«

Geduldig sitze ich vor ihr, während sie mit einem feuchten Tuch den Rest der klebrigen Masse des Befreiungskommandos von letzter Nacht aus meinem Gesicht wischt.

»Jetzt ist es besser.«

Dann eilt sie mit dem Schlüsselbund in der einen und den Dosen mit den köstlich duftenden Lebkuchen in der anderen Hand aus der Küche.

Im Flur ruft sie Sam nach oben zu, dass er in den Garten zu seinem Vater gehen soll. Sie ergänzt: »Ich werde nur etwa eine Stunde weg sein. Danach setzen wir uns zusammen und besprechen alles. Bitte mach dir keine Sorgen. Dein Vater ist manchmal etwas unbeherrscht, meint es aber nicht so.«

Dann schließt sich die Haustür, und alles wird still.

Ich werde nicht zulassen, dass er dich ins Tierheim zurückbringt.

Ob ich mich darauf verlassen kann?

Ich mache mir trotz Granny Margarets Beteuerungen große Sorgen.

Sam war auch sehr besorgt.

Und Mr Green wird ohne Zweifel noch wilder entschlossen sein, falls es mir gelingen sollte, mich heute Nacht wieder davonzustehlen. Vielleicht sollte ich meine Hoffnungen, Molly vor Weihnachten zu befreien, begraben. Die Situation in diesem Haus ist bereits zum Zerreißen gespannt, da muss ich nicht auch noch so verantwortungslos sein und weglaufen.

Doch was ist mit Molly?

Meine Schwester leidet vielleicht schrecklich – während ich hier in meinem gemütlichen Korb liege, diesen leckeren Keks verspeise und darüber nachdenke, Molly noch weitere Tage in den Fängen der verkniffenen Frau zu lassen.

Ich breche in trauriges Winseln aus, aber das hilft auch nicht.

Wenn ich doch nur wüsste, was ich tun soll. Ich brauche dringend einen neuen Kriegsrat. Vielleicht sollte ich Kitty bitten, für heute im Lauf des Tages einen einzuberufen. Es fällt mir sehr schwer einzugestehen, dass ich Hilfe brauche, aber schließlich bin ich jetzt Mitglied eines Klubs. Des Klubs der Pfoten. Und was ich nicht allein schaffen kann, gelingt mir vielleicht mit der Hilfe meiner neuen Freunde.

Als ich den letzten Rest des köstlichen Kekses vertilgt habe, mache ich mich auf in den ersten Stock, um nach Sam zu sehen. Mein Bauch ist wohlig warm und gut gefüllt. Vor Sams Zimmertür bleibe ich ein wenig verunsichert stehen. Lautes Schlagen und eiliges Stampfen dringt zu mir heraus. Schubladen werden aufgerissen, Schritte laufen hierhin und dorthin.

Ich winsele und kratze an der Tür. Doch sie bleibt geschlossen.

Mein Spürsinn sagt mir, dass hier etwas absolut nicht in Ordnung ist.

Dann geht die Zimmertür auf, und Sam erscheint in Jacke, Mütze und Schal gehüllt, als hätte er vor, irgendwo hinzufahren. In der Hand hat er eine Angelrute, auf dem Rücken einen Rucksack, über seine Backen laufen Tränen. Auf seinem Gesicht liegt ein trotziger Ausdruck, als wäre es ihm ganz egal, was andere sagen oder denken. Als hätte er nur noch ein Ziel vor Augen.

Seine Miene erinnert mich an meine eigene Stimmung von letzter Nacht. Bevor ich Molly gefunden habe.

»Ach, Bertie«, sagt er und lässt sich oben an der Treppe auf die Knie fallen, um mich unbeholfen zu umarmen. Er vergräbt sein Gesicht an meinem Hals. »Bitte pass auf Granny M und … auch auf meinen Vater auf. Er liebt mich nicht, aber ich ihn schon. Ich weiß, dass du gut auf ihn achtgeben wirst. Dafür sorgen wirst, dass er ein schönes Weihnachten hat. Mein Geschenk für ihn ist das mit … mit dem goldenen Papier.«

Er krault meine Ohren und schluchzt dann: »Ich kann mich doch auf dich verlassen, oder, Bertie? Du sorgst dafür, dass Dad das richtige Geschenk bekommt?«

Ich weiß, dass du gut auf ihn achtgeben wirst.

Das verstehe ich nicht. Was bedeutet das?

Sehr besorgt gebe ich ein schwaches Bellen von mir.

»Still, Bertie, du musst dir keine Gedanken machen«, sagt er, um mich zu beruhigen, was überhaupt nicht funktioniert, denn ich bin alles andere als beruhigt. »Es ist das Beste, glaub mir. Dad gibt mir die Schuld an dem, was mit Mum passiert ist. Deshalb ist er immer so schlecht auf mich zu sprechen.« Er schluckt einmal schwer und fährt sich mit dem Ärmel über das nasse Gesicht. »Aber du wirst schon sehen, wenn ich erst einmal weg bin, wird Dad viel glücklicher sein. Er wird nicht mehr so viel herumschreien. Und er wird dich nicht ins Tierheim zurückbringen, wenn ich ihn nicht mehr ständig auf die Palme bringe und er immer an … Mum denken muss.«

Mein Schwanzwedeln sieht Sam nicht mehr, stattdessen geht er resigniert die Treppe hinunter in Richtung Haustür, während ich ratlos hinter ihm her sehe.

Jetzt belle ich wieder, diesmal lauter, und renne hinter ihm die Stufen hinab, so schnell, dass ich beinahe ausrutsche und über meine eigenen Ohren stolpere. Sam darf nicht allein rausgehen. Diese Regel kenne ich sehr gut, auch wenn mir die Regeln, die mich selbst betreffen, manchmal entfallen.

Tränenüberströmt sieht er mich noch einmal an. »Ich kann dich nicht mitnehmen, Bertie«, sagt er mit heiserer Stimme. »Ich habe nicht genug Essen für uns beide. Außerdem könntest du bellen und mich damit verraten. Ich muss mich verstecken.« Er öffnet die Tür und späht hinaus. Kalte Luft dringt herein und lässt mich erschauern, aber er ist fest entschlossen. »Vielleicht sehen wir uns nie wieder, Bertie. Wir müssen uns also verabschieden. Vielen Dank für …«

Ihm fehlen die Worte, und so tritt er hinaus in die kalte, graue Welt. Die Haustür schlägt hinter ihm zu.

Eine ganze Weile starre ich fassungslos auf die Tür. Dann laufe ich in die Küche und belle wie verrückt. Es ist niemand da.

Weit hinten im Garten entdecke ich Mr Green. Er ist über die Lücke im Zaun gebeugt und wendet mir den Rücken zu. Ich belle und kläffe, so laut ich kann, aber er reagiert nicht darauf. Mir wird vor Sorge ganz schwindlig. Alles läuft schief. Was soll Sam da draußen bloß ganz allein machen? Was soll er essen? Wo soll er schlafen? Wie soll er bei diesem eisigen, bitterkalten Wetter überleben? Er ist doch noch ein Kind, und er wirkte so durcheinander, so verstört, als er da stand und ihm die Tränen über die Wangen liefen.

Und dann fällt mir ein, was Mr Green über den starken Verkehr an Weihnachten gesagt hat, und ich werde von einer neuen Sorge ergriffen. Was, wenn Sam so sehr weinen muss, dass er nicht auf den Weg achten kann und vor ein Auto läuft?

Oh, das ist alles meine Schuld.

Ich laufe zurück in die Diele und springe jaulend und winselnd an der Eingangstür hoch. Vielleicht kann ich Sam hinterherlaufen? Doch die Tür ist fest verschlossen und bewegt sich keinen Zentimeter.

Ich setze mich vor die Tür, werfe den Kopf nach hinten und heule, was das Zeug hält.

Es ist niemand im Haus.

Niemand, der mein Heulen hört.

Keiner weiß, dass Sam von zu Hause weggelaufen ist.

22

Es stellt sich heraus, dass Sam eine Nachricht hinterlassen hat. Nachdem Mr Green ergebnislos Haus und Garten abgesucht und Sams Namen gerufen hat, bis seine Stimme ganz heiser war, versucht er, Granny M in der Kirche zu erreichen.

»Sam ist weg«, erklärt er ihr mit zittriger Stimme am Telefon. »Erst dachte ich, er will mir nur einen Streich spielen, aber ich habe überall nachgesehen, und er ist nicht da. Auf seinem Kopfkissen lag eine Nachricht.« Er hört eine Weile schweigend zu und schüttelt dann den Kopf. »Nein, es ist ernst. Er ist weggelaufen. Du solltest nach Hause kommen.«

Als er das Gespräch mit Granny M beendet hat, ruft Mr Green die Polizei an. Dann durchsucht er erneut das Haus, um sicherzugehen, dass Sam sich nicht doch irgendwo versteckt. Aber natürlich ist das nicht der Fall.

»Bertie, wo ist mein Junge?«, fragt er, während ich ihm durch das Haus folge und versuche, ihm durch Winseln und Hin-und-her-Rennen verständlich zu machen, dass Sam nicht mehr hier ist.

Wenn ich nur wüsste, wo er ist.

Mr Green sinkt auf einem Küchenstuhl zusammen und vergräbt sein Gesicht in den Händen, während er auf die Polizei wartet. Von Zeit zu Zeit murmelt er verzweifelt den Namen seines Sohnes, hin und wieder höre ich auch, wie er »Jenny« sagt.

Ich weiß nicht, wie ich den Mann trösten soll, also drücke ich mich an sein Knie und schlage sachte mit dem Schwanz auf den Boden.

Als es klingelt, springt Mr Green auf und stößt ein hoffnungsvolles »Sam?« aus.

Er stolpert mit einem plötzlichen Hoffnungsschimmer im Gesicht zur Haustür.

Doch leider ist es nicht Sam.

Es ist die Polizei.

Mr Green zeigt den Polizisten die Nachricht, die sie schweigend und mit über das Stück Papier gebeugten Köpfen lesen.

Kurz darauf fliegt die Haustür auf, und Granny M kommt zurück. Eilig und völlig außer Atem läuft sie in die Küche. In ihren Augen stehen Tränen, auch sie kann kaum glauben, was passiert ist.

»O John, ist er zurück?«

Mr Green schüttelt nur stumm den Kopf und blickt niedergeschlagen auf die Uhr.

Die ersten Stunden nach Sams Verschwinden vergehen unglaublich langsam. Die Polizei nimmt die Angelegenheit sehr ernst. Einige Beamte führen wichtig klingende Telefongespräche auf ihren Handys, während andere herumstehen und mitfühlend nicken, als Mr Green ihnen eine umfassende Personenbeschreibung seines Sohnes gibt. Ich würde so gerne irgendwie helfen, aber ich kann nichts tun, außer unglücklich in meinem Korb neben dem Ofen zu sitzen und die vielen an mir vorbeieilenden Füße in schwarz polierten Schuhen zu beobachten. Kitty steht auf dem Küchentisch und lässt sich von einem Polizisten mit glänzenden Uniformknöpfen streicheln, während Granny

M einer Polizistin weitere Einzelheiten über Sams heutiges Verhalten erzählt.

»Nein«, wiederholt sie mit brüchiger Stimme, »ich habe nicht die geringste Ahnung, wo Sam hingegangen sein könnte. Ich würde es Ihnen sagen, wenn ich es wüsste.«

»Manchmal laufen Kinder gar nicht wirklich weg, sondern verstecken sich nur unter dem Bett oder im Schrank«, erklärt die Polizistin, »sie wollen damit auf sich aufmerksam machen, wollen, dass ihre Eltern sich schuldig fühlen. Daher bestehen wir für gewöhnlich darauf, das Haus sehr sorgfältig zu durchsuchen, ehe wir die Suche per Hubschrauber starten. Einmal haben wir ein achtjähriges Mädchen gefunden, das sich auf dem Dachboden versteckt hatte. Bei der anfänglichen Suche hatte man sie nicht entdeckt.« Sie lächelt matt. »Das Mädchen war drei ganze Tage dort oben, ohne dass die Familie etwas bemerkte.«

Mr Green kommt schweren Schrittes die Treppe herunter. Er wird von mehreren Polizisten begleitet, die ihm geholfen haben, Sams Zimmer erneut zu durchsuchen, ebenso wie das übrige Haus. Sie haben sich wirklich viel Zeit genommen, über eine Stunde, um jeden Winkel und jede Nische in jedem einzelnen Zimmer abzusuchen, hinter jeden Vorhang und in jeden Schrank zu spähen. Sie hatten einen Spürhund mit nach oben genommen, eine attraktive Cockerspanielhündin namens Sarah, die gleich auf mich zugelaufen kam und mich beschnupperte, als sie das Haus betreten hatte – nur um mich danach komplett zu ignorieren.

Ich bin nicht beleidigt. Über Geschmack lässt sich eben nicht streiten.

Als die Beamten in die Küche drängen, dreht sich

Granny M überrascht zu ihnen um und stößt dabei beinahe ihre halb geleerte Teetasse vom Tisch.

»Hoppla«, sagt die Polizistin und fängt die Teetasse auf, kann jedoch nicht verhindern, dass ein wenig Tee auf den Tisch und auf den Boden schwappt.

Kitty weicht zur Seite, um keine Teespritzer auf ihre Pfoten zu bekommen, sieht mich durchdringend an und hüpft dann auf den Boden.

»Dieser Junge macht wirklich nur Ärger«, sagt sie und stolziert zur Terrassentür – vermutlich, um nicht auf die Spanieldame zu treffen, die schon auf der Suche nach ihrem nächsten Schnüffelobjekt ist. »Was für ein Wirbel! Wenn ich mal für ein oder zwei Tage verschwinde, würde das niemanden kümmern.«

»Du bist ja auch eine Katze«, entgegne ich.

»Ja und?«

Ich schüttele resigniert den Kopf. *Katzen!*

Als Mr Green in die Küche kommt, untersucht Granny M seinen Blick auf Anzeichen hin. »John, habt ihr auf dem Dachboden nachgesehen?«

Mr Green sieht elend aus. Sein Gesicht ist blass, das Haar steht ihm zu Berge, als wäre er sich vor Verzweiflung mehrfach mit den Händen hindurchgefahren. »Ja, natürlich. Wir haben überall gesucht. Er ist nicht im Haus.«

Der Polizist nickt. »Ihr Enkel ist mit ziemlicher Sicherheit davongelaufen. Seine Nachricht macht das zudem sehr deutlich. Ich habe schon auf dem Revier Bescheid gegeben, der Hubschrauber wird bald hier sein.«

»Ich habe diese Nachricht noch gar nicht gesehen.« Granny Ms Stimme zittert. »Könnte mir bitte jemand sagen, was darin steht?«

Der Beamte mit den glänzenden Knöpfen holt Sams

Brief hervor, den Mr Green ihm gegeben hatte. Er räuspert sich und liest dann laut vor: »Lieber Dad und liebe Granny Margaret, bitte macht euch keine Sorgen, aber ich habe beschlossen, dass ich weggehen muss. Ich mache immer alles falsch und verursache Streit, und ich weiß, dass ihr alle viel glücklicher sein werdet ohne mich. Wenn ich schon früher weggegangen wäre, dann wäre vielleicht Mum noch am Leben. Ich weiß, es ist meine Schuld, dass sie gestorben ist.« Er hält inne, als Mr Green ein sehr schlimmes Wort ausstößt, hüstelt dann verlegen und fährt fort. »Ich habe viele warme Sachen mitgenommen, also werde ich nicht frieren. Bitte sucht nicht nach mir. Granny Margaret, bitte gib Bertie meine Portion vom Truthahn und den Würstchen. In Liebe, Sam.«

»Der arme, arme Junge.« Granny M weint dicke Tränen in ein Taschentuch.

Mr Green sieht entschlossen aus. »Wir holen ihn zurück.«

Mit einem Mal erklingt das laute Brummen des Hubschraubers, der sich dem Haus nähert, und mit aufgestellten Ohren trample ich unruhig in meinem Korb umher.

»Warum um alles in der Welt denkt Sam, dass er schuld am Tod seiner Mutter ist?«, fragt Granny M jetzt. »Das verstehe ich einfach nicht.«

»Ich weiß es auch nicht.«

»Es ist vollkommen abwegig, dass er glaubt, ihren Tod auf irgendeine Weise verursacht zu haben. Er muss völlig verwirrt sein.« Sie schüttelt traurig den Kopf. »Ist es meine Schuld, John? Bin ich der Auslöser? Habe ich vielleicht irgendetwas getan, das ihn so aufgebracht hat?«

»Nein, natürlich nicht.«

»Vielleicht war ich so mit meiner Wohltätigkeitsarbeit

in der Vorweihnachtszeit beschäftigt, dass ich Sam nicht mehr wahrgenommen habe.«

»Das ist sicher nicht der Grund«, sagt der Polizist.

Aber Granny M ist alles andere als beruhigt. »Oh, es ist alles meine Schuld. Ich hätte heute nicht zu dem Treffen in der Kirche gehen dürfen. Ich wusste ja, dass er traurig war wegen eures … Streits. Ich hätte zu Hause bleiben und ihn trösten sollen.«

»Es ist nicht deine Schuld«, sagt Mr Green tonlos. »Es ist meine. Allein meine.« Er schließt kurz die Augen, und sein Gesicht verzieht sich vor Kummer. »Ich habe heute Morgen wegen des Hundes die Nerven verloren. Ich war zu laut, habe meine Entscheidung über Bertie aber nicht ernst gemeint. Doch Sam hat vermutlich gedacht …«

Er hält inne, es fällt ihm sichtlich schwer weiterzusprechen.

»Es ist sicher das Beste, jetzt nicht nach dem Warum zu fragen. Es hilft mehr, sich zu überlegen, wo er sein könnte. Wo sind zum Beispiel seine Lieblingsplätze?« Der Polizist mit den glänzenden Knöpfen reicht Sams Nachricht an einen seiner Kollegen weiter und sieht dann auf die Uhr. »Es ist jetzt fast drei Stunden her. Das ist im Moment noch kein Grund für allzu große Besorgnis, doch wenn es anfängt, dunkel zu werden … nun, die meisten Ausreißer kommen von allein zurück, wenn die Nacht hereinbricht. Besonders jetzt, da Weihnachten vor der Tür steht. Bei all den Geschenken, auf die man sich freut, und dem bevorstehenden Festessen. Doch falls Sam bei Anbruch der Dunkelheit nicht zurück ist …«

Er bricht ab und zuckt mit den Schultern.

»Oh, wie furchtbar.« Granny hält zitternd die Hand vor den Mund. »Ich hatte mir so gewünscht, dass dieses

Weihnachten für ihn wunderschön wird. Wo kann er nur sein?«

Mr Green tritt zu Granny M und legt ihr unbeholfen eine Hand auf die Schulter. »Bitte versuche, dir keine Sorgen zu machen, Margaret«, sagt er. Aber an seiner Stimme kann ich erkennen, dass er selbst stark beunruhigt ist. Vermutlich will er ihr Mut zusprechen, doch es fällt sogar mir schwer, ihm zu glauben, als er beklommen hinzufügt: »Die Polizei hat es selbst gesagt: Sam wird nicht länger als ein paar Stunden wegbleiben. Sie werden ihn bestimmt … ich meine, ich bin sicher, er wird bald wieder auftauchen.«

»Das ist die richtige Einstellung«, lobt der Beamte mit den glänzenden Knöpfen eilig. »Wir haben trotzdem die Hundestaffel angefordert, nur für den Fall, und Sie hören ja den Hubschrauber über uns. Wir werden in etwa …«, wieder blickt er auf seine Uhr, »in einer halben Stunde, denke ich, mit einer koordinierten Durchsuchung der unmittelbaren Umgebung beginnen.«

Ich fühle mich schrecklich schuldig, als ich in die betrübten Gesichter ringsum in der Küche blicke. Ich allein bin an alldem schuld, sonst niemand. Es ist eindeutig, dass Sam aufgrund meines schlechten Benehmens in letzter Zeit und der dadurch hervorgerufenen Streitigkeiten in der Familie Green davongelaufen ist.

Vor lauter Scham lasse ich den Kopf hängen. Ich bin doch kein Welpe mehr, also sollte ich vielleicht auch damit aufhören, mich wie einer zu benehmen, und stattdessen Verantwortung für mein Handeln übernehmen.

Zuallererst sollte ich mich um die Familienmitglieder kümmern, die noch hier sind. Und nicht in meinem Korb herumlungern, als ginge mich das alles nichts an. Mr Green spricht gerade mit einem der Polizisten. Sein Gesicht ist ganz verzerrt. Also springe ich aus dem Korb und tapse lieber zu Granny M hinüber. Sie sieht so verloren aus. Ein bisschen Trost tut ihr sicher gut.

Als ich mich an ihr Bein drücke, sieht sie mich liebevoll an, bückt sich dann, um meine Ohren zu kraulen. »Hallo, Bertie.«

Ich wedele wie um Entschuldigung bittend mit dem Schwanz. Ihre Stimme klingt schrecklich brüchig.

»Ich bin sicher, es wird alles gut«, versucht die Polizistin sie zu beruhigen. »Wir werden ihn schon finden.«

Granny M richtet sich auf und schnäuzt sich kraftlos in das Taschentuch, das sie immer noch umklammert hält. »Ich hoffe wirklich, dass Sie recht behalten. Aber es ist zu dieser Jahreszeit so kalt draußen, und ich stelle mir immerzu Sam allein im Dunkeln vor, verängstigt und hungrig. Ich kann nicht anders als zu glauben, dass es … meine Schuld ist.«

»Du darfst dir keine Schuld geben«, sagt Mr Green mit rauer Stimme. »Du hast doch gelesen, was auf dem Zettel stand. Sam denkt, dass ich … ich meine, dass ich nicht …« Er bricht ab. »Dass ich ihn nicht lieb habe.«

»Du bist doch sein Vater. Das kann Sam nicht ernsthaft glauben.«

»Ich befürchte doch, Margaret. Ich war in den letzten Monaten so abweisend zu ihm, das ist der Grund. Ich musste immer nur an ein weiteres Weihnachtsfest ohne Jenny denken. Ich war so in meine eigene Trauer versunken, lebte nur in der Vergangenheit …« Er blickt zu dem Foto seiner verstorbenen Frau, seine Augen füllen sich mit Tränen. »Ich habe Jenny enttäuscht. Ich habe sie alle beide enttäuscht.«

»John …« Granny M streckt eine Hand nach ihm aus, die er auch instinktiv ergreift.

»Obwohl ich bemerkt habe, dass er unglücklich ist, habe ich mir nicht die Zeit genommen, mich mit ihm hinzusetzen und darüber zu sprechen«, fährt er fort und beißt sich auf seine zitternde Unterlippe. »Diese Nachricht von ihm hat mir das Herz zerrissen. Wenn ich mir vorstelle, dass er sich die ganze Zeit über die Schuld daran gab, was passiert ist. Wo doch nichts und niemand am Tod seiner Mutter schuld ist außer der Krebs, der sie uns entrissen hat. Nein, nein, ich bin für Sams Verschwinden verantwortlich. Ich hätte für ihn da sein müssen. Ihm mehr zuhören, mehr über Jenny sprechen müssen. Erklären, warum sie gestorben ist.« Er schüttelt den Kopf. »Stattdessen habe ich ihn immer nur angeschrien.«

Die Polizistin horcht auf einmal auf. Sie dreht sich zu Mr Green. Dann schlägt sie eine neue Seite in ihrem Notizbuch auf und hält ihren Stift bereit, um sich weitere Details aufzuschreiben. »Sie beide hatten also heute Streit?« Sie sieht Mr Green prüfend an. »Worüber haben Sie gestritten? Das kam scheinbar ziemlich oft vor. Wie schlimm waren die Auseinandersetzungen?« Ihr Lächeln wirkt auf einmal falsch. Als würde sie Mr Green verdächtigen, seinen Sohn zerstückelt und unter der Terrasse vergraben zu haben. »Tut mir leid, wenn ich Sie mit Fragen bombardiere. Aber es könnte alles hilfreich sein, was Sie uns erzählen.«

»Wir haben uns wegen … Bertie gestritten.« Mr Green errötet.

»Bertie?«

»Der Hund.«

Alle Köpfe drehen sich zu mir. Auch der von Sarah, der Spanielhündin, die ihre Nase misstrauisch in meine Richtung rümpft. Ein äußerst peinlicher Moment.

Ich wedele schwach mit dem Schwanz.

Sarah zieht hechelnd an ihrer Leine. »Ich wusste gleich, dass du der Schuldige bist. Sofort, als ich reinkam und dich beschnüffelt habe.«

Beschnüffelt?

Von der Terrassentür her kommt Gekichere. Kitty und Rico sitzen draußen vor der offenen Tür und hören jedes Wort mit.

Als Sarahs Hundeführer tadelnd ihren Namen ruft, sitzt sie sofort still, wedelt mit dem Schwanz und sieht ihn mit großen Augen an.

Ich wusste gleich, dass du der Schuldige bist.

Ich lasse den Kopf hängen und fühle mich elend.

»Bertie«, sagt die Polizistin langsam, als sie meinen Namen in ihr Notizbuch einträgt. Dann hält sie stirnrunzelnd inne. »Mit Y?«

Granny M buchstabiert meinen Namen.

Die Polizisten diskutieren jetzt über eine Durchsuchung des umliegenden Gebiets. Mr Green und Granny M setzen sich an den Tisch, um eine Liste der Orte in Fußnähe zu erstellen, an denen Sam sich verstecken könnte.

Dann steht Mr Green auf und reicht einem der Beamten die Liste. »Ich kann mir vorstellen, dass wir ihn im Park finden. Dort gibt es viele Verstecke. Und Sam bettelt immer, dass wir mit Bertie dorthin gehen. Oder er könnte auf dem Schulgelände sein.«

Der Polizist mit den glänzenden Jackenknöpfen nickt zustimmend. »Wir finden häufig jüngere Ausreißer, die sich auf dem Gelände ihrer Schule verstecken. Sie fühlen sich dort sicher. Die Umgebung ist ihnen vertraut.«

Während ich den Menschen zuhöre, habe ich plötzlich eine Eingebung. Es fühlt sich an wie ein elektrischer Schlag, unglaublich heftig. Aber wie kann ich ihnen das mitteilen?

Ich springe an Granny Ms Bein hoch, belle wie wild und stupse ihr mehrmals mit der Pfote aufs Knie.

»Bertie, Herrgott noch mal!« Sie schiebt mich mit verärgertem Blick beiseite. »Nicht jetzt, du bist wirklich ein ungezogener Hund!«

Verzweifelt wende ich mich zu Mr Green und belle ihn ebenfalls an, um seine Aufmerksamkeit zu erlangen.

Er sieht mit gerunzelter Stirn zu mir herunter. »Es tut mir wirklich leid«, entschuldigt er sich bei den Polizisten. »Normalerweise ist er nicht so laut. Vermutlich machen ihn die vielen Fremden im Haus nervös.« Er greift mich am Halsband und zieht mich hinaus auf die Terrasse, allerdings ist er nicht furchtbar böse. »Los jetzt, Bertie. Ab mit dir. Lauf dich draußen richtig aus.«

Dann schließt er die Tür.

Ich springe daran hoch und starre ins Haus, kratze bellend an der Glasscheibe. Doch niemand nimmt Notiz von mir.

Niedergeschlagen gebe ich auf und laufe hinaus auf die feuchte Wiese, um nach den anderen zu sehen. Ich muss mit jemandem sprechen, sonst werde ich noch verrückt.

Ich mache mir jetzt richtig schlimme Sorgen um Sam. Der Nachmittag geht langsam in die Dämmerung über, der bewölkte Himmel wird zusehends dunkler. Es liegt ein eisiger Hauch in der Luft, und mit ihm die Botschaft, dass es bald schneien könnte. Unvorstellbar, mir Sam da draußen vorzustellen, bei diesem kalten Wetter, verängstigt und allein. Ein Geräusch lenkt mich ab. Es kommt vom Hubschrauber, der gerade über unserem Haus kreist, dann abdreht und über den Dächern verschwindet. Ich kann nur hoffen, dass sie mein kleines Herrchen finden.

Und wenn nicht, was mache ich dann?

Rico sieht mich beunruhigt an. »Was ist los, Bertie? Warum hast du so fürchterlich gebellt? Kitty dachte schon, du hättest einen Streit mit der Polizeihündin angezettelt.«

Ich schüttele ungeduldig den Kopf. »Ich weiß, wo Sam ist.«

»Wie bitte?«

»Niemand hat auf mich gehört. Sie haben mich hinausgeworfen.« So erbost bin ich darüber, dass ich nun kaum mehr still halten kann und stattdessen im Kreis renne, um meinen eigenen Schwanz zu jagen. Außerdem kann ich nicht mehr länger warten. »Ich muss sofort rausgehen und Sam suchen, auch wenn mir sonst niemand helfen will. Zumindest glaube ich, jetzt zu wissen, wo er sich versteckt. Ich habe eine ziemlich genaue Vorstellung. Das ist mehr, als die Menschen haben. Sie glauben, dass er im Park ist. Oder auf dem Schulgelände.«

»Warum sollte er dorthin gehen?«

»Genau.« Ich belle wieder, mein Herz rast. »Er ist doch nicht dumm. Er weiß genau, dass sie dort als Erstes nach ihm suchen.«

»Wo ist er also, Bertie?«

»Ich glaube, er ist wieder dahin gegangen, wo er immer am glücklichsten war.«

Kitty wirft mir gähnend einen Seitenblick zu. »Und woher willst ausgerechnet *du* wissen, wo er am glücklichsten war?«, fragt sie höhnisch.

»Er hat es mir einmal erzählt.«

»Also, wo ist er?«, fragt sie, und ihre Augen verengen sich zu schmalen Schlitzen. Sie umkreist uns schlängelnd, ihr Schwanz schlägt vor und zurück. »Weit weg? Oder ganz in der Nähe?«

»Erst müssen wir ein ordentliches Treffen einberufen.«

Ich nicke in Richtung des Zaunes, hinter dessen Holzlatten Pepper auf und ab läuft, jetzt, da sie sich nicht mehr durch die Lücke zwängen kann. »Ihr wollt reden? Gut, dann lasst uns an einem Ort reden, an dem Pepper auch dabei sein kann.«

Kitty blickt verächtlich drein. »Warum das?«

»Weil wir immer noch Mitglieder im Klub der Pfoten sind, und Pepper ist Gründungsmitglied, oder hast du bereits den Schwur vergessen, den wir geleistet haben?« Ich ignoriere Kittys Schnauben und laufe hinüber zum Zaun, wo Pepper auf uns wartet, die lange weiße Nase zwischen den Latten hindurchgequetscht. »Hallo, Pepper. Du bist sicher schon halb erfroren, wo du die ganze Zeit hier draußen auf uns wartest. Du solltest ins Haus gehen und dich aufwärmen. Es kann noch ewig dauern, bis sie ihn gefunden haben.«

»Das ist mir egal.« Peppers aufgeregter Blick schweift über mein Gesicht. »Wo versteckt sich Sam, Bertie? Wissen die Menschen schon, wo er ist?«

»Sie haben keine Ahnung.«

Sie sieht mich aufmerksam an. »Aber du schon?«

»Es ist möglich.«

Rico klettert auf den Zaun und balanciert oben auf den Latten. Er sieht zu uns herunter. »Dann sag es uns. Lass uns nicht so lange zappeln.«

Ich muss daran denken, wie ich Sam das letzte Mal gesehen habe. Er stand oben an der Treppe, eingewickelt in eine warme Jacke, mit dem Rucksack auf dem Rücken und der Angelrute in der Hand.

»Vielleicht irre ich mich«, sage ich langsam, »aber ich könnte mir vorstellen, dass er zum Fluss gegangen ist.«

Kitty kommt zu uns an den Zaun. Sie sagt nichts, aber

sie hält ihre großen, hypnotisierenden Augen starr auf mich gerichtet, während sie zuhört.

Pepper zieht ein erschrockenes Gesicht. »Zum *Fluss?*« Ihr entfährt ein Bellen, scheinbar kann sie sich nicht zurückhalten. Es entgeht mir darüber allerdings nicht, dass an unserer Terrassentür ein Polizist auftaucht und zu uns herübersieht. »Bist du sicher?«

»Nicht hundertprozentig, aber man sollte auf jeden Fall anfangen, dort zu suchen.«

»Das ist ja schrecklich.« Pepper winselt. »Am Fluss gibt es … nun, da ist Wasser.«

Ich sehe sie mit einem Hauch von Spott an. »Ja.«

»Tiefes Wasser.«

»Ja.«

»Tiefes Wasser?« Rico erschaudert. Seine Augen weiten sich, als er von der Pudeldame zu mir blickt. »Wir müssen ihn finden, Bertie, und zwar schnell.«

Pepper bellt zustimmend. »Sam braucht unsere Hilfe. Er braucht den Klub der Pfoten. Das ganze tiefe Wasser … und wenn er nicht schwimmen kann? Er könnte ertrinken. Ganz allein am Fluss. Und auch noch im Dunkeln.«

»Und bei diesem eisigen Wetter«, fügt Rico hinzu.

Ich nicke, meine Sorgen um den Jungen werden zusehends größer. »Daher ist es umso wichtiger, dass wir eine Möglichkeit finden, den Menschen zu sagen, wo er ist.«

Kitty, die mit ziemlich gelangweilter Miene neben uns saß, spannt plötzlich ihren Körper an. »Moment mal, was ist mit heute Nacht?«

Ich runzle die Stirn. »Wie?«

»Heute Nacht.« Sie sieht mich vorwurfsvoll an. »Sag nicht, du hast Molly vergessen?«

Mich durchfährt ein tiefes Gefühl der Schuld, als mir

klar wird, was sie meint. Ich habe angesichts der sehr realen Gefahr, mein kleines Herrchen zu verlieren, tatsächlich meine Schwester vergessen. Wir wollten sie ja heute Nacht aus den Fängen der verkniffenen Frau befreien. Doch in den letzten Stunden habe ich nicht einmal mehr an sie gedacht.

Natürlich muss meine Schwester so schnell wie möglich dieses furchtbare Haus verlassen, doch sie kann bestimmt noch ein oder zwei Tage warten. Es ist sicher richtig, dass sie schrecklich unter dieser Frau zu leiden hat, doch für Sam ist die Situation möglicherweise lebensbedrohlich. Draußen wird es dunkel, die Temperaturen sinken in den nächsten Stunden stark ab. Wir dürfen also keine Zeit verlieren. Nicht mal bei dem Versuch, meine Schwester zu retten.

Außerdem kann ich meine Familie nicht noch in weitere Aufregung versetzen, indem ich erneut weglaufe, jetzt, da das ganze Haus von Polizisten belagert ist und Mr Green und Granny M bereits so beunruhigt sind.

»Bertie?«

Ich erwidere Kittys Blick. »Du hast recht, ich habe sie … vergessen. Kannst du mir helfen?«

Ihre Augen weiten sich, und sie schlägt ihre Schwanzspitze hin und her zum Zeichen, dass sie verärgert ist. Aber immerhin erteilt sie mir nicht direkt eine Abfuhr.

»Kannst du zu Molly gehen und mit ihr sprechen?«, frage ich. »Du kennst den Weg. Sieh zu, dass du unbemerkt ins Haus gelangst und Molly erzählst, was passiert ist. Und dass wir ihre Rettung verschieben müssen.«

»Hoffentlich hat sie dafür Verständnis«, sagt Kitty zögerlich.

»Natürlich hat sie das«, erwidere ich mit großer Überzeugung. »Sam geht vor. Er ist noch ein Kind, und er könnte in schlimmer Gefahr sein.«

Ich eile ins Haus zurück, voller neuer Energie, jetzt, da ich etwas zu der Suchaktion beizutragen habe.

Zu meiner Enttäuschung ist Sarah, die Spanieldame, verschwunden. Wahrscheinlich schnuppert sie jetzt an etwas oder *jemand* anders. Ich muss zugeben, dass sie eine gute Nase hatte. Obwohl sie nicht viel von mir hielt. Ich glaube, sie steht einfach nicht so auf Beagles. Wir sind ihr vermutlich zu verspielt.

Um den Küchentisch sind immer noch die Greens samt der Polizei versammelt und brüten über einer Karte und der Liste der Orte, an denen Sam sich versteckt halten könnte. Ich setze mich hin und höre zu. Immer wenn sie vorschlagen, an einem Ort zu suchen, von dem ich weiß, dass Sam dort nicht ist, belle ich los. Das ist vielleicht nicht gerade ein genialer Plan, aber mehr fällt mir nicht ein. Zu meinem großen Ärger ignorieren sie mich zuerst, und dann werfen die Polizisten mir irritierte Blicke zu. Ich will mich wirklich nicht schon wieder so schlecht benehmen, aber wenn sie Sam finden, dann hat sich mein Einsatz doch gelohnt.

Auch Mr Green dreht sich schließlich zu mir um und fordert mich auf, zu meinem Körbchen zurückzugehen.

Ich laufe zum Korb und setze mich gehorsam hinein, lausche aber angestrengt der Unterhaltung.

»Also«, sagt Mr Green resigniert, »Ihre Kollegen haben bereits hier, hier und hier gesucht, und auch in der Umgebung des Supermarkts, doch nirgends eine Spur von ihm gefunden.«

»Ja, das ist richtig.«

»Was ist mit dem Park?«

»Nun …«

»WUFF! WUFF! WUFF!«

Alle Köpfe drehen sich zu mir. Der Polizist sieht mich aus schmalen Augen an, wendet sich dann wieder seiner Arbeit zu und fährt mit dem Finger über die Liste mit den Orten.

Widerstrebend lasse ich das Bellen sein, denn es scheint keinen Zweck zu haben. Alles, was ich erreiche, ist, dass alle Welt auf mich sauer ist.

»Um Ihre Frage zu beantworten: Als Nächstes nehmen wir uns den Park vor. Wenn er bei Einbruch der Dunkelheit nicht zurück ist, schicken wir unseren Suchtrupp los. Und falls er nicht im Park ist, suchen wir auf dem Friedhof. Ein Beamter ist bereits dort und hat den Bereich um die Gräber im Blick.«

Granny M greift sich erschrocken an die Perlenkette. »Auf dem Friedhof?«

»Ein beliebter Ort bei Ausreißern, gleich nach dem Park und der Schule.«

»Gütiger Himmel«, erwidert sie schwach.

»Sie hatten ja auch erwähnt, dass Sam den Tod seiner Mutter betrauert …«

Mr Green tritt ans Fenster und blickt in den dunkler werdenden Himmel. Er sagt nichts, aber seine Schultern sind nach vorn gebeugt, und sein Gesicht wirkt eingefallen. Es ist offensichtlich, dass er seinen Sohn mehr liebt als alles auf der Welt und dass er wild entschlossen ist, ihn wiederzufinden. Wenn der arme Sam das nur sehen könnte, anstatt sich dort draußen in der Kälte allein, ungeliebt und unerwünscht zu fühlen.

Granny M betrachtet ihren Schwiegersohn mit bangem Blick und wendet sich dann zögernd an den Polizisten:

»Und wenn Sam nicht im Park, nicht an der Schule und nicht auf dem Friedhof ist – was dann? Morgen ist Weihnachten.«

Der Polizist lächelt. »Das macht es noch wahrscheinlicher, dass er heute Nacht von allein heimkommen wird. Bitte, Margaret, machen Sie sich keine Sorgen. Selbst wenn er nicht gleich vor der Tür steht – ich bin zuversichtlich, dass wir ihn innerhalb der nächsten Stunden finden werden.«

Nicht, wenn ihr nicht am Flussufer sucht, denke ich und lasse frustriert den Kopf hängen.

»WUFF! WUFF! WUFF!«

»Bertie, sei still«, schimpft Mr Green und starrt mich wütend an.

Der Polizist mit den glänzenden Knöpfen richtet sich auf und sieht mich ebenfalls an. »Könnten Sie vielleicht für den Hund einen anderen Platz finden? In einem anderen Zimmer? Oder draußen, falls es nicht zu kalt ist?« Er hält inne und wendet sich wieder der Karte zu. »Nur bis das hier vorbei ist.«

Granny M sieht ihn entsetzt an. »Vorbei?«

»Ich meine, bis wir Sam gefunden haben«, beruhigt er sie.

Sie nickt und erhebt sich dann ein wenig schwankend. »Komm mit, Bertie. Ich bringe dich nach oben. Du kannst auf meinem Bett schlafen.«

Ich starre sie entgeistert an.

Sie wollen mich wegsperren!

Das kann ich nicht zulassen.

Ich laufe in die Diele und springe an der Haustür hoch, schlage mit den Pfoten so fest auf die Holzvertäfelung, dass ich Kratzer hinterlasse. »WUFF! WUFF! WUFF!«

»Bertie?«

Mr Green und Granny M sind mir zur Tür gefolgt. Sie blicken mich verdattert an. Einige der Polizisten drängen auch hinter ihnen in die Diele und sehen mir halb neugierig, halb entsetzt dabei zu, wie ich mir die Seele aus dem Leib belle. Sie denken wahrscheinlich, dass ich verrückt geworden bin und zum Tierarzt gebracht werden sollte.

Ich kann nur hoffen, dass ich nicht auch noch Schaum vor dem Maul habe. Das wäre ungünstig.

Aber warum bloß bemerkt niemand, dass ich versuche, ihnen mitzuteilen, wo Sam sich aufhält? Sie können doch nicht ernsthaft annehmen, dass ich auf einmal Tollwut habe? Was glauben sie denn, warum ich hier auf und ab hüpfe wie ein Wahnsinniger? Natürlich nur, weil ich ihnen etwas Wichtiges zeigen möchte!

Menschen.

Ich verstehe nicht, wie sie ticken.

Doch ich glaube, sie verstehen auch nicht, wie ich ticke.

Mr Green versucht, mich am Halsband zu packen, doch ich entwische ihm, belle weiter lauthals und kratze an der Haustür.

»Was zum Teufel …?«, ruft er.

»Er will Sam zurückhaben«, sagt Granny M auf einmal und putzt sich lautstark die Nase. Mit tränenreicher Stimme fügt sie hinzu: »Er weiß, dass sein Herrchen weggelaufen ist. Ach, seht doch nur. Der arme kleine Hund. Er muss ganz verzweifelt sein.«

Ja, denke ich winselnd und sehe sie durchdringend an. Ich weiß, dass Sam weggelaufen ist, und ich weiß auch, wo er ist. Zumindest habe ich eine starke Vermutung.

Doch sie versteht mich nicht.

Granny M streichelt mir den Kopf, also setze ich mich

brav, um sie nicht zu verletzen. Dann ergreift sie mein Halsband. »Komm schon, Bertie«, sagt sie und zieht mich in Richtung Treppe. »Es wird Zeit, nach oben zu gehen.«

»Ich darf doch«, sagt der Polizist mit den glänzenden Knöpfen bestimmt, nimmt mich auf den Arm und trägt mich nach oben. »In Ihr Schlafzimmer, sagten Sie?«

»Danke«, ruft Granny M erleichtert hinter uns her. »Die zweite Tür rechts.«

Der Polizist drückt die Tür zu Granny Ms Schlafzimmer auf, setzt mich unsanft auf dem Bett ab, beugt sich dann zu mir herab und blickt mir in die Augen. Die glänzenden Knöpfe sehen aus der Nähe riesig aus. »Meine verstorbene Schwiegermutter hatte auch so einen Beagle wie dich«, sagt er. »Den mochte ich auch nicht. Sobald sie tot war, ging's ab mit ihm zum Tierarzt.«

Ich widerstehe dem Drang, meine Zähne um einen der großen, glänzenden Knöpfe an seiner Jacke zu schlagen und kräftig zu ziehen.

»Habe ich mich verständlich ausgedrückt?«

Ich wedele nicht mit dem Schwanz.

»Gut«, sagt er zufrieden, ganz so, als hätte ich ihm zugestimmt. Er richtet sich auf und streicht seine makellose schwarze Uniform glatt. »Und jetzt, mein Freund, wirst du still hier sitzen bleiben. Kein Bellen mehr. Kein Türenkratzen. Kein Winseln. Wir haben unten eine schwierige Aufgabe zu bewältigen, bei der du uns nur im Weg bist. Klar?« Er geht auf die Tür zu, ohne mich dabei aus den Augen zu lassen. »Braves Hundchen.«

Mit wild klopfendem Herzen springe ich vom Bett und in Richtung Tür. Ich will hier um jeden Preis wieder raus.

Doch er ist schon draußen und schlägt mir die Tür vor der Nase zu. Dann lacht er.

Nein!

Ich höre, wie er nach unten geht.

Er hat nicht die geringste Ahnung, was er angerichtet hat. Leider trägt diese Erkenntnis nicht gerade zu meiner Beruhigung bei. Sam ist irgendwo da draußen, ohne einen Freund und inzwischen wahrscheinlich ziemlich verängstigt, und es scheint, als wäre ich der Einzige, der eine Vorstellung davon hat, wo er sich verstecken könnte. Innerlich rase ich vor Wut über die Unverfrorenheit des Polizisten mit den glänzenden Knöpfen. Wenn ich den zu fassen kriege! Zwei Minuten bräuchte ich, mehr nicht.

Ich sehe mich im Raum um. Es riecht nach Lavendel und Rosenwasser und Puder – die vertrauten Düfte von Granny M. Im Zimmer breitet sich bereits die Dunkelheit aus, obwohl die Vorhänge noch geöffnet sind. Ich springe wieder aufs Bett und starre verzweifelt in den düsteren Himmel, um herauszufinden, wie viel Zeit noch bis zum Einbruch der Nacht bleibt.

Nicht genug jedenfalls.

Sam ist allein da draußen, bald wird es kalt und dunkel. Und wenn er einen Hubschrauber über dem Flussufer kreisen hört, wird er sich sicher nicht auf die offene Fläche stellen, wo er entdeckt werden kann, dazu ist er zu schlau.

Sie werden ihn nicht rechtzeitig finden. Sam wird die Nacht im Freien verbringen. Er könnte bei diesem Wetter schlichtweg erfrieren.

Und es ist alles meine Schuld, weil ich ihn nicht davon abgehalten habe wegzulaufen.

23

Es ist eine wirklich grauenhafte Nacht. Sogar noch schlimmer als die erste Nacht, die ich im Tierheim verbracht habe, als ich von Molly getrennt wurde. Ich liege vor der Tür am Boden und spüre den eiskalten Lufthauch durch den Türspalt. Meine Nase ruht auf meinen ausgestreckten Pfoten, doch ich kann vor lauter Sorge nicht schlafen. Ich lausche den Schritten unten in der Diele, den Polizisten, die kommen und gehen, den Autos, die angelassen werden und davonfahren, anderen, die ankommen, und immer wieder ertönt in der Ferne das Brummen des Hubschraubers, der über der Stadt kreist. Ich wälze Gedanken. Gedanken an Sam und an Molly. Und ich denke darüber nach, wie mein schlechtes Benehmen immer wieder diejenigen, die ich liebe, in Schwierigkeiten bringt. Ich gebe in der Dunkelheit ein Versprechen ab, mich in Zukunft besser zu verhalten und erst an andere und dann an mich selbst zu denken. Ich hoffe nur, dass ich auch Gelegenheit haben werde, das Versprechen Sam gegenüber zu halten. Dass sie ihn finden und sicher nach Hause bringen. Denn bis jetzt ist es der Polizei ganz offensichtlich noch nicht gelungen, ihn aufzuspüren.

Granny M kommt erst in den frühen Morgenstunden nach oben, als ich die Hoffnung längst aufgegeben habe, befreit zu werden. Ich höre das Knarzen der Treppenstufen, dann öffnet sich die Tür, und ich werde zurückgeschoben, als wäre ich ein Windstopper aus Plüsch.

»Oh, Bertie«, ruft sie atemlos aus und blickt zu mir herab. »Ich hatte ganz vergessen, dass du hier oben bist. Du Armer, du bist ja schon stundenlang allein.« Sie tastet nach dem Lichtschalter, und ich setze mich auf, fühle mich ganz kalt und steif, kann aber immer noch mit dem Schwanz wedeln. »Du musst doch bestimmt mal nach draußen.«

Unten in der Diele höre ich eine Stimme: »Ich lasse ihn hinaus. Du ruhst dich jetzt aus.«

»In Ordnung.«

Sie sieht tatsächlich sehr müde aus, ihr Gesicht ist zerfurchter als sonst, und sie wirkt mutlos. Sie beugt sich zu mir, um meinen Kopf zu kraulen, und dankbar lecke ich über ihre Hand.

»Immer noch kein Zeichen von Sam«, murmelt sie. »Du vermisst ihn auch, stimmt's? Die Polizei sagt, dass morgen die gesamte Stadt durchkämmt wird. Es gibt Hunderte Freiwillige, die sich erboten haben mitzusuchen, die meisten davon sind Eltern von Sams Mitschülern. Das ist so nett von ihnen, dass sie ihre Zeit opfern, besonders an Weihnachten. Die Menschen hier sind wirklich sehr hilfsbereit.«

»Bertie?«

Ich erkenne kaum die Stimme, so verändert klingt sie. Es ist Mr Green, der unten in der Diele wartet, um mich in den Garten hinauszulassen. Er klingt, als wäre etwas in ihm gestorben, denke ich mit einem unguten Gefühl der Vorahnung. Als hätte er die Hoffnung, seinen Sohn jemals wiederzusehen, bereits aufgegeben. Vermutlich ist er auch einfach sehr erschöpft. Soweit ich das den Gesprächen durch die geschlossene Tür entnehmen konnte, hat Mr Green große Teile der Nacht damit zugebracht, trotz Kälte und Dunkelheit zu Fuß die Stadt zu durchstreifen, um Sam zu suchen. Wenn er nicht auch bald ein wenig Schlaf kriegt, bricht er noch zusammen.

Scheinbar hat Granny M den gleichen Gedanken.

Sie seufzt und richtet sich dann auf. »Na los, mein Junge, Zeit nach draußen zu gehen. Ich muss mich für ein, zwei Stunden hinlegen, ehe die Polizei wiederkommt.« Sie seufzt wieder. »Nicht dass ich ein Auge zumachen könnte, solange mein Enkel da draußen in der Kälte ist.«

Ich wedele mit dem Schwanz. Ich weiß sehr gut, wie sie sich fühlt.

Ich tapse nach unten zu Mr Green, froh, mich nach den Stunden, die ich in dem engen Schlafzimmer eingesperrt war, wieder bewegen zu können. Er sieht mich durchdringend an, als wolle er sagen, dass er mir mein lautes Bellen von vorhin, als er sich mit den Polizisten unterhalten wollte, noch nicht verziehen hat. Dann lässt er mich zur hinteren Tür hinaus. Die Beamten sind inzwischen alle weg, doch wie ich höre, werden sie gleich am Morgen wieder erscheinen.

»Los, Bertie«, sagt Mr Green müde, sieht zum Himmel hinauf, erschaudert ob der Kälte und geht zurück ins Haus, die Tür lässt er angelehnt. In seiner Stimme schwingt große Sorge, sein Ärger von vorhin scheint tief unter der Sorge um Sam vergraben. »Braver Hund.«

Draußen ist es noch immer dunkel, wenn auch schon nicht mehr pechschwarz. Es ist eher ein kaltes, klares Grau, das an einem Wintermorgen die Dämmerung ankündigt.

Als ich mein Geschäft erledigt habe, laufe ich über die Wiese. Überall erschnüffle ich unbekannte Fußspuren. Die Polizisten haben wohl auch den Garten durchsucht, was sicher eine gute Idee war. Ich laufe nach hinten zu den

Bäumen, um zu prüfen, ob das Loch im Zaun inzwischen geschlossen wurde. Es ist kein Loch mehr zu sehen. Ich finde nur einige große Holzscheite vor, die das Loch, durch das wir uns in Peppers Garten gezwängt haben, verschließen.

Ich verrenke mir den Hals, um einen Blick durch die Zaunlatten auf Peppers Haus zu erhaschen, doch drüben ist alles dunkel und still.

Vermutlich schlafen alle noch.

Rico wartet am anderen Ende des Gartens auf mich. Sein Schwanz schlägt wild umher, und er sieht sehr mitgenommen aus, was für ihn ungewöhnlich ist. Normalerweise ist er ja recht entspannt. Doch jetzt scheint ihn irgendetwas sehr nervös zu machen. »Bertie, endlich. Wo zum Teufel warst du?«

»Ich war in Granny Margarets Schlafzimmer eingesperrt.«

Die Katze starrt mich ungläubig an.

»Das ist eine lange Geschichte«, sage ich abwiegelnd. »Tut mir leid, dass ich nicht da war. Aber wo ist Kitty? Hat sie Molly gesehen? Was ist in der Zwischenzeit passiert?«

Rico stößt ein unterdrücktes, seltsam fauchendes Geräusch aus, fast ein Jaulen, als hätte er Schmerzen. »Ich weiß es nicht, ich weiß es nicht.«

»Beruhige dich.« Ich setze mich hin und sehe ihn an. »Hol einmal tief Luft. Und dann erzähl mir, was los ist.«

»Es ist wegen Kitty.«

Ich halte seinem gequälten Blick stand. »Erzähl weiter.«

»Wir sind zusammen zum Haus der verkniffenen Frau gegangen. Das Fenster stand wieder einen Spaltbreit offen, also ist Kitty hindurchgeschlüpft. Ich habe am Tor auf sie gewartet.« Er legt die Ohren an und knurrt so laut, dass ich zum Haus blicke, um sicherzugehen, dass nicht Mr Green auf die Terrasse tritt, um nachzusehen, was draußen vor sich geht. »Sie ist nicht zurückgekommen.«

»Was?«

»Erst habe ich eine halbe Ewigkeit gewartet, doch dann sah ich, dass jemand das Fenster von innen geschlossen hat. Sie konnte also nicht mehr hinaus. Ich musste schließlich aufgeben. Ich wollte schnell nach Hause laufen und dir erzählen, was passiert ist. Doch du warst auch nicht da. Und Pepper ist in ihrem eigenen Haus eingesperrt.« Er lässt sich auf den Boden fallen, sein Fell steht wild in die Höhe, als käme er gerade aus einem Zweikampf. »Es war so schrecklich. Ich konnte mit niemandem reden und wusste nicht, was ich tun sollte. Diese Frau hält Kitty sicher gefangen.«

»Das ist möglich.«

»Kitty könnte tot sein«, bricht es panisch aus ihm heraus.

Ich denke angestrengt nach. »Nein, davon darfst du nicht ausgehen. Die Frau ist böse und gemein, das ist klar. Das kann man an ihrem Gesicht erkennen. Aber sie ist keine Katzenmörderin.«

»Woher willst du das wissen?«

Ich muss versuchen, ihn zu beruhigen. »Weil … ich weiß es einfach.« Ich stupse den Kater liebevoll an und erschrecke, weil sich sein Körper eiskalt anfühlt. »Du bist ja ganz ausgekühlt.«

»Nein, ist schon okay. Es ist nur ein wenig frisch draußen, das ist alles.«

»Bist du sicher?«

»Bertie, ich bin von Kopf bis Fuß mit Fell bedeckt.«

»Das stimmt natürlich.«

»Was machen wir mit Kitty? Sie ist in dem Haus eingesperrt.«

»Hör zu, du musst mir vertrauen. Ich bin sicher, dass es Kitty gelingen wird, aus dem Haus zu entkommen. Sie könnte höchstens verletzt sein. Oder … zu durcheinander, um den Weg nach Hause zu finden.« An dieser Stelle halte ich inne, denn ich höre Mr Green nach mir pfeifen. Ich blicke mich um und bin hin- und hergerissen: Einerseits will ich ein guter Hund sein und gehorchen. Andererseits muss ich mich erst noch mit Rico zu Ende besprechen. »Kannst du zu dem Haus der Frau zurückgehen und versuchen, Kitty drinnen zu entdecken? Lass dich aber nicht einfangen. Warte einfach auf sie, für den Fall, dass es ihr gelingt, aus dem Haus zu entkommen.«

Er nickt langsam. »Wie lange soll ich da bleiben?«

»So lange, bis sie herauskommt. Was nicht allzu lange dauern wird, wie ich Kitty kenne. Sie ist clever.«

Rico überlegt kurz und blinzelt dann zustimmend mit den Augen. »In Ordnung.« Seine Ohren richten sich langsam wieder auf, und sein Körper entspannt sich ein wenig. »Wir treffen uns dann später. Jetzt muss der Klub der Pfoten wieder zum Einsatz kommen.« Er hält inne und fragt dann: »Gibt es Neuigkeiten von Sam?«

Ich schüttele traurig den Kopf. »Leider nicht.«

»Alles geht schief«, murmelt er.

»Sag das nicht«, versuche ich ihn zu beruhigen. Doch es fällt mir schwer. Ich verspüre auch nicht mehr Zuversicht als Rico, aber ich kann sehen, dass er die Aufmunterung dringend nötig hat. Also straffe ich die Schultern, hebe den Kopf und sage mit einer Extraportion Optimismus in der Stimme: »Alles wird gut, du wirst schon sehen. Jetzt aber los, der Tag bricht bald an. Sobald die Menschen wach sind, werde ich alles in meiner Macht Stehende tun, um sie an den Fluss zu locken. Du gehst in der Zwischenzeit und versuchst, Kontakt zu Kitty aufzunehmen. Lass sie wissen, dass du weiter auf sie wartest.«

Er nickt und läuft schließlich los, in Richtung der Bäume. Kurz hält er inne und blickt zu mir zurück. »Wenn ich nicht zurückkomme, sagst du dann Pepper, dass ich …«

»Kopf hoch, Rico.« Ich belle ihm einmal kurz, aber entschlossen zu. »Du wirst zurückkommen.«

Rico holt tief Luft und miaut dann zurück. »Bis später, Bertie. Und viel Erfolg.«

»Viel Erfolg auch dir, Rico.«

Eilig springe ich über die Wiese zu Mr Green zurück, der an der Terrassentür wartet. Er sieht zu mir herunter.

»Ich würde ja zu gern wissen, was ihr zwei da draußen ausgeheckt habt«, sagt er mit matter Stimme. »Aber ich weiß ja, es macht keinen Sinn, dich auszufragen. Komm mit, ich habe dir etwas zu essen hergerichtet. Ich glaube, du hast gestern das Abendessen verpasst.«

Mein Magen knurrt laut, als ich mich auf die Schüssel mit dem aufgehäuften Futter neben dem Ofen stürze. Ja, ganz richtig, ich habe gestern das Abendessen verpasst. Aber ich hätte ohnehin nichts heruntergebracht aus Sorge um Sam. Jetzt habe ich zumindest einen Plan, und mit etwas Glück wird er auch klappen.

»War es meine Schuld, Bertie?«, fragt Mr Green plötzlich. Er schließt die Terrassentür und dreht sich zu mir um, blickt mich aus seinen traurigen Augen direkt an. »Ist er wegen mir weggelaufen? Weil ich mir nicht genug Zeit für ihn genommen habe, seinen Sorgen keine Beachtung geschenkt und immer mit ihm gestritten habe?« Seine Stimme klingt, als stünde er kurz vor dem Zusammenbruch. »Ihr beide seid euch doch so nah – hat er dir nicht irgendetwas erzählt über … über mich und darüber, dass er weglaufen möchte?«

Ich versuche, mit dem Schwanz zu wedeln, doch diesmal gelingt es mir nicht. Vielleicht liegt es daran, dass ich wegen Sams Verschwinden genauso traurig bin wie Mr Green und es mir schwerfällt zu verstehen, warum wir alle die Zeichen nicht erkannt haben. Sams Nachricht hat ja deutlich gemacht, dass er insgeheim sich selbst die Schuld am Tod seiner Mutter gibt. Ich hätte mehr dafür tun müssen, ihn heiter zu stimmen und ihn enger mit seinem Vater zusammenzubringen. Doch stattdessen war ich egoistisch und habe mich aufgeführt wie eine Nervensäge.

Nun, zumindest kann ich jetzt versuchen, Mr Green zu trösten.

Ich zwinge mich dazu, mit dem Schwanz zu wedeln, und laufe leise winselnd zu ihm hin.

Er sieht zu mir hinab, reagiert aber nicht.

Ich springe hoch auf meine Hinterbeine und vollführe einen Kreistanz, spiele den Clown, um ihn zum Lachen zu bringen.

Eine Weile sieht er meinem albernen Gehüpfe zu, dann wird sein Blick ganz weich, und um seine Augen bilden sich Fältchen. »Ach, Bertie«, sagt er mit brüchiger Stimme, bevor er sich zu mir hinunterbeugt, um mich zu streicheln. »Ich bin so froh, dass du noch hier bist. Ich hätte nie androhen dürfen, dich zurück ins Tierheim zu bringen. Das war ganz schlimm von mir.« Er streichelt mich weiter, seine Hand bewegt sich rhythmisch über meinen Rücken. »Du bist ein guter Hund, was? Gut und zuverlässig, und du hast ein großes Herz. Ich wünschte, ich hätte das schon früher erkannt. Aber in letzter Zeit war alles so durcheinander. Und jetzt, so kurz vor Weihnachten, vermisse ich Jenny so sehr, dass es wehtut.«

Ich lasse mich wieder auf alle vier Pfoten fallen und wedele mit dem Schwanz. Ich muss ein wenig hecheln, mein kleiner Tanz hat mich ein bisschen erschöpft. Seine Hand, die über meine Schlappohren und meinen Rücken fährt, fühlt sich gut an. Es ist das erste Mal, dass Mr Green mir seine Zuneigung zeigt, und es ändert alles zwischen uns. Ich spüre die Liebe, die von ihm ausgeht, und mit meinem Hundespürsinn sende ich sie auch wieder zu ihm zurück. Ich halte meine Augen fest auf ihn gerichtet und versuche, ihm zu zeigen, dass mir all die kleinen Zwischenfälle, die ich verursacht habe, sehr leidtun und dass ich mich der Familie Green liebevoll verbunden fühle und zu ihnen halte.

Seinem Gesicht nach zu urteilen, das sich zusehends entspannt, scheint meine Gefühlsbekundung Wirkung zu zeigen.

Schließlich richtet Mr Green sich auf und sagt: »Komm jetzt, Bertie, iss etwas. Du musst inzwischen schon halb verhungert sein.«

Als ich mich gierig über meine Schüssel hermache, fügt er murmelnd hinzu: »Ich weiß nicht, was ich tun soll, wenn wir Sam nicht finden.« Er klingt immer noch erschöpft, doch zumindest ist diese schreckliche Leere aus seiner Stimme verschwunden. »Ich versuche ja, stark zu sein, und wenn es nur für deine Mutter ist. Aber ich habe keine Kraft für einen weiteren …« Als er abbricht, sehe ich verwundert zu ihm hoch. Da wird mir klar, dass er mit dem Foto seiner verstorbenen Frau spricht. Er beendet tonlos seinen Satz: »… für einen weiteren Verlust.«

Ich schlucke meinen letzten Bissen hinunter und blicke

von ihm zu dem Foto an der Wand. Mir läuft Soße vom Kinn, aber es kümmert mich nicht.

Er glaubt, dass Sam tot sein könnte. Dass er vielleicht nicht mehr zurückkommt.

Ich höre, wie die Uhr im Wohnzimmer die volle Stunde schlägt. Bald wird es hell. Die ersten Anzeichen des Tages zeichnen sich schon ab, ein sanfter Lichtschimmer, der sich unaufhörlich weiter in den Himmel hineinschiebt.

Zum ersten Mal seit Sam verschwunden ist, bin ich nicht mehr nur besorgt, ich habe richtige Angst. Was wird sein, wenn Mr Greens Vorahnung sich bestätigt und wir Sam nicht rechtzeitig finden?

Ich glaube, ich habe auch keine Kraft für einen weiteren Verlust.

Einige Stunden später kommen die Polizisten mit mehreren Autos und Transportern zurück. Sie gehen im Haus ein und aus, diskutieren in sagenhafter Lautstärke, sprechen in ihre Funkgeräte, breiten Landkarten auf dem Küchentisch aus und brühen für Granny M, die zusehends erschöpfter wirkt, Tee auf, der ihr neue Kraft geben soll. Draußen ist jetzt heller Tag, und alle Welt ist auf den Beinen. Die Menschen sind mit Einkäufen für den Weihnachtsabend beschäftigt, Nachbarn kommen vorbei, um die Greens bei ihrer Suche nach dem kleinen Sam zu unterstützen, der Postbote bringt Pakete, und das Telefon klingelt ohne Unterlass.

Niemand hat seit Sams Verschwinden daran gedacht, die Lichter am Weihnachtsbaum anzuknipsen. Der Baum steht kalt und dunkel im verlassenen Wohnzimmer.

Angestrengt schnuppere ich an den glänzenden Geschenkpäckchen herum. Ich weiß nicht genau, wie ich es anstellen soll, aber irgendwie muss ich die Aufmerksamkeit der Menschen erregen. Immer wieder stoße ich auf ein Paket, das nach Sam riecht, und dann hüpft mein Herz kurz in die Höhe, sackt mir danach aber auch gleich wieder in die Kniekehlen.

Eines der Geschenke, die nach ihm riechen, ist in besonders glänzendes Papier gewickelt. Plötzlich fällt mir wieder ein, was Sam zu mir gesagt hat, bevor er weggelaufen ist.

Du sorgst doch dafür, dass Dad das richtige Geschenk bekommt, Bertie?

Ich winsele still vor mich hin.

Sam muss einfach wieder nach Hause kommen, und zwar rechtzeitig, um seinem Vater das Weihnachtsgeschenk zu geben. Er muss einfach. Alles andere ist zu schrecklich, um es sich vorzustellen. Und es wird immer offensichtlicher, dass ich der Einzige bin, der ihn zurückholen kann.

Doch als ich in die überfüllte Küche zurückschleiche, stelle ich bestürzt fest, dass die Polizisten erneut über eine Suche am falschen Ort beraten.

»Heute am frühen Morgen hatten wir eine Spur«, erläutert der Beamte mit den glänzenden Uniformknöpfen gerade den Greens. »Drüben am Kanal. Ein Junge, auf den Sams Beschreibung passt, wurde gesichtet, als er kurz vor Anbruch der Dämmerung auf dem Pfad neben dem Kanal entlanglief. Wir werden also unsere Suche dort verstärken.«

Granny M nickt langsam. Nach dieser schlaflosen Nacht sieht ihr Gesicht grau und eingefallen aus. »Können wir mitkommen?«

»Nein, Margaret, du doch nicht.« Mr Green blickt erschrocken drein. »Es ist heute viel zu kalt draußen. Ich werde mitgehen. Jemand muss hierbleiben, falls Sam von allein zurückkommt.«

Sie seufzt. »Aber ich fühle mich so nutzlos, wenn ich immer nur in der Küche herumsitze und nichts tue. Sogar die Nachbarn haben schon alle angeboten, nach ihm zu suchen, und das an Weihnachten. Es kommt mir nicht richtig vor.«

Eine Polizistin lächelt Granny M an. »Sie haben wunderbare Nachbarn. Als ich ankam, haben bereits Dutzende draußen gewartet, wild entschlossen, bei der Suche zu helfen.«

Zu Grannys Füßen liegend lausche ich der Unterhaltung.

Was war noch mal die andere Sache, die Sam zu mir gesagt hat, ehe er weggelaufen ist?

Ich muss mich verstecken.

In der Nähe des Kanals gibt es keine Möglichkeit, sich zu verstecken. Nur ein paar Büsche am Uferweg. Am Fluss hingegen steht der besondere Baum. Der mit der Aushöhlung im Stamm. An dem sich seine Mutter und sein Vater zum ersten Mal geküsst haben. Der, den er mir stolz gezeigt hat, als wir dort zusammen Angeln waren. Der Baum, der ihn immer an seine Mutter erinnert.

Eine große Eiche mit einer derartigen Aushöhlung gäbe einen gemütlichen Unterschlupf für einen Jungen seines Alters ab. Dort könnte er sich warm einkuscheln und vor der Kälte und Dunkelheit Schutz suchen.

Granny M trinkt ihre zweite Tasse Tee aus und lehnt mit einem Kopfschütteln das Angebot einer weiteren ab. »Nein, danke.« Sie blickt zu mir, woraufhin ich sofort aufspringe und begeistert mit dem Schwanz wedele.

»Jemand müsste mal mit Bertie nach draußen gehen.«

»Das kann ich machen«, sagt ein junger Polizist.

O nein.

Doch zu meiner Erleichterung lächelt Granny M den jungen Mann an und lehnt sein Angebot höflich ab.

»Ich könnte ein wenig frische Luft gebrauchen, wenn ich ehrlich bin.« Sie erhebt sich und holt meine Leine. »Komm, Bertie. Wir gehen für zehn Minuten raus. Danach geht die Suche nach Sam weiter. Vielleicht könnte ich einen Kuchen backen, während ich hier warte. Einen Kuchen für … für Sams Rückkehr.«

Mr Green scheint es nicht leichtzufallen zu antworten. »Das ist … das ist eine wunderbare Idee, Margaret. Danke.« Seine Augen sehen heute ziemlich gerötet aus. »Ich werde auch bald wieder rausgehen und weiter nach ihm suchen.«

Indessen hat mich die Aufregung gepackt.

Das ist meine große Chance. Meine Chance, etwas zu bewegen. Allen zu zeigen, wo Sam sich versteckt. Oder zumindest, wo ich glaube, dass er sich versteckt.

Ich drehe mich im Kreis und hüpfe wild herum, während Granny M versucht, die Leine an meinem Halsband zu befestigen. Ich kann meine Begeisterung kaum zurückhalten, mein Schwanz schlägt so wild vor und zurück, dass ich damit einen Polizisten am Bein treffe, der daraufhin laut flucht. Es ist der Mann mit den glänzenden Knöpfen. Ich blicke mich nach ihm um, als Granny M mich zur Haustür führt. Er sieht so wütend und verärgert aus, als wolle er mich am liebsten in den Hintern treten.

Ich denke, das ist es, was Mrs Minton gemeint hat, wenn sie von »Karma« sprach.

Als Granny M die Tür öffnet, sehen wir uns all den wunderbaren Nachbarn gegenüber, von denen der Polizist erzählt hat. Sie stehen in festen Stiefeln, dicken Mänteln oder Regenjacken, eingewickelt in Wollschal und Mütze und ausgerüstet mit Spazierstöcken, im Vorgarten der Greens. Es sind Menschen aller Altersstufen dabei, kleine Kinder, die auf dem Rasen umherlaufen, sowie Ältere, die so aussehen, als würden sie es kaum bis ans Ende der Straße schaffen, ganz zu schweigen von dem langen Weg zum Kanal und zurück.

»Oh«, sagt Granny M verblüfft.

»Guten Morgen, Margaret«, entgegnet einer der älteren Männer und tippt sich an die Mütze. »Machen Sie sich keine Sorgen, wir werden Ihren Enkel finden und ihn rechtzeitig bis zum Weihnachtsmorgen wieder nach Hause bringen.«

»Vielen Dank, Mr T… Terry«, stammelt sie und blickt sich dann überwältigt in der Runde um. »Oh, hallo, Mrs Perkins. Und Mr… äh… Mr Colley. Wie freundlich von Ihnen, dass Sie auch mitkommen. Und Sie sind Miss Chakrabarti, nicht wahr? Aus der Bücherei?«

Sie führt mich vorsichtig durch die versammelte Menge, kopfschüttelnd, und auf einmal wirkt sie sehr klein und alt inmitten all der robust ausgestatteten Freunde und Nachbarn. »Meine Güte, es sind so viele gekommen. Und alle so früh am Morgen schon auf. Sie sind wirklich sehr freundlich. Ich… ich weiß nicht, was ich sagen soll.«

»Frohe Weihnachten?«, schlägt ein Mädchen schüchtern vor.

»Oh, ja, vielen Dank, Liebes.« Granny M hält sich zitternd eine Hand vor den Mund, Tränen treten ihr in die Augen. »Vielen Dank an alle. Vielen lieben Dank. Und ja, frohe Weihnachten.«

»Wir werden Sam zurückbringen«, versichert Miss Chakrabarti.

»Vielen Dank.« Granny M zögert kurz. »Ich würde auch gerne mithelfen, aber John denkt, es sollte jemand zu Hause bleiben, falls Sam nach Hause kommt.«

Miss Chakrabarti lächelt. »Natürlich. Das ist eine gute Idee.«

»Ich muss jetzt mit Bertie spazieren gehen. Aber es wird nicht lange dauern.«

Die Menschen machen ihr Platz und wünschen frohe Weihnachten. Granny M eilt mit gesenktem Kopf durch die Menge, Tränen rollen ihr über die Wangen.

»Sei ganz beruhigt, Margaret«, sagt eine der Frauen, als wir an ihr vorbeigehen, und berührt Granny M tröstend am Ärmel. Ich erkenne die Frau, sie ist eine der Damen, die ab und zu vorbeikommen, um Granny M bei der Wohltätigkeitsarbeit zu helfen. »Er wird bis zum Weihnachtsmorgen zurück sein, da bin ich mir sicher.«

Ich laufe leichten Schrittes und mit fröhlich wedelndem Schwanz neben Granny M auf dem kalten Asphalt her, und wie üblich drehen sich einige Köpfe nach mir um, denn meine gefleckten Ohren und mein Hintern stechen immer hervor. Granny M kramt in ihrer Manteltasche nach einem Taschentuch, um sich die Tränen aus dem Gesicht zu wischen. Dann putzt sie sich die Nase und stopft das Taschentuch zurück.

»Was habe ich doch für nette Freunde, Bertie«, murmelt sie, blickt zu mir herab und schüttelt dann staunend den Kopf. »Opfern ihre Freizeit, um nach meinem Enkel zu suchen. Noch dazu an Weihnachten. Womit habe ich so tolle Nachbarn verdient, Bertie? Die Polizei ist auch sehr hilfreich, natürlich. Aber all die anderen Menschen … ich weiß wirklich nicht, was wir ohne ihre Unterstützung machen sollten.«

Kurz darauf kommen wir an den Weg, der zum Park führt.

Als Granny M in den Weg einbiegen will, schlage ich meine Hinterpfoten in die Erde, lege meine Schultern flach auf den Boden, den Schwanz ebenso, und weigere mich rundheraus weiterzugehen.

»Bertie, nun stell dich nicht an!« Sie zerrt an der Leine. »Hier lang.«

Ich knurre und ziehe in die entgegengesetzte Richtung, auf die Straße, die in die Hauptstraße mündet, auf den Weg, der schließlich zum Fluss führt.

»Bertie, bei Fuß«, befiehlt sie mir und reißt an der Leine. Sie ist den Tränen nahe. »Bertie, bitte, benimm dich einmal. Sei ein braver Hund. Du weißt, dass es hier entlang geht. Wir müssen den schmalen Weg nehmen.«

Doch ich widersetze mich weiter und zerre in die andere Richtung, es gelingt mir sogar, sie ein paar Meter auf die Straße zu ziehen.

»O nein, es geht hier lang!«

Ihre Augen füllen sich mit Tränen. Ich hasse mich dafür, dass ich ihr das antun muss. Aber es ist die beste und vor allem die einzige Möglichkeit, ihr klarzumachen, wo Sam sich versteckt.

Sie zieht mich zurück, und mir entfährt ein Kläffen, dann springe ich wild bellend auf und ab.

»WUFF! WUFF! WUFF!«

Die Menschen, die sich vor dem Haus der Greens versammelt haben, beobachten erstaunt unseren kleinen Ringkampf. Eine Frau kommt zu uns gelaufen, es ist Miss Chakrabarti aus der Bücherei.

»Ist alles in Ordnung?«, fragt die junge Frau. »Kann ich Ihnen helfen? Macht Ihr Hund Probleme?«

»Er weigert sich, den Weg in Richtung Park einzuschlagen«, erklärt Granny M und schüttelt verwirrt den Kopf. »Ich weiß nicht, was mit ihm los ist. Bertie liebt den Park normalerweise.«

Verzweifelt ziehe ich weiter an der Leine und versuche, Granny M in meine Richtung zu bewegen.

Miss Chakrabarti sieht eine Weile zu, die Hände in die Hüften gestemmt. Dann sagt sie langsam: »Also, vielleicht täusche ich mich, aber ich habe das Gefühl, er will, dass Sie heute die Straße entlanggehen.« Dann runzelt sie die Stirn. »Denken Sie, dass er …«

»Dass er was?«

»Ist es möglich, dass er weiß, wo Sam sich aufhält?«

Ich belle vor Begeisterung laut auf. Endlich scheint jemand zu verstehen, was ich die ganze Zeit mitteilen möchte.

»WUFF! WUFF! WUFF!«

Dann dränge ich wieder in Richtung Straße und ziehe die arme Granny M mit mir, stemme mein ganzes Körpergewicht gegen den Zug der Leine.

Nachdenklich sieht sie mich an und holt schließlich tief Luft. »Nun, ich denke, es ist möglich.« Sie gibt ihren Widerstand auf und folgt mir stattdessen in meine Richtung. »Es kommt mir albern vor, aber schließlich ist er ein schlauer Hund.« Ich ziehe fester und wedele heftig mit dem Schwanz. Sie geht schneller und gerät bereits außer Atem. »Gut, dann geh los, bring uns zu Sam, wenn du weißt, wo er ist.«

»Lassen Sie mich den Hund nehmen«, bietet Miss Chakrabarti ihre Hilfe an und übernimmt die gespannte Leine aus Granny Ms Hand. Sie macht große Augen, als ich auch sie eilig weiterziehe, meinen Kopf dicht am Boden, in der festen Absicht, mein Ziel zu verfolgen. »Meine Güte, der ist ja mächtig stark. Und wild entschlossen. Der hätte Sie leicht zu Fall bringen können!«

Sie dreht sich um und winkt einigen Bekannten in der Menge zu.

»Hey, es scheint, dass der Hund eine Spur hat!«

Einige der Menschen kommen aufgeregt angelaufen, ein paar weitere folgen ihnen, und schließlich noch einige. Peppers Besitzer in Regenmantel und Schirmmütze ist darunter, ebenso Sadiq aus dem Jugendtreff, in dem Granny M einmal die Woche aushilft, der stets freundliche Mr Bradley von gegenüber, der seinen kleinen Sohn im Buggy vor sich herschiebt, und sogar die kleine Harriet, die ihrer Mutter am Wochenende beim Zeitungsaustragen hilft. Viele von ihnen kenne ich nicht, aber sie begrüßen Granny M mit Namen, lächeln und klopfen ihr aufmunternd auf die Schulter.

Die arme Granny M scheint von der allgemeinen Anteilnahme ein wenig überrumpelt.

Doch das ist genau das Publikum, das ich brauche. Ich ziehe Miss Chakrabarti die Straße entlang, gefolgt von Granny Margaret und einer großen Menge an Freunden und Nachbarn.

»Weiß Bertie etwas?«, ruft Harriet aufgeregt.

Mr Bradley schiebt seinen Buggy eilig hinter Miss Chakrabarti her. »Was ist passiert? Hat Bertie eine Spur von Sam entdeckt?«

»Ich weiß es nicht genau«, entgegnet Miss Chakrabarti außer Atem, während ich sie weiterziehe. »Aber es ist möglich. Ich glaube, Hunde können menschliche Duftspuren überallhin verfolgen.«

»Das stimmt«, bestätigt Sadiq voller Überzeugung.

»Außerdem ist er ein Beagle. Die sollen sehr gut im Aufspüren sein. Sie haben gute Nasen.«

Harriet fragt: »Kann ich auch mal seine Leine nehmen?«

»Lieber nicht«, entgegnet Mr Bradley freundlich, »du könntest ihn vielleicht nicht halten. Sieh nur, wie stark er vorwärtszieht.«

Aus dem Stimmengewirr hört man von hinten plötzlich Granny M rufen: »Guter Hund, Bertie. Such Sam. Zeig uns, wo er ist. Ich weiß, dass du es kannst.«

Autos hupen uns im Vorbeifahren zu, immer mehr Menschen schließen sich der Menge an, schließlich kommen sogar zwei Polizisten dazu, die uns folgen und Miss Chakrabarti Fragen stellen, über deren Antwort sie in Erstaunen geraten.

»Sind Sie sicher, dass der Hund weiß, was er tut?«, fragt einer der Polizisten keuchend, als er zu uns aufgeschlossen hat.

Granny M antwortet ein wenig ungehalten: »Natürlich nicht. Aber es ist einen Versuch wert, oder? Er ist ein schlauer Hund. Unser schlauer Bertie.«

Der Beamte spricht in sein Funkgerät, und bald darauf hält neben uns ein Polizeiauto an, aus dem Mr Green und der Polizist mit den glänzenden Knöpfen herausspringen, um sich uns ebenfalls anzuschließen.

»Margaret?«

Granny M ist auch ziemlich außer Atem. »Oh, John, Gott sei Dank. Wir folgen Bertie. Miss Chakrabarti glaubt, dass er weiß, wo Sam ist.«

»Die Polizei hat es mir schon erzählt, aber ich konnte es gar nicht glauben …«

»Ich weiß, es klingt verrückt. Aber vielleicht sollten wir mehr Vertrauen zu dem kleinen Kerl haben. Sieh nur, wie schnell seine Beine fliegen. Er hat es offensichtlich sehr eilig, uns irgendwo hinzuführen. Wir müssen nur rausfinden, wohin.«

»Aber die Polizei hat schon einen Suchtrupp zusammengestellt.«

»Das hier ist auch ein Suchtrupp. Unser eigener Suchtrupp.« Nach kurzem Zögern ergänzt sie: »Und Bertie führt ihn an.«

Als Mr Green nicht gleich reagiert, überfällt mich auch schon die Sorge, er wolle Granny M und Miss Chakrabarti davon überzeugen, nicht weiterzulaufen. Es muss aber auch zu komisch aussehen, wie all diese Menschen einem Beagle die Straße entlang folgen.

Doch zu meiner Überraschung streckt Mr Green seine Hand nach mir aus, um mir liebevoll den Kopf zu streicheln. »In Ordnung, Bertie«, sagt er zustimmend. »Geh du voran. Ich hoffe nur …« Wieder bricht seine Stimme kurz ab. »Ich hoffe, du weißt, wo mein Junge ist.« Dann fügt er hinzu: »Margaret, du siehst erschöpft aus. Willst du wirklich weitergehen?«

»Mir geht es gut, keine Sorge.«

Mr Green reiht sich neben ihr ein. Mit gesenkter Stimme sagt er: »Das ist alles recht … überraschend. Glaubst du, dass Bertie wirklich weiß, wo Sam ist?«

»Ich glaube, dass *Bertie* glaubt, es zu wissen. Er und Sam waren sich zuletzt sehr nah, vergiss das nicht. Ich finde, wir sollten ihm jetzt einmal vertrauen.« Es klingt, als würde sie lächeln. »Die Menschen haben nicht allein die Weisheit gepachtet. Manchmal wissen Tiere mehr als wir.«

Inzwischen habe ich Mr Green und Granny M und Miss Chakrabarti hinter mir sowie eine beträchtliche Anzahl an

Nachbarn und Polizisten, Dutzende weitere laufen hinter uns her, und ein Polizeiwagen fährt langsam neben uns auf der Straße.

Aus den Vorgärten und Auffahrten blicken uns die Bewohner hinterher, Katzen fauchen von den Zäunen, als wir vorbeigehen, Hunde bellen lautstark, einige rennen uns sogar nach. Und an der Spitze dieses Weihnachtszuges laufe ich mit meinen gefleckten Ohren, die über den Asphalt schlappen, mit gesenktem Kopf und gestrafften Schultern, und ziehe sie alle hinter mir her wie an einem Seil.

So laufen wir eine Ewigkeit. Es kommt mir zumindest wie eine Ewigkeit vor. Und gehen immer weiter, bis wir zur Hauptstraße gelangen. Als wir die stark befahrene Kreuzung überqueren müssen, halten die Polizisten die Autos an, damit wir alle sicher hinüberkommen. Wir marschieren durchs Industriegebiet und stapfen über weite Grasflächen, bis wir uns dem Fluss nähern. Die Menschen laufen wie ein großes Rudel immer hinter mir her, die Kälte scheint ihnen nichts auszumachen, sie unterhalten sich, lachen, jubeln, rufen meinen Namen und feuern mich an. Wie eine riesige Welle, die hinter mir herwogt.

Ich fühle mich wie der wichtigste Hund der Welt.

Endlich kann ich den Fluss riechen, diese unverkennbare schwere Duftspur, die in der Luft liegt, und auf einmal belle ich wieder, belle, so laut ich kann, und ziehe noch heftiger an der Leine.

Denn ich kann noch etwas anderes riechen.

24

Mit allen Körperfasern bin ich darauf konzentriert, mein kleines Herrchen zu finden. Unaufhörlich beschnuppere ich den unebenen Boden und führe die Menschen dabei in Richtung einiger Büsche unweit des Flussufers. Ich glaube, Sam schon riechen zu können. Kleine Duftspuren, die mir schmerzlich bekannt vorkommen, dringen an meine Nase. Doch ich kann den Jungen nirgends entdecken.

Mein Herz fährt Fahrstuhl und landet mal wieder in den Kniekehlen. Habe ich einen Fehler gemacht?

Ist Sam vielleicht gar nicht hier?

Oder er ist hier, aber …

Ich weigere mich, an dieser Stelle weiterzudenken.

»Er hält an«, sagt Miss Chakrabarti aufgeregt.

Als ich neben der Eiche mit der Aushöhlung anhalte, bleibt auch sie stehen. Sie hält mich noch immer an der Leine und flüstert mir ermunternde Worte zu.

Ich blicke hoch und schnüffele an dem knorrigen alten Baumstamm. Es ist unmissverständlich Sams Duftspur.

Doch zu meiner Enttäuschung finden wir Sam nicht in der Aushöhlung der Eiche. Ich sehe mich um, aber hier ist alles kalt und verlassen. Nirgends ein Zeichen von ihm.

Ich frage mich, welcher Spur ich wohl gefolgt bin. Einer Phantomspur? Oder vielleicht ist es ja tatsächlich sein Duft, aber noch der vom letzten Mal, als wir zusammen hier am Fluss waren? Vielleicht habe ich in meinem hoffnungsvollen Überschwang nicht berücksichtigt, wie alt die Spur schon ist?

Hinter uns bleibt nun auch Mr Green stehen, der Granny M am Arm hält. Ebenso die kleine Harriet, Sadiq vom Jugendtreff, Mr Bradley mit seinem Sohn im Buggy, die immer fröhliche Stephanie mit ihrem Mops Chaplin und die vielen anderen, von denen ich einige kenne und manche nicht. Die Ankommenden verlangsamen einer nach dem anderen ihr Tempo und versammeln sich am verlassenen Flussufer.

Es entsteht ein langer Moment der Stille. Jeder starrt erst auf den kalt dahinströmenden Fluss, dann aufs gegenüberliegende Ufer. Die ganze Umgebung liegt still da, keine Menschenseele weit und breit.

Mr Green sieht sich ebenfalls um. Er macht ein paar Schritte, sucht mit den Augen den Parkplatz ab, die Baumgruppe, das Wasser.

»Hier wollte Bertie uns also hinführen? Zum Fluss?« Nach einer kurzen Pause fährt er fort: »Hier ist nichts.«

Ich kann die schwere Enttäuschung in seiner Stimme hören.

»O nein«, murmelt Granny M.

Alle blicken mich an, und ich lasse beschämt den Kopf hängen. Ich war mir so sicher …

Ich bin so niedergeschmettert, dass ich gar nicht bemerke, wie Sam plötzlich hinter einem der Bäume hervorkommt.

»Da ist er!«, ruft jemand.

Mr Green schreit auf: »Sam!«

Ich blicke hoch, mein Herz beginnt zu rasen.

Er ist es tatsächlich!

Er trägt noch immer seine Jacke, Handschuhe und seinen Schal, die Wollmütze sitzt ein wenig schief auf dem Kopf, er sieht verfroren und niedergeschlagen aus und sehr unglücklich.

Aber er lebt und scheint unverletzt.

Ich springe bei seinem Anblick so unvermittelt nach vorn, dass ich die Leine aus Miss Chakrabartis Hand reiße. Seite an Seite mit Mr Green renne ich über das frostüberzogene Gras und belle laut vor Freude.

Sam starrt uns mit großen Augen an.

Nicht nur mich, auch seinen Vater und seine Großmutter, Miss Chakrabarti und die Polizisten, all die Nachbarn und Freunde, einige mit aufgeregten Hunden im Schlepptau, andere mit Wanderstöcken bewaffnet, Dutzende Menschen, die sich unserem Marsch aus der Stadt hinaus angeschlossen haben und wissen wollten, was los sei und wohin wir alle liefen.

»Bertie«, japst er und fällt auf die Knie, als ich ihn als Erster erreiche. Der Junge umarmt mich, weint und schluchzt an meiner Schulter. Sein ausgekühlter Körper bebt, als er mit zitternder Stimme fortfährt: »Ich dachte schon, ich würde dich nie wiedersehen.«

Einen Augenblick später ist auch Mr Green bei uns und nimmt seinen Sohn in die Arme. Auch ihm laufen Tränen übers Gesicht. »O Sam«, sagt er immer wieder. »Sam, mein Junge, du lebst.«

»Es tut mir so leid, Dad.«

»Du musst dich nicht entschuldigen, Sam«, sagt sein Vater und hält ihn so fest, dass ich mich frage, ob der Junge überhaupt noch Luft bekommt.

Granny M weint vor Freude. »Sam, mein Schatz, ich liebe dich«, sagt sie, und Tränen laufen ihr über die Wangen, doch sie bemerkt es nicht. »Das weißt du, oder? Vielleicht habe ich es nicht oft genug gesagt. Ich hätte es öfter sagen müssen.« Sie ist so glücklich, ihren Enkel wiederzusehen. Als wären all ihre Träume mit einem Mal wahr geworden. Wenn man ihr freudestrahlendes Lachen sieht, kann man sich gar nicht mehr vorstellen, wie bleich sie heute Morgen aussah, wie verzweifelt. »Komm her, lass dich mal drücken.«

Sie umarmt ihn ebenfalls, sodass die beiden Erwachsenen einen tröstenden Rahmen um Sam bilden. Zum Glück scheint es niemanden zu stören, dass ich vor Begeisterung, mein kleines Herrchen wiederzuhaben, wie verrückt zwischen ihren Beinen umherwusele.

»Es tut mir so leid, Granny«, murmelt Sam in ihren Mantel. »Es war dumm von mir wegzulaufen.«

Mr Greens Hut ist zu Boden gefallen, seine Haare sind zerzaust. »Du musst nichts sagen, Sam. Wir haben dich so schrecklich vermisst.« Er drückt seinen Sohn erneut und lässt ihn dann widerstrebend los. »Meine Güte, du bist ja ganz erfroren. Lass uns nach Hause gehen und dich in die warme Badewanne stecken.«

»Nein, ich … ich möchte erst etwas sagen.«

Sam blickt in die Runde, die sich um uns versammelt hat. Die Polizisten, die Nachbarn, die Menschen, die sich unserer Suche angeschlossen haben, sein Vater und seine Großmutter.

»Dad, Granny M«, sagt Sam und muss einmal schwer schlucken. Dann reibt er sich mit dem Ärmel über seine geröteten Augen. »Ich weiß, dass ich schuld an Mums Tod bin.«

Granny Margaret wird vor Schreck ganz bleich. »Nein, nein, das stimmt nicht.«

»Doch, es stimmt.«

Sein Vater schüttelt den Kopf. »Nein, Sam, was du in deiner Nachricht geschrieben hast, das stimmt einfach nicht. Du musst uns glauben.«

»Nein, es war das Fußballspiel«, beharrt Sam. »Ich habe sie angebettelt, zu kommen und mir zuzusehen, obwohl ich wusste, dass sie krank war. Ich habe nur an mich gedacht, und es war mir egal, was passieren könnte. Und dann musste sie ins Krankenhaus und … ist nie wieder herausgekommen. Die Schwestern haben gesagt, dass sie nicht stark genug war, um weiterzukämpfen.«

Er sieht schluchzend seinen Vater an, neue Tränen laufen ihm über die Backen. »Wegen mir … ich habe sie überredet, zum Fußballspiel zu kommen, anstatt zu merken, dass sie sich ausruhen musste. Und dann hatte sie keine Kraft mehr.«

»Sam, nein.«

»Ich habe sie umgebracht. Ich habe Mum umgebracht.«

»Warte.«

Sam versucht, sich aus der Umarmung seines Vaters zu lösen, doch der hält ihn fest. »Hör mir zu, du hast das falsch verstanden. Dieses Fußballspiel … deine Mum hat mir erzählt, wie stolz sie auf dich war und dass es eine ihrer wertvollsten Erinnerungen war, dich an jenem Tag spielen zu sehen. Dass sie überhaupt hinkommen konnte und zusehen, hat ihr sehr viel bedeutet.« Er weint jetzt wieder. »Ich hätte dir das schon früher sagen sollen, dir besser erklären, wie es passiert ist. Deine Mum hat dich so sehr geliebt, Sam. Aber sie hatte Krebs. Und manchmal ist der Krebs so schlimm, dass die Ärzte und Schwestern machtlos sind. So war es bei deiner Mum. Sie war schon einige Zeit krank und wusste, dass ihr nicht mehr lange blieb. Deshalb wollte sie so viel Zeit wie möglich mit dir verbringen.«

Sam weicht einen Schritt zurück. »Also …«

»Dass sie ins Krankenhaus musste, hatte nichts damit zu tun, dass sie so erschöpft von dem Fußballspiel war. Es war nicht deine Schuld. Die letzten Tage, die sie außerhalb des Krankenhauses verbracht hat, hast du für sie lebenswert gemacht, das hat sie mir gesagt.« Nach einer kurzen Pause fährt er fort: »Diese Zeit war etwas unglaublich Besonderes, glaub mir das.«

»Das wusste ich nicht«, sagt Sam mit erstickter Stimme.

»Weil ich nicht ordentlich mit dir darüber gesprochen habe nach Mums Tod, wie ich es hätte tun sollen. Ich war so mit meinen eigenen Gefühlen, meiner eigenen Trauer beschäftigt, dass ich nicht bemerkt habe, wie groß dein Schmerz ist.« Sein Vater drückt ihn erneut fest an sich. »Es tut mir so leid, Sam. Das alles hier ist meine Schuld, das ist mir jetzt klar. Aber ich verspreche, ich werde es wiedergutmachen.«

»Ist schon okay«, entgegnet Sam, doch sein Vater unterbricht ihn.

»Nein, es ist nicht okay«, beharrt Mr Green. Er klingt sehr aufgewühlt. »Ich wusste nicht, wie ich mit unserer Trauer umgehen sollte, und irgendwie habe ich meine Vaterrolle dann falsch verstanden. Ich dachte, es wäre wichtig, dir zu zeigen, dass sich dein Alltag nicht verändert hatte, dass alles so weitergehen würde wie bisher. Und vor allem, dass du dir nicht ungestraft alles rausnehmen darfst. Doch das führte dann dazu, dass ich viel zu streng mit dir war. Und dass ich vergaß, dir zu sagen, wie sehr ich dich liebe und wie stolz ich auf dich bin, darauf, dass du so stark bist seit … seit deine Mum gestorben ist.«

»O Dad.« Sam vergräbt sein Gesicht an der Schulter seines Vaters.

Ich belle und versuche, an ihnen hochzuspringen, um auch an der Umarmung teilzuhaben. Miss Chakrabarti fasst schnell nach meiner Leine, doch ich entkomme und tänzele davon, froh, endlich frei zu sein.

»Ach, Bertie«, sagt sie lächelnd. »Den beiden gehst du jetzt nur im Weg um. Aber es war wirklich sehr clever von dir, wie du Sam gefunden hast.«

Harriet tätschelt mir den Rücken, als ich mich an ihr vorbeidränge. Sie hat ein entzückendes Lachen. »Danke, Bertie. Ich bin so froh, dass wir Sam wiederhaben. Ich mag ihn wirklich.«

Ich wedele fröhlich mit dem Schwanz.

Alle Menschen um uns herum scheinen sich plötzlich in den Armen zu liegen. Nachbarn schütteln sich lachend die Hände, Fremde umarmen sich spontan und stellen sich erst danach gegenseitig vor, manche rufen »Frohe Weihnachten!« oder »Gut gemacht, Bertie!«, andere richten aufmunternde Worte an Sam und müssen dabei richtig laut werden, um sich in der Menge Gehör zu verschaffen.

Mr Bradley hebt seinen Sohn aus dem Buggy und hält ihn hoch, damit er sehen kann, was passiert ist. »Schau mal, da ist Sam. Wir haben ihn gefunden. Besser gesagt, Bertie hat ihn gefunden.«

Auf einmal höre ich ein Geräusch, das mein Herz in Aufruhr versetzt. Es ist das Bellen eines Hundes. Doch als ich um mich blicke, immer noch schwanzwedelnd, kann ich nichts erkennen als Beine und Füße. Um uns herum stehen immer noch überall Menschen, auch wenn sie taktvoll Platz gemacht haben, während Sam mit seinem Vater und seiner Großmutter sprach. Ich habe also nur eingeschränkte Sicht. Und doch höre ich irgendwo in der Nähe des Flusses einen Hund bellen …

Einen Hund, der klingt wie …

Ehe ich meinen Gedanken zu Ende führen kann, kommt Granny M auf mich zu.

Sie bückt sich, um mich am Kopf zu kraulen, und ich blicke geistesabwesend zu ihr hoch. »Da bist du ja, Bertie. Du bist wirklich ein guter Hund. Ich finde, dass der ganze Ärger, den du uns in letzter Zeit beschert hast, vergeben und vergessen ist.« Sie sieht lächelnd auf die Uhr. »Und es ist immer noch genug Zeit, dass wir beim Metzger vorbeigehen, bevor er über Weihnachten schließt, und einen saftigen Knochen für dein Mittagessen morgen aussuchen.«

Einen saftigen Knochen? Ich muss grinsen, und mir läuft das Wasser im Mund zusammen.

Dann höre ich wieder das Bellen.

Hals über Kopf stürme ich los, vorbei an Granny M und Miss Chakrabarti, die sich jetzt angeregt unterhalten, an Peppers Besitzer, der seine Schirmmütze abgenommen hat und sich über die Ereignisse wundert, an dem Polizisten mit den glänzenden Uniformknöpfen, der geschäftig in sein Funkgerät spricht, seine Miene erstaunt und erleichtert zugleich. Ich nehme an, dass er dem Polizeihubschrauber Anweisung erteilt zurückzufliegen, den Polizisten, die Durchsuchung der Stadt abzubrechen, und den Hundeführern erklärt, dass ein Beagle den Jungen gefunden hat.

Bestimmt wird Sarah, der Polizeispürhund, beleidigt sein.

Unter anderen Umständen hätte ich bei diesem Gedanken schmunzeln müssen. Doch ich habe keine Zeit. Stattdessen laufe ich immer weiter. Meine Leine fliegt hinter mir her wie ein überlanger Schwanz. Einige Menschen versuchen, sie zu fassen zu kriegen, doch ich bin schneller.

»Hey«, ruft Sadiq, als er mich entdeckt, »wo läufst du hin?«

Ich mag Sadiq, aber ich kann nicht extra wegen ihm anhalten. Ich habe eine dringende Mission. Ich laufe mitten durch die Menge und sehe mich dabei nach allen Seiten um.

Das Bellen wird lauter.

Es klingt so vertraut, dass es mir kribbelnd das Rückenfell aufstellt.

Ich laufe wild suchend umher, die Nase tief am Boden, und ignoriere das Rufen, Schreien und Lachen der Menschen. Und auf einmal ist sie da.

»Molly!«

Sie bellt und hüpft und lacht, und am anderen Ende ihrer Leine steht die verkniffene Frau. Doch sie sieht diesmal gar nicht böse aus.

Sie lächelt.

»Ach, du meine Güte«, sagt sie. Ihre Stimme klingt freundlich, gar nicht so rau und streng, wie ich sie mir vorgestellt habe. »Noch ein Beagle. Und du siehst genauso aus wie meine Molly.«

Molly und ich stehen uns schwanzwedelnd gegenüber, wir reiben unsere Nasen aneinander und genießen es, das warme Fell des anderen zu spüren und den vertrauten Geruch zu schnuppern.

»Molly, ich habe dich so vermisst!«

»Bertie.« Meine Schwester kann gar nicht aufhören zu lächeln. »Ich glaube, ich träume. Ich kann nicht glauben, dass ich dich tatsächlich wiedergefunden habe.«

Ich atme ihren wunderbaren Duft ein. Meine Schwester – sie ist wirklich hier, steht direkt neben mir, dicht an mich gelehnt. Molly riecht nach Familie. Es ist ein großartiger Duft, der mich an die Welpenzeit denken lässt und an unbeschwerte Tage und an unsere Mutter, an die ich mich nur noch schwach erinnern kann. Endlich sind wir wieder vereint.

Es ist der schönste Moment in meinem Leben.

»Du träumst nicht, Molly«, versichere ich ihr aus tiefstem Herzen. »Ich bin es wirklich!«

»Bertie.« Ihre großen dunklen Augen glänzen vor Rührung. »Als diese Katze in mein Haus kam, konnte ich es zuerst nicht glauben. Und dann sah ich dich durch das Fenster und …«

»Es tut mir leid, dass ich dich nicht wie geplant befreien konnte.«

»Das macht nichts. Wirklich. Das hier war wichtiger.« Sie reibt ihre Nase an meiner. »Mein liebster Bertie, ich habe dich auch so vermisst. Mehr als du dir vorstellen kannst.«

»Aber wie kommt es, dass du jetzt hier bist?«

»Mein Frauchen sagte, dass ein Junge verschwunden ist und dass wir alle hinausgehen und nach ihm suchen sollten. Aber ich wusste ja nicht, dass der Junge dein Herrchen ist. Und dass du auch da sein würdest.«

»Ja, er ist mein Herrchen, mein Sam, und ich habe ihn gefunden. Ich! Ich habe ihn gefunden«, belle ich aufgeregt und drehe mich wild im Kreis. Dann schmiege ich mich wieder eng an ihren Körper. »Oh, Molly, bitte verlass mich nie wieder. Ich habe versucht, dich von dieser Frau zu befreien, aber dann wussten wir nicht, wie wir die Tür aufbekommen sollten, und letzte Nacht ist Sam verschwunden. Ich wollte dich retten, wirklich, das wollte ich.«

Ich halte inne, weil mir plötzlich etwas einfällt. »Kitty … warte mal, hast du sie gesehen? Ich habe sie losgeschickt, damit sie dir erzählt, warum ich letzte Nacht nicht kommen konnte, um dich zu retten.«

Molly überlegt. »Deshalb war sie also im Haus. Ich wusste, dass eine Katze im oberen Stockwerk war, ich konnte sie riechen. Aber ich wusste nicht, wer es war und was sie wollte. Als Camilla – so heißt mein Frauchen – heute Morgen aufgestanden ist, hat sie die Toilettentür geöffnet, und eine Katze ist an ihr vorbei nach unten gehuscht. Camilla ließ die Katze dann zur Haustür hinaus, und sie rannte in Höchstgeschwindigkeit davon.« Sie muss blinzeln. »Ich konnte nicht einmal sehen, wer es war.«

Mich überkommt das schlechte Gewissen gegenüber meiner Verbündeten aus dem Klub der Pfoten. »Sie ist sicher wie in der Nacht zuvor ins Haus gelangt und musste dann feststellen, dass die Tür der Toilette verschlossen war. Und hinaus konnte sie auch nicht mehr. Ihr Bruder Rico, der draußen Wache schob, sagte, das Fenster sah aus, als wäre es zu.«

»Das Fenster ist zugeflogen, und Kitty war gefangen«, erklärt Molly. »Sie hat es vermutlich beim Hineinspringen zugestoßen. Ach, die arme Kitty war die ganze Nacht auf der Toilette eingesperrt.«

»Aber wenigstens haben wir uns wiedergefunden.« Ich schlecke ihr Gesicht ab, und sie kichert schwanzwedelnd. »Jetzt muss ich nur noch die Greens davon überzeugen, dass sie dich adoptieren und …«

»Ach, Bertie, das ist eine wunderbare Idee, aber ich kann Camilla auf keinen Fall verlassen.«

»Aber …«

»Nein wirklich, sie ist sehr lieb. Und sie braucht mich.« Molly beugt sich zu mir und flüstert: »Sie ist sehr einsam, weißt du. Manche Menschen denken, dass sie böse ist, aber sie kann gar nichts dafür. Sie ist einfach zu schüchtern, um neue Freundschaften zu schließen. Sie ist unsicher und weiß nicht, was sie sagen soll. Man bekommt dann leicht einen falschen Eindruck von ihr.«

»Ach so.«

»Camilla ist wirklich sehr nett. Wir sind sogar beste Freunde.«

Es liegt etwas in der Stimme meiner Schwester, eine neue und unbekannte Gefühlsregung, und dazu dieses sanft geneigte Köpfchen … Ist das etwa … liebevolle Zuneigung? Camilla gegenüber? Mir kommt der Gedanke, dass ich mich ähnlich anhören muss, wenn ich von Sam spreche. Und von Mr Green. Und Granny Margaret. Ich bin natürlich erleichtert, dass Molly sich so gut mit ihrem Frauchen versteht. Aber mir wird auch klar, wie sehr sich die Dinge verändert haben, seit wir zusammen bei den Mintons gelebt haben, und wie wenig ich über das jetzige Leben meiner Schwester weiß.

Es gibt so vieles, worüber wir uns auf den neuesten Stand bringen müssen. Und wir haben so wenig Zeit dafür.

Ich sehe sie an, enttäuscht und ein bisschen traurig. »Du willst also nicht … bei mir und Sam leben?«

»Ich liebe dich, das weißt du. Wir sind eine Familie, und das werden wir immer sein. Und ich möchte dich so oft wie möglich sehen, jetzt da wir uns wiedergefunden haben. Bitte glaub mir das. Aber Camilla braucht mich auch.« Sie blickt voller Liebe zu der Frau hinauf. »Wir brauchen uns gegenseitig.«

Es fällt mir sehr schwer, aber ich bemühe mich, verständnisvoll zu sein. Die ganze Zeit über hatte ich mir ausgemalt, wie unser Wiedersehen ausfallen würde, wie dankbar meine Schwester mir für ihre Rettung sein würde.

Doch jetzt stellt sich heraus, dass sie mit ihrem Zuhause absolut zufrieden ist und gar nicht gerettet werden muss. Ich freue mich natürlich für sie, aber ich kann mich nicht so recht mit der Tatsache abfinden, dass wir nicht den Rest unseres Lebens zusammen verbringen werden, wie ich es mir immer vorgestellt hatte, jetzt wo wir uns endlich wiedergefunden haben.

»Aber Kitty und Rico – die Katzen, die mit mir bei den Greens leben – haben gesehen, wie deine Besitzerin in die Häuser älterer Leute ging und mit einem Korb wieder herauskam. Als würde sie …« Ich halte inne, denn ich will Mollys Gefühle nicht verletzen, entscheide dann aber, dass es besser ist, wenn sie die Wahrheit erfährt. »Also, es tut mir wirklich leid, das sagen zu müssen, aber es sah so aus, als würde sie die Leute bestehlen.«

Molly allerdings wirkt weder erschrocken noch besorgt. Vielmehr bricht sie in Lachen aus.

»Camilla ist eine ehrenamtliche Helferin, Bertie. Sie unterstützt die alten Leute dabei, miteinander in Verbindung zu bleiben, auch wenn sie nicht mehr gut zu Fuß sind. Sie transportiert Kuchen und Briefe zwischen ihnen hin und her, das ist alles. Einmal holt sie die Sachen ab, das andere Mal bringt sie etwas. Sie stiehlt aber nichts.«

Ich sitze stumm und höre zu. Ich komme mir ziemlich dumm vor.

»Bertie, da bist du ja!«

Sam und Mr Green kommen auf uns zu. Der Vater hat seinem Sohn den Arm um die Schultern gelegt, und Sam geht eng an ihn gelehnt. Auf ihren Gesichtern liegt ein großes Lächeln. Es scheint, als hätte Sam jetzt verstanden, dass er nicht schuld am Tod seiner Mutter ist und dass sein Vater ihn sehr lieb hat.

Ich freue mich so für die beiden, dass ich einfach nur dastehen und mit dem Schwanz wedeln kann.

Und das ist mein Untergang.

Denn ehe ich wieder entwischen kann, ergreift Mr Green meine Leine und zieht mich von Molly weg. »Komm jetzt, Bertie«, ruft er fröhlich, »Zeit nach Hause zu gehen. Sam und ich haben mit der Polizei gesprochen, und alles ist in Ordnung. Granny M sagt, dass ein Besuch beim Metzger fällig ist, bevor er für die Weihnachtsfeiertage schließt. Du hast dir heute einen Knochen verdient!«

Die Sache mit dem Knochen klingt verlockend, das kann ich nicht leugnen. Aber Molly ist tausendmal wichtiger als ein saftiger Knochen. Ich belle also und dränge von meinen Besitzern weg, knurre sogar ein wenig, um zu unterstreichen, wie ernst es mir ist. Es ist mir egal, ob ich damit wieder Ärger wegen Ungehorsams bekomme. Ich habe meine Schwester ja nicht wiedergefunden, um sofort wieder von ihr getrennt zu werden.

Sam schüttelt den Kopf und sieht enttäuscht aus. »Ach, Bertie, komm schon. Nicht jetzt! Ich habe dir so viel zu erzählen.«

»Sam, warte. Sieh dir mal den anderen kleinen Beagle an, er ist Bertie wie aus dem Gesicht geschnitten.« Mr Green klingt überrascht. »Nur ein wenig kleiner.«

»Nur dass er eine *Sie* ist«, sagt die verkniffene Frau – sie heißt Camilla, das muss ich mir merken – und lächelt Sam und Mr Green scheu an. Mir wird mit einem Mal klar, dass Molly recht hatte. Das Lächeln verwandelt tatsächlich ihr Gesicht, und sie sieht plötzlich weich und freundlich aus und sehr, sehr nett. »Entschuldigen Sie die Frage, aber haben Sie Ihren Hund aus dem Tierheim?«

»Ja«, antwortet Mr Green und sieht sie verwundert an.

»Das dachte ich mir. Ich habe den Verdacht, die beiden könnten Bruder und Schwester sein. Ich wollte sie eigentlich beide nehmen, doch ich fühlte mich nicht in der Lage, zwei Hunde auf einmal zu betreuen. Ich habe noch nie einen Hund besessen, wissen Sie.« Camilla sieht Molly liebevoll an. »Obwohl Molly wirklich eine ganz Süße ist. Seit ich sie nach Hause geholt habe, bin ich so glücklich wie noch nie in meinem Leben.«

»Glauben Sie, dass die beiden aus dem gleichen Wurf sind?«, fragt Sam und blickt zwischen mir und Molly hin und her.

»Ja, ich glaube schon. Sie scheinen sich tatsächlich zu kennen.« Auf einmal liegt eine gewisse Wehmut in Camillas Stimme. »In den ersten Wochen, als Molly bei mir war, weinte sie sich jede Nacht in den Schlaf. Ich fühlte mich schrecklich. Es war offensichtlich, dass sie ihren Bruder vermisste. Ich bin sogar ins Tierheim zurückgegangen, um zu fragen, ob ich ihren Bruder auch zu mir holen könnte. Doch sie sagten mir, er wäre schon bei einer anderen Familie.« Sie lächelt ihnen zu. »Bei Ihnen, wie es scheint.«

Mr Green hebt überrascht die Augenbrauen. »Ich hatte keine Ahnung, dass er eine Schwester hat.«

Die Frau sieht unsicher drein und zieht dann ein wenig an Mollys Leine. »Nun«, sagt sie, »wir gehen besser nach Hause. Ich muss noch meine Einkäufe für das Weihnachtsessen erledigen. Wobei ich nicht viel brauche, dieses Jahr ist es nur für Molly und mich.« Sie sieht wieder sehr traurig aus und lässt den Kopf sinken. »Meine Mutter hat bei mir gelebt, aber sie … sie ist im Januar gestorben.«

»Das tut mir sehr leid«, entgegnet Mr Green.

Ich belle und wedele mit dem Schwanz, um zu zeigen, dass es mir auch sehr leidtut.

Molly bellt auch, direkt nach mir.

Wie ein Echo.

Ein Echo, das ich in den zurückliegenden Monaten sehr vermisst habe.

Mein Blick wandert zu ihrem schlimmen Bein, und ich frage mich, ob sie vielleicht Schmerzen hat. »Wie geht es deinem Bein? Du bist heute sehr viel gelaufen. Soll ich mich darum kümmern?«

Sie lächelt. »Es hat mir gefehlt, dass du dich um mein schlimmes Bein sorgst«, gibt sie zu und schüttelt dann den Kopf. »Das ist aber nicht nötig. Camilla hat es in Ordnung gebracht.«

Ich bin überrascht. »Was? Wie?«

»Sie hat mein Humpeln bemerkt und mich zum Tierarzt gebracht. Er war wirklich gut. Hat mich geröntgt und ihr eine spezielle Salbe gegeben, die sie auf mein Bein reiben sollte, und ihr ein paar Übungen gezeigt, die sie mit mir gemacht hat, und nach einigen Wochen war es viel besser. Es ist natürlich nicht perfekt. Der Tierarzt hat gesagt, es wird nie mehr perfekt sein. Aber ich spüre die Schmerzen jetzt kaum noch.« Sie zuckt mit den Schultern. »Wenn es kalt und regnerisch ist, zwickt es ein bisschen, aber Camilla rubbelt mich nach dem Spazierengehen trocken und reibt mich mit der Salbe ein, dann schmerzt das Bein gar nicht mehr.«

Ich drehe mich nach Mollys neuer Besitzerin um und danke ihr im Stillen. »Das ist wunderbar, Molly.« Doch ich fühle mich auch ein wenig wehmütig, obwohl ich versuche, dagegen anzukämpfen. »Dann brauchst du mich eigentlich gar nicht mehr, Schwesterherz.«

»Natürlich brauche ich dich«, ruft sie aus und stupst mich mit dem Kopf an der Schulter. »Werd bloß nicht sentimental, Bertie. Ich brauche dich, damit du mir Gesellschaft leistest. Und mich zum Lachen bringst.«

»Das kann ich.« Ich jage meinen Schwanz, bis mir schwindelig wird und ich zu Boden falle. Molly steht lachend und hechelnd über mir und leckt mir übers Gesicht.

»Igitt.«

»Idiot.«

»Nervensäge.«

Sie grinst und setzt sich hin. Freudestrahlend ruft sie aus: »Oh, das wird das beste Weihnachtsfest, das wir jemals hatten.«

»Auf jeden Fall.«

Während Molly und ich noch miteinander beschäftigt sind, sieht Sam zu, wie sich die Menge an Nachbarn und Gratulanten langsam auflöst. Aus dem Augenwinkel stelle ich fest, dass er mit seinen Blicken die kleine Harriet verfolgt, die ihm fröhlich zuwinkt, ehe sie von ihrer Mutter an der Hand genommen wird.

Er winkt zurück, auf seinem Gesicht macht sich ein geheimnisvolles Lächeln breit.

Sam dreht sich zu seinem Vater um und platzt auf einmal heraus: »Sie sollten sich wiedersehen, findest du nicht?« Er errötet und fügt dann hinzu: »Ich meine Molly und Bertie.«

»Nun ja, nur wenn Mollys Besitzerin das auch möchte.« Sein Vater sieht Camilla immer noch ein wenig verwirrt an. »Entschuldigung, Sie sind ... Camilla, oder? Ich glaube, wir waren zusammen auf der Grundschule.«

Camilla lacht ein wenig verlegen, sie sieht ihm nicht in die Augen. »Ja, ich bin es. Ich habe dich gleich erkannt, John. Du hast dich nicht sehr verändert. Aber ich wollte nicht ...« Sie sieht zu Sam und fügt dann vorsichtig hinzu:

»Ich habe in der Zeitung von eurem Verlust gelesen. Es tut mir sehr leid.«

»Danke dir.«

Neugierig beobachte ich die beiden und wedele mit dem Schwanz. Wenn sie sich kennen, bedeutet das dann, dass ich mehr Zeit mit meiner Schwester verbringen kann?

»Und ich bin sehr froh, dass du Sam schließlich gefunden hast«, sagt Camilla. »Das war ein richtiges Abenteuer, hier mit all den anderen herzukommen. Ich fand es schön, ein Teil der Suchmannschaft zu sein.«

Sam richtet sich auf und deutet mit dem Kopf stolz in meine Richtung. »Das war Berties Verdienst. Eine Freundin von mir, sie heißt Harriet, hat mir gerade erzählt, wie er meiner Spur gefolgt ist, den ganzen Weg von unserem Haus in der Stadt bis hierher.«

»Er ist wirklich ein schlauer Hund«, stimmt sie zu und wühlt dann in ihrer Tasche nach einem kleinen weißen Kärtchen, das sie Mr Green ein wenig unschlüssig überreicht. »Hier ist meine E-Mail-Adresse. Wenn du möchtest, dass Molly und Bertie einmal zusammen spazieren gehen, dann gib mir Bescheid. Vielleicht im Park oder am Kanal entlang? Samstags machen wir immer einen Ausflug aufs Land. Es wäre schön, wenn ihr einmal mitkämt. Du und Sam, und Bertie natürlich.«

»Ja, das fände ich sehr schön«, sagt Mr Green und lächelt erfreut. Dann korrigiert er sich: »Ich meine, ich bin sicher, Bertie würde das schön finden.«

Er scheint Camilla zu mögen, denke ich und zwinkere Molly zu.

»Also, dann auf Wiedersehen.« Camilla wendet sich zum Gehen und zieht Molly mit sich.

Ich wedele wild mit dem Schwanz. »Auf Wiedersehen,

Molly«, rufe ich laut, und meine Schwester blickt zu mir zurück, ebenfalls schwanzwedelnd.

»Wiedersehen, Bertie.« Ihre Stimme zittert ein wenig, doch sie fängt sich wieder. Ich kenne diesen Ausdruck in ihren großen dunklen Augen. Es ist ihr Kopf-hoch-Blick, den sie immer aufsetzt, wenn sie um meinetwillen tapfer sein möchte. »Ich bin sicher, dass wir uns sehr bald wiedersehen.«

Ich schlucke und bemühe mich, nicht zu winseln, als meine Schwester davongeht. Sie hat natürlich recht. Nun, da die Greens wissen, dass wir aus demselben Wurf sind, werden wir uns vermutlich schon bald wiedersehen. Das macht eine erneute Trennung allerdings auch nicht leichter, schließlich haben wir uns nach Monaten der Unsicherheit und schmerzlichen Sehnsucht gerade erst wiedergefunden.

Mr Green sieht den beiden ebenfalls einen Augenblick lang nach und ruft dann plötzlich: »Einen Moment«, bevor er hinter ihnen herläuft. Ich muss neben Sam warten, der damit beschäftigt ist, sich mit einigen der Menschen zu unterhalten, die mit uns aus der Stadt hierhergekommen und noch nicht gegangen sind. Harriet zum Beispiel, die immer noch mit einem Lachen im Gesicht dasteht. Sam scheint von ihr begeistert zu sein. Ich wedele mit dem Schwanz, weil ich mich daran erinnere, dass sie gesagt hat, sie finde Sam ebenfalls sehr nett. Er mag sie, das weiß ich, denn er hat schon etliche Male von ihr gesprochen. Vielleicht werden die beiden jetzt richtige Freunde.

Ich möchte zu gern wissen, was Mr Green mit meiner Schwester und Camilla bespricht.

Granny M kommt in Begleitung einiger Nachbarn, Freunde und Polizeibeamten auf uns zu, die ihr alle auf den

Rücken klopfen. Sie sagt immer wieder »Vielen Dank«, ihre Augen glänzen, ihr Gesicht strahlt vor Freude.

»Es ist wunderbar, Sie mit Ihrem Enkel wieder vereint zu sehen«, sagt Mr Bradley freundlich, bevor er mit seinem Sohn im Buggy nach Hause geht.

Granny M wendet sich an Sadiq, um ihm für seine Unterstützung zu danken.

Der kräftige junge Mann wehrt lächelnd ab: »Ich bin immer froh, wenn ich helfen kann«, sagt er und nickt Sam zum Abschied zu. »Ich denke, Sie werden dieses Jahr ein sehr glückliches und fröhliches Weihnachtsfest mit Ihrer Familie haben.« Er bückt sich, um mich zu streicheln. »Gut gemacht, Bertie. Und jetzt kümmerst du dich um Margaret, nicht wahr? Sieh zu, dass sie nach Hause ins Warme kommt.«

Granny M sieht tatsächlich ein wenig erschöpft und unterkühlt aus, und so wedele ich zustimmend mit dem Schwanz. Es ist wirklich Zeit, sie nach Hause zu bringen, wo sie sich hinsetzen und die Füße hochlegen kann, mit einer schönen Tasse Tee auf dem Tischchen neben sich.

Natürlich erst, wenn wir beim Metzger haltgemacht haben. Das Versprechen eines saftigen Knochens habe ich nicht vergessen.

»Sam, die Polizei fährt uns nach Hause. Kommst du bitte? Bertie auch.« Sie hebt die Augenbrauen. »Wo ist dein Vater?«

In diesem Moment kommt Mr Green zurückgelaufen, er ist ein wenig außer Atem, und seine Wangen sind gerötet. »Tut mir leid, ich musste noch schnell mit …«

Er erzählt kurz von Camilla und Molly. Dann fährt er mit leichtem Zögern fort: »Ich habe die beiden für morgen Mittag zum Weihnachtsessen eingeladen. Ich hoffe, du hast nichts dagegen, Margaret. Camilla ist diese Weihnachten ganz allein. Außerdem dachte ich, dass Bertie ein wenig Hundegesellschaft verdient hat, nachdem er heute so großartige Arbeit geleistet und Sam aufgespürt hat.«

Wissend sieht Granny M Camilla und Molly hinterher, bevor sie sich wieder umwendet und Mr Greens Miene genau betrachtet. »Nein, ich habe überhaupt nichts dagegen. Wir haben genug Essen für alle. Je größer die Gesellschaft, desto lustiger.« Sie lächelt mir zu. »Und Bertie kann im Garten mit seiner Schwester spielen, während wir mit dem Abwasch beschäftigt sind.«

Alles scheint sich wunderbar zu fügen, das wird mir klar, als ich zufrieden in die Gesichter ringsum blicke. Sam wurde unversehrt gefunden und hat sich mit seinem Vater ausgesöhnt. Molly und ich werden uns auch schon sehr bald wiedersehen. Ihre Besitzerin ist nicht das böse Wesen, für das ich sie gehalten habe. Und sogar Mr Green scheint nun besser mit der Trauer um seine verstorbene Frau zurechtzukommen.

Wie die alte Mrs Minton in solchen Augenblicken immer zu sagen pflegte: »Das Leben ist schön.«

In dem Durcheinander des Abschiednehmens auf allen Seiten halte ich auf einmal im Schwanzwedeln inne, denn ich muss an meine alten Freunde aus der Zeit bei den Mintons denken: Biscuit, Jethro und die vornehme Tina. Ich frage mich, wo sie jetzt sind und ob sie wohl auch ein schönes Zuhause gefunden haben. Vielleicht treffe ich sie ja eines Tages wieder, wenn sie gerade die Straße entlanglaufen oder hier am Flussufer spazieren gehen oder auf dem Parkplatz am Supermarkt auf dem Rücksitz eines Autos an mir vorbeifahren …

Denn du weißt nie, wann etwas Besonderes in deinem Leben passiert und alles verändert.

»Komm jetzt, Bertie«, sagt Sam mit breitem Lächeln und nimmt meine Leine. »Es ist Weihnachten, und ich war die ganze Nacht wach und bin total übermüdet. Es ist Zeit, nach Hause zu gehen.«

Epilog

Draußen ist es noch dunkel, als ich plötzlich aus dem Schlaf schrecke, weil die Nachttischlampe angeknipst wird. Einige Minuten lang ignoriere ich das grelle Licht so gut es geht und kehre erst langsam aus einem wunderbaren Traum, in dem ein saftiger Knochen eine große Rolle spielte, zurück in die Wirklichkeit. Dann höre ich ein Rascheln und freudige Schreie, doch es gelingt mir nicht, meine Augenlider zu heben.

Sam wird langsam ungeduldig.

Als direkt neben meinem Ohr eine laute Papiertröte erklingt und mich das ausgerollte Papier an der Nase trifft, zucke ich heftig zusammen.

Autsch.

»Wach auf, Bertie«, sagt er voller Aufregung und rüttelt mich. »Heute ist Weihnachten, und Santa Claus war hier. Sieh nur!«

Santa Claus?

Als ich den Kopf hebe, entdecke ich auf dem Bett einen großen Sack, aus dem Spielzeug herausquillt, eine riesige Menge an glitzernden und wunderbaren Geschenken. Sam hatte am Abend zuvor noch etwas von einem Strumpf gemurmelt, doch ich war zu müde und hatte keine Ahnung, wovon er sprach, also war ich einfach neben ihm eingeschlafen. Doch jetzt erblicke ich die Spielsachen und kleinen Päckchen und glitzernden Tütchen mit Süßigkeiten, die über das Bett verstreut sind, und teile auf einmal seine aufgeregte Stimmung, als ich an den köstlich duftenden Gaben schnüffele.

Der Spaß beginnt.

Sam sitzt in seinem blauen Schlafanzug im Bett und schiebt mit großen Armen einige der Spielsachen zu sich. »Hey«, ruft er aus und wedelt mit einer kleinen roten Weihnachtsmannmütze in meine Richtung. Es klingelt hell, die Mütze hat ein Glöckchen an der Spitze. »Das muss für dich sein. Der Weihnachtsmann ist schlau.«

In dem Augenblick übermannt mich die Erinnerung an Mr und Mrs Minton, wie sie an einem Weihnachtscracker ziehen, beide mit Papierhütchen auf dem Kopf, und wir Hunde liegen erwartungsvoll unter dem Esstisch, darauf hoffend, dass ein paar Stückchen vom Truthahn für uns abfallen.

Er beugt sich grinsend zu mir. »Komm schon, Bertie, lass mal sehen, wie du mit einer Weihnachtsmannmütze aussiehst.«

O nein, bitte nicht.

Ich krabbele rückwärts, doch ich bin nicht schnell genug, und plötzlich hängt mir die Mütze schief auf dem Kopf. Sie ist über das eine Ohr gerutscht und klingelt lautstark, als ich mich der Bettkante nähere. Ich halte inne, damit ich nicht hinunterpurzele.

Sam lacht. »Großartig!«

Ich sehe den Jungen verwundert an. Ernsthaft? Ich bewahre dich davor, Weihnachten in der dunklen Aushöhlung eines Baums zu verbringen, und das ist meine Belohnung? Gedemütigt unter einer Weihnachtsmannmütze?

Doch ich bin erleichtert, dass er wieder fröhlich wirkt. Dass ich lächerlich aussehe, ist ein Preis, den ich gerne bezahle, wenn nur mein Herrchen wieder glücklich ist.

Als ich den Kopf schief halte, läutet wieder das Glöckchen. Sam lacht und sieht mir begeistert zu. Ich schüttele den Kopf, und er lacht noch mehr. Dann falle ich hintenüber aus dem Bett, begleitet von Sams prustendem Lachen. Zum Glück rutscht mir die Mütze vom Kopf, als ich auf dem Teppich lande. Ich bin sofort wieder auf den Füßen und schnappe sie mit den Zähnen, knurre das alberne Ding aus Spaß an und schüttele es so heftig, dass es klingelt und klingelt und klingelt …

Sam biegt sich vor Lachen und bekommt Seitenstechen.

Ich schüttele die Mütze noch wilder, ich will die Glocke zum Schweigen bringen, ehe sie mich in den Wahnsinn treibt. Mein Knurren wird lauter und bedrohlicher.

»Schhhh, Bertie, nicht so laut«, bringt Sam zwischen zwei Lachsalven hervor. »Es ist erst fünf Uhr in der Früh, alle schlafen noch.«

Doch es ist zu spät.

Die Tür geht auf, und da steht auch schon Mr Green im Morgenmantel im Türrahmen.

Ich lasse die Weihnachtsmütze fallen und starre ihn betroffen an. Er will sicher mit Sam schimpfen, weil wir so laut waren.

Doch zu meiner Überraschung lächelt Mr Green. Er schaltet das große Licht an, und als er die auf dem Bett verteilten Spielsachen und Süßigkeiten erblickt, ruft er aus: »Was ist das alles? War etwa der Weihnachtsmann hier?«

»Tut mir leid, Dad. Haben wir dich aufgeweckt?«

»Das macht nichts. Das ist doch das Besondere am Weihnachtsmorgen, dass man aufwacht, wenn es draußen noch dunkel ist.« Mr Green setzt sich auf die Bettkante, nimmt seinen Sohn in die Arme und drückt ihn fest. »Frohe Weihnachten, Sam.«

Sam drückt seinen Vater ebenso fest zurück, mit einem breiten Grinsen im Gesicht. »Frohe Weihnachten, Dad.«

»Ich glaube, Bertie gefällt seine Weihnachtsmannmütze nicht.«

»Ich glaube, die Mütze gefällt ihm schon. Nur die Glocke mag er nicht.«

»Weihnachten ohne Glocken gibt es nicht, Bertie.«

In meinem Mund hängen Fussel von der Mütze. Ich spucke sie aus, und die beiden müssen lachen. Also schnappe ich mir wieder die Mütze und schüttele sie noch einmal, um Sam und seinen Vater mit dem Geläute zu erheitern.

»Santa Bertie«, sagt Sam und verpasst mir damit einen neuen Namen.

»Ich kann ihn mir auch gut als Rentier vorstellen, wie er den Schlitten vom Weihnachtsmann zieht.«

»Er würde so fest ziehen, dass der Schlitten umkippt und alle Säcke in den Schnee fallen. Santa Claus wäre bestimmt schrecklich wütend.«

Mr Green lächelt und sieht dabei sehr entspannt und gelöst aus. »Nein, er würde Bertie natürlich verzeihen. Genau wie wir. Sieh dir nur sein liebes kleines Gesicht an. Wie könnte man ihn nicht lieben?«

Ich merke, wie glücklich mich ihr Lachen und ihre fröhliche Stimmung machen. Glücklicher, als ich mich jemals zuvor gefühlt habe. Ich habe meine Schwester wiedergefunden, und ihr geht es auch gut mit ihrer neuen Besitzerin Camilla. Ich habe auch Sam wiedergefunden, als er weggelaufen war, und alle haben mich gelobt und gesagt, wie schlau ich bin. Und außerdem wird es bald den Truthahn geben, und ich hoffe, dass für mich ein paar Stücke vom Tisch abfallen.

Die Tür öffnet sich mit einem Knarzen, und schon steckt

Granny Margaret in Schlafrock und Pantoffeln den Kopf zur Tür herein. Zum Glück scheint auch sie nicht verärgert darüber zu sein, dass wir sie mitten in der Nacht geweckt haben.

»Frohe Weihnachten, Sam«, sagt sie fröhlich. »Frohe Weihnachten, John.« Sie betrachtet die Spielsachen auf dem Bett. »Wie wundervoll. Du warst also dieses Jahr ein braver Junge.«

»Natürlich war er das«, sagt Mr Green sofort. Er hat noch immer seinen Arm um Sams Schulter gelegt. »Du bist doch brav, oder, Sam?«

Sam setzt ein schiefes Grinsen auf. »Äh …«

Die beiden müssen lachen.

Granny M bindet ihren Morgenmantel fester und fährt dann mit milder Stimme fort: »Nun, da wir alle schon so früh wach sind, könnte ich ja schon mal die Innereien für Bertie und die Katzen anbraten, ehe ich den Truthahn aufsetze.«

Innereien!

Ich richte mich auf, und die Mütze fällt zu Boden. Alle lachen wieder. Mir scheint, dass ich die Menschen heute mit allem, was ich tue, zum Lachen bringe.

»Soll ich eine Kanne Tee machen, Margaret?«, fragt Mr Green.

»Das wäre wunderbar, danke dir«, stimmt sie zu und zwinkert mir und Sam zu. »Bleibt ihr beide hier oben bei eurem Sack voller Süßigkeiten, oder kommt ihr nach unten, um mit uns am Weihnachtsbaum zu sitzen?«

Sam blickt begeistert drein. »Ich möchte am Weihnachtsbaum sitzen!«

»Ich helfe dir, den Sack hinunterzutragen«, sagt sein Vater, und gemeinsam sammeln sie die verstreuten Spielsachen und Leckereien ein und stecken sie in den großen Sack. Ich störe die beiden ein wenig in ihrem Tun, weil ich wild auf dem Bett herumhüpfe, aber sie scheinen mir mein ausgelassenes Gehopse nicht übel zu nehmen.

Weihnachten ist ein großer Spaß, finde ich. Ich flitze hinter ihnen her die Treppe hinunter, wo uns schon die fröhlichen Klänge der Weihnachtslieder aus Granny Margarets Küchenradio entgegenkommen.

»Jingle Bells, Jingle Bells«, singt Granny M, während sie im Schrank klappernd nach den Pfannen sucht, sie hat die Schürze umgebunden, und der Teekessel ist schon aufgesetzt.

Ich laufe zu meinem Körbchen neben dem warmen Ofen und hüpfe hinein. Mehrere Male drehe ich mich im Kreis und versuche, eine gemütliche Position zu finden, doch ich bin zu nervös, um auch nur für eine Minute stillzuhalten, und so springe ich wieder hinaus.

Rico, der oben auf einem Schrank sitzt, macht sich über mich lustig: »Man könnte meinen, das sei dein erstes Weihnachtsfest.«

»Es ist mein erstes Weihnachtsfest hier«, erkläre ich der Katze und wedele mit dem Schwanz. »Und ich genieße bisher jede Minute. Es ist ganz anders als früher.«

»Später wird es sogar noch besser«, versichert er mir und gähnt herzhaft. »Wenn der Truthahn fertig ist, kriegen wir die Knochen. Pepper kommt vielleicht auch noch dazu.«

»Fantastisch.«

Kitty liegt zusammengerollt auf einem Küchenstuhl, den Kopf zwischen den Vorderpfoten. Bei Granny Ms Geklapper mit den Töpfen und Pfannen öffnet sie genervt ein Auge und sieht mich vorwurfsvoll an, als ob ich für die

Ruhestörung verantwortlich wäre. Aus dem Wohnzimmer höre ich, wie Sam seinem Vater die Funktionsweise der Papiertröten erklärt, bevor er sehr laut mehrere Male hineinbläst. Und dieses Mal beklagt sein Vater sich nicht über den Lärm.

Aber schließlich liebt Mr Green seinen Sohn. Und er hat auch keine Probleme mehr damit, es ihm zu zeigen.

»Ist es nicht reichlich früh für so viel Trubel?«, fragt Kitty mit säuerlichem Unterton in der Stimme, ohne sich aus ihrer Kringelposition zu bewegen.

»Es ist doch Weihnachten«, erinnere ich sie geduldig. »Jeder steht an Weihnachten früh auf.«

»Ich nicht«, entgegnet sie schnippisch und schließt wieder die Augen.

Ich muss grinsen. »Du bist nur sauer, weil du die ganze Nacht in der Toilette eingesperrt warst.«

Sie antwortet nicht.

»Vielen Dank übrigens«, sage ich und lasse ein leises dankbares Bellen los, das aber durch die Weihnachtsmusik kaum zu hören ist, denn Granny M dreht die Lautstärke hoch.

»Wofür?«

»Dafür, dass du es ausgehalten hast, an meiner Stelle auf der Toilette festzustecken. Dafür, dass du geholfen hast, meine Schwester wiederzufinden. Dafür, dass du Mitglied im Klub der Pfoten bist.« Ich wedele mit dem Schwanz. »Das war alles sehr nett von dir.«

Kitty sieht mich lange an, es scheint ihr für einen Augenblick die Sprache verschlagen zu haben. Dann senkt sie kurz die Lider. »Kein Problem«, sagt sie und fügt nach einer Pause ein wenig unbeholfen hinzu: »Frohe Weihnachten.«

Ich belle erneut und jage aus purer Freude immer und immer wieder meinem Schwanz hinterher, bis mir so schwindelig ist, dass ich nicht mehr stehen kann und schließlich torkelnd gegen eine Schranktür falle.

»Frohe Weihnachten!«, rufe ich unbeirrt. »Frohe Weihnachten für euch alle!«

Als es schließlich kurz vor Mittag an der Tür klingelt, rase ich in den Flur, ehe mir einer der Menschen zuvorkommen kann, rutsche auf dem blank polierten Holzboden aus und knalle zu allem Überfluss mit dem Kopf gegen die Wand.

»Mist!«

Ich rappele mich hoch, alles dreht sich. Dann belle ich die Haustür an.

»WUFF! WUFF! WUFF!«

Diesmal ist es natürlich kein Notfall, kein entlaufenes Kind, es brennt nicht, und es gilt auch keine gefährlichen Einbrecher abzuwehren. Ich kann einfach nicht anders.

Und ich bin nicht der Einzige.

Auf der anderen Seite der Haustür erklingt ein vertrautes, wenn auch unterdrücktes »WUFF! WUFF! WUFF!« als Antwort.

Ich renne wild im Kreis und bringe dabei wieder den Teppich in Unordnung. Ich bin so aufgeregt, dass ich glaube, explodieren zu müssen.

»Bertie, du meine Güte, beruhige dich«, ruft Mr Green.

Er öffnet schwungvoll die Tür.

Draußen stehen Molly und Camilla, warm eingepackt bei diesem eisigen Winterwetter. Molly lacht mich zur Begrüßung an. Sie trägt einen karierten Hundemantel und eine glänzende Weihnachtsschleife am Halsband. Ihre Besitzerin hält Mr Green eine Flasche Wein entgegen.

»Frohe Weihnachten«, sagt Camilla schüchtern. Dann sieht sie zu mir herab. »Hallo, Bertie, schön dich wiederzusehen.«

Ich wedele eifrig mit dem Schwanz.

Camilla ist fast nicht wiederzuerkennen, wenn sie lächelt. Sie sieht so entspannt und nett aus, ganz anders als die Frau mit dem Beißzangengesicht, an die ich mich aus dem Tierheim erinnere. Da sieht man mal, dass der erste Eindruck nicht immer unbedingt stimmt.

Mr Green nimmt die Flasche, ohne sie genauer anzusehen, denn er hat nur Augen für Camilla. »Frohe Weihnachten«, sagt er und lächelt dann Molly zu. »Du siehst aber hübsch aus. Bitte, ihr zwei, kommt doch herein. Macht es euch gemütlich.«

Molly kommt hereingelaufen und reibt ihre Nase an meiner. »Bertie.«

»Molly.«

Ich wedele mit dem Schwanz und fühle mich wie im siebten Himmel.

Camilla nimmt Molly von der Leine. Dann zieht sie ihren Mantel aus und sieht zu, wie Mr Green ihn aufhängt. »Ich hoffe, wir sind nicht zu spät.«

»Ganz und gar nicht«, sagt er. »Ihr kommt genau zur rechten Zeit. Ich habe eben den Truthahn aufgeschnitten, und Granny M – Entschuldigung, ich meine Margaret – stellt gerade das Essen auf den Tisch.«

»Ich möchte gerne helfen.«

»Nein, tut mir leid, davon will Margaret nichts hören. Sie hat ihren Bereich eisern im Griff.«

»Das verstehe ich sehr gut.«

Camilla tritt ins Wohnzimmer, wo Sam gerade mit seinem Geschenk spielt – einer Xbox. Molly und ich folgen ihr und beginnen gleich, uns durch die Berge von Geschenkpapier zu wühlen, das noch über den Boden verteilt liegt. Oh, wie herrlich dieses Rascheln doch ist!

»Hallo, Sam«, sagt sie zögernd. »Ich hoffe, ich störe dich nicht. Wie geht es dir? Hast du dich schon von deiner unheimlichen Nacht im Freien erholt?«

Sam legt sein Geschenk beiseite und springt auf, um mit mir und Molly zu spielen. Er wirbelt um uns herum, während wir schwanzwedelnd nebeneinanderstehen.

»Es war gar nicht so unheimlich«, erklärt er uns heldenhaft und muss lachen, als sein Vater daraufhin eine Grimasse zieht. »Na ja, vielleicht ein bisschen. Ich werde es jedenfalls nicht so schnell wieder machen, das steht fest.«

Mr Green zieht die Augenbrauen hoch. »Freut mich zu hören.« Er wendet sich zu Camilla und erklärt ihr mit leicht spöttischem Blick auf Sam: »Wie du sehen kannst, ist Sams schönstes Geschenk die Xbox. Er hatte seit Ewigkeiten darum gebettelt, dass ich ihm eine schenke. Ich habe keine Ahnung, wie sie funktioniert, also muss er im Moment allein damit zurechtkommen. Aber für morgen hat er einen Freund eingeladen, der sich bestens mit diesen Spielen auskennt, daher steht uns ein ruhiger Weihnachtsfeiertag bevor.« Er zögert kurz. »Wir könnten also morgen mit den beiden Hunden einen Spaziergang machen, wenn du noch nichts vorhast.«

»Ich habe überhaupt nichts vor«, stammelt Camilla, und ihre Wangen röten sich ein wenig. »Das wäre sehr schön.«

»Kann ich dir einen Aperitif anbieten?«

»Ja, gerne.«

Die beiden Erwachsenen gehen hinüber in die Küche, wo Granny Margaret die vergangenen Stunden damit zugebracht hat, mit dampfenden Töpfen zu hantieren, begleitet von festlicher Weihnachtsmusik aus dem Radio. Mr Green hatte zuvor schon angeboten, ihr zu helfen, doch Granny M hatte ihn mit einer großen Bratpfanne aus der Küche verscheucht und ihn erst wieder hereingerufen, als der köstlich duftende Truthahn aus dem Ofen kam und tranchiert werden musste.

Jetzt ist sie bester Laune und stimmt bei ihren Lieblingsstellen fröhlich in den Gesang mit ein, während sie die letzten Handgriffe für das Weihnachtsessen ausführt.

Der Duft, der durch den Raum zieht, lässt einem das Wasser im Munde zusammenlaufen.

Mit geneigtem Kopf sehe ich Sam an und lasse ein kurzes fragendes Bellen los.

Er grinst mich an und krault mich hinter den Ohren. »Erinnerst du dich an das Mädchen von gestern, Bertie? Harriet. Ich habe dir von ihr erzählt.«

Er senkt die Stimme, damit die Erwachsenen ihn nicht hören können. »Ich wollte es dir eigentlich schon längst sagen, habe es dann aber in der ganzen Aufregung gestern vergessen. Als wir am Fluss waren, hat Harriet mich gefragt, wo ich mich versteckt hatte. Ich habe sie und Dad zu der alten Eiche geführt, um ihnen die Aushöhlung zu zeigen. Als Dad hinaufkletterte, um sie sich anzusehen, habe ich meinen ganzen Mut zusammengenommen und Harriet gesagt, wie sehr … wie sehr ich sie mag. Und sie hat mich nicht ausgelacht. Es war unglaublich.«

Ich wedele begeistert mit dem Schwanz.

»Außerdem hat sie auch eine Xbox und kennt sich richtig gut damit aus. Als ich heute Morgen mein Geschenk ausgepackt hatte, musste ich sie danach sofort anrufen. Und morgen kommt sie vorbei und wir spielen gemeinsam. Cool, oder?«

Er geht hinüber zu seiner Spielkonsole und verzieht dann das Gesicht. »Ihr Vater klang allerdings ein wenig säuerlich, als er das Telefon abnahm. Aber es war ja auch erst halb acht morgens.«

Molly sieht ihm eine Weile dabei zu, wie er die Konsole bedient, dann dreht sie sich grinsend zu mir um. »Ich mag dein kleines Herrchen. Er ist lustig.«

»Ich mag deine neue Besitzerin auch. Ich meine, jetzt, wo ich sie richtig kennengelernt habe. Sie ist ganz anders, als ich sie mir vorgestellt habe.« Ich höre den Stimmen in der Küche zu, die jetzt laut mitsingen. Granny M und Camilla stimmen gerade in den Refrain von »Good King Wenceslas« ein. »Und ich glaube, die Greens mögen sie auch.«

»Besonders … Mr Green, scheint mir.«

Ich belle und wedele mit dem Schwanz. »Lass uns dafür fest die Pfoten drücken, okay?«

Gleich darauf ertönt der Essensgong, und Mr Green kommt mit Tellern und Schüsseln voller Speisen herein.

»Wir gehen ins Esszimmer, Sam«, sagt er. »Ich hoffe, du hast Granny M beim Tischdecken geholfen.«

Sam nickt fröhlich, als er vorangeht. Molly und ich laufen vor und zurück und stehen den Menschen gehörig im Weg. »Messer, Gabeln und Löffel für den Christmas-Pudding«, singt er vor sich hin und zählt dabei an seinen Fingern ab, was er erledigt hat. »Und Kerzen und Blumen und die guten Gläser für Wein und Wasser, Limonade für mich und ein großer Weihnachtscracker an jedem Platz. Genau wie Granny gesagt hat.«

Ich springe hoch, um mir das alles anzusehen, und reiße dabei beinahe die weiße Tischdecke zu Boden.

»Bertie, lass das.«

Auf Mr Greens Ermahnung hin falle ich wieder auf alle vier Pfoten zurück und wedele entschuldigend mit dem Schwanz.

Molly schüttelt lächelnd den Kopf über mich. »Mit dir hat man aber auch immer Ärger«, flüstert sie.

Besorgt blicke ich zu den Menschen hoch. Hoffentlich habe ich die feierliche Stimmung nun nicht verdorben. Aber Mr Green ist viel zu sehr damit beschäftigt, den Tisch zu betrachten, und achtet nicht weiter auf mich. Er lächelt. »Das sieht wunderbar aus. Du hast den Tisch sehr schön gedeckt, Sam.«

Ich bin erleichtert, dass Mr Green gar nicht verärgert zu sein scheint. Ganz im Gegenteil sogar. Er wirkt entspannt und sogar ein bisschen amüsiert über meinen Übermut. Vielleicht gewöhnen sich die Greens ja langsam an mich. Aber ich darf natürlich trotzdem nicht zu frech sein.

Das werde ich auch nicht. Ich habe ja Molly, die auf mich aufpasst.

»Ich habe versucht, alles so zu decken, wie Mum es immer gemacht hat«, sagt Sam voller Stolz, bevor er innehält und seinen Vater mit plötzlicher Besorgnis anblickt.

Mr Green stellt die Teller und Schüsseln auf den Tisch und fährt seinem Sohn dann durchs Haar. »Das stimmt«, sagt er liebevoll. »Genau so hat Mum immer an Weihnachten den Tisch gedeckt.« Er legt ihm eine Hand auf die Schulter. »Ich finde es schön, wenn wir über sie sprechen, weißt du.«

Sam nickt, seine Augen glänzen. »Ich weiß. Danke, Dad.«

Mr Green nickt, er scheint einen Kloß im Hals hinunterzuschlucken. Dann überlässt er Sam die Aufsicht über den Tisch und geht in die Küche, um noch weitere Schüsseln hereinzutragen.

Der Tisch sieht wirklich prächtig aus mit den glänzenden Gläsern und dem silbernen Besteck, den langen Weihnachtskerzen, die bereits angezündet sind, und den bunten Crackern mit den großen leuchtenden Schleifen neben jedem Platz. Und das ganze Haus ist von köstlichem Truthahnduft durchzogen.

Mr Green kommt wieder herein und blickt Molly und mich an.

»Sam«, sagt er lächelnd, »es ist jetzt Zeit für die Hunde, nach draußen zu gehen. Granny M hat für alle Tiere Futter auf die Terrasse gestellt. Ich glaube, sogar Pepper von nebenan ist eingeladen.«

Er grinst, als ich ihn überrascht und fragend von unten herauf ansehe. »Ja, ich habe die Lücke im Zaun wieder aufgemacht, da euch Peppers Gesellschaft scheinbar sehr gefehlt hat. Na los, ab mit euch in den Garten und viel Spaß.« Er bückt sich, um uns beide zu streicheln. »Frohe Weihnachten, Bertie! Frohe Weihnachten, Molly!« Dann flüstert er: »Danke, Bertie«, woraufhin ich in wildes Schwanzwedeln ausbreche.

Aufgeregt rennen wir hinter Sam durch die dampfende Küche und stoßen dabei beinahe mit Granny M zusammen. Sie schimpft aber nicht, sondern ruft uns nur »Frohe Weihnachten« zu. Camilla, die eine Soßenschale in der Hand hält, lacht uns an, als wir an ihr vorbeistürmen.

Draußen auf der Terrasse stehen fünf Schüsseln, alle mit weihnachtlichen Leckereien gefüllt, außerdem drei saftige Knochen, einen für jeden Hund. Kitty und Rico sind schon da, Pepper ebenso, und die drei sind bereits eifrig über das Essen gebeugt. Als wir dazukommen, heben sie die Köpfe und blicken Molly neben mir neugierig an. Pepper bellt vor Begeisterung.

»Ein neues Mitglied für den Klub der Pfoten!«

Molly hält fragend den Kopf schief. »Was für ein Klub?«

»Ich erkläre es dir gleich«, sage ich und stupse meine Schwester in Richtung der Schüsseln. »Los, iss etwas. Guten Appetit.«

Sam geht neben mir in die Hocke und streichelt meinen Kopf. »Danke für alles, Bertie«, sagt er ganz leise und mit zittriger Stimme in mein Ohr. »Ich bin so froh, dass du in meine Familie gekommen bist. Ich werde Mum nie vergessen, sie ist für immer in meinem Herzen. Aber dir habe ich es zu verdanken, dass ich jetzt weiß, dass es nicht meine Schuld ist…« Und dann nimmt Sam mich fest in die Arme und sagt: »Frohe Weihnachten!«

Anschließend läuft er zurück ins Haus, um das Weihnachtsessen nicht zu verpassen. Er ruft: »He, ihr dürft die Cracker nicht ohne mich knallen lassen.«

Als die Tür hinter uns geschlossen wird und wir allein auf der Terrasse in der kalten Wintersonne sind, versammeln wir uns im Kreis. Ich stelle Molly den anderen vor. Pepper ist hell erfreut, sie endlich kennenzulernen, und will unbedingt alles über unser gestriges Abenteuer am Fluss erfahren, da ihr Herrchen ihr nicht erlaubt hatte, sich der Suche anzuschließen. »Der alte Dummkopf«, beschwert sich Pepper, muss dann aber grinsen. »Ich verzeihe ihm. Schließlich ist heute Weihnachten.«

Kitty sieht Molly ein wenig unterkühlt an. »Tut mir leid wegen gestern Morgen.« Sie meint wohl, dass sie an Molly vorbeigestürmt ist, nachdem sie die ganze Nacht lang auf der Toilette eingesperrt war. »Ich wollte nicht unhöflich sein, ich hatte einfach keine Lust auf eine Unterhaltung.«

»Das kann ich gut verstehen. Du hattest die ganze Nacht diesen künstlichen Kieferduft in der Nase, oder?«

Molly schüttelt sich. »Bertie hat mich einmal auf der Toilette eingeschlossen, als wir noch Welpen waren. Es war niemand im Haus, und ich war stundenlang dort gefangen. Schrecklich.«

»Es war keine Absicht«, werfe ich zu meiner Verteidigung ein.

»Oh, ja, keine Absicht. Sein Schwanz hat die Tür zugeschlagen, behauptet er.«

»Ehrlich, ich habe nur gewedelt und auf einmal … zack. Ich habe ja alles versucht, aber der Türknauf wollte sich einfach nicht drehen lassen. Also mussten wir warten, bis alle vom Einkaufen zurück waren.« Ich zucke mit den Schultern und sehe meine Schwester entschuldigend an. »Ein Hund kann nichts dafür, dass er mit dem Schwanz wedelt.«

Rico lacht verständig. »So kennen wir Bertie. Dann war er also als Welpe auch schon so eine Nervensäge?«

»Und wie. Einmal, als wir gerade zu den Mintons gekommen waren, hat Bertie es geschafft, mit seinem Kopf in einer Vase stecken zu bleiben«, setzt meine Schwester an, und ich lächele und kaue auf einem der saftigen Knochen, die Granny M uns gegeben hat, höre nur noch mit halbem Ohr der wohlvertrauten Geschichte zu.

So sollte Weihnachten immer sein, denke ich, als ich alle ringsum betrachte. Kein ekliger brauner Brei im Napf, keine Streitereien, kein einsames Herumsitzen und in die kalte Welt Starren. Die Menschen drinnen freuen sich, dass sie zusammen sind, essen Granny Ms köstliches Weihnachtsessen, lassen die Cracker platzen, lachen sich zu und sind fröhlich. Sam schien vorhin ganz in einer Welle des Glücks versunken, als er uns hinausgebracht hat. Und ich bin wieder mit meiner Schwester vereint. Bertie und Molly. Und wir haben unsere Freunde hier. Von den anderen Hunden, die bei den Mintons gelebt haben, wissen wir nichts, was traurig ist. Aber wir haben jetzt neue Freunde, und liebevolle Familien, und ein neues Mitglied im Klub der Pfoten. Es ist Weihnachten, und wir sind alle zusammen. Wir genießen das köstliche Essen und unsere pelzige Gesellschaft.

Wir alle sind Mitglieder im Klub der Pfoten. Auf dass wir niemals getrennt werden.

Endlich glücklich vereint.

Molly und ich.